T0243838

O lo uno
o lo otro

ELIF BATUMAN

O lo uno o lo otro

Traducción de Mauricio Bach

RANDOM HOUSE

Penguin
Random House
Grupo Editorial

Título original: *Either/Or*

Primera edición: octubre de 2022

© 2022, Elif Batuman
Reservados todos los derechos
© 2022, Penguin Random House Grupo Editorial, S. A. U.
Travessera de Gràcia, 47-49. 08021 Barcelona
© 2022, Mauricio Bach, por la traducción

Printed in Spain – Impreso en España

ISBN: 978-84-397-4119-0
Depósito legal: B-13.653-2022

Compuesto en La Nueva Edimac, S. L.
Impreso en Unigraf (Móstoles, Madrid)

RH41190

¿Y no es una pena y una vergüenza que se escriban libros que confunden a la gente acerca de la vida y hacen que se aburran de ella antes de empezar a vivirla, en lugar de enseñarles a vivir?

SØREN KIERKEGAARD,
O lo uno o lo otro

PRIMERA PARTE

Septiembre de 1996

LA PRIMERA SEMANA

Ya había oscurecido cuando llegué a Cambridge. Arrastré la maleta de mi madre por los adoquines hacia el río. Riley se había indignado cuando nos ubicaron en Mather y no en uno de los edificios históricos de ladrillo visto cubiertos de hiedra donde en el pasado lejano los estudiantes vivían con sus criados. Pero a mí no me interesaba nada la historia, de modo que estaba encantada de que las habitaciones de Mather fueran todas individuales y no había que andar decidiendo cómo compartir una suite de distribución irregular en la que los chicos habían vivido con sus criados.

No hablaba con Ivan desde julio, cuando nos despedimos en el aparcamiento junto al Danubio. No nos intercambiamos los números, porque los dos íbamos a estar viajando, y además nunca habíamos hablado mucho por teléfono. Pero no tenía la menor duda de que al retomar el curso me encontraría con un email suyo, explicándomelo todo. No me cabía en la cabeza que no me diera ningún tipo de explicación, o que esa explicación viniera de un tercero, o que llegara por otra vía que no fuese un email, ya que todo lo que había sucedido entre nosotros había sido por esa vía.

Mather parecía una nave alienígena: inexpugnable, al mismo tiempo antigua y futurista, poderosa. Sostuve mi identificación ante el lector y la puerta de la sala de ordenadores se abrió. Recordé de pronto un libro que leí en el que una mujer, tras siete años encerrada en un gulag, se contemplaba por primera vez en un espejo y el rostro que la miraba no era el suyo, sino el de su madre. De inmediato me di cuenta de lo vergonzoso, fatuo y estúpido que resultaba que yo, una estudiante universitaria americana que llevaba tres meses sin consultar su email, tuviera la ocurrencia de compararme con una prisionera política que se había pasado siete años en un gulag. Pero ya era demasiado tarde, la idea ya se me había pasado por la cabeza.

Introduje dos veces una contraseña errónea antes de recordar la correcta. La información empezó a aparecer en cascada en la pantalla, primero datos sobre el propio ordenador y los protocolos que usaba, después sobre cuándo y dónde se me había ubicado la última vez y por último la frase que hizo que me diera un vuelco el corazón: Tienes emails nuevos.

Aparecía el nombre de Ivan, tal como me esperaba. Sin embargo, antes de leer el mensaje, le eché un vistazo rápido, para comprobar lo largo que era y la pinta que tenía. De inmediato detecté que algo iba mal. De modo que algo va mal, leí. Vi las palabras «estupefacto» y «monstruo»: «Me deja estupefacto que me veas como un monstruo», decía. «Ya sé que no te crees nada de lo que digo». Y: «Espero que me digas por qué soy tan horrible, para que al menos pueda defenderme».

Tuve que releer dos veces el mensaje entero antes de entender que era de hacía tres meses. Ivan me lo había enviado en junio, en respuesta a un furibundo email que yo le había mandado antes de dejar el campus. Técnicamente, su respuesta había quedado invalidada por todo lo sucedido entre nosotros durante esos meses. Pero seguía pareciendo su última palabra al respecto, porque, aunque había muchos mensajes más en la bandeja de entrada, ninguno era de Ivan. No me había vuelto a escribir desde ese día en el aparcamiento, desde que me había abrazado y después se había metido en su coche y se había largado.

La mayoría de los restantes emails eran también de meses atrás y ya desactualizados. Había uno de Peter que decía: Necesito saber con urgencia la hora de llegada de tu vuelo a Budapest, y otro de Riley preguntándome si me parecía bien un alojamiento compartido para no tener que vivir en Mather. Solo había un par de mensajes de los últimos dos días. Uno decía que tenía que contactar con mi asesor financiero lo antes posible. El otro, del nuevo presidente de la Asociación de Estudiantes Turcos, informaba de que alguien había encontrado una tienda en Brookline que vendía *pastirma* al estilo Kayseri, un tipo de carne curada que según algunos estaba etimológicamente relacionada con el pastrami. Así que si os gusta la pastirma estilo Kayseri podéis encontrarla allí, concluía su mensaje.

Salí del programa de email y utilicé el terrible comando «finger» para averiguar dónde estaba Ivan. Había iniciado sesión en Berkeley hacía un par de horas. De modo que estaba allí. Solo que no me estaba escribiendo a mí.

* * *

Svetlana llegó al campus un día después que yo, aunque parecía que habían pasado años. Yo ya había dormido toda la noche en mi nueva habitación, había desayunado y comido en la cafetería, y había hecho varios viajes a la consigna y había mantenido la misma conversación una y otra vez. «¿Qué tal el verano?». «¿Qué tal el verano?». «¿Qué tal por Hungría?». No estaba nada satisfecha con las vaguedades en mis respuestas. Pero no sabía qué más decir.

«¿Qué tal por Hungría?», me preguntó Lakshmi durante el almuerzo con un destello conspirativo en los ojos. «¿Sucedió algo?». A pesar de mi profundo convencimiento de que habían sucedido un montón de cosas, respondí con sinceridad a lo que en realidad Lakshmi me estaba preguntando. No, no había sucedido nada.

Svetlana me hizo la misma pregunta por la noche, cuando nos encontramos en su suite con aspecto de almacén en el nuevo Quincy y nos sentamos en sillas en forma de sacos de judías bajo un póster de un cuadro de Edward Hopper, y hablamos de todo lo que había sucedido desde la última vez que habíamos hablado, yo desde una cabina en la estación ferroviaria de Kál y Svetlana desde casa de su abuela en Belgrado. Le conté que al final había telefoneado a Ivan en Budapest, que él se presentó con una piragua y nos pasamos toda la noche charlando en casa de sus padres.

—¿Sucedió algo? —me preguntó, con un tono más relajado y divertido que el de Lakshmi, pero queriendo saber exactamente lo mismo.

—Bueno, *eso* no pasó —respondí.

—Oh, Selin —dijo Svetlana.

Cuando Ivan me habló por primera vez del programa de verano en Hungría, me dijo que me tomara mi tiempo para pensármelo, porque no quería obligarme a nada. Svetlana tenía la teoría de que, si yo aceptaba ir, Ivan intentaría acostarse conmigo. Era una posibilidad que hasta entonces ni se me había pasado por la cabeza. Fantaseaba con Ivan a todas horas, imaginando diferentes conversaciones que podíamos tener, cómo me miraría, me acariciaría el cabello, me besaría. Pero jamás me lo había imaginado manteniendo relaciones sexuales conmigo. Lo que yo sabía sobre «mantener relaciones sexuales» no se correspondía con nada que yo desease o hubiera experimentado.

Había intentado, un montón de veces, colocarme tampones. Las chicas más mayores o más sofisticadas consideraban los tampones más liberadores y feministas que las compresas maxi. «Me lo pongo y me olvido del asunto». Me agobiaba la idea implícita de que una no dejara de pensar nunca en su compresa maxi. Pese a todo, cada pocos meses lo intentaba de nuevo con los tampones. Pero siempre pasaba lo mismo. Daba igual hacia donde empujase el aplicador y lo metódicamente que probara todos los ángulos posibles, el resultado era un dolor intensísimo, como de descarga eléctrica. Me leía y releía las instrucciones. Estaba claro que algo hacía mal, pero ¿qué? Estaba preocupada, porque estaba segura de que un tío —de que Ivan— sería más voluminoso que un tampón. Pero llegados a este punto mi cerebro era incapaz de visualizarlo, porque se convertía en algo impensable.

Svetlana me dijo que mejor me lo pensara bien. «No querrás terminar en esa situación sin haberla tenido en cuenta», me comentó con sensatez. Y, sin embargo, resultó que no había mucho en lo que pensar. Enseguida se hizo evidente que, si Ivan trataba de acostarse conmigo, yo accedería. Tal vez él podría explicarme qué había estado haciendo mal, y no sería tan terrible como intentar colocarse un tampón.

Sin embargo, él no lo intentó y todas las noches que pasamos juntos no hicimos otra cosa que hablar. Después él se marchó a Tailandia a finales de julio mientras que yo me quedé diez días más en el pueblo, rodeada de desconocidos. Fue muy raro: yo había accedido a viajar a Hungría para intentar entender mejor a Ivan, ya que lo de ser húngaro parecía ser tan importante para él, y no fue hasta llegar al pueblo cuando me percaté, con cierto impacto, de que, aunque la hungaridad era una parte importante de Ivan, el propio Ivan representaba una pequeñísima parte de Hungría. Yo ya sabía que Hungría era un país enorme, con millones de habitantes que jamás se habían cruzado con Ivan y que ni conocían su existencia ni tenían el más mínimo interés en él. Pero al parecer no había acabado de procesar bien esta información, porque encontrarme ante ella me produjo un impacto.

¿Fue entonces cuando perdí el hilo de la historia que me estaba contando a mí misma, el hilo de la historia de mi vida?

El viaje a Belgrado de Svetlana —la primera vez que volvía desde la guerra— había ido bien, tal vez gracias a toda la preparación previa que hizo con su psiquiatra. Solo hubo un momento, en la tienda de debajo del apartamento de su abuela, cuando se le cayó una moneda y se agachó a recogerla, en que de pronto recordó con horror una botella de leche que estalló al chocar contra esas baldosas del suelo. No recordaba qué más sucedió, o por qué fue tan horrible. Era solo la imagen del cristal estallando en todas direcciones y el charco de leche extendiéndose por las sucias baldosas como una mano diabólica.

—Leche derramada —suspiró Svetlana—. A veces desearía que mi subconsciente fuera un poco más original.

Yo tenía ganas de que me contara más cosas de ese viaje, pero Svetlana ya pensaba menos en Belgrado que en la naturaleza, de donde acababa de regresar después de ejercer de líder en un programa de iniciación para estudiantes de primer año. Yo siempre me olvidaba de los programas de iniciación para estudiantes de primer año. Además del que se llevaba a cabo en plena naturaleza, estaba el de artes y el de servicios a la comunidad, en el que se construían casas para los desfavorecidos. Había que abonar un pago extra para hacerlos —incluso el de construir casas—, de modo que no se me había pasado por la cabeza apuntarme. Pero Svetlana había hecho como estudiante de primer año el que se realizaba en plena naturaleza y había sido para ella una experiencia próxima a lo sublime.

Escuchándola, me debatía entre creerme que en efecto había vivido algo maravilloso y experimentar un profundo sentimiento de alienación. Me contó la intensa relación que había establecido con un estudiante de primer año que parecía de lo más aburrido a través de una serie de ejercicios, juegos y actividades para generar confianza, que hacía años que se ponían en práctica con este propósito. No parecía incómoda, como lo hubiera estado yo, ante la idea de que era una experiencia diseñada con la intención de hacerte sentir de una determinada manera.

En el relato de Svetlana, cada vez cobraba más protagonismo el papel de su colíder Scott. Cada grupo tenía dos líderes, un chico y una chica. Entendí que debía ser excitante compartir con un chico una misión que requería coordinación, discusión y responsabilidad. Al mismo tiempo, había algo siniestro en que todo el mundo se volcara en este campamento temático en que todos jugaban a ser mamá y papá. ¿Me sentía así porque mis padres estaban divorciados?

Scott, que era un entusiasta de la música bluegrass y del Zen, parecía uno de esos típicos tíos superamericanos insulsos a los que Svetlana siempre les acababa pareciendo divertidísima. Por algún misterioso motivo, este tipo de tíos siempre solían mostrar reticencias hacia mi persona. Cuando Svetlana se puso a explicar que Scott estaba en el último año y tenía novia, su tono dio a entender que o bien tomaba distancia o bien tiraba de ironía al establecer la comparación, de inmediato obvia para las dos, con Ivan. No paraba de hacer hincapié en que su relación con Scott estaba del todo conectada con unas circunstancias muy concretas, porque debían tener plena confianza el uno en el otro, conocer a la perfección el cuerpo del otro, ayudarse a superar obstáculos naturales y artificiales, y cargar con todo lo que sus cuerpos necesitaban para sobrevivir ahí fuera, rodeados día y noche por la insondable belleza de la naturaleza.

«¿Cómo voy a poder vivir sin ti?», le preguntó Scott a Svetlana la última noche que pasaron juntos. Ella le dijo que tal vez fuera lo mejor que su intimidad llegara ya a su fin, porque ella en su vida cotidiana no era tan vital e intensa como en los bosques. «Le dije: "En invierno puedo ser muy *apagada*" –me contó, enfatizando la inusual palabra elegida–, "y no querría decepcionarte"».

«No deberías preocuparte por decepcionarme –le respondió Scott–. No estamos saliendo».

¿Por qué me sentí hecha polvo? Svetlana se había limitado a reproducir algo que le había dicho Scott. No tenía nada que ver conmigo, y la propia Svetlana no parecía molesta.

* * *

Sventlana y yo estábamos sentadas en nuestra habitación leyendo el catálogo del curso. Era un libro mágico. Contenía todo el conocimiento humano, oculto bajo la forma de categorías. Era como *Los archivos secretos de la Sra. Basil E. Frankweiler*, donde la respuesta a si la estatua es o no de Miguel Ángel –la respuesta que dará sentido a todo lo sucedido anteriormente—estaba en los archivos del propio museo y los niños solo tenían que dar con ella, pero primero tenían que adivinar bajo qué concepto estaba archivada.

En mi opinión, no acababa de tener sentido el modo en que estaban organizados los departamentos y las especializaciones. ¿Por qué las diferentes ramas de la literatura estaban organizadas según la localización geográfica y el idioma, mientras que las ciencias se organizaban en función de su nivel de abstracción, o por la magnitud del objeto de su estudio? ¿Por qué la literatura no se clasificaba en función del número de palabras? ¿Por qué la ciencia no estaba organizada por países? ¿Por qué la religión tenía su propio departamento en lugar de formar parte del de filosofía o antropología? ¿Qué era lo que convertía a algo en una religión y no una filosofía? ¿Por qué la historia de los pueblos no industrializados formaba parte del programa de antropología y no del de historia? ¿Por qué los temas más relevantes se abordaban solo de forma tangencial? ¿Por qué no había un departamento dedicado al amor?

Ya sabía, incluso antes de preguntárselo, que Svetlana defendería el sistema de departamentos, pero ¿cómo? Eran categorías del todo arbitrarias que se le habían ocurrido a algún tío.

—Bueno, claro que son arbitrarias —dijo Svetlana—, pero es porque son categorías históricas, no formales.

Según ella, el catálogo del curso era una reliquia de cómo el saber humano se había dividido por disciplinas desde la Antigua Grecia. Era imposible separar el conocimiento de la historia de cómo se había concebido y dividido en el pasado, por lo que esta era la manera más lógica de estudiarlo: dividido en categorías históricamente determinadas. Me quedé impresionada de lo lista que era Svetlana, pero no estaba de acuerdo. Yo consideraba que debíamos reescribir las categorías e intentar pensar una reorganización mejor que la que habíamos heredado.

En general, desconfiaba de la actitud de Svetlana ante las influencias históricas y de otro tipo. Esta no paraba de pensar en la influencia de sus padres. Aunque no era la única que lo hacía. La mitad de los alumnos de Harvard, a los cinco minutos de conocerte, ya te estaban hablando de la influencia de sus padres.

La gente aseguraba que lo de estar obsesionado con los padres era algo universal, pero a mí no me lo parecía. Cuando leí *Hamlet* en el instituto casi muero de impaciencia. En esa época en lo único que pensaba era en largarme, y Hamlet lo había hecho, estaba en la universidad, pero luego, ante mi asombro, regresó para enredarse en un burdo drama relacionado con la vida sexual de su madre. Y todo porque se lo pidió su padre, en una perorata de moralizante autocompasión de varias páginas en la que no decía nada a Hamlet o sobre él, y se limitaba a repetir que la lujuria se alimentaba de la basura. Y después Hamlet iba por ahí haciendo comentarios hirientes sobre su madre a la gente. Yo no tenía paciencia para una persona así.

La pasada primavera, antes de tener que decidirnos por nuestra especialidad, Svetlana pidió consejo a sus padres y a otras personas mayores. Su padre, de forma muy retorcida, se negó a dárselo diciéndole: «Es imposible que yo te conozca mejor de lo que te conoces a ti misma». Eso era típico del padre de Svetlana. Era evidente que estaba convencido de saber qué le convenía, pero prefirió darle una lección. Su madre le soltó «Pregúntale a Gould», en referencia a Stephen Jay Gould, porque había ido a verlo a su despacho unas horas antes y habían mantenido una conversación de dos horas sobre el origen del hombre. «Qué envidia me das con tantas opciones para elegir —le dijo su madre—. Ojalá estuviera en tu lugar. Me haces tan feliz que a veces hasta lloro».

Svetlana hacía como que todavía no tenía claro qué clases escoger, pero era obvio que ya había tomado una decisión. Las dos estábamos haciendo el curso acelerado de ruso, que era básico si querías tener alguna esperanza de poder leer en ruso antes de acabar los cuatro cursos de la carrera. Eso contaba como dos asignaturas. En cuanto añadías la asignatura medular y un seminario de tu especialidad, ya tenías las cuatro asignaturas que te completaban el curso.

Yo, sin embargo, cursaba una asignatura extra, que podía elegir con total libertad. No entendía por qué no había más gente que cogiera una quinta asignatura. No había que pagar ningún coste extra. Solo tenías que rellenar una «petición» e ir a ver al decano. Eso sí, esas reuniones nunca resultaban agradables. Tras la actitud contenida del decano, podías atisbar un mecanismo oculto que constantemente convertía todo lo que decías en una expresión de irracionalidad o inmadurez. Pero, por algún extraño motivo, las leyes de su universo no les permitían oponerse a ti de forma abierta. Se limitaban a mostrar una sonrisa imperturbable e intentar convencerte de que no cogieras tantas asignaturas, y si tú respondías manteniendo otra sonrisa imperturbable el tiempo suficiente, al final acababan firmándote la petición.

Abrí el catálogo al azar.

LIT COMP 140: AZAR

«Una cantidad incalculable de esfuerzos humanos están dirigidos a combatir y restringir la incomodidad o el peligro que representa el azar», escribe Carl Jung en su prólogo al *I Ching*. Reflexionaremos sobre las tentativas de artistas y pensadores modernos de redirigir estos esfuerzos para servirse del azar como praxis artística, como conducto para el subconsciente, como vía de escape de las ataduras de la memoria y la imaginación…

El corazón me dio un vuelco al descubrir que había una clase de literatura sobre el azar, sobre todo cuando llegué a que «el temario incluye el flâneur y el paseo sin rumbo como paradigmas de la experiencia urbana». El azar, la probabilidad, era lo que Ivan había ido a estudiar a California ¡y el tema de su tesis fue los paseos sin rumbo! Y los flâneurs eran un tema recurrente en el gremio literario. Nunca he entendido por qué; sueltan que alguien es un flâneur o un voyeur y parecen encantados. Yo sabía que los flâneurs se dedicaban a pasear por ahí y que los voyeurs se dedicaban a mirar. Eso en sí mismo no parecía muy interesante, y yo no acababa de entender por qué un paseo sin rumbo era merecedor de convertirse en objeto de estudio. ¿Era posible que estas cosas estuvieran relacionadas?

Al final de la descripción, se detallaba que entre los temas abordados estaban «las estrategias surrealistas de André Breton en *Nadja*» y también esto parecía una señal, porque me había fijado muchas veces en el ejemplar de *Nadja* que tenía Svetlana en su cuarto: un volumen delgado, con una llamativa cubierta minimalista y fotografías en blanco y negro numeradas e intercaladas en el texto. Una vez, mientras esperaba a que Svetlana saliera de la ducha, leí las primeras líneas: «¿Quién soy? Si alguna vez hubiera confiado en un proverbio, tal vez todo se limitaría a saber con quién estoy "obsesionado"». El párrafo seguía varias páginas. Parecía menos interesante que preguntarme a quién perseguía yo.

—¿Es bueno? —pregunté, sosteniendo el libro en la mano, cuando se abrió la puerta y reapareció Svetlana, desnuda y con el pelo envuelto en una toalla.

Me miró pensativa y respondió:

—No sé si te gustaría. Si quieres, te lo presto.

Miré la última página. Leí: «La belleza será CONVULSA o no será».

—Quizá en otro momento —dije, y volví a dejar el libro en el estante.

Unos meses después, Ivan me escribió un largo email sobre Fellini y los payasos, cuya última línea decía: La belleza, dice Breton, será convulsa o no será. Decidí volver a echar un vistazo a *Nadja* la próxima vez que pasara por la habitación de Svetlana, para comprobar si había alguna referencia al tema de los payasos. Pero el año académico terminó sin que volviera a pasar un rato en su habitación, esperándola mirando sus libros.

Ahora vivíamos en diferentes edificios y no tardaríamos en estar todavía más alejadas, y ella se casaría y yo ya no volvería a esperarla en su cuarto. Qué breve y mágica fue la época en que vivimos pegadas y entrábamos y salíamos de la habitación de una y otra y nuestra misión más importante en la vida era resolver misterios. La provisionalidad hacía que fuera muy importante hacer lo correcto, seguir las pistas correctas.

* * *

Era fascinante girar en la esquina de la librería y pasar de Ciencia Computacional a Literatura Comparada, ver cómo los gruesos libros de texto daban paso a libros de dimensiones normales con cubiertas interesantes que hacían pensar en que una persona cualquiera podía leerlos en algún momento de su vida. Sin embargo, los libros de la asignatura sobre el Azar destilaban una frialdad nada seductora. ¿Me iban a gustar? Los libros que me gustaban solían ser largos, con descripciones de mobiliario y de alguien enamorándose, y a menudo lucían feas pinturas decimonónicas en las cubiertas. Los libros del Azar eran ese tipo de volúmenes delgados y seductores, con amplios márgenes, que normalmente no me sentía impulsada a leer: libros experimentales, híbridos, posmodernos o líricos. ¿Por qué los poemarios eran tan caros cuando resulta que contenían tan pocas palabras? ¡Esa edición de *Las flores del mal* costaba treinta dólares! Abrí una página al azar: «Don Juan en el infierno». «Las mujeres, con los vestidos abiertos y mostrando sus senos flácidos, se retorcían bajo el oscuro cielo y, como una horda de víctimas sacrificiales, se arrastraban con un prolongado lamento». ¿Qué? ¿Por qué estaban las mujeres en el infierno? ¿Treinta dólares?

Entonces me fijé en un grueso volumen de Penguin Classics con una reproducción de pésima calidad de una pintura decimonónica en la portada y en cuya contraportada blanca sobre fondo negro se leía:

O LO UNO O LO OTRO
Un fragmento de vida

Tomé un ejemplar de segunda mano –7,99 dólares– y leí el texto de contraportada: «O bien uno opta por vivir estéticamente o bien por vivir éticamente».

Se me aceleró el corazón. ¿Existía un libro que trataba sobre esto?

Había oído por primera vez el concepto «vida estética» el año anterior, en una clase de una asignatura llamada Mundos Construidos. Leíamos una novela francesa titulada *A contrapelo*, sobre el degenerado vástago de una familia aristocrática que se retiraba a la campiña y se dedicaba a proyectos «decadentes» como cultivar orquídeas que parecían carne, o más en general a intentar que los objetos orgánicos e inorgánicos se pareciesen. Me pareció que al final del libro el tipo apenas había conseguido nada de lo que se proponía. Aun así, la idea de una vida consagrada a la estética me pareció muy cautivadora. Era la primera vez que oía hablar de un principio organizador o meta en la vida que no fuera ganar dinero o tener hijos. Nadie admitía que esos eran sus principios organizadores, pero me había percatado a menudo en mi adolescencia: los adultos actuaban como si intentar alcanzar una meta o llevar a cabo algo personal fuera un sueño frívolo, un lujo, comparado con el verdadero trabajo de tener hijos y ganar dinero para pagar los gastos generados por esos hijos.

Nadie me explicó nunca por qué tener hijos era algo tan digno de admiración o por qué era lo que se presuponía por defecto que todo ser humano debía hacer. Si osabas preguntar por qué todo el mundo debía tener hijos, o por qué tenerlos era tan maravilloso, la gente se lo tomaba como una blasfemia, como si dijeses que se merecían morir o que el niño se merecía morir. Era como si no hubiese manera de preguntar por eso, sin dar a entender que alguien merecía morir.

Un día, en los inicios de nuestra amistad, Svetlana me comentó sin que viniera a cuento de nada que en su opinión yo intentaba llevar una vida estética, y que esa era la principal diferencia entre nosotras, porque ella trataba de llevar una vida ética. Yo no veía muy claro por qué tenían que ser dos opciones contrapuestas, y por un momento me inquietó que pensara que para mí no representaba ningún problema engañar o robar. Pero resultó que se refería a otra cosa: a que yo arriesgaba más que ella y me preocupaba más por el «estilo», mientras que ella se preocupaba más por la historia y las tradiciones.

«Lo ético y lo estético» no tardó en convertirse en el marco que utilizábamos para valorar qué nos diferenciaba a la una de la otra. Cuando se trataba de elegir amigos, a Svetlana le gustaba rodearse de personas predecibles y aburridas que reforzaban su manera de ser, mientras que a mí me interesaba más la gente menos predecible que generaba experiencias o impresiones diferentes. A Svetlana le gustaban los cursos introductorios y de iniciación, para «dominar» lo básico antes de pasar al siguiente nivel y sacar un sobresaliente. A mí me aterraba aburrirme, de manera que prefería cursos muy específicos con títulos interesantes, incluso cuando no había cursado los introductorios y no tenía ni idea de la materia en cuestión. Entendía que mi sistema de elección pudiese calificarse de estético. Sin embargo, me parecía menos claro por qué el de Svetlana merecía el calificativo de ético, aunque sí parecía más «responsable» y disciplinado.

Alguna relación parecía tener el hecho de que Svetlana estuviera tan unida a su padre y que fuera a través de él como se interesó por leer y debatir sobre problemas filosóficos y éticos. En mi caso, podía establecer una relación con esto: cuando era pequeña, mi padre y yo pasábamos fines de semana enteros recorriendo la campiña de Nueva Jersey en coche, los dos solos, y nos íbamos parando para coger manzanas en granjas o para observar a los pájaros en un parque natural, pero sobre todo íbamos por ahí con el coche, escuchando música clásica y discutiendo sobre ética, moralidad y el sentido de la vida. Disfrutaba un montón de esas conversaciones. Aunque ahora la palabra «ética» me hacía perder la paciencia.

Cuando intentaba precisar cuándo habían cambiado las cosas, me venía a la cabeza una noche cuando tenía diez años. Estaba haciendo los deberes en mi cuarto y mi padre llamó a la puerta y me propuso uno de esos largos paseos en coche, aunque era un día de diario. Ya en el coche, mi padre me preguntó si estaba de acuerdo con él en que no había nada peor, desde el punto de vista ético, que la traición, y en que las mujeres eran especialmente proclives a traicionar. Clitemnestra, por ejemplo, había traicionado a Agamenón cuando tenía un pie fuera del agua mientras tomaba un baño, dando cumplimiento a la profecía de que Agamenón no moriría ni en la tierra ni en el mar.

Yo no había, hasta que me lo contó Svetlana, que Agamenón había asesinado a su hija, ofreciéndola en sacrificio para poder participar en la guerra de Troya. Eso era lo que no le perdonaba Clitemnestra. Yo no tenía ningún interés en pensar en todo esto o modelar mi vida en relación con ello.

Según el texto de contracubierta, la primera mitad de *O lo uno o lo otro* se centraba en la vida estética, e incluía una narración titulada «Diario de un seductor», mientras que la segunda mitad abordaba la vida ética y consistía en varias cartas de un juez sobre el matrimonio.

De manera que la vida ética tenía relación con el hecho de casarse. En mi amistad con Svetlana estaba de algún modo implícito que ella quería disfrutar de «una relación estable» y algún día tener hijos, mientras que yo prefería vivir experiencias amorosas interesantes sobre las que pudiera escribir.

Svetlana no parecía haber disfrutado de la vida familiar más que yo, pero en su caso eso la había abocado a desear una segunda oportunidad, para hacer ella bien todo lo que sus padres habían hecho mal. Yo, por otro lado, pensaba que mis padres habían estado condenados al fracaso y no veía nada claro que yo pudiera hacerlo mejor que ellos.

Como era de esperar, la contracubierta de *O lo uno o lo otro* no aclaraba qué tipo de vida era mejor. Lo único que decía era: «¿Kierkegaard nos conduce a optar por una de las dos alternativas? ¿O nos vemos abocados a la idea existencialista de la elección radical?». Probablemente ese texto lo había redactado un profesor. Veía en él el típico deleite profesoral al impartir lecciones. Aun así, compré un ejemplar, junto con otro de segunda mano de *Nadja*. Parecía posible que uno de estos dos libros, o ambos, me pudieran cambiar la vida.

* * *

A veces aún se me hacía raro que Svetlana y yo no compartiéramos habitación. Lo habíamos comentado en primavera. «Nuestra amistad es sin duda de lo más estimulante –dijo ella–, pero me sentiría amenazada conviviendo con alguien que no tenga una personalidad menos fuerte que la mía». Svetlana era la única persona que conocía capaz de hablar con semejante candidez. A mí me habría dado vergüenza pensar, no digamos ya verbalizar, que me sentía amenazada por la fuerte personalidad de otra persona. Ni siquiera hubiera admitido que no creía que todo el mundo fuera igual en este sentido. Sin embargo, en cuanto Svetlana lo dijo, pareció evidente y nada polémico. La propia Svetlana tenía una personalidad mucho más fuerte que nadie que yo conociera, incluso más fuerte que la mía. Ella bajo ningún concepto hubiera pasado el verano en un país europeo periférico, con tan poca conexión tanto con el propio pasado de ella como con las grandes edificaciones de la historia y la cultura occidentales. ¿Por qué había dicho entonces que yo tenía una personalidad más fuerte? Concluí que intentaba ser amable, hacer que no me sintiera tan mal por el hecho de que no quisiese compartir habitación conmigo.

Por otro lado, cuando me ponía a pensar en sus compañeras del primer año, las que vivían en su nueva residencia, su relación con Svetlana parecía depender de la aceptación compartida de que Svetlana poseía una personalidad más fuerte. Eran las espectadoras que animaban a Svetlana, en una suerte de trueque feudal a cambio de protección, tutelaje y diversión. ¿Dónde encajaba yo? No podía imaginarme a Dolores y Valerie rindiéndome pleitesía, igual que no podía imaginarme uniéndome a ellas para rendírsela a Svetlana. No podía imaginarme llamando a sus peluches por sus nombres de pila, o esperando mi turno para llevar a Guthrie, el ornitorrinco, a los exámenes. ¿Por qué Svetlana tenía más ganas de hacer estas cosas que de pasar tiempo conmigo?

Cuando Riley me pidió que compartiera habitación con ella, acepté de inmediato, pese a que no la conocía muy bien. Riley era la persona más intransigente con la que me había topado en mi vida, y también la más divertida. Sus mejores amigos –Oak, Ezra y Lucas– eran chicos y «se tomaban en serio el humor». Contar chistes –como debatir o jugar al pimpón– era una de las muchas aficiones informales y no profesionalizadas que en la universidad se convertían en una rigurosa disciplina de gran complejidad técnica que algunas personas estudiaban día y noche y transformaban en una competitiva carrera profesional.

Cuando me sentaba con ellos en la cafetería –Riley siempre muy estirada y autosuficiente como un gato, los otros tres con sus largas extremidades extendidas encima o debajo de la mesa, todos contando chistes sin parar, subiendo más escalones de los que creía posibles y enjuiciando sus ramificaciones como si fueran pormenores de la ley– me parecía imperativo mantener a esta gente cerca de mí, tanto para protegerme de las vicisitudes de la vida como para aprender cómo lo hacían ellos.

Se hacía difícil imaginar a Svetlana siquiera manteniendo una simple conversación con Riley, no digamos ya viviendo en la misma habitación que ella. Resultaba todavía más difícil imaginarse a Ivan hablando con Riley, aunque eso había sucedido en una ocasión, en primavera, cuando Ivan apareció misteriosamente en la cafetería de los estudiantes de primer año. Fue una de las muchas cosas que hizo en apariencia con la única finalidad de desconcertarme.

—¿Qué haces tú por aquí? —le pregunté.

—Estaba en el Centro de Ciencias y no me daba tiempo a volver a mi residencia. Así que he pensado que te encontraría aquí.

—Pero he quedado con una amiga.

—Entonces ¿puedo comer contigo y tu amiga?

Lo acompañé a nuestra mesa con creciente desesperación.

—Ella es mi amiga Riley —dije—. Él es Ivan.

—Hola —saludó Ivan.

Me senté frente a Riley e Ivan se sentó a mi lado. Riley contempló a Ivan mientras él cortaba con gran vigor un filete Salisbury, algo que ella jamás comería. Al poco rato aparecieron Oak, Ezra y Lucas, arreglándoselas para parecer que eran al menos cinco personas. No paraban de sentarse, levantarse, ir a buscar cosas y cambiarse de sitio. Todos se reían de ese otro chico, Morris. Riley contó que una vez le había cogido a Morris un peine y se le había partido en dos, de modo que le había tenido que comprar otro peine. Consideraba que se había comportado de un modo muy responsable y generoso, ya que ella no había hecho nada raro con el primer peine, que se había partido sin más. Pero Morris no le había aceptado el peine nuevo y le había soltado muy enfadado: «¡Hace quince años que tenía ese peine!». En esta historia todo lo sucedido, incluida la espontánea rotura del peine, era muy típico de Morris.

—Hace quince años tenías tres años. Apenas tendrías pelo —dijo Riley, dirigiéndose a un imaginario Morris.

—Quizá ese peine era para él como el reloj de *Pulp Fiction* —sugirió Ivan.

Oak, el hijo de hippies, miró a Ivan con esos redondeados ojos azules que le daban aspecto de chiflado, y dijo:

—¡Mi padre llevó ese peine metido en el culo durante quince años!

Este nuevo giro de la historia, con el padre de Morris llevando el peine metido en el culo durante quince años, fue asumido por todos sin merecer ningún comentario. Admiré a Ivan por ser capaz de contribuir con un chiste lo bastante cercano al universo de Riley y sus amigos como para que lo aceptaran con tanta naturalidad.

La residencia de Svetlana acabó albergando a seis judíos ortodoxos, porque ella había formado parte de una sección de Razonamiento Moral con Dave, el ortodoxo alfa. Los dos habían fusionado sus residencias, como si de una boda dinástica se tratase. Dave era de nuestra edad, pero lucía una poblada barba castaña y tenía voz de locutor de radio. Él y Svetlana habían sido los dos alumnos con menos pelos en la lengua de su clase, y a menudo sus debates se prolongaban durante horas, con lo que Svetlana denominaba «una intensidad casi sexual». Ella se consideraba a sí misma como una persona formada en el pensamiento clásico redescubierto por los cristianos en el Renacimiento, mientras que Dave poseía un sistema talmúdico de interrogación y comentario, pero eran capaces de encontrar algunos puntos de conexión entre ellos, ya que sus sistemas tenían un origen común en la Biblia hebrea.

A la clase de Razonamiento Moral se le había puesto el título de «Si Dios no existe, entonces todo está permitido». A mí no me cabía en la cabeza cómo podía haber gente que nada menos que en 1996 pudiera mantener un debate sobre semejante tema. Personas cuya única razón para no tener un comportamiento antisocial era el miedo a meterse en líos con Dios... ¿cómo se podía mantener una relación normal con alguien así?

El sistema de amadrinamiento de Riley era un poco menos opresivo que el de Svetlana, pero también algo menos benevolente. Tal vez no pudieras mostrarte benevolente a menos que estuvieras muy involucrada con todo el mundo. Svetlana decía que su residencia era más protectora y la mía más fría; mientras que a Svetlana esta frialdad le hubiera impedido desarrollar su auténtica personalidad, a mí el exceso de protección me era del todo innecesario. ¿Era eso cierto? Desde luego la palabra «protectora» hacía que se me encogiese el corazón.

Mi residencia estaba vinculada con Mather, que era donde vivían los chicos: Oak, Ezra, Lucas y Morris, y varios amigables geólogos que tenían algún tipo de vínculo con Oak. Sin embargo, Riley detestaba tanto Mather que hizo que a todas nosotras —yo; Riley; Priya, la compañera de clase de Riley en el curso preparatorio para entrar en medicina, y Joanne, la compañera de habitación de Prinya— nos transfirieran a otra residencia atiborrada. Seguíamos utilizando las instalaciones de Mather, pero nuestras habitaciones estaban en esta otra residencia: un edificio de mediana altura, con fachada de ladrillo visto, repleto de dormitorios dobles provistos de lavaplatos, microondas, triturador de basura, suelo enmoquetado y calefacción central. Era como un típico edificio de apartamentos, salvo por el detalle de que cada dormitorio contaba con una litera y dos escritorios. A mi modo de ver, había algo un punto siniestro en el hecho de que lo que parecía un edificio de apartamentos normal y corriente, albergara en realidad un montón de dormitorios universitarios.

* * *

Incluso durante la shopping week, el curso acelerado de ruso mantuvo sus dos horas lectivas. Todo el mundo se quejó, pero yo estaba secretamente encantada. Detestaba que la gente se comportara como si nada de lo que hacíamos fuera imperioso. «Dispones de un montón de tiempo, no tienes por qué precipitarte». Era lo que te soltaba el decano cuando intentabas apuntarte a cinco clases. Para ellos era muy fácil decirlo: ellos ya eran decanos. O bien era algo que les gustaba hacer, en cuyo caso podían relajarse, o no era lo que habían soñado y ahora se dedicaban a impedir que nadie más pudiera hacer realidad sus sueños.

Eso había sido lo peor de la infancia: la gente que te decía la suerte que tenías por estar en una etapa de la vida sin preocupaciones ni responsabilidades. Ese era un punto sobre el que mi madre y yo teníamos visiones contrapuestas. Según ella una de las cosas más maravillosas de Estados Unidos era que se permitía a los niños ser niños, mientras que en otros países los niños se veían obligados a convertirse en adultos antes de estar preparados para ello; se los sexualizaba o se los obligaba a trabajar. En Estados Unidos la infancia era una etapa de la vida dedicada al juego y la inocencia, sin tener que preocuparse por ganar dinero ni nada que tuviera un propósito. Cuando yo era niña, cada vez que oía hablar de niños que destacaban en cualquier campo de las ciencias, las artes o los deportes me veía invadida por un anhelo y una profunda sensación de fracaso. Sin embargo, a mi madre esos niños prodigio le producían lástima y pena: no les habían permitido ser niños.

Después de la clase de ruso, tenía una cita con Bob, mi asesor financiero. Mientras cruzaba la plaza, me percaté de que un hombre trataba de llamar mi atención. El pesimismo se apoderó de mí. Seguro que quería pedirme dinero. Si le daba algo, estaría gastando con frivolidad lo que mi madre había ganado con grandes sacrificios, con el único fin de sentirme bien ante un desconocido. Si no le daba nada, entonces sería una hipócrita, porque gastaba con regularidad el dinero de mamá en cosas que en realidad no necesitaba, como una crema facial de CVS para limpiar los poros que costaba siete dólares.

Intenté simular que no lo veía, pero percibía que el hombre insistía, impulsado por la fuerza moral de saber que yo tenía más dinero que él y que eso no era justo. Me rendí e hice lo que él trataba de forzarme a hacer: mirarlo. Entonces vi que vendía *Real Change*, el periódico de los sintecho, y me sentí aliviada, porque *Real Change* era técnicamente un periódico —un desembolso legítimo— y era al mismo tiempo más barato y más interesante que otros periódicos. Estaba segura de que a mi madre también le habría parecido interesante.

—Me encanta *Real Change* —le dije al tipo, y le di un dólar.

Él me tendió el periódico con un ademán ostentoso. Mientras me alejaba, me puse a ojear la portada. El RINCÓN CONSPIRATIVO de Fulano de Tal —«oculto mi verdadero nombre por seguridad»— me encantó por su tono desenvuelto y su abrupto final: «En cualquier caso, voy a esconderme. ¡Jamás hablaré con vosotros!». ¿Y por qué no había más periódicos que tuvieran una sección de poesía?

Los poemas que publicaba *Real Change* no eran peores en ningún aspecto que los que aparecían en la revista literaria estudiantil. ¿A la gente que vivía en la calle se le daba bien la poesía o es que nosotros éramos un desastre? En «Las masas no queremos tofu», la palabra «tofu» se rimaba con «opuesto». Otro poema empezaba así: «Vivimos en un mundo en el que los bebés seducen a las vírgenes. / Utilizan los arrumacos y su adorable apariencia para engatusar». Más abajo, resultaba que los bebés disponían de algún tipo de representante elegido democráticamente. Tal vez podía recortar este poema para hacerle un collage a Riley. Ella y yo habíamos empezado a hacernos collages que pegábamos en el espejo del lavabo.

En la sala de espera del despacho de asesoramiento financiero, medité sobre un poema titulado «Odio».

Nada de todo esto me parece real.
Ya no me queda alma que puedan robarme.
Mi corazón ya es de piedra.
Por favor, no me dejéis solo.

¿El poema era bueno? Parecía una canción de los Nine Inch Nails. ¿Eran buenos los Nine Inch Nails? A mí me fastidiaba que la gente te mostrase la foto de un urinario e intentara animar un debate sobre si eso era arte. No obstante, yo quería saber si el poema era bueno. «Por favor, no me dejéis solo». ¿Era eso lo que también a mí me daba miedo? ¿Y tal vez no solo a mí, sino a todo el mundo? Eché un vistazo a la sala de espera y detecté varios cuadros de veleros. El chico sentado a dos sillas de distancia de mí, estaba despatarrado en la silla, con las piernas estiradas y la mochila en el suelo delante de él; parecía que le hubieran pegado un tiro. Había algo en esa escena que me llevó a preguntarme si ese poema, y todos los demás poemas, y el resto del periódico, y probablemente otros periódicos, eran una expresión de sufrimiento que resultaba obsceno imprimir, publicar, distribuir y leer.

Bueno, pensé, de eso se trata: no hay que escribir un grito de sufrimiento en crudo. Sería aburrido y autoindulgente. Tienes que disfrazarlo, transformarlo en arte. En eso consistía la literatura. Eso era lo que requería talento y hacía que a la gente le entraran ganas de leer lo que habías escrito, y eso te hacía ganar dinero.

Bob, mi asesor fiscal, me comentó que las discrepancias en los activos declarados por mi madre estaban interfiriendo en mis posibilidades de que se me concediera un préstamo federal. Me mostró un informe crediticio que decía que mi madre había pedido una hipoteca para pagar una casa en Luisiana. El informe parecía escrito de un modo deliberadamente confuso, pero al final caí en la cuenta de lo que había sucedido: la agencia que lo había redactado había confundido a mi madre con mi madrastra, que compartían el mismo nombre y el mismo apellido. (Mi madre seguía usando su apellido de casada, porque era el que figuraba en todos sus artículos científicos). E incluso el segundo apellido de mi madrastra empezaba por la misma letra que el apellido de soltera de mi madre.

—Es una coincidencia muy rara —dije—, porque su nombre no es tan común. Quiero decir que no es un nombre turco supercomún.

Bob parecía al borde del ataque de nervios.

—Entonces me estás diciendo que Nurhan M. Karadağ y Nurhan M. Karadağ son dos personas diferentes.

Sentí lástima por él. Cada vez que veía a este tío, le arruinaba el día.

Ya de entrada no podía optar a otra ayuda financiera que no fuera un préstamo, porque los ingresos de mis padres sumados superaban los cien mil dólares. Daba igual que tuvieran deudas, ya que se habían gastado todos sus ahorros en abogados durante el proceso para decidir quién se quedaba con mi custodia cuanto yo tenía catorce años. Al final fue mi madre quien ganó el pleito, con la condición de que regresara a New Jersey. Se vendió el apartamento perdiendo dinero, dejó el trabajo que adoraba en Filadelfia y encontró un puesto peor pagado en Brooklyn, adonde tenía que ir cada día en tren. Alquilamos una de las dos plantas de una casa en el condado de Essex a dos ancianas hermanas italianas que vivían en la otra. Acabó siendo divertido. Cada vez que se cortaba la electricidad o el gas, era como vivir una gran aventura. Mi madre estaba convencida de que yo acabaría siendo una gran escritora. Y entonces logré entrar en Harvard, como siempre habíamos soñado. Según mi madre, el hecho de que yo hubiera conseguido entrar demostraba que ella podría haberlo hecho también.

Sin embargo, cuando en Harvard me dijeron que no cumplía los requisitos para poder optar a una ayuda financiera y otra universidad me ofreció una beca completa, pensé que era mejor esa opción. Mi madre su puso furiosa y me recriminó que siempre me autosaboteaba. Estaba orgullosa de poder sacar el dinero de su propio plan de pensiones y entregárselo a Harvard. Yo también me sentía orgullosa de ella. Pero no de mí misma. Eso hacía que, en retrospectiva, todo el proceso de solicitud de admisión en la universidad resultara de algún modo doloroso e insultante: los trabajos que debías entregar, las entrevistas, el papeleo y las cartas explicando tu motivación parecían apuntalar lo especial que eras, pero al final de lo que se trataba era de poner a tus padres boca abajo y zarandearlos para que cayera de sus bolsillos el dinero.

En Harvard parecían orgullosísimos de su modo de proceder con las ayudas financieras. No parabas de oír que lo de las «ayudas basadas en el mérito», que era un buen sistema para otras universidades, aquí no les funcionaba, porque todos los alumnos tenían méritos sobrados. Cuando tus padres pagaban la matrícula completa, parte de lo que pagaban era el privilegio de poderte relacionar con personas más «diversas» que tú.

—Mis padres pagan para que él pueda estudiar aquí y así yo puedo aprender de él —soltó una vez mi amiga Leonora, refiriéndose a un chico de Arkansas educado en casa que hacía un curso de historia con ella y un día se puso a hablar de que a Jesús lo habían matado los judíos.

Leonora había sido mi mejor amiga de infancia, después fuimos a colegios e institutos diferentes, pero ahora volvíamos a estar juntas cn la universidad. Ella ya estaba convencida de que todas y cada una de las personas de este planeta eran antisemitas, de manera que no parecía que hubiera aprendido nada nuevo de ese chico.

Para mí, la parte de las ayudas financieras que no tenía ni pies ni cabeza era que todos los estudiantes extranjeros gozaban de becas completas, independientemente del dinero que tuvieran sus padres. En nuestro curso estaba el hijo del príncipe de Nepal y él no había pagado matrícula. En una ocasión, Ivan dijo algo que me dolió en el alma sobre «los alumnos cuyos padres han pagado cien mil dólares para que puedan estudiar aquí». ¿No sabía que mis padres estaban pagando cien mil dólares para que yo estudiara aquí? Lo que me sacó de quicio fue la idea de que mis padres pagaban para que Ivan estudiara aquí. Otra experiencia para mí por la que habían pagado.

* * *

Fui al centro de estudiantes para comprobar si tenía emails. Ivan seguía sin escribirme. Hoy no me dolió tanto. Él había sido el último en escribir, de manera que ¿técnicamente no me tocaba a mí escribirle a él? Cuando comprobé si tenía algún mensaje de voz, me encontré con uno de mi madre, así que la llamé a su laboratorio. Respondió al segundo timbrazo. Le conté lo del lío que se había hecho Bob con la Segunda Nurhan. Pensé que le parecería gracioso, pero su respuesta sonó irritada.

—Hablaré con Bob —dijo.

—No creo que debas hacerlo —dije yo.

—Si te vuelven a molestar con esto, dímelo y los llamaré. No tendrían que darte la lata con estas cosas.

Mi madre me contó que había ido al médico y quería mi opinión. Me explicó que tenía un problemilla menor, una especie de quiste. Podía o bien operarse y eliminarlo o bien hacer un tratamiento sin pasar por quirófano y hacerse revisiones periódicas cada seis meses.

Yo no sabía en qué podía basar mi opinión, ni qué valor podía tener, ya que yo no era médico y ella sí. Mi madre me dijo, con cierta frialdad, que ya sabía que yo no era médico, pero que me había proporcionado toda la información relevante; no me estaba pidiendo una opinión médica, sino una opinión personal. Me di cuenta de que había metido la pata con mi comentario. Le pregunté qué peligros acarreaba la operación y qué podía pasar si se saltaba un control. Me explicó que la operación requería anestesia total, pero era muy común y no se consideraba de alto riesgo. Sin embargo, los controles no podías saltártelos, porque eso sí era de alto riesgo.

Pensé que mi madre ya tenía un montón de cosas de las que acordarse, así que le dije que yo optaría por pasar por el quirófano y despreocuparme de los controles.

—Eso pensaba yo también —dijo mi madre con tono afable.

Después de colgar, noté que estaba inquieta porque Ivan no me había escrito. Era raro: en apariencia nada había cambiado, pero yo me sentía diferente. Acabé volviendo a la sala de ordenadores y utilicé el comando «finger», pese a que siempre me hacía sentir peor.

Nombre de usuario: ivanv Nombre real: Ivan Varga
Conectado desde Juev. 3 sep. 10:24 (PDT) en pts/7
28 segundos tiempo de inactividad
Última revisión de mail Juev. 3 09:41 (PDT)
Plan: «Mi diosa eres tú, Naturaleza. Solo a tu ley consagro
   mis servicios». (RL I,ii, 1-2)

En esos momentos estaba conectado, mirando la pantalla de un ordenador igual que yo. Llevaba veintiocho segundos allí sentado pensando en algo. Y había añadido un «plan».

Gracias a Riley, yo había aprendido qué era un plan. Era un archivo en el que podías introducir cualquier texto que quisieras y aparecería cuando alguien te buscaba con el «finger». Si no habías introducido nada, se leía Sin plan. Los profesores solían tener este Sin plan, porque no sabían como cambiarlo o les daba igual. Los estudiantes de posgrado a veces colocaban sus horarios de trabajo. Los estudiantes de primer año a veces ponían Dominación mundial o Tomando el control del universo. Si no, lo más habitual era poner una cita o una máxima. Riley tenía: El modo más rápido de llegar al corazón de un hombre es a través de su pecho, con un hacha.

No reconocí la cita de Ivan, pero di por hecho por la referencia de aspecto irritante que sería de Shakespeare. Alguien del MIT había colgado en internet todas las obras de Shakespeare y localicé la cita en un soliloquio de *El rey Lear*. La última línea decía: «¡Y ahora, dioses, poneos en pie por los bastardos!».

En la licorería aprendí que el soliloquio «Mi diosa eres tú, Naturaleza» lo pronunciaba Edmund, el hijo ilegítimo del conde de Gloucester. Edmund, un personaje maquiavélico, rechazaba la moral convencional, la autoridad y la legitimidad, y optaba en cambio por «la ley de la Naturaleza». Esto incluía un juego con el concepto de «hijo natural», que también significaba «bastardo». No despreciábamos a Edmund por conspirar para usurpar el poder legítimo, porque Shakespeare le hacía dirigirse directamente a nosotros, introduciéndonos en sus peligrosas pero excitantes aventuras, que incluía su promiscua conquista sexual de Goneril y Regan.

Nada de lo que averigüé sobre Edmund me hizo sentir mejor.

* * *

Svetlana y yo fuimos a una conferencia sobre *La señora Dalloway* y el tiempo. Al parecer, *La señora Dalloway* ilustraba la teoría de Henri Bergson sobre la existencia de dos tipos de tiempo: el que puede medirse mediante los relojes y el otro.

En determinado momento, un profesor se puso en pie y dijo irritado que Virginia Woolf jamás leyó a Henri Bergson. La atmósfera de la sala se tornó hostil hacia el conferenciante, que apuntó, sin mucha convicción, que Woolf acudió en una ocasión a una conferencia de Bergson. Entonces un tipo con un acento italiano que sonaba genial se levantó y dijo que las ideas de Bergson estaban en aquel entonces «en el ambiente». Esta observación consiguió zurcir la rasgadura que se había producido en el tejido social y permitió que la charla continuase, pero quedó claro, incluso para mí, que lo que estábamos escuchando era una elucubración fantasiosa, ahistórica y nada «rigurosa».

Me indigné. Muy bien, resulta que una escritora no había leído a otro escritor: ¿por qué eso supuestamente probaba que lo que decían no estaba relacionado? ¿Una teoría sobre el tiempo no era más probable que fuera cierta si dos personas habían llegado a formularla cada una por su cuenta? ¿A qué clase de cretinos les importaba más apuntalar un vínculo personal que descubrir verdades universales? A los historiadores, ellos eran esos cretinos. Solo se sentirían satisfechos después de convertir cada libro milagroso en el producto de su momento histórico.

Según Svetlana, un libro milagroso lo era todavía más cuando conocíamos las influencias históricas recibidas por el escritor: de ese modo se podía identificar el hecho milagroso con mayor precisión. A mí me parecía una frivolidad perder el tiempo celebrando las circunstancias en las que alguien descubrió determinado fenómeno. ¿No era más importante intentar aplicar ese fenómeno a otras circunstancias históricas distintas?

Al final, Svetlana optó por una especialización llamada Historia y Literatura. A mí la historia me traía sin cuidado, así que yo elegí la especialización denominada Literatura a secas.

LA SEGUNDA SEMANA

En todas las especializaciones en literatura había que apuntarse a un «seminario» en el que leías y comentabas libros. La profesora, Judith, tenía rostro juvenil y cabello cano, hablaba con tono cómplice y de vez en cuando soltaba chillonas carcajadas. Los temas que más la entusiasmaban –que *La guerra de las galaxias* tenía la misma estructura narrativa que *La Ilíada*; que si consultabas la palabra «arreglar» en el Oxford English Dictionary las diferentes definiciones se «saboteaban» entre sí– no es que carecieran por completo de interés, pero eran asuntos sobre los que yo no tenía nada que decir. Aun así, en un par de ocasiones me inventé alguna opinión y la solté. Sus clases me parecían aburridas y deprimentes.

La mayoría de los alumnos que compartían conmigo ese seminario decían cosas aburridas y deprimentes. Tan solo había dos personas, Allie y Jason, que a veces hacían comentarios interesantes. Allie tenía acento neoyorquino y llevaba un delineado de ojos tipo *cat eye*. Jason parecía siempre despeinado y medio dormido. Yo escuchaba con atención todo lo que decían, tratando de averiguar por qué resultaba interesante.

Después del seminario, fui a la biblioteca de estudiantes de grado para intentar leer *O lo uno o lo otro*. Me detuve ante las estanterías de la entrada, donde exhibían ejemplares encuadernados de todas las tesis premiadas el año anterior. Repasé las letras doradas de los lomos buscando el nombre de Ivan.

Cuando di con él, me sentí como en un sueño. El nombre en el que había estado pensando todo el rato, sin verbalizarlo nunca, aparecía estampado en una encuadernación, como si ya se hubiera escrito un libro sobre él.

Saqué la tesis del estante. Era muy delgada, como todas las tesis de matemáticas. Para mi sorpresa, resultó que empezaba contando una historia: «Una niña y sus padres están visitando el Museo de Arte Muy Moderno. En la sección dedicada al cubismo, la niña se aleja de sus padres y da un paseo sin rumbo en tres dimensiones. ¿Cuántas salas atravesará antes de reencontrarse con sus progenitores?».

El resto de la tesis consistía en símbolos y ecuaciones. La volví a dejar en el estante, preguntándome por qué me había provocado esa sensación de incomodidad. ¿Fue tan solo por el impacto de ver algo que Ivan había escrito que no tenía nada que ver conmigo y de cuya existencia no sabía nada? La idea de una persona que reencontraba a sus padres por puro azar parecía una tragedia griega. ¿Y por qué se trataba de una niña? ¿Qué tenían las niñas, por qué estaba él tan interesado? Caí en la cuenta de que la envidiaba, por su curiosidad e intrepidez, y porque Ivan había escrito un libro entero sobre ella. Me pregunté si algo de lo que escribiría yo acabaría convertido en un libro exhibido en una biblioteca, con mi nombre en letras doradas.

Por lo general me saltaba las introducciones, pero me leí la de *O lo uno o lo otro* para ver qué tipo de libro era. Aunque se lo consideraba filosófico, tenía diversos narradores, como si se tratara de una novela, y la edición original apareció en dos volúmenes: los papeles reunidos de A, que vivía estéticamente, y de B, que vivía éticamente. Esos papeles, que se suponía que se habían encontrado en un viejo escritorio, incluían ensayos, aforismos, sermones, cartas, críticas musicales, una pieza teatral y la novela corta *Diario de un seductor*, atribuida a un amigo de A llamado Johannes.

Según contaba la introducción, mucha gente se saltaba la mitad «ética» y la mayor parte de la mitad «estética» y se limitaba a leer el *Diario de un seductor*. El propio Kierkegaard había dicho a propósito de *O lo uno o lo otro* que había que optar o bien por leer el libro entero o no leer nada de él. ¡Qué gracioso era Kierkegaard! Pese a sus advertencias, yo también fui directa al *Diario de un seductor*.

Empecé con la descripción de Johannes, el seductor, sobre su capacidad para utilizar sus «poderes mentales» para hacer que una chica cayera enamorada de él, «sin necesidad de poseerla en el sentido estricto»:

> Imagino que sabía arrastrar a una joven hasta el punto de estar seguro de que ella lo habría sacrificado todo por él, pero llegados a ese punto, cortaba la relación sin que por su parte se hubiera producido el más mínimo avance, y sin haberle verbalizado jamás su amor, mucho menos haberle hecho una declaración, una promesa. Y, sin embargo, todo eso había sucedido de algún modo y a la infeliz muchacha le quedaba la idea de que así había sido, lo cual le provocaba una doble amargura... debería luchar constantemente con la duda que todo aquello no hubiera sido sino producto de su imaginación.

Al leer esto, casi vomito. ¿No era lo que me había sucedido a mí? ¿No me había visto arrastrada hasta el punto en que lo habría sacrificado todo, y justo entonces él se desentendía sin haber hecho el más mínimo avance? ¿No estaba yo preguntándome constantemente —y no me lo habían preguntado con insistencia otras personas, incluida una psicóloga del centro de estudiantes— si no habría sido todo producto de mi imaginación? «En cuanto ella quería contárselo a alguien —escribía Kierkegaard—, resulta que no había nada que contar». El punto hasta el que dejaba a la chica sin nada era la máxima expresión de su destreza. Significaba tener el autocontrol suficiente como para no dejarla embarazada o abandonarla ante el altar. Significaba asegurarse de que no había testigos ni pruebas.

Cuanto más leía, más paralelismos encontraba con mi propia experiencia. Los emails que Ivan y yo nos habíamos mandado, que en su momento parecían algo nuevo que nos habíamos inventado, ahora parecían haber seguido algún tipo de manual. El seductor explicaba la importancia de alternar las cartas amorosas angustiadas y ambiguas con encuentros en persona cargados de ironía. En persona no se podía hacer mención de forma explícita a las cartas, ni preguntar «¿Recibiste mi carta?», pero había que estar siempre aludiendo a ellas para reforzar o socavar los mensajes que contenían.

El seductor explicaba que el motivo por el que manejaba unas técnicas tan buenas era porque las había aprendido de los mejores maestros: las propias jovencitas. La idea de que Ivan pudiera haberse carteado con otras chicas —que hubiera hecho lo mismo antes, muchas veces, a propósito— resultaba nueva, dolorosa y desconcertante.

A las cinco tuve que volver al departamento de literatura para ver *Sospechosos habituales*. Era para un seminario, para una unidad sobre teoría del género. Por lo visto, Kevin Spacey, ese tío bastante calvo que siempre interpretaba a sociópatas, utilizaba la teoría del género para engañar al inspector de policía y hacerle creer que no era más que un delincuente de poca monta engatusado por un maquiavélico criminal turco. Ese maquiavélico criminal —cuyo nombre, Keyser Söze, no era para nada turco— había asesinado a su propia familia y a las familias de varios húngaros.

—Selin, ¿tu verano fue así? —me preguntó Jason.

—Sí, es una transcripción exacta —dije—. Sospecho que tenían una cámara oculta.

Al final de la película, Kevin Spacey salía cojeando del despacho del inspector, en apariencia destrozado al descubrirse cómo lo había manipulado Keyser Söze. Pero en ese preciso momento, el inspector se percataba de que la empresa fabricante del tablón de corcho que cuelga de la pared de su despacho se llama Quartet y está en Skokie, Illinois. En la historia que ha contado Kevin Spacey aparecía un cuarteto de cantantes de Skokie, Illinois. Al pasear la mirada por el despacho, el inspector reconocía más palabras y detalles que figuraban en la historia relatada por Kevin Spacey. Y de este modo deducía que esa historia era falsa y que el propio Kevin Spacey era Keyser Söze.

La sensación de descubrir un monumental engaño en ausencia de la persona que lo ha orquestado; el hecho de que el engaño fue maquinado de forma específica para otra persona, utilizando palabras que parecían tener sentido pero que en realidad se iban tomando al azar del entorno; el desconcertante hecho de que esas palabras elegidas al azar resultaban adquirir un significado, aunque fuera de manera retrospectiva: todo eso se me acumuló en el pecho y me cortó la respiración.

Alguien encendió las luces. El vídeo empezó a chirriar al rebobinar la cinta. Jason y Allie discutían sobre si había algo de explotación en la película. Sonaba interesante, pero yo no lograba concentrarme. Al cabo de un rato me levanté y salí sin decir nada, como si fuera al lavabo. Bajé, me senté en un aula vacía y fui recordando una tras otra las cosas que Ivan me había escrito o dicho, cosas que en su momento no me habían parecido importantes. En una ocasión me dijo que las fresas crecían en árboles. Yo le contradije y le mencioné una planta de fresas que vi una vez, y sin embargo, cuando él se reafirmó en su idea, yo reculé: en aquel momento no me pareció importante y el recuerdo en sí tampoco parecía probar nada. «Eres fácil de convencer», me había soltado él.

—Me estaba preguntando cuándo me harías callar —me dijo en otra ocasión—. Me estaba preguntando hasta cuándo me dejarías seguir hablando.

Sentí el mismo horror que cuando leí a Kierkegaard, la misma sensación de que Ivan había estado siguiendo un manual de instrucciones cuya existencia yo desconocía. Sintiera lo que sintiera ahora, ¿era lo que Ivan había planeado que me sucediera? La idea era aterradora, pero en cierto modo sexualmente magnética.

En el comedor Quincy el servicio de comida ya se había acabado, pero casi la mitad de las mesas seguían ocupadas. Svetlana me había visto y me estaba haciendo señas. Comía de forma metódica un plato de requesón y verduras crudas. Esto era toda una novedad. Según ella no se trataba de una dieta, porque no se trataba de reducir su volumen sino más bien de revelar su verdadero y poderoso cuerpo. Yo seguía siendo de ese tipo de personas que creen que resulta muy interesante comprobar qué sucede si te pasas una semana comiendo solo anacardos.

Svetlana y sus compañeras de habitación estaban hablando de una estudiante de primer año de su planta a la que la revista *Glamour* había considerado una de las diez universitarias más prometedoras, que, además de poseer unos perfectos rasgos clásicos, un lunar muy sexy y brillarle el cabello, era autora de tres artículos académicos sobre genética aprobados por expertos en la materia, había puesto en marcha un programa de ciencia para adolescentes desfavorecidos, codirigía un comité para las relaciones interculturales y raciales, y era «cinturón negro en tai-chi». Se objetó que fuera posible ser cinturón negro en tai-chi.

—Sí alguien pudiera serlo, sería Ayesha —dijo Svetlana.

Yo esperaba poder charlar con Svetlana sobre Kierkegaard y *Sospechosos habituales*, pero ella y sus compañeras se iban a la fiesta de cumpleaños de su amiga Patience. Todas habían contribuido para comprar un pastel que Svetlana no iba ni a probar.

—¿Por qué no te vienes? —me propuso Svetlana, y Valerie añadió—: ¡Tienes que venir! ¡Te podrás comer el trozo de pastel de Svetlana!

Las compañeras de habitación de Svetlana eran encantadoras. Pero ni en broma me iba a apuntar a esa fiesta de cumpleaños.

Ya de madrugada, le escribí a Ivan un email con el listado de todas las cosas que él había hecho y yo no entendía. Le puse todas las contradicciones y lo que me parecían mentiras, para que él pudiera «defenderse», como había dicho. Me salió un texto bien largo.

* * *

Cuando a la mañana siguiente bajé a desayunar, Svetlana ya se estaba terminado su yogurt. Yo apenas tuve tiempo de ingerir a toda prisa medio bol de Cracklin' Oat Bran —el cereal que más llenaba, de un modo casi siniestro— antes de que las dos nos dirigiéramos a la clase de ruso. Cuando llegamos todavía no había nadie. Pensé que me daría tiempo de hablarle de Kierkegaard, pero apenas había empezado cuando apareció nuestro compañero de clase Gavriil. Gavriil era enjuto, tenía el cabello esponjado como el de Mozart en la película *Amadeus* y estaba siempre escalando. Paseabas la mirada por una biblioteca o una iglesia y si veías algo en la pared, seguro que sería ese tío, Gavriil.

—Echad un vistazo —dijo Gavriil, mientras abría muy orgulloso la cremallera de su mochila. Estaba llena de brócoli y repollo.

—Parece que llevas un montón de verduras muy sanas —comentó Svetlana.

—Digamos que se han caído de un camión —dijo él, y volvió a cerrar la mochila y la dejó en el suelo—. ¿Qué tal estáis?

—Selin podría estar mejor —dijo Svetlana.

—Oh. ¿A quién tengo que hostiar?

Svetlana puso los ojos en blanco.

—Ese tío te saca varios palmos y además está en California.

—Un momento, ¿de verdad es por un tío? ¿Lo conozco?

—Estuvo en nuestra clase de ruso una parte del curso pasado —le informó Svetlana—. ¿Recuerdas a aquel tío tan alto, Ivan?

—Oh, sí, ¡el tipo al que nadie le dirigía la palabra! Es húngaro. Yo hablé con él una vez. Era muy simpático.

—Bueno, pues resulta que Selin también habló con él y después él le hinchó la cabeza con emails ambiguos sobre sexo, pese a que ya tenía novia, la acabó enredando para acompañarlo a un pueblo húngaro y de repente desapareció, y desde entonces no se ha vuelto a comunicar con ella.

—¿En serio? —Gavriil parecía impresionado.

—No exactamente —dije, al mismo tiempo que Svetlana respondía «Sí».

Gavriil frunció el ceño.

—¿Creéis que ese tío recibió formación ideológica con las directrices del Pacto de Varsovia? ¿Creéis que fue entrenado para destruir mujeres? ¿En plan de que lo han enviado a Occidente para ligarse a mujeres que podrían haberse convertido en prestigiosas ingenieras o profesoras, pero acaban descarrilando por su culpa?

—Sin duda la idea es de lo más reconfortante para Selin —dijo Svetlana.

—Voy a ser lo que tenía pensado ser —aseguré yo.

—Oh, por supuesto, te has alejado de él a tiempo —opinó Graviil, muy satisfecho.

Inclinó la silla hacia atrás hasta apoyarla contra la pared y puso los pies encima de la mochila llena de verduras.

No pude quedarme a hablar con Svetlana después de clase, porque había quedado para comer con Peter y otro de los profesores de inglés del programa húngaro. Peter había propuesto la cita en julio, en la plaza de la ciudad húngara de Eger: nos encontraríamos a mediodía, el segundo miércoles de septiembre, delante del Centro de Ciencias. Llegué con unos minutos de antelación y entré para comprobar si tenía emails en uno de los ordenadores.

Había un nuevo mensaje de Ivan.

En respuesta a todo lo que le había escrito, me había compuesto un poema. Era espantoso, mucho peor que los que se publicaban en *Real Change*. «Comámonos unas fresas sin lavar» rimaba con «Esta psicóloga es muy lista, yo solo sirvo para embaucar». «No te quiero, tú me odias». «Vuelve a bailar conmigo». «Reina de la escritura a la que admiro, analista fracasada». Cerré la sesión, con el corazón acelerado. Él no negaba nada, ni intentaba tranquilizarme sobre nada. ¿Estaba diciéndome que yo tenía toda la razón?

Los profesores de inglés me esperaban de pie bajo el sol. Tenían una pinta algo distinta a cómo los recordaba, sobre todo por el cabello. Peter apareció con una chica a la que no había visto en mi vida, de su programa coreano. Ella llevaba un maquillaje neutro y no paraba de hablar de la genialidad de Johannes Kepler. «Esa es la genialidad de Johannes Kepler», repetía una y otra vez. Fuimos a un restaurante español. Peter pidió sangría para todos. Nadie nos pidió el carnet de identidad.

—¿Qué ha sido de Ivan? —preguntó la chica que amaba a Kepler—. No le he vuelto a ver el pelo.

—Se graduó —dijo Peter—. Y se marchó a California.

—¿Se ha cambiado el correo electrónico?

—Debería —dijo Peter, y me miró.

Muy concentrada, logré pescar de la sangría una rodaja de manzana. Todos los demás hablaban de un tío que le había lanzado una piedra a la cabeza a un perro salvaje en Rumanía. «Buscaré la información y te la pasaré», le dijo Peter a la chica.

Después, todos regresamos caminando al campus. El mundo aparecía particularmente definido y silueteado bajo la luz del sol. Advertí que Peter caminaba a mi lado.

—Hola, Selin —me dijo—. ¿Qué tal va todo?

—Bien —respondí—. ¿Y tú cómo estás?

—Pues estupendamente. ¿Las clases te van bien?

—Sí.

—Espléndido, Selin. Quisiera hacerte una pregunta rápida. ¿Por casualidad no tendrás la nueva dirección de email de Ivan en Berkeley?

En realidad, no quería dársela, pero no parecía quedarme otra opción. Él la repitió, para asegurarse de que la había memorizado bien.

—La verdad es que le he perdido la pista a Ivan desde hace un tiempo —dijo—. ¿Qué tal le va?

—No lo sé —respondí.

—Ah, ¿tú tampoco sabes nada de él desde el verano?

—Bueno…, no me ha contado cómo le va.

—Al menos sabemos que sigue vivo.

—Pues sí —dije, incapaz de devolverle la sonrisa—. ¿Qué problema tiene Ivan? —espeté, sin darme cuenta.

—¿Qué… problema tiene?

—¿Es… una mala persona?

Por el rostro de Peter desfilaron sucesivas expresiones. Vi enseguida que no me iba a decir nada útil.

—Da igual, olvídalo —dije.

—Según alguna gente lo es —respondió Peter.

Se me aceleró el corazón.

—¿En serio?

—Supongo que has visto a Zita.

—¿Quién?

—Zita lo está pasando mal —dijo Peter, bajando la voz y midiendo sus palabras, como si le estuviera explicando a un niño qué es el racismo—. Han pasado muchas cosas. En estos momentos está muy confundida. Dice cosas que no piensa de verdad. Las exnovias de Ivan pueden echar pestes de él, pero volverían con él sin pensárselo dos veces.

Todo se volvió negro. De modo que yo formaba parte de un amplio grupo de exnovias: chicas que no habían superado la relación con él, que jamás la superarían. Era todavía peor: yo ni siquiera era una exnovia. Ni siquiera había tenido el honor de ser su novia.

Poco a poco tomé conciencia de Peter, que parecía esperar que yo dijera algo.

—Por favor, olvida lo que he dicho. No sé quién es Zita. Nadie me ha hecho ningún comentario sobre Ivan.

—¿Esto no te ha llegado por Zita?

—Literalmente no sé quién es.

—Entonces ¿por qué vía te ha llegado?

Sentí un latigazo de irritación.

—Por mis propias experiencias.

Se produjo un silencio.

—¿De qué experiencias estamos hablando? —preguntó Peter con mucho tacto.

—Bueno, he vivido unas cuantas.

—Tal vez pueda ayudarte a esclarecerlas.

Lo miré a la cara, en la que asomaba una expresión de preocupación adulta. Quise decirle que lo olvidara todo, pero en lugar de eso, me sorprendí a mí misma diciéndole:

—No me dijo que tenía novia.

—¿No te habló de Zita?

—No me habló de ninguna novia.

—¿Eunice? ¿No te habló de Eunice?

—Creo que fue un malentendido.

Peter se quedó en silencio unos instantes y dijo:

—A veces Ivan hace cosas raras, pero es un buen tío. Lo digo en serio. Si ha habido un malentendido, deberías comentárselo. Sé que le importas. Me lo dijo. Deberías darle la oportunidad de que se explicara.

Oí ese ruidito rechinante en el interior de mis ojos que significaba que se estaban formando lágrimas.

Como me sentía incapaz de caminar, me senté en una piedra y eché un vistazo a la columna de consejos de *Real Change*. Tres personas, Carol, Rich y Tammi, respondían a todas las cartas, a menudo contradiciéndose entre ellas.

«No hay una pauta inamovible», le respondía Carol a Soltera de Somerville, que tenía un hijo de un año y preguntaba cuál era el momento idóneo para volver a salir. No quedaba claro si se moría de ganas de empezar una relación o si lo veía como una suerte de peaje.

Rich, por su parte, opinaba que el bebé de un año de Soltera merecía contar con un modelo de referencia masculino, pero solo si Soltera se sentía «preparada para una relación madura».

El consejo de Tammi era: «Hazme caso, tienes que volver al mercado, porque de lo contrario no saldrás adelante».

La siguiente carta era de Sulfurado por los Rumores, que se quejaba de que la gente no se limitara a meter las narices en sus propios asuntos. «A la mitad de esas personas ni siquiera les he hecho nada —se lamentaba Sulfurado—. El único motivo por el que les caigo mal es por los rumores que han oído sobre mí».

«Es inevitable que circulen rumores —comentaba Carol, con su habitual falta de sustancia—. No existe un método infalible para detenerlos».

«Evita relacionarte con la gente y pídeles que se mantengan a distancia de ti —le sugería Rich—. Si eso no funciona, no te quedará otro remedio que recurrir a la violencia física».

Tammi era de la opinión de que la mejor manera de acabar con los rumores era mantener la boca cerrada. «Dices que a la mitad de esa gente no les has hecho nada, y que les caes mal por culpa de los rumores que circulan sobre ti. Bueno, pues a mí ya me caes mal y ni siquiera te conozco».

¿Por qué yo no me aplicaba el cuento de mantener la boca cerrada? Estaba segura de que Peter le contaría a Ivan lo que había dicho sobre él.

*　*　*

La parte que era propiamente un diario del *Diario de un seductor* se iniciaba un 4 de abril. El seductor veía a una chica de diecisiete años que entraba en unos grandes almacenes. La seguía, intentando descubrir quién era y cómo podía abordarla. En resumen, se pasaba todo el mes de abril acechándola.

El 5 de mayo el seductor todavía no había conseguido averiguar el nombre de la chica y empezaba a echar pestes del azar. («¡Maldito azar! Te estoy esperando. No pretendo vencerte con principios...»). Hablaba de ser digno de servir al azar, digno de ser un sirviente. También Ivan había expresado una indignación retórica ante conceptos abstractos, y parecía pensar en términos de ser digno o indigno. El modo en que el tipo se jactaba de ser un colega y un sirviente del azar me recordó a *El rey Lear*. Se me ocurrió preguntarme si la naturaleza era mi diosa. Tuve la sensación de que no lo era.

El 19 de mayo, el seductor averigua por fin el nombre de la chica: Cordelia, «como la tercera hija del rey Lear». (Un momento..., ¿entonces *El rey Lear* formaba parte del asunto?).

El padre de Cordelia, un capitán de navío, había sido un hombre estricto. Ahora los dos progenitores de la joven estaban muertos. Ella vivía sola con una tía por parte de padre. Me vino a la cabeza que también yo había vivido con una tía paterna durante un par de meses, durante el juicio en que iba a decidirse mi custodia.

«Entonces algo sabe de los dolores de la vida, de su cara oscura», anotaba el seductor. Pero ¿cómo lo sabía? ¿No era posible que en realidad a ella nada de todo esto la agobiase lo más mínimo?

El seductor apuntaba que era positivo que Cordelia hubiera sufrido a edad tan temprana. Por un lado, su feminidad seguía intacta y no estaba «tullida». Por otro lado, el hecho de que hubiera sufrido, a él podía serle «útil». (¿Mis antecedentes familiares le habían sido útiles a Ivan?). El seductor también anotaba con aprobación que Cordelia siempre había estado sola. El aislamiento, que para un chico era nocivo, resultaba esencial en el caso de una chica. Ello era debido a que una chica debía «no ser interesante». El seductor no aclaraba el vínculo entre permanecer aislada y no ser interesante, y se limitaba a comentar: «Una jovencita que pretende complacer resultando interesante en realidad solo consigue satisfacerse a sí misma». ¿Todos mis esfuerzos por resultar interesante eran también algo de lo que debía avergonzarme?

«Su padre y su madre no habían sido felices juntos; lo que normalmente atrae, de forma más o menos clara o vaga, a una jovencita, a ella no le atraía». Eso también era cierto en mi caso: tanto lo referido a mis padres, que no fueron felices juntos, como lo referido a lo que atraía a otras chicas —por ejemplo, a Svetlana— que a mí no me interesaba. ¿Estaban ambas cosas relacionadas?

«Pese a su carácter tranquilo y recatado, nada exigente, en su inconsciente subyacía una enorme exigencia»: ¿por qué resultaba esta frase tan excitante, tan inquietante? El seductor continuaba explicando que no podía permitir que Cordelia se apoyara en él demasiado, como un lastre. Debía ser tan liviana que él pudiera levantarla en brazos. De inmediato tuve la sensación de que me había apoyado en exceso en Ivan, como un lastre. Me pregunté si debería ponerme a dieta, como Svetlana, aunque ella no lo llamara así. Como es obvio, tenía claro que el seductor utilizaba el término «liviana» en sentido figurado. Pero ¿no lo estaría también utilizando en sentido literal? Resultaba imposible imaginarse a Cordelia gorda.

Cuando el seductor le proponía matrimonio, lo hacía del modo más confuso posible, de manera que Cordelia no tuviera muy claro a qué decía que sí: «Si ella lo puede predecir todo, entonces me he equivocado y toda la relación pierde su sentido». Yo me había sentido exactamente así en el viaje a Hungría.

Una vez prometidos, el seductor orquestaba una campaña para convencer a Cordelia de que los compromisos eran una idiotez y la empujaba a romperlo. Tenía que ser ella la que tomara la decisión, porque él tenía demasiado orgullo como para rebajarse a la vulgaridad de engañar a una chica con falsas promesas. También desdeñaba la idea de cometer una violación y consideraba carente de elegancia estética utilizar para esos fines «el dinero, el poder, la influencia, las pócimas para adormilar y demás subterfugios». Y, sin embargo, ¿acaso no estaba utilizando el dinero y el poder para sus fines? Contaba con sirvientes, carruajes y todo tipo de medios, mientras que Cordelia estaba todo el día metida en esa casa con su tía.

Cuando Cordelia rompía el compromiso, la mandaban a la campiña, con «una familia». El seductor le enviaba allí cartas desconsoladas, mientras preparaba en secreto una casa en la que había pensado cada detalle: las vistas desde las ventanas, el mobiliario y disposición de todas las habitaciones, la partitura abierta en el atril del piano.

«¿Por qué no puede alargarse una noche como esta?», se preguntaba el seductor en la última entrada del diario, después de que ambos pasaran su primera y última noche juntos. Él se marchaba antes de que ella se despertase, porque le desagradaban sobremanera las lágrimas y súplicas de las mujeres, «que lo cambian todo, aunque sin cambiar en realidad nada». Pensé mucho en este comentario: en qué podría haber dicho ella para cambiar algo de verdad.

¿Cómo había que interpretar este relato espeluznante? Era evidente que no era real. Kierkegaard no había hecho estas cosas ni creía en sus bondades. Se lo había inventado todo para representar a una persona de una vileza inconmensurable. ¿Cómo era entonces posible que el *Diario de un seductor* se asemejara tanto a lo que me parecía lo más relevante que me había pasado en la vida?

¿Había algún modo de valorar la situación de Cordelia como no necesariamente negativa, o solo como negativa por contingentes razones de contexto histórico? Cordelia era una mujer del siglo XIX, que no podía estudiar en la universidad ni aspirar a un trabajo interesante, de modo que su única salida era casarse. Pero yo no quería casarme, ni siquiera con Ivan. Era cierto que había fantaseado con la idea de tomar su apellido —con tener un nuevo apellido—, con sentirme elegida y especial. La frase «tener un hijo suyo» —como en la canción de Alanis Morissette en la que se pregunta: «¿Tendrá ella un hijo tuyo?»– era electrizante: pensar en cargar con eso, con esa parte de él. Pero la idea de tener a un bebé real, como mis tías y mi madrastra, era todo lo contrario a electrizante.

¿Existía una versión del *Diario de un seductor* en la que ambos personajes estuvieran al mismo nivel, en la que él no la engañase a ella para forzarla a hacer algo que no deseaba hacer? ¿O acaso la seducción consistía precisamente en eso?

* * *

Cuando Svetlana vino a buscarme al apartamento, Priya atravesó la sala común con un vestido vaporoso. «Me pregunto hasta qué punto las ansias de conocer mundo no son más que pura y simple ansia», estaba comentando por el teléfono inalámbrico. Nos saludamos mientras ella se metía en su dormitorio.

Priya era un año más joven que el resto, hablaba con un tono cantarín y poseía una belleza tan perfecta, como de dibujo animado, que tenías que quedarte mirándola un buen rato para asegurarte de que era real.

—¿Quién era esa aparición de la belleza? —me preguntó Svetlana mientras bajábamos las escaleras.

—Es Priya —le dije—. La amiga de Riley.

—¿Riley tiene más amigos aparte de esos tíos? ¿De qué va?

—Pues la verdad es que no lo sé.

Svetlana asintió y dijo:

—Con ese aspecto, no creo que pueda tener una personalidad muy fuerte. No quiero decir solo que no la necesite. La personalidad que pudiera tener acabaría siendo secundaria en relación con su belleza, de modo que no podría ser fuerte. Casi me da pena, pero no, porque no parece llevarlo mal y porque debe ir por la vida envuelta en mullidos cojines de amor. A todo el mundo le encanta estar cerca de la belleza. Ni siquiera Riley, que es tan crítica, es inmune a ella.

Le conté a Svetlana todo lo que se me había pasado por la cabeza después de ver *Sospechosos habituales* y leer a Kierkegaard. Me llevó su tiempo. Pasado un rato, detecté cierta expresión en su rostro.

—¿Qué pasa? —dije.

—De repente he sentido un gran alivio por no estar en tu piel —comentó—. Lo siento si suena mezquino. El año pasado envidiaba tu situación, pero ahora ya no.

Parecía hacerse cada vez más pequeña, como si la estuviera mirando desde el fondo de un pozo.

—Oh —dije.

—Creo que deberías verte con alguien —opinó Svetlana.

El comentario iba cargado de un inesperado nivel de perfidia. «Verse con alguien» era como la gente se refería a tener novio —a tener «una relación» que no existiera solo en tu cabeza—, a tener el nivel suficiente de equilibrio y autoestima como para estar con alguien a quien de verdad le importaras.

—Me refiero a un psicólogo —me aclaró. Y al percatarse de mi expresión añadió—: Me parece que no ves las cosas con claridad.

¿Cómo iba a ayudarme un psicólogo a ver las cosas con más claridad si no conocía a ninguna de estas personas y no podía por tanto tener otro punto de vista que el mío: el de alguien que se suponía que no veía las cosas con claridad?

Tenía catorce años la primera vez que hablé con un psicólogo. El juez de la demanda de custodia decidió que todos debíamos someternos a una evaluación psicológica: yo, mis padres, mi madrastra, mis tías, incluso el nuevo novio de mi madre, al que en los documentos se nombraba como «Amante de la madre». Según los abogados, el juez parecía poner todo su empeño en alargar el juicio. Algunos miembros de mi familia opinaban que eso se debía a que era griego, pero a mí me parecía que estaban cargados de prejuicios.

A cada uno nos asignaron un psicólogo diferente. La mía hablaba con una vocecilla aniñada y me explicó que cuando pensaba en Turquía se imaginaba camellos, y me preguntó si tenía que cubrirme con un velo cuando íbamos allí. Consciente de lo mucho que a mi madre le hubiera dolido oír estas preguntas, hice todo lo posible por explicarle a esa trabajadora social que para la identidad nacional turca el secularismo y la ciencia eran muy importantes.

Acudí a tres o cuatro reuniones de esas, por la noche, después de bajarme del autobús con el que volvía de los entrenamientos de correr campo a través. Estaba siempre al borde de las lágrimas por el cansancio y el enojo. Pero lo peor llegó cuando todo eso parecía haber llegado a su fin, cuando los psicólogos redactaron los informes sobre lo que habíamos dicho unos y otros, y los hicieron circular entre los involucrados. Yo no tenía ni idea de que lo que decíamos lo iba a ver todo el mundo.

Aprendí un montón de eso, como lo doloroso que era enterarte de cómo te describían los demás, y lo letales que resultaban las cosas que habías dicho sobre otras personas, en especial tus padres, hablando con un tercero, cuando te los imaginabas a ellos leyéndolas.

El año pasado, cuando casi saqué un cinco pelado en ruso, intenté hablar con un psicólogo del centro médico para los estudiantes. Evidenciaba su impaciencia cada vez que yo le mencionaba a Ivan, que era ni más ni menos el motivo por el que había acudido a él. De lo único que quería hablar era del divorcio de mis padres. Como todos los adultos, estaba convencido de que todo giraba en torno a mis padres, a cómo me afectaba mi relación con ellos y a cómo reaccionaba ante ellos.

Cuando yo insistí en hablar de Ivan, el psicólogo me soltó que me empeñaba en mantener una relación imaginaria con una persona que no estaba disponible, porque me daba miedo iniciar una relación real con una persona disponible. Me pareció un comentario carente de sentido. ¿De qué persona «disponible» hablaba? ¿Dónde estaba esa persona? Él no me respondió y se limitó a quedarse allí sentado, agarrándose la mano derecha con la izquierda, de modo que quedara bien a la vista la alianza que llevaba, por si no me había fijado en la fotografía que tenía en la estantería. Claro que yo sabía que Ivan no estaba «disponible». Por eso lo sabía el terapeuta: porque yo se lo acababa de explicar. Claro que yo sabía que mi situación era humillante. No necesitaba que un jetas con un máster me explicara que mi problema era que nadie me amaba como él amaba a su esposa de aspecto de lo más convencional y aburrido.

Svetlana me dijo que haberme sometido a la evaluación de psicólogos del juzgado no contaba como haber ido a terapia, y tampoco contaba el haber acudido una vez al centro médico para estudiantes. La terapia no funcionaba a menos que dieras con la persona adecuada y acudieses a un montón de sesiones. Me dijo que le iba a pedir a su psicólogo que me recomendara a alguien. Vi en su actitud esa manía de entrometerse propia de la gente de la edad de nuestros padres: convencidos de que los problemas más complejos solo podían resolverse mediante la información privilegiada que le sonsacabas a algún tío con un nombre como Chuck.

Por todo lo que sabía del psicólogo de Svetlana, no era más que el típico socrático jocoso que daba consejos del que yo no quería saber nada. Svetlana me había contado, como si fuera una anécdota muy graciosa, que una vez él le preguntó por qué no llevaba las orejas perforadas y ella le explicó que no quería que se las atravesaran con un objeto punzante, porque lo consideraba una violación de su integridad corporal. Su psicólogo soltó una carcajada y entonces ella también se rio, porque se dio cuenta de que acababa de revelar su terror al sexo. Por lo visto lo que yo necesitaba era un hombre que se riera a carcajadas al hablar de sexo conmigo.

Además, sabía que Svetlana pagaba a su psicólogo más de lo que cubría el seguro porque el tipo no estaba adscrito al centro médico para estudiantes. A ella no le suponía ningún problema, porque sus padres siempre le enviaban tanto dinero que no sabía qué hacer con él. Pero yo no quería pedirles más dinero a mis padres.

En cualquier caso, ¿cómo iba a funcionarme a mí la terapia, cuando resulta que estaba claro que no compartía para nada la idea de Svetlana, típica de psicólogo, de que la gente debería ser positiva y equilibrada; que debería meterse en la cama cada noche a la misma hora, aunque estuviera leyendo o manteniendo una conversación interesante, o que era maravilloso y estimulante irse de excursión con un tío, o casarse? Claro que la terapia funcionaba para alguien que creía en estas cosas. Además, Svetlana tenía problemas psicológicos reales, como estrés postraumático por la guerra de Yugoslavia. Yo no había vivido ninguna guerra, ni había tenido que abandonar mi país. Se había reorganizado todo para que yo pudiera quedarme en el mismo sitio. Nadie de mi familia me había dado pastillas para adelgazar, algo que también le había sucedido a Svetlana. Para ella, la terapia era una buena solución, pero mi caso era del todo distinto. Los problemas que yo tenía me los había creado yo misma, y eso significaba que tendría que resolverlos por mí misma.

Algunas cosas sobre las que hablamos Svetlana y yo

¿Cómo era una orgía? En mi opinión, lenta y lánguida; según Svetlana, rápida y frenética. «Nadie sabría quién era quién».

¿Qué era el carisma: un contenido o una forma? (Hablamos mucho sobre si diversas cosas eran un contenido o una forma). Llegamos a la conclusión de que probablemente el carisma era más bien una forma: se trataba menos de decir o hacer cosas carismáticas concretas que de decir o hacer cosas de un modo carismático. Discutimos sobre quiénes de entre nuestros conocidos eran personas carismáticas, sobre si el carisma se podía adquirir, sobre si era o no algo deseable. Svetlana sostenía que ella antes lo tenía, pero le dio miedo lo mucho que disfrutaba de él y se obligó a dejar de tenerlo. Según ella, yo lo poseía de un modo muy particular, pero fingía no tenerlo.

¿De verdad éramos más interesantes que otras personas, o solo nos lo parecía? En mi opinión, solo nos lo parecía a nosotras. Un corolario de esta idea era que no teníamos la responsabilidad de pensar en otras personas. Ellas se consideraban a sí mismas interesantes, ellas podían pensar en sí mismas. Svetlana creía que éramos de verdad más interesantes y que por ello teníamos ciertas responsabilidades.

¿Era posible una relación igualitaria, o siempre había una persona a la que le interesaba más la otra? ¿A quién de nosotras, yo o Svetlana, le interesaba más la otra? «Creo que varía según los momentos», dije, y Svetlana se mostró de acuerdo.

¿Podían las amistades llegar a un punto de estabilidad y mantenerse ahí, o siempre estaban creciendo o reduciéndose? Svetlana opinaba que crecían o disminuían.

¿Cuál era la peor crueldad: la personal o la política? Según Svetlana, la política: anular la personalidad de las personas y convertirlas en un simple número. A mí me parecía que era igual de atroz que te atormentara hasta matarte un pariente o un casero como que te pegaran un tiro en un campo de exterminio.

¿Todas las personas inteligentes eran divertidas? A mi modo de ver, la falta de sentido del humor era la esencia de la estupidez. Svetlana decía conocer a personas muy inteligentes a las que no les interesaba lo más mínimo si algo era o no gracioso. Estuvimos de acuerdo en que Susan Sontag no era divertida.

La capacidad de saber lo que una quería y cómo conseguirlo: en esto Svetlana me aventajaba, pero la persona mejor posicionada era esa chica llamada Misty, que cantaba ópera y era mormona.

¿Qué era más puro: la música vocal o la instrumental? Según Svetlana, la vocal, porque todo lo demás era una imitación de la voz humana. Yo, por el contrario, opinaba que la instrumental, porque un violín tenía más registros y menos limitaciones que la voz de una persona.

¿Era necesario ser cruel para ser importante, un genio o una persona eficaz? Para mí, no. Para Svetlana, sí. Según ella, tenías que ser «incisiva». De forma tácita, me acusaba de engañarme a mí misma o de ser una hipócrita, si no estaba de acuerdo. Me sentí halagada de un modo violento.

¿Qué es el estilo, qué es el gusto, cómo se desarrolla un estilo, cómo se desarrolla el gusto? ¿Quién de entre nuestros conocidos los tenía, cómo los habían adquirido?

En París nos alojamos unos días en el apartamento de esa chica llamada Jeanne, la hija de una amiga de la familia de Svetlana. Jeanne se instaló con su novio todo ese tiempo, de modo que no le vimos el pelo.

En su apartamento todo —los robustos ceniceros, las pilas de *Cahiers du Cinéma*, la cama baja doble de inspiración japonesa, la cocina con sus botellas de *aperitif* y su cafetera para hacer *espressos*— transpiraba un nivel de estilo al que nosotras no podíamos aspirar, viviendo, como vivíamos, en dormitorios llenos de mobiliario de la universidad y libros de texto.

—Este apartamento me resulta muy intimidante —me había dicho Svetlana, verbalizando lo que ambas pensábamos—. Jeanne acaba de cumplir veinte años, pero ya demuestra tener gusto.

—¿Por qué dices eso? —le preguntó entonces su amigo Bill—. ¿Porque ella tiene novio y tú no?

Estaba claro que le había sacado el tema de que no tenía novio para incomodarla, porque un rato antes, ella lo había descolocado al utilizar una palabra que él no conocía. Y, sin embargo, yo intuía que Bill había dado en el clavo: lo que nos intimidaba, «el estilo», «el gusto», estaba sin duda relacionado con tener novio.

¿Era ese el motivo por el cual Svetlana soportaba a Bill y por el que a los palurdos en general se los aceptaba sin problemas y se los promocionaba en la escala social: porque juzgaban y reflejaban con suma eficacia «cómo son las cosas en realidad»? ¿O acaso los palurdos determinaban cómo eran las cosas, desde la posición privilegiada en que se los colocaba? ¿Las cosas podían ser de otra manera? ¿O estaban, por utilizar una de las expresiones favoritas de los palurdos, programadas cognitivamente?

Lo cierto era que no se lo podía preguntar a Svetlana; cada vez que criticaba a Bill por cualquier cosa, ella se lanzaba a defenderlo y me recitaba el listado de cosas buenas que se suponía que había hecho, pero que yo desconocía.

¿Era el estilo el ingrediente básico para conseguir que alguien se enamorase de ti?

* * *

El otro asunto del que hablamos fue si a los hombres el amor les afectaba menos que a las mujeres, si se les rompía con menos frecuencia el corazón. Aunque el sufrimiento afectara, tal como insistía Svetlana, a toda la humanidad, y por tanto también a los hombres, se podía argumentar que a los hombres se les daba mejor compartimentar y era más difícil que eso interfiriese en sus objetivos intelectuales. ¿Se debía a que su estructura neurológica los capacitaba mejor para entender los sistemas, mientras que las mujeres estaban mejor dotadas para la empatía; porque los hombres valoraban en especial las aptitudes y las cosas, mientras que las mujeres optaban por los sentimientos y las personas? ¿Cómo podíamos aprender a dar menos importancia a los sentimientos y a las personas?

A Svetlana le gustaba pensar en las excepciones: casos de hombres a los que alguna mujer les había roto el corazón, incapaces de olvidar a esas mujeres, pese a que ellas sí lo hacían. Me sentí obligada a mencionar que fue mi madre la que dejó a mi padre, y eso a mi padre le afectó mucho y llegó a llorar. Por otra parte, mi madre optó por la ruptura porque consideraba que ella siempre había querido a mi padre mucho más de lo que él la quería a ella, y antes de marcharse fue ella la que rompió a llorar. Es más, mi padre no tardó en casarse de nuevo y volvió a ser feliz, mientras que el novio de mi madre la hacía sufrir.

Svetlana puso sobre la mesa el ejemplo de nuestro amigo Jeremy, un estudiante de filosofía, que estaba enamorado de dos chicas que se llamaban igual, Diane, ninguna de las cuales mostraba el menor interés por él. Sin embargo, aunque no paraba de hablar de las dos Dianes, no se lo veía destrozado; siempre le quedaban fuerzas para saltar a su otro tema favorito, que no era otro que la obra de Thomas Pynchon. Era imposible imaginárselo como alguien incapaz de dejar de llorar. ¿Era posible que lo que de algún modo lo salvaguardara fuese el hecho de que se trataba de dos chicas?

Otro amigo de las dos, Chris, sí que parecía destrozado por el amor, pero Chris era gay y eso de algún modo lo cambiaba todo.

Svetlana apuntó que el joven Werther, que no era gay, se había suicidado por amor. Es más, después de que Goethe escribiera sobre Werther, jóvenes aquejados de mal de amores empezaron a suicidarse por toda Europa.

Las desventuras del joven Werther era más breve de lo que me esperaba, menos de cien páginas, y además eran casi todo cartas. Me senté en uno de esos taburetes redondos en la librería y eché un vistazo a las partes centradas en la vida amorosa de Werther.

A medida que leía, me di cuenta de que hubiera preferido que la chica estuviera menos interesada en el joven Werther que en sus propias metas y quehaceres, y que ese fuera el motivo de que él se suicidara. Pero no era así. De hecho, la chica, Charlotte, carecía por completo de metas y quehaceres, más allá de cuidar a gente enferma. No llegabas a saber nunca si en realidad le gustaba Werther, porque ya le había prometido a su madre enferma que se casaría con otro tío y porque era «virtuosa», lo cual significaba que el propio Werther no esperaba ni quería hacerla cambiar de opinión.

Werther decidía que la única solución era que alguien muriera: o él o Charlotte o el otro tío. Como el asesinato iba en contra de su código moral, acababa optando por el suicidio. Primero engatusaba a Charlotte para que le proporcionara pistolas, para poder decir que «moría por mano de ella». Después era tan chapucero al pegarse el tiro que todo el mundo se veía obligado a verlo chorreando sangre durante doce horas. Eso lo narraba un editor, porque Werther no podía escribirlo de su puño y letra. Las últimas frases decían: «Se temía por la vida de Charlotte. Lo cargaron unos peones. No hubo ningún sacerdote».

La impresión que me quedó fue que el suicidio de Werther se debió menos a la pérdida de autoestima o capacidad cognitiva provocadas por el rechazo que a la decisión derivada de su norma de «no asesinar». Su autoestima nunca había estado en la cuerda floja. El rechazo que había sufrido, si se analizaba con rigor, no se debía a que su alma no fuera lo bastante impresionante. Por eso, no consideré *Las desventuras del joven Werther* un libro que planteara que los hombres puedes ser destrozados por el amor igual que las mujeres.

LA TERCERA SEMANA

Casi de la noche a la mañana dejó de parecer verano. Pude calzarme las nuevas botas que había comprado durante las vacaciones en el Payless, enfrente de la Penn Station. Con cremallera, de color castaño y con tacón grueso, no solo se encontraban en una talla cuarenta y cuatro de mujer, sino que eran bastante holgadas para mis pies, pues calzaba un cuarenta y cuatro y medio: una categoría conceptual que rara vez se materializaba en zapatos a la venta, porque las medias tallas se detenían en la cuarenta y tres. Resultaba emocionante llevar unas botas que no fueran «unisex»: sonaban de un modo especial al pisar el empedrado.

Debido a que me había estallado una lata de Diet Coke en la mochila, también tenía una nueva: un petate de lona excedente del ejército con una tira para colgarlo del hombro. Me hacía sentir adulta y garbosa por el modo en que me iba golpeando por debajo de la cadera, y además no había que montar todo un complicado operativo para sacar las cosas, como me pasaba con la mochila. Si cargaba con algún talismán, como un ejemplar de *O lo uno o lo otro*, lo tenía siempre muy a mano.

La profesora del curso sobre el Azar llevaba un vestido suelto de aspecto caro con un cuello alzado como la boca de un jarrón. Yo no entendía todo lo que explicaba, pero de tanto en tanto surgía una frase que parecía centellear en el aire.

¿Qué papel desempeñaba el azar en la literatura? La novela realista se centraba en las contingencias de la vida cotidiana y situaba en sus primeras páginas el azaroso nacimiento de los personajes en un entorno histórico, geográfico y social concreto. Los personajes ya no eran alegóricos, ni arquetipos sociales. Estaban condenados a tener «personalidad».

Balzac denominaba al azar «el más grande novelista del mundo». ¿Cómo se podía ser tan ingenioso como para conseguir que el producto final pareciera libre de arte? La novela social daba sentido a los acontecimientos azarosos al engastarlos en un orden histórico. Baudelaire escribió alguna cosa sobre flâneurs y Walter Benjamin escribió alguna cosa sobre Baudelaire. El flâneur en sus caminatas observaba y construía la vida urbana. Esto resultaba hegeliano.

Freud, Darwin y Conan Doyle elevaron el azar a un nuevo estatus. Sueños, fósiles, pistas: eran acumulaciones de azar, apiladas en desorden, como las cenizas de un cigarrillo que solo Sherlock Holmes era capaz de estudiar. El narrador de Proust no podía escribir su libro hasta el encuentro azaroso con un tipo concreto de galletita.

André Breton, un surrealista, no solo documentaba, sino que provocaba coincidencias, que consideraba «el camino más directo hacia el inconsciente»: así es como Freud se refería a los sueños. Louis Aragon describió París como un palimpsesto de encuentros azarosos. Del libro que Aragon dedica a París, dijo Walter Benjamin: «Por las noches, en la cama, no era capaz de leer más que unas pocas palabras antes de que se me acelerara de tal modo el corazón que tenía que dejar el libro».

A estas alturas de la clase, yo ya estaba tan sobreexcitada que no podía estarme quieta, así que salí del aula, intentando no hacer ruido.

Durante la cena, conté que había tenido una clase de literatura en la que la profesora había leído un fragmento de Walter

Benjamin en el que explicaba que no era capaz de leer más que unas pocas palabras de un libro de Louis Aragon antes de sobreexcitarse tanto que tenía que dejarlo, y que al oír eso también yo me había sobreexcitado tanto que había tenido que salir de la clase.

—¿Qué clase era? ¿La de Literatura de Breves Lapsos de Atención? —preguntó Lucas.

—Creo que esa ya la he tomado —comentó Oak pensativo—. Varias veces.

* * *

En la cocina de nuestro apartamento, me fijé en una cuerda oscura que asomaba por el borde del fregadero. Al inspeccionarla de cerca, descubrí que era la cola de una criatura acuática de forma cuadrada con ojos en la parte superior de la cabeza. Era enorme y plana, ocupaba casi toda la pila y parecía la aleta cortada de un tiburón.

Al mirar alrededor en busca de alguna explicación de qué hacía aquello allí, vi que KC, miembro del club de estudiantes de Singapur, estaba sentada en la pesada mesa redonda de roble que la gente de nuestro edificio había decidido robar de no sé qué patio, donde consideraron que alguien la había dejado abandonada. Lucas y Oak la agarraron sin más, la cargaron por la calle y nadie les dijo nada.

—Hola, KC —saludé.

—Hola —replicó él sin apenas levantar la vista del libro que estaba leyendo.

—Y bien…, ¿qué es lo que tenemos en el fregadero?

—Una raya.

Me vinieron a la cabeza varias preguntas, como de quién era esa raya, por qué estaba en el fregadero, cómo había entrado KC en nuestro apartamento y dónde estaba Joanne. Sin embargo, al pensar en ello caí en la cuenta de que nada de todo esto representaba un problema para mí, de modo que me fui a la biblioteca.

Intenté leer el resto de *O lo uno o lo otro*, pero nada me pareció tan relevante como el *Diario de un seductor*. La mitad ética, la escrita por un juez, no solo resultaba más aburrida que la mitad estética, sino que además tenía mucho menos sentido. En la primera carta, titulada «La validez estética del matrimonio», el juez trataba de probar que una sucesión de aventuras amorosas era objetivamente menos interesante que un largo, sufrido y aburrido matrimonio.

La última vez que había leído algo de este estilo sobre el matrimonio fue en el informe sobre las citas de mi padre con el psicólogo del tribunal, donde me topé por primera vez con el concepto de «familia nuclear». Mi padre había hablado de la influencia estabilizadora de la familia nuclear, que mi madre no podía ofrecer, mientras que él sí, porque se había casado de nuevo y mi madrastra estaba ya embarazada. Mi padre argumentaba que había hecho todas estas cosas por mí. Aunque a mí no me quedó nada claro en qué me beneficiaban a corto plazo. El perro había desaparecido, igual que todos los platos y toallas de mi madre, y mi tía paterna. Los platos y toallas fueron sustituidos por platos y toallas con ribetes dorados. A partir de entonces, en los desplazamientos en coche, me tocaba sentarme en el asiento trasero, con el bebé. Mi padre miraba cada poco rato por el retrovisor y preguntaba: «¿Qué tal va por ahí atrás?». Yo me esforzaba por sonreír, porque sabía que cuando no lo hacía quedaba marcada como una adolescente malhumorada y conflictiva, o todavía peor, celosa por no acaparar toda la atención de su padre.

* * *

Cuando llegué para cenar, solo quedaban dos sillas vacías en el comedor. La primera estaba justo enfrente de uno de los tutores a cargo de la residencia: un tío mayor que había estudiado en Dalton y que siempre te preguntaba a qué instituto habías ido, con la esperanza de que fuera Dalton. La otra silla estaba delante de un chico rubio con aires de querubín con un ordenador. Estaba comiendo una tostada y era igualito que Irme, el desagradable amigo de Ivan. Irme ya se había graduado y se suponía que estaba en el Instituto de Tecnología de California, de modo que no podía ser él. Aunque lo fuera, decidí que era mejor sentarse allí que frente al tío de Dalton.

—¿Te importa que me siente aquí? —pregunté con un tono de voz que me salió como irritado, mientras dejaba la bandeja en la mesa.

—No… —dijo el rubio, y apartó el ordenador.

Tenía los ojos del azul más chocantemente claro que había visto en mi vida.

—Perdona, creo que te había confundido con otra persona —comenté—. ¿Verdad que no nos conocemos?

—No, pero podemos conocernos ahora.

Su postura y entonación, en exceso correctas, junto con la ligera demora en sus respuestas, contribuían a generar la impresión de que obedecía órdenes que le llegaban desde muy lejos. Me preguntó de dónde era el nombre de Selin. Era una pregunta que me hacían unas diez veces al día, y sin embargo, viniendo de este tío, que se comportaba de un modo muy peculiar y dijo llamarse «Juho», no me molestó.

—Es turco —le expliqué—. ¿Y Juho?

—¿No lo adivinas?

—Ah… Hum. Creo que no.

—Haz un intento.

—Groenlandia —probé, y mientras lo decía me fijé en que llevaba una sudadera verde esmeralda y unos pantalones a juego del mismo color.

Se irguió todavía un poco más en la silla.

—Una suposición muy sorprendente —dijo—. Groenlandia tiene la densidad de población más baja del mundo. Incluso el Sahara está más densamente poblado que Groenlandia. Las probabilidades de que yo sea de Groenlandia son mínimas. Si en el futuro tienes que intentar adivinar la nacionalidad de alguien, Groenlandia debería ser tu última suposición.

Lo miré con más detenimiento, tratando de dilucidar si era gilipollas. Yo ni siquiera tenía ganas de adivinar su nacionalidad.

—Islandia —dije.

—Más caliente, no solo porque Islandia es más cálida que Groenlandia, sino porque está más cerca de mi país.

—Oh, estupendo.

Concentré mi atención en el cuenco de potaje de judías. Ya estaba harta de ese jueguecito de adivinanzas.

—Te voy a dar una pista —me propuso—. En mi país también hablamos un idioma aglutinante.

Entonces sin duda era finlandés, y eso me interesó. Le pregunté si creía en lo de la rama lingüística uralo-altaica: una teoría que defendía que el finés, el húngaro, el turco, el coreano y el japonés estaban relacionados entre sí. Los lingüistas dejaron de tomársela en serio en la década de 1960, pero yo creía que podía ser cierta, por todas las similitudes que había percibido entre las gramáticas húngara y turca. Juho me explicó que él había tenido una experiencia similar cuando estudió japonés. Me preguntó si en el turco, como en el finlandés y el japonés, era teóricamente posible construir una palabra de una longitud infinita que expresase una delegación de funciones de una longitud infinita, por ejemplo una única palabra que significara: «Le ordené que le ordenara que le ordenara que le ordenara que le ordenara que le ordenara que lo hiciera». Le di una vuelta y descubrí que sí se podía crear una palabra así.

Juho tenía veintitrés años, como Ivan, pero ya se había doctorado, en química y en física. Pertenecía a una sociedad de becarios que llevaban tres años aquí y recibían un sueldo para hacer lo que quisieran. Uno de ellos estaba trabajando en un nuevo sistema de clasificación de los mamíferos. Consideraba que la actual clasificación de los mamíferos era errónea. Otro intentaba utilizar patrones meteorológicos para predecir si al entrenador del equipo de fútbol nacional lo despedirían en Brasil.

—Un momento, ¿y eso funciona?

—Creo que lo único que tiene que probar es que la predicción meteorológica no es más falible que cualquier otro tipo de predicción existente.

Le pregunté a Juho cuál era su proyecto. Primero me contó algo relacionado con «construir un clavicordio». Después me explicó que estaba enseñando a su ordenador a reconocer el concepto de silla. Giró el ordenador para mostrarme la pantalla y abrió una ventana repleta de ilegibles hileras minúsculas de códigos y otra con un despliegue de fotos de sillas que formaban una cuadrícula. No estaba seguro de si incluir o no sillones y taburetes. «O esto», me dijo y clicó en la foto de una «silla» de bebé de plástico que tenía la forma de la princesa de color violeta —¿se llamaba de verdad «Grumosa»?— amiga de Ronald McDonald.

Juho me contó que su caramelo finlandés favorito se llamaba *turkinpippuri*, que significaba «guindillas turcas» y contenía amoniaco, que se producía al mezclar ácido hidroclórico y amonio.

—¿Se venden en Turquía? —me preguntó.

—Creo que no —respondí.

—Tienes que probarlos —dijo—. Un día te traeré un puñado.

* * *

Me dejé caer por algunas sesiones de un seminario que impartía un célebre profesor de filosofía de Oxford. Llevaba gafas de montura metálica y el cabello revuelto y proyectaba un montón de diapositivas, que solía colocar boca abajo o al revés. Las diapositivas eran de gráficos y esquemas relacionados con la calidad de vida de diversas poblaciones mundiales.

Una de las preguntas del seminario de ética era cómo sopesar el beneficio de una ligera mejora para la calidad de vida de millones de personas frente al riesgo de causar un gran daño a millones de personas que todavía no habían nacido. Resultaba complicado, porque si mejorabas la calidad de vida del presente, más personas tendrían hijos, lo cual significaría que la gente a la que causarías un daño potencial en el futuro eran seres humanos que de otro modo no hubieran llegado a nacer, de manera que tal vez les habías acabado haciendo un favor.

Muchos problemas éticos estaban relacionados con tomar decisiones que provocaban que ciertos seres humanos no llegaran a nacer. ¿Era moralmente reprobable no tener una hija, si sabías que sería feliz? ¿Era moralmente reprobable tener una hija a los catorce años y no más tarde, si sabías que si retrasabas la maternidad la niña sería más feliz? ¿Y qué sucedía si sabías que la mayor parte de su vida sería feliz, pero sus últimos cinco años serían muy infelices? No entendí por qué una persona muy infeliz no podía suicidarse antes de arruinar por completo su vida.

Pensé que ojalá hubiera un curso en el que te enseñaran a calcular el momento idóneo para morirte. El planteamiento actual —que todo el mundo se sentara pacientemente a esperar a que su cuerpo decidiera decir basta— se alejaba bastante de lo ideal. Mi abuela decía con frecuencia que había vivido demasiado, porque los dolores no la dejaban en paz y había sobrevivido a su marido y a sus amigas. Lejos de tomarlo al pie de la letra, este comentario se entendía como una suerte de ironía que demostraba que a mi abuela le encantaba crear polémica. Mi madre consideraba que la abuela era peleona y disfrutaba de estar viva. Según ella, le encantaban los huevos pasados por agua.

El profesor de ética era un tipo listo. Cuando alguien hacía una sugerencia o planteaba una pregunta, esbozaba una sonrisa y de inmediato soltaba de un tirón todas las implicaciones que a una persona normal no se le habrían ocurrido ni aunque hubiera permanecido allí sentada durante años. Además era afable, jamás hacía un comentario que pudiera interpretarse como un menosprecio hacia la inteligencia de su interlocutor.

La única ocasión en que yo hice una pregunta en clase, se puso a dar saltitos e incluso dibujó un esquema en la pizarra. Era todo un alivio que la persona a la que enviaban a enseñarnos ética no fuera un capullo.

Sin embargo, el seminario sobre ética siempre me dejaba un regusto de insatisfacción y nerviosismo. «Calidad de vida»: como si supiéramos qué era eso y pudiéramos medirlo. Yo quería saber qué era: la calidad de vida.

* * *

Lakshmi me dijo que era raro que no participara en la revista literaria, como todos los que querían ser escritores, o la propia Lakshmi, que «no era escritora», pero se interesaba por la escritura. A mí no me quedaba muy claro qué quería decir con lo de que «no era escritora».

—Se me da de pena —explicó.

—Bueno, ninguno de nosotros es bueno.

—No, es diferente. Yo antes escribía poemas… —Hizo una mueca de espanto y cambió de tema.

Lo de apuntarme a la revista literaria no se me había pasado por la cabeza hasta ese momento. No tenía ningún deseo de convertirme en redactora o de dirigir una revista, de modo que ¿para qué iba a querer participar en una versión de mentirijillas de eso en la universidad? Además, los que estaban más metidos en la revista literaria eran tíos que parecían incapaces de disimular el entusiasmo que les producía estar donde habían estado hacía cien o cincuenta años todos esos escritores famosos. No es que yo tuviera ningún problema con Wallace Stevens o John Ashbery, pero no pensaba unirme al club para sonreír de satisfacción con solo mencionarlos. Sin embargo, ahora resultaba que Lakshmi y otros conocidos trabajaban en la revista literaria y lo que deduje al escucharlos fue que no sumarse sería interpretado como toda una declaración de intenciones, de modo que solicité ser admitida.

A todo el mundo se le asignaba de forma aleatoria un «tutor»: alguien que ya estaba metido en la revista literaria que se suponía que te ayudaba con tu ejercicio de admisión. Mi tutor era Lucas, un amigo de Riley. Sentía afinidad por Lucas, porque leía tanto como yo y porque sus padres habían crecido en continentes distintos y ahora vivían separados. Lucas había ido al colegio en Nueva York, pero pasaba las vacaciones en el extranjero, y no era ni tan americano de pura cepa como Riley, que no había salido en su vida de Estados Unidos, ni tan cosmopolita como Joanne o Lakshmi. Me resultaban muy familiares su aire de incomodidad por sentirse desplazado y lo nervioso que le ponía hablar mal otros idiomas, algo poco habitual en personas escolarizadas en el mismo país en el que vivían la mayor parte de sus parientes.

Para el ejercicio de admisión, tenías que leerte un cuento, apuntar sus puntos fuertes y débiles, y explicar qué le pedirías al autor que rectificase si fueras a publicarlo. Quedé con Lucas a la hora de comer, para que me pasara el cuento fotocopiado. Esperé un buen rato a que me diera algún consejo, pero no lo hizo. Cuando se lo pedí, actuó como si yo estuviera bromeando. Acabamos hablando de libros, como de costumbre.

Cuando hablaba sobre escritura, Lucas utilizaba un tono que parecía remitir a un insospechado universo preexistente de brillantez y complicidad. De sus labios oí por primera vez la frase «bueno a nivel de frase». Lo dijo con tal displicencia que era obvio que se lo atribuía a otras personas. Para llegar a esta conclusión, no solo Lucas sino también más personas, tenían que haber leído algún libro en el que las frases aisladas mostraban un ritmo y una elección de palabras deliciosos, pero otros aspectos transmitían malas vibraciones. Y resultaba que había un término específico para referirse a esta mezcla de satisfacción y decepción que yo consideraba demasiado íntima como para verbalizarla.

El relato para la admisión era sobre un fontanero que se acostaba con una mujer a la que le estaba arreglando el lavabo.

Anoté varias maneras de arreglarlo y conseguir que fuera menos idiota, y le entregué el texto a Lucas.

Me aceptaron en la revista literaria. A Lakshmi la eligieron para gestionar las fiestas: un tema en el que su destreza era ampliamente reconocida.

No hacía mucho, al salir de una fiesta en Boston, Lakshmi y sus amigas se habían encontrado con un grupo de estudiantes licenciadas el año anterior, una de las cuales se acercó a ella y le preguntó si conocía a «una chica turca que se llamaba Selin».

—Fue muy raro —dijo Lakshmi—. He olvidado su nombre. Zina, Zelda o algo por el estilo.

Me quedé boquiabierta.

—¿Zita?

—Exacto. ¿Quién es?

—La exnovia de Ivan.

—¿Su ex? ¿Y por qué tiene tanto interés en hablar contigo? Me pidió tu número de teléfono. ¿Tendría que habérselo dado? No sabía si la estabas esquivando. ¿Qué quiere de ti?

—Ni idea. ¿Cómo la describirías?

—Muy interesada en ti. Baja. Vestida sin mucha gracia. ¿Ivan te dejó por ella, o a ella por ti?

—Creo que habían roto poco antes de conocerlo —respondí.

—Seguro —dijo ella.

No le pregunté qué quería decir.

* * *

Yo había dado por hecho que la familia de Lakshmi era rica, hasta que me percaté de que no se había comprado ni un solo libro para sus asignaturas. Tenía la mayoría de los libros, pero se los habían pasado amigos más mayores: glamurosos tipos poscoloniales de clase alta, que además se la llevaban a Nueva York para comprar ropa en rebajas especiales a las que solo se accedía por invitación y a esas tiendas de reventa en las que las mujeres y adolescentes ricas se deshacían de vestidos de alta costura utilizados una sola vez y con las ganancias se pagaban los medicamentos para la ansiedad y el TDAH. Yo jamás había oído hablar de estos eventos, a los que Lakshmi se refería como si fueran habituales.

Al parecer Lakshmi había aprendido de su padre, diplomático, a aparentar que nadaba en dinero. Había crecido en residencias palaciegas por todo el mundo en las que sus padres, atendidos por criados, chóferes y jardineros, organizaban fastuosas recepciones sin que ni un solo objeto de esas mansiones fuera de su propiedad.

Todos los estudiantes de Singapur, incluida Joanne, disponían de la misma beca: la matrícula pagada más un estipendio, a cambio de los cuales tenían que trabajar para el gobierno de Singapur durante varios años después de graduarse. Joanne se cortaba ella misma el pelo, no le gustaban ni la ropa cara ni el maquillaje, y utilizaba jabón líquido de Castilla como champú. Se gastó su estipendio en una bicicleta de carretera de fibra de carbono y en un portátil con CD-ROM incorporado; trataba estas posesiones con un respetuoso remordimiento, representativo de su actitud general hacia lo que la gente de Singapur llamaba la «atadura». En el caso de Joanne era complicado, porque sus padres técnicamente podían exonerarla, ya que su madre era ciudadana americana, un detalle que todos, incluida yo, conocíamos, pero que al parecer sus padres nunca le habían comentado.

El singapurense más famoso de Harvard era Percival, un estudiante de clásicas de cabello bermellón que organizaba unos Misterios de Eleusis en los que se tomaban alucinógenos y asaban un cochinillo. La mayor parte de los no singapurenses no sabían que Percival era de Singapur. Pero estaba a menudo en boca de otros singapurenses como símbolo de lo que te podía pasar a causa de la atadura. Lo conocían del instituto, donde era un disciplinado participante en la olimpiada matemática ataviado con un blazer.

Al principio, el acuerdo de los estudiantes de Singapur me pareció excesivo y arcaico. Pero cuanto más iba sabiendo de la situación de cada uno de mis compañeros, más claro me parecía que todo el mundo tenía algún tipo de «atadura»; solo que eran menos formales y sin documentos firmados, y eran con sus padres y no con todo el país. Riley tenía una beca completa financiada por la empresa farmacéutica en cuyo departamento de marketing trabajaba su madre. Ningún otro miembro de su familia había brillado en los estudios, y Riley era la elegida para convertirse en médico.

Se parecía a la atadura que había llevado a Joanne a presentarse voluntaria para dar clases diez horas por semana en unos cursos de preparación del examen final de secundaria para adultos, el mismo trabajo que yo había dejado el año anterior. Cada día laborable de la semana recorría en bicicleta los diez kilómetros hasta las viviendas de protección oficial y volvía siempre muy relajada. Cuando una vez le pregunté si esa gente no la sacaba nunca de sus casillas, ella me miró con aire pensativo y me dijo: «Algunos de ellos pueden resultar un poco intensos».

En mi caso, lo del voluntariado había sido idea de mi madre. Se le ocurrió cuando mencioné que iba a buscarme un trabajo. Según su visión del mundo, que yo me buscara un trabajo era un insulto, como si la acusara a ella de no mantenerme. Durante mis años en el instituto había hecho todo lo posible por mostrarme agradecida, porque sabía que era una privilegiada en comparación con los chavales que no tenían otro remedio que trabajar, o bien porque eran pobres, o porque sus padres eran de esos ricos que consideraban que era pernicioso ahorrarle a un adolescente cualquier molestia. Normalmente, los que actuaban así eran los que yo consideraba americanos de pura cepa; los blancos, tal como los llamaba mi amiga del instituto Clarissa. Me sorprendió descubrir que Clarissa, cuyos padres eran originarios de China, no se consideraba blanca. Según Clarissa, yo tampoco era blanca. Pero se lo comenté a mi madre y ella me aseguró, muy escandalizada, que por supuesto que éramos blancos.

Los padres que no eran pobres, pero venían de otros países o eran judíos, no solían querer que sus hijos adolescentes trabajasen. Un motivo era que el poder adquisitivo que eso proporcionaba era tan modesto que no compensaba los problemas que comportaba. La justificación de la madre de Leonora era: «No tengo tiempo para ir a recogerte en coche a tu trabajo de pega». La madre de Leonora siempre encontraba la manera de decir las cosas del modo más insultante posible. «No pienso escuchar a una niña de diez años», soltaba, o «de siete», o «de doce», con un tono que invalidaba todo lo que pudieras decir y anulaba cualquier posibilidad de protestar. En esto yo tenía más suerte que Leonora: mis padres solían pedirme la opinión y cuando no lo hacían no era por ningún principio del que se sintieran orgullosos. Y, sin embargo, sabía que Leonora se consideraba más afortunada que yo, porque tenía hermanos y hermanas, y porque nunca había «tenido que pasar por nada parecido a un divorcio». Pero mis padres eran los únicos padres que conocía que jamás actuaban como si les debiera dinero por el mero hecho de estar viva, ni consideraban a sus hijos «malcriados» o «egoístas», ni me obligaban a estudiar para ser médico o se ponían del lado de otros adultos antes que del mío. Estaba tan agradecida que, a veces, me sentaba en mi habitación y rompía a llorar.

Este año había decidido buscarme un trabajo. Los trabajos para estudiantes mejor pagados, lo que ofrecía Dorm Crew, se presentaban como divertidas experiencias de colaboración en equipo, solo que, en lugar de irte de campamento en plena naturaleza, te dedicabas a limpiar los lavabos de otros estudiantes. El año anterior, el empleado de Dorm Crew encargado de la limpieza de los lavabos de Priya y Joanne era un profesor asistente de matemáticas y les dejaba problemas en el espejo escritos con un rotulador. Dependiendo de las soluciones que daban ellas, él les añadía una carita llorosa o una carita sonriente o, en una ocasión en que resolvieron un problema muy complejo, una perla de baño con forma de delfín.

Dorm Crew, que pagaba hasta doce dólares la hora, era solo para estudiantes acogidos al programa de ayudas federales, lo cual significaba que los sueldos de los padres tenían que estar por debajo de una determinada cifra para poder acceder a estos trabajos. La compañera de habitación de Svetlana, Dolores, tenía una beca completa y uno de estos trabajos compatibles con los estudios lavando platos en uno de los comedores universitarios, de modo que les podía mandar dinero a sus padres para que estos se los mandaran a sus padres. Había gente que hablaba bien de Dorm Crew, pero jamás he oído a nadie decir nada positivo sobre lavar platos, salvo que los horarios eran más flexibles.

El trabajo mejor pagado que no te obligaba a hacer nada desagradable era el de bibliotecario, que también era a tiempo parcial para estudiantes. Los trabajos que no estaban acogidos a este programa se pagaban a partir de cuatro setenta y cinco dólares la hora y no eran muy interesantes. Los trabajos interesantes eran de prácticas y no se pagaban.

Conseguí un trabajo fuera del campus, introduciendo información para un catálogo de jardinería. Me pasaban listados con direcciones de personas que podían estar interesadas en la jardinería y yo las tecleaba en el ordenador. Te pagaban en función del número de direcciones que introducías. Tecleando a la máxima velocidad, me podía sacar casi veinte dólares la hora. Pero empecé a sentir punzadas en las muñecas y en las manos, y cuando acudí al centro de salud para estudiantes me dijeron que era por teclear, así que lo dejé.

Después de eso, encontré un trabajo en el campus gestionando el correo en el Instituto de Investigación Ucraniano, que no era un trabajo a tiempo parcial del programa federal, pero pagaban siete dólares la hora. En la entrevista me esforcé por mostrar lo muy motivada que estaba. «Tu pasión por la literatura rusa es digna de elogio, pero ¿ya sabes que esto es un instituto de investigación ucraniano? Y se trata básicamente de un trabajo administrativo», me advirtió Rob, el entrevistador, que parecía empeñado en disuadirme. Pero yo le expliqué que me encantaba el trabajo administrativo y también el violinista Nathan Milstein, y al final Rob me aceptó.

El Instituto de Investigación Ucraniano estaba en un edificio de madera de estilo colonial y tenía despachos repartidos en diversas habitaciones. Más o menos un tercio de los trabajadores eran ucranianos y parecían siempre al borde del ataque de nervios. Decir «la Ucrania», en lugar de «Ucrania» a secas, o dar por hecho que una palabra en ucraniano era la misma que en ruso, o preguntar si tal o cual escritor ucraniano escribió en ruso era suficiente para sacarlos de sus casillas. Este tipo de susceptibilidad me era familiar porque también la mostraban los turcos, y eso hacía que sintiera simpatía e instinto protector hacia esos ucranianos.

* * *

El futón de la sala común estaba cubierto con la tela de batik con la que Priya lo cubría todo, como si sirviera para algo. Riley y Priya estaban en el laboratorio. No sabía por dónde andaba Joanne, pero ella era muy silenciosa y dormía mucho. Mientras pensaba con admiración en la capacidad de Joanne para quedarse dormida en cualquier sitio, descubrí asombrada que, en efecto, estaba dormida debajo de la mesa, a pocos metros de mí, en lo que a primera vista me había parecido un saco de dormir vacío.

Cuando comprobé los emails, me encontré con un mensaje reenviado por del presidente del club de estudiantes turcos. ¿Te ves con ánimos de levantarte a las ocho de la mañana del sábado, mostrar tu mejor sonrisa y aparecer como un miembro constructivo, sexualmente activo y étnicamente ambiguo de la comunidad de Harvard?, había escrito. El mensaje reenviado era una invitación de Crimson Key, el colectivo estudiantil que ofrecía visitas guiadas por el campus. Estaban intentando reclutar a estudiantes internacionales e interraciales para recibir a una delegación de visita y dar una imagen de mayor diversidad que si solo les dieran la bienvenida los miembros de Crimson Key.

Pensé que la calidad de los emails del club turco se había elevado de forma espectacular desde el año anterior, cuando nadie decía nada divertido ni interesante, ni mostraba ningún tipo de distanciamiento de personajes como los de Crimson Key. Esto, combinado con la buena impresión que me había dejado el club singapurense, me animó a asistir a una reunión del club turco.

Todos los miembros del club turco parecían haber pasado por el mismo famoso instituto de Estambul. Aparte de su instituto, de lo único que hablaban era de dónde se podía encontrar en Boston cierto tipo concreto de queso. (Se encontraba en la tienda armenia de Watertown). Casi nadie decía nada gracioso, a menos que contaran las burlas que se hacían unos a otros por comer y beber demasiado. En general no parecían estudiantes sino más bien adultos aburridos en miniatura.

La única persona con la que me lo pasaba bien conversando era el presidente, Şahin. Había estudiado en el mismo instituto que el resto, pero a él se lo veía deprimido, hacía comentarios graciosos y no parecía importarle o siquiera notar que mi turco no era tan bueno como el de los demás. Cuando hablábamos, saltaba todo el rato del turco al inglés, sin en apariencia darse ni cuenta. Estaba obsesionado con los pájaros y después de conocerlo lo veía a menudo deambulando por el campus con unos auriculares amarillos y la mirada fija en el suelo, porque estaba memorizando cantos de pájaros, mientras intentaba conseguir una beca para poder viajar a los remotos lugares donde se congregaban los pájaros más interesantes. Para Şahin lo de memorizar los cantos de los pájaros era una obsesión, como para mí aprender ruso. Aparte de mí, era el único turco que había conocido en toda mi vida interesado en un campo específico del conocimiento y que no se tiraba de cabeza a estudiar medicina, ingeniería o lo que llamaban «dirección de empresa».

Había dos estudiantes de posgrado, Burcu y Ulaş, que a veces acudían a las reuniones del club y repartían peticiones de firmas sobre el genocidio armenio. Eran agotadores, no solo con lo de las firmas, sino con todo. Podías imaginar a la perfección cómo serían sus padres.

La mayoría de peticiones de firmas citaban a dos profesores de Princeton que sostenían que la masacre de armenios durante el imperio otomano fue parte de un conflicto en el que estaban involucrados grupos armenios prorrusos y que técnicamente no podía considerarse un genocidio. En ocasiones las peticiones iban dirigidas al Museo del Holocausto en Washington con la exigencia de que no mencionaran el genocidio armenio en sus diversos actos y exposiciones. Estas peticiones a menudo surtían efecto, porque en el Museo del Holocausto había bastante gente que no estaba dispuesta a dar por hecho que cualquier otra cosa que hubiera podido pasar en la Historia pudiera comprarse con el Holocausto. Otras peticiones se dirigían a los legisladores americanos, para que no reconocieran el 24 de abril como el Día del Genocidio Armenio. Estas eran menos efectivas, porque había más armenios que querían que se celebrase esa efeméride que turcos que no querían.

Desde que estudiaba primaria no había dejado de oír hablar sobre el genocidio armenio a los padres de mis amigos americanos. A menudo era el primer tema que te sacaban: o bien por una alfombra que acababan de comprarse, o porque te soltaban desafiantes que «el cuñado de Jim es armenio», o «nuestro pediatra es griego». Yo jamás había oído hablar mal de los armenios a ningún turco, y sabía lo mucho que les gustaba a los americanos hablar de «odios étnicos», de modo que siempre di por hecho que era sin más una de sus obsesiones y no reflejaba nada real. Era lamentable enterarse de que existían este tipo de peticiones. Parecía obsceno tratar de montar un lobby contra la «conmemoración» de una masacre, tanto si fue un genocidio como si formó parte de lo que ciertos académicos de Princeton consideraban una simple guerra. (¿Qué diferenciaba una gran y honorable guerra, en la que tratabas de conquistar tierras asesinando a gente, de un vergonzoso genocidio, donde tratabas de conquistar tierras asesinando gente?). Por otro lado, cuando Ulaş hablaba de que los gobiernos francés y americano estaban siempre intentando aprobar resoluciones que reconocían genocidios de otros países, pero nunca utilizaban el término genocidio para referirse a los argelinos o los nativos americanos, la indignación que yo sentía hacia esos dos gobiernos rayaba en el dolor físico. Burcu y Ulaş a veces intentaban que Şahin les ayudara a hacer circular sus peticiones de firmas, pero él nunca lo hizo.

* * *

Falleció un famoso bardo soviético. Todos los profesores de ruso estaban deprimidos. Vi a Galina Fiodorovna llorando en la sala de las fotocopias. El bardo había sido un emblema de la cultura callejera de los niños de Moscú, sobre todo de una famosa calle. En su honor, todos los estudiantes rusos tuvieron que memorizar poemas de Pushkin. Eso tenía sentido desde la lógica de los rusos, para los que todo estaba conectado con Pushkin.

Para nuestra clase tuvimos que aprendernos un verso de *Eugene Onegin*. Yo estaba emocionada, porque *Eugene Onegin* era el segundo libro ruso que había leído en mi vida, en el instituto, justo después de *Anna Karenina*. Estaba todo escrito con una estructura de soneto que Pushkin había inventado, de manera que era muy complejo de traducir. Ese era uno de los principales motivos para aprender ruso: para poder leer *Eugene Onegin*.

En cierto momento, Vladimir Nabokov estaba tan indignado con todas las traducciones al inglés existentes que decidió escribir la suya, que era superliteral y no tenía rima, y debido a ella se fue al traste su amistad con Edmund Wilson, un hombre hecho y derecho al que la gente llamaba «Conejito». Fue esa traducción la que decidí leer. Mi madre tenía un montón de novelas de Nabokov, pero no su *Eugene Onegin*. Me lo compré en el Barnes & Noble de la Ruta 22, uno de los primeros sitios a los que fui conduciendo, con el coche de mi madre, cuando me saqué el carnet.

Fue solo porque me había encantado *Anna Karenina* por lo que decidí leer *Eugene Onegin*. Cuando lo hice, me di cuenta de hasta qué punto *Anna Karenina* era un libro de mi madre, más que mío. El gran conflicto de *Anna Karenina* era que la protagonista se debatía entre su amante y su hijo, porque el marido la obligaba a elegir entre ellos dos. También mi madre se había debatido entre su trabajo y el amor por su hija, en el que su marido no creía y que su novio no entendía. Yo sabía que había comparado a Jerry con Vronsky y a mi padre con Karenin. Casi todas las mujeres de *Anna Karenina* eran madres, y todas tenían maridos y amantes, con la excepción de una chica, Varenka; pero incluso en su caso, Koznyshev casi se declaraba cuando estaban recogiendo setas. Koznyshev como mínimo se planteaba mantener una relación sexual con Varenka. No había ni una sola mujer en el libro con la que nadie pensara en acostarse.

Tatiana, la heroína de *Eugene Onegin*, no era madre. Tenía una madre: una mujer irritable, convencional y lela que la sometía a un férreo control. Tatiana era una adolescente de provincias. No tenía modo de ir a ningún lado, se pasaba los días leyendo novelas y no intentaba mantener relaciones sexuales con nadie. Incluso cuando aparecía Eugene Onegin, lo único que ella deseaba era verlo de tanto en tanto, pensar en él y seguir leyendo novelas. Era solo al enterarse de que él se iba a marchar cuando se desesperaba y le escribía una carta.

«La carta de Tatiana» era famosa en Rusia, todo el mundo se la sabía de memoria. Era uno de los dos pasajes que podíamos memorizar para el funeral por el bardo: o la primera estrofa del libro o el inicio de la carta de Tatiana. Mucha gente, incluida Svetlana, eligió la primera estrofa, porque era más corta, pero yo quería aprenderme de memoria la carta de Tatiana.

A Svetlana se le daba bien memorizar. Su padre le había enseñado una cosa llamada «el método de loci». Visualizabas un itinerario a través de un edificio, o varios edificios, y te imaginabas a ti misma colocando todo lo que querías recordar en diferentes sitios –loci– a lo largo del itinerario. Lo único que tenías que hacer para recordarlo todo era reseguir mentalmente el itinerario.

Svetlana sugirió que pensáramos el recorrido de un paseo que pudiéramos dar de verdad, con paradas que utilizaríamos para recordar nuestras estrofas.

–¿Cómo las estaciones del Via Crucis?

–Esto funcionaría de maravilla, porque el Via Crucis tiene catorce estaciones y cada estrofa del Onegin consta de catorce versos.

Decidimos empezar en el Yard, en la residencia en la que habíamos vivido el año anterior, y dar un paseo en dirección al río.

Había estado encapotado todo el día, pero no empezó a llover hasta que llegamos a nuestra antigua residencia. Nos quedamos allí un rato, empapándonos del entorno: la fachada de ladrillo visto, los gabletes puntiagudos. Nos invadió una sensación de rechazo, porque sabíamos que nuestras tarjetas ya no nos franquearían la entrada. Una nueva hornada de estudiantes de primer año entraba y salía del edificio. Algunos sin duda habían escogido con sumo cuidado su ropa. Otros parecían haberse impermeabilizado de un modo perentorio, como si fueran mobiliario de jardín.

La primera línea de la carta de Tatiana –«Te escribo, ¿qué otra cosa puedo hacer?»– era fácil de recordar y de asociar con este edificio, porque fue en él donde le escribí a Ivan. Lo fundamental de la carta era que comprometía a su autora de forma irremediable por el mero hecho de existir. Al escribirla, se ponía por completo en manos de Onegin, lo confiaba todo al honor de este. Jamás hubiera hecho algo así, decía Tatiana, de haber continuado las cosas como hasta ese momento, si hubiera podido seguir viendo a Onegin una vez por semana, intercambiar unas palabras con él y después «pensar una y otra vez en una única cosa» hasta su próximo encuentro. No podía creerme que hubiera escrito eso: «pensar una y otra vez en una única cosa». Eso era también lo único que yo había deseado.

Junto al Café Gato Rojo, en el sindicato de estudiantes de posgrado, Svetlana tuvo que memorizar un verso sobre la enfermedad del tío de Onegin. De manera muy conveniente, Svetlana se había puesto fatal en el Gato Rojo, durante una cita con su tutor de francés. Mi verso explicaba cómo me había expuesto a ser castigada con el desdén de Eugene Onegin. Bueno, yo sabía que la novia de Ivan, Eunice, era estudiante de posgrado y se pasaba el tiempo de su horario de trabajo en el Gato Rojo, y el motivo por el que lo sabía era porque la había buscado online con el «finger» y en su «plan» constaba lo que hacía en su horario de trabajo. Me avergoncé de mí misma por tener esta información.

Al final de nuestro paseo, Svetlana se fue hacia la estación del metro para ir a su sesión de terapia. Yo me senté en un banco y me puse a pensar en la carta de Tatiana a Onegin, en si podía ser considerada como una iniciativa exitosa. Por un lado, no acababan juntos. Y encima después había un duelo y el tío la palmaba. No, no se podía decir que los resultados inmediatos fueran positivos. Por otro lado, el propio Pushkin adoraba esa carta. Decía que guardaba una copia y la releía. ¿No era el amor de Pushkin y el de cualquiera que leyese *Eugene Onegin* más importante que el hecho de que Onegin actuara como un perdedor?

Pushkin tenía claro que algunos lectores condenarían a Tatiana, que la acusarían de impulsiva o impúdica. Pero esos lectores no eran honestos. Lo que en realidad querían decir era que Tatiana no era una buena estratega. No sabía cómo maniobrar. «La coqueta maquina con frialdad; Tatiana en cambio ama con sinceridad y se entrega de manera incondicional». A mí me encantaba Tatiana porque no ocultaba sus sentimientos, y me encantaba Pushkin por denunciar a la gente que confunde discreción con virtud. Todavía te encontrabas con personas así: personas que consideraban que dejarte seducir antes de conseguir que el tío te ofrezca algún bien material era una violación, no del pragmatismo, ni siquiera del protocolo, sino de la moralidad. Significaba que carecías de autocontrol, que no eras capaz de posponer la gratificación, que habías sucumbido en la estúpida prueba de la tentación ante los caramelos. Puaj. Me negaba a aceptar que el disimulo fuera más virtuoso que la sinceridad. Si mentir tenía premio, yo no lo quería.

Esto estaba en consonancia con el modo en que las mujeres de mi familia hablaban de «nuestro» idéntico carácter. En asuntos de amor, éramos demasiado listas y honestas como para andarnos con estrategias. Solo podíamos ser felices con hombres que no necesitan que una les monte una gran farsa. Los hombres que necesitaban de una farsa, aunque más numerosos, no merecían la pena. No solo nos resultaba imposible atraerlos, porque éramos por temperamento incapaces, sino que no merecía la pena seducirlos, porque eran incapaces de amar de verdad.

Y sin embargo, desde pequeña había visto a mujeres de mi familia, como mis tías o mi propia madre, abatidas por lo que las hacían sufrir los hombres. «Abatida por el sufrimiento» era el significado que con el tiempo le acabé añadiendo a una frase en turco que en aquel entonces solo entendía a medias: «Kendini yerden yere atti», o «başini taştan taşa vurdu». Él o ella (afrontémoslo, probablemente ella) se «lanzaba a sí misma una y otra vez contra el suelo», o «se golpeaba la cabeza alternativamente con una y otra piedra». El motivo por el que se comportaba de este modo era porque un hombre había prestado más atención a otra mujer, al tipo de mujer que maquinaba estrategias. Y hasta nunca: el hombre había quedado intimidado por nuestra inteligencia y honestidad.

La implicación de «hasta nunca» –que el amor se apagaría, como una bombilla, en cuanto descubrieras que tu amado era un idiota, un cobarde o tenía un pésimo gusto– no quedaba plenamente confirmada mediante la observación. Había indicios de que, de hecho, era posible sufrir muchísimo por culpa de cobardes con mal gusto. Pero tal vez estas desgracias solo les ocurrían a las mujeres de la generación precedente, mujeres que, como ellas mismas me aseguraban, habían sido menos afortunadas y menos listas que yo. Era un alivio descubrir que Pushkin corroboraba lo que mis familiares siempre habían dicho: que era mejor ser lista y honesta que dedicarse a maquinar estrategias.

Al final llegué a la conclusión de que había hecho bien escribiéndole a Ivan. Con el mero hecho de teclear unas palabras en un ordenador había provocado que sucedieran en el mundo un montón de cosas: noches en vela, compra de billetes de avión, dinero que cambiaba de manos. En cierto modo, había sido una prueba de lo que se podía conseguir a través de la escritura. Pero en ciertos momentos también me preocupaba haber hecho una tontería y aparcado mi dignidad. Me vino a la cabeza el baile al principio de *Anna Karenina*, cuando Kitty miraba embelesada a Vronski, que ya estaba prendado de Anna, «y mucho después, durante años, esa mirada cargada de amor, a la que él no respondió, llenó el corazón de Kitty de dolor y vergüenza». Kitty casi moría literalmente de vergüenza, y tenía que irse a un balneario alemán. Entonces le contaba a Varenka lo que le pasaba, y esta le decía: «¿De qué tienes que avergonzarte? No le dijiste a ese hombre, al que no le importabas lo más mínimo, que lo amabas, ¿no es así?». Y Kitty le respondía que por supuesto que no, que jamás le llegó a decir nada.

Por algún motivo, lo que me vino a la cabeza entonces fue que mi madre me contó que, en algún momento de la década de 1970, mi padre se había referido a *Anna Karenina* como una novela burguesa sobre una mujer caída en desgracia, y expresó su sorpresa ante el hecho de que a mi madre le interesase semejante libro. ¿Era posible que hubiese dicho tal cosa?

A veces mis padres recordaban un mismo momento cada uno a su manera, y de manera diferente a cómo lo recordaba yo.

Una vez, cuando todavía iba al colegio, mi padre nos llevó a mí y a Leora a ver *Les Misérables* en Nueva York. Durante el camino de vuelta, en el coche, se lamentó de la sentimentalización de la maternidad, de que la maternidad, «el amor materno» supuestamente aporta al personaje un aura de santidad de manera automática, pero lo cierto es que en *Les Misérables* Fantine era una prostituta y tenía un sentido moral dudoso, y no era como Jean Valjean, que había robado una hogaza de pan para alimentar a su familia.

Siempre había formado parte de mi identidad ser más objetiva que mis dos progenitores, ser capaz de elegir entre sus dos puntos de vista, quedarme con las partes que me parecían útiles y descartar el resto. Por un lado, estaba de acuerdo en que había algo enojoso en la expresión «amor materno», lo cual parecía tener relación con lo que sentía cuando mi madre se refería a mí como «su niña». Por otro lado, vislumbraba en las opiniones de mi padre sobre *Les Misérables* el tipo de discurso tendencioso, impermeable y «cargado de prejuicios» que era mejor ignorar, y hacerlo era, de hecho, una habilidad básica de la vida adulta. ¿No era acaso el tema central de *Les Misérables*, y no precisamente de un modo muy sutil, que el hecho de que Fantine ejerciera la prostitución no era tan diferente de que Jean Valjean robase una hogaza de pan para alimentar a su familia? Y el tono con el que mi padre decía «alimentar a su familia» era al menos tan irritante como el tono con el que mi madre decía «mi niña».

Con respecto a esto, como con tantas otras cosas, llegué a la conclusión de que, aunque ninguno de mis padres tenía razón al cien por cien, si tuviera que elegir tendería a mostrarme más de acuerdo con mi madre.

LA CUARTA SEMANA

El fin de semana, Riley, Priya, Joanne y yo fuimos de compras a Boston. En el Garment District, donde vendían ropa a setenta y cinco centavos el kilo, me compré una blusa de pana naranja oscuro y una falda cruzada de charmeuse sintético con un estampado de enormes flores moradas. Por lo visto estábamos allí para comprar «telas». Yo no lo acababa de entender: me parecía que ya deberíamos estar hartas de las telas. Aun así, en la tienda de telas compré unos metros de satén marrón que me pareció que podía quedar muy bien para armar un dosel.

Nos pasamos la tarde en Somerville, buscando un televisor y un vídeo que un tío del posgrado de documental había dicho que le iba a regalar a Priya. El nivel de coordinación necesario, la cantidad de llamadas telefónicas y de cambios de plan, hizo que aquello se acabara pareciendo más a una negociación para liberar rehenes que a un voluntario intercambio de bienes. Empezó a parecer posible y después muy probable que los reproductores de vídeo ya no existieran. Era un problema al que Priya se enfrentaba una y otra vez: hombres que, desesperados y con total desvergüenza, le ofrecían cosas que no tenían. Era uno de los peajes de ser guapa.

En el camino de vuelta desde Somerville no parábamos de toparnos con montones de artículos del hogar desechados apilados en los bordillos. Cogí un felpudo con la frase NO SOY UN FELPUDO.

«¡Es como si fuera capaz de autoengañarse!», comenté entusiasmada.

Joanne preguntó con tono afable si pretendía llevármelo a casa y convertirlo en nuestro felpudo. Me imaginé viendo cada día este felpudo protestón y resentido: pisotearíamos a diario, una y otra vez, la alta concepción que tenía de sí mismo. Lo dejé donde lo había encontrado, entre una torre para CD y una parte de un futón desmontado. Unas manzanas más adelante, Riley encontró otro felpudo con siete gatitos que escribían BIENVENIDO con sus colas. Este era sin duda el felpudo adecuado.

Cuando regresamos, Lewis, uno de los amigos de Riley y Priya del curso preparatorio de medicina, estaba paseándose por el recibidor. Al principio me había desconcertado que estuviera siempre merodeando por ahí, pero resultó que estaba obsesionado con Priya. Lewis le había dicho que no estaba seguro de si a la mayoría de los chicos ella les parecía atractiva, pero él no se la podía sacar de la cabeza.

«¿Y si resulta que es el único chico que me encuentra atractiva?», se preguntó Priya, con sus ojos claros como platos en un gesto de horror.

Joanne se fue a una cena del club singapurense. Me preguntó si la quería acompañar, y el detalle me llegó al alma. Pero cuando se juntaban todos los singapurenses se ponían a hablar en singlish y yo tenía que hacer un esfuerzo sobrehumano para seguir la conversación.

Me pasé la siguiente hora en el dormitorio que compartíamos Riley y yo, armando un dosel por encima de la parte superior de la litera; primero pegamos la tela de satén marrón con cinta americana al techo y después clavamos la cinta con chinchetas. Me quedó muy bien. Ahora podría leer en la cama sin sentir que alguien me estaba mirando.

De vuelta en la sala común, a Riley, Priya y Lewis se les habían unido otros dos alumnos del curso preparatorio de medicina: un tío bastante parecido a Lewis que llevaba un suéter a cuadros y una chica tan guapa como Priya, aunque de un modo distinto. Priya estaba sentada en el suelo con las piernas cruzadas, con unos tejanos raídos y un jersey de escote redondo, y el rostro enmarcado de un modo adorable por su cabello lacio; la otra chica estaba sentada al borde del futón, con las piernas cruzadas; la blusa blanca y la falda de tubo tenían aspecto no solo de estar hechas a medida, sino además planchadas. Había en ella algo que me resultaba familiar, aunque no sabía identificar qué.

Lewis estaba sentado en el centro del futón con los brazos estirados a la espalda, como si se sintiera más en casa que yo misma, pese a que yo vivía allí. La mayor parte de su cháchara consistía en ir alternando comentarios hostiles y halagadores dirigidos a o acerca de Priya. Ella había preparado un bol de masa de galletas de pepitas de chocolate Toll House que iban pasándose unos a otros y comiendo con cucharitas procedentes de la cafetería. Solo la chica de la ropa planchada declinó probarlo y, en cuanto se produjo el primer silencio en la conversación, de inmediato cambió de tema y empezó a explicar que no tenía claro si era adicta al tabaco. Todos la miraron desconcertados. Ella explicó que toda su vida se había fumado un cigarrillo al día, a solas, al anochecer, en el terrado de un edificio concreto. «Aun no tengo claro si soy adicta», dijo.

Riley contó una anécdota sobre su primo que dejó de fumar cuando su esposa tuvo un hijo y se hizo adicto a los chicles Nicorette, que eran tan caros que estaba siempre escondiendo provisiones de chicles ya masticados por toda la casa por si en algún momento tenía que recurrir a ellos. La cosa acabó en urgencias pediátricas cuando el bebé de dos años se las apañó para pegarse los testículos con una decena de chiclés masticados que descubrió en la parte inferior de varias mesas.

Yo conté que mi padre trabajó un tiempo en un laboratorio de un hospital de veteranos de guerra y coincidió con un tío que convertía a perros en adictos al tabaco. Les colocaba a los animales un tubo de traqueotomía para que no les quedara otro remedio que inhalar el humo. Al principio los perros detestaban el tabaco, pero acababan haciéndose adictos y cuando se les retiraba, aullaban día y noche. No caí en la cuenta hasta la parte final de que era una historia deprimente. Cuando terminé de contarla se produjo un silencio.

—Aun no tengo claro si soy adicta —insistió la chica.

Describió su ritual de fumadora de forma minuciosa, aunque no tanto porque diera montones de detalles como porque utilizó muchas palabras, marcando y remarcando los detalles de tiempos y lugares, como si tuvieran algún interés y además fueran singularísimos. Guardaba los cigarrillos en una pitillera clásica, en el cajón de la ropa interior. Lewis revivió en cuanto la oyó mencionar la ropa interior. Fue cuando se puso a contar lo que hacía los días de lluvia cuando la reconocí: era la amiga de Peter, la que había pedido el email de Ivan y se había mostrado entusiasmada con la genialidad de Johannes Kepler.

Esta bella no fumadora me generaba sentimientos encontrados. Por un lado, me horripilaba que hablara tanto para decir tan poco, y que no hubiera hecho ni caso a Riley. Por otro, al menos expresaba su entusiasmo sobre algo que le gustaba hacer, a solas, por el puro placer de hacerlo o por verse a sí misma de un determinado modo.

Ahora volvía otra vez a la carga con el tema de si se podía o no considerar «fumadora». Lo importante, argumentó, no era el cigarrillo en sí mismo, si no más bien… [el momento del día, la pitillera, la cómoda].

Vi que Priya miraba a Riley con ojos de cordero degollado y comprendí que también ella era crítica con la hermosa no fumadora. Me impactó, porque me di cuenta de que las había metido en el mismo paquete, porque las dos eran guapas y parecían encarnar un perfil social muy similar: el del hada con poderes mágicos que invita a otras personas a compartir su perplejidad ante su misterio y singularidad.

No había sido capaz de percibir una diferencia entre ellas que era evidente, para la propia Priya y también para Riley.

Era cierto que, cuando Priya actuaba de ese modo, lo hacía de una manera más sutil, con una mayor consciencia del nivel de interés de los que la rodeaban. Desde luego ella jamás habría parloteado sin parar tanto rato seguido. Se habría limitado a dejar caer una evocadora alusión a su pasión por el steak tartare o las redes neuronales, que hubiera quedado flotando en el aire con gracilidad unos instantes antes de evaporarse.

Cuando volví a prestar atención a la conversación, descubrí con callado espanto que la chica seguía hablando de que se fumaba un cigarrillo al día. ¿Cómo podía estar pasando esto? ¿Por qué seguíamos todos allí sentados? Insistía otra vez en que tenía que estar sola, y explicaba que en el pasado tuvo que lidiar con los intentos de varias personas de unirse a ella. Y reiteró, de un modo enfermizamente inexorable, que no tenía claro si era adicta.

—Bueno —dijo Lewis con ironía—, la próxima vez que subas a la azotea hazlo todo como siempre, pero no enciendas el cigarrillo. Si sientes que te falta algo, entonces es que eres adicta.

Me levanté, con un gesto más abrupto de lo que pretendía.

—Me tengo que marchar —espeté. Todos me miraron, así que añadí—: Acabo de acordarme de que he de leerme un libro.

—A veces estas cosas no pueden esperar —dijo Riley con un tono muy comedido, que contrastó con mi brusco comportamiento.

Todos nos reímos y logré escabullirme.

Lo cierto era que no tenía planeado leer un libro, de hecho no tenía nada planeado, más allá de la vaga idea de llegarme a mirar qué ponían en la filmoteca. El último pase empezaba en un par de minutos y era un docudrama con toques de transgresión de género sobre una prostituta en un Belgrado devastado por la guerra que tenía un modo muy particular de traer la paz a los Balcanes: «actuando como una suerte de pararrayos de los deseos eróticos de los hombres violentos». Aunque el Belgrado devastado por la guerra me despertaba cierto interés, no quería aparecer sola, tarde y sin aliento en el pase de una película sobre sexo violento.

Me puse a caminar en círculos por la habitación, limpiando de forma mecánica mi zona, recogiendo los restos de tela y cinta americana, los tickets de compra, las bolsas de plástico, los folletos y las hojas de deberes de ruso. Di con el ejemplar de segunda mano de *Nadja* que acababa de comprarme y decidí que era el momento de leerlo.

La calle parecía más sombría que de costumbre. Cada pocos pasos se oía música amortiguada que salía de las ventanas a oscuras o en penumbra. Había grupos de gente tambaleante, chicas que reían a carcajadas histéricas y dejaban caer la cabeza sobre el pecho de los chicos. Sabía que eso era lo que se esperaba que una hiciera, pero no sabía ni por qué ni cómo hacerlo. Me coloqué los auriculares del walkman. Escuchar un álbum de Itzhak Perlman dedicado por entero a la música española me hizo sentir un centelleo de esperanza, como si la propia vida pudiera ser como esas elaboradísimas piezas para violín: distinguidas, complejas, para ser interpretadas con precisión y talento.

Las bibliotecas convencionales cerraban temprano los sábados, de modo que me dirigí a Mather, para utilizar la biblioteca de la residencia. En la zona de televisión había un grupo de chicos sentados muy tensos en un sofá, que de pronto pegaron un salto hasta ponerse en pie y empezaron a alzar los puños y a ulular.

—¡Bien! ¡Bien! ¡Bien! —gritó uno de ellos.

Me sentí aliviada cuando llegué a la biblioteca: un cubo de cemento insonorizado, con una escalera de caracol en el centro. Solo había otras dos personas: un chico que escuchaba algo con los auriculares puestos y los ojos cerrados, y otro que jugueteaba haciendo elaboradas piruetas con el bolígrafo entre los dedos mientras mantenía la mirada fija en un enorme libro de texto. Los dos eran asiáticos. Me despertaron de inmediato un sentimiento de complicidad y admiración, porque habían optado por no hacer lo que el resto del mundo consideraba guay.

La primera frase de *Nadja* —«¿Quién soy?»— era tal como la recordaba. Las siguientes páginas seguían siendo ilegibles y aburridas. Pero esta vez seguí leyendo. Si había en ese libro algo que pudiera cambiarme la vida, no iba a dejar que unas cuantas páginas soporíferas se interpusieran en mi camino.

Al llegar a la página 17 sentí un estremecimiento de emoción al ver que se mencionaba a J.K. Huysmans, el autor de *A contrapelo*, el libro del que había aprendido acerca de «vivir estéticamente». Cuando intentabas resolver un misterio y te topabas con un nombre que ya te había salido antes en tu investigación, era una señal de que ibas por el buen camino.

André Breton elogiaba a J.K. Huysmans por ser diferente de los novelistas convencionales —«esos empiristas de la novela», los llamaba— que perdían el tiempo intentado convertir a personas de carne y hueso en personajes de ficción. Me quedé desconcertada. ¿No era eso lo que hacía la novela: convertir a personas de carne y hueso en personajes de ficción? Pero por lo que parecía eso a Breton le resultaba de lo más fastidioso.

Alguien sugirió a un autor que conozco, en relación con un trabajo de su […], a cuya heroína se la podía reconocer con demasiada facilidad, que le cambiara al menos el color del cabello. Por lo visto, si la ponía como rubia podría haber evitado traicionar a una morena. A mí esto no me parece infantil, me parece monstruoso.

En estas palabras entreví una posibilidad de libertad. Me di cuenta de que mi incapacidad para llevar a cabo eso de lo que él hablaba —disfrazar a la gente que conocía para convertirlos en «personajes» de ficción— había sido el mayor problema al que me había enfrentado en mi escritura, y por consiguiente en mi plan de vida. En cierto modo era un problema mayor que Ivan, o tal vez Ivan era en realidad parte de ese problema, que lo había precedido en varios años.

Deseaba convertirme en novelista antes incluso de saber leer, en aquel entonces solo podía acceder a los libros pidiéndole a alguien que me los leyera, y ninguno me parecía lo bastante largo. Dejaban demasiadas preguntas sin responder, demasiadas ramificaciones sin explorar. Mis padres me decían que esperaba demasiado de *Sapo y Sepo son amigos*, porque no era una novela. Por eso me quedó la idea de que una novela sí explicaría todo lo que seguía queriendo saber, como por qué Sapo era como era, por qué básicamente estaba enfermo, y por qué Sepo ayudaba a Sapo, si de verdad quería que se pusiera bien, o si se aprovechaba de algún modo de la mala salud de Sapo.

Me quedó la idea de que las novelas, a diferencia de los libros infantiles, eran algo serio e importante y que, del mismo modo que el trabajo de mis padres consistía en tratar a pacientes en un hospital, alguien tenía que dedicarse al trabajo de escribir novelas. Todos los países civilizados tenían gente que lo hacía. Eran de algún modo el certificado de la civilización.

En cuanto aprendí a escribir, lo hacía a todas horas, llenaba un cuaderno detrás de otro y anotaba lo que oía decir a la gente o lo que leía en los libros. Los adultos me preguntaban si estaba escribiendo una novela. Di por hecho que así era: que lo que estaba escribiendo era de algún modo una novela, o que el tipo de escritura que practicaba algún día se convertiría de manera natural en escritura novelística.

No fue hasta llegar al instituto, cuando tuve mi primera clase de escritura creativa, que empecé a percibir ciertos problemas. Descubrí con perplejidad que no se me daba bien la escritura creativa. Era buena con la gramática y el debate de ideas, también recordando lo que decía la gente y consiguiendo que las situaciones tensas resultaran divertidas. Pero resultó que esas no eran las habilidades que necesitabas para inventarte personajes peculiares y proporcionarles arcos narrativos repletos de pasiones. Ya había llenado montones de hojas sobre las personas que conocía y todo lo que decían. Era para eso para lo que me servía la escritura. ¿Y ahora tenía que inventarme más personajes y pensar en las cosas que dirían?

Resultó que escribir sobre lo que ya te rondaba por la cabeza no era creativo, por lo visto ni siquiera era escribir de verdad. Obsesionarte con tu propia experiencia vital era infantil, egotista, antiartístico y digno de desdén. Intenté sortear el problema adjudicándole mis reflexiones y observaciones a un personaje de ficción, uno que tenía un nombre neutro y universal, porque no quería que pareciera que estaba perorando todo el rato sobre mi identidad turca. Detestaba los libros que giran alrededor del hecho de que una persona es de un determinado país y no paran de hacer referencias a la comida local. Y, sin embargo, lo que estaba escribiendo no tenía sentido a menos que los personajes procedieran de un país extranjero y no sabía lo suficiente de otro país que no fuera Turquía.

Trabajábamos con un libro de texto sobre escritura creativa con ejercicios. Tenías que rellenar unos cuestionarios sobre «tus» personajes, con información sobre su comida o color favoritos. Yo me desesperaba: ¿qué clase de persona tiene un color favorito? Hasta que pensé: Ok, es para esto para lo que necesitas la imaginación, para pensar en alguien distinto a ti. Las palabras «tacos, beis» escritas en una hoja suelta me hicieron sentir la imposibilidad de que me sucediera algo excitante durante el resto de mi vida.

En casi todos los ejercicios aparecía un café en algún momento, igual que en muchos de los relatos que leía. Estaba claro que había una conexión entre la escritura de ficción y los cafés. Consideré que la suerte me sonreía, porque los cafés habían ocupado mis pensamientos a menudo. Fue cuando viví con mi tía paterna, que trabajaba en uno de manera ilegal. El propietario era un tipo de Adana que solo contrataba a turcos sin permiso de trabajo. Al principio parecía que lo hacía para ayudarlos, pero después resultó que no estaba tan claro. Por ejemplo, uno de los cocineros sufrió un cálculo renal, que todo el mundo dice que es lo más doloroso del mundo junto al parto. (¿Qué pasaría si la gente dijera que los chicos tenían que pasar por un par de cálculos renales antes de cumplir los treinta, igual que el tipo que se casó con mi tía —lo cual le permitió a esta dejar el café— me decía a menudo con respecto al parto?). El propietario del diner le pagó al cocinero la operación y una vez lo tuvo atrapado con lo que le debía, se dedicó a someterlo a todo tipo de torturas, como obligarlo a preparar sopa de callos. La sopa de callos tenía un olor muy particular que a algunas personas les provocaba náuseas, y el pobre cocinero era una de ellas.

Pensé que esa historia poseía un interés narrativo muy superior a la mía, perfecto para la escritura creativa. Pero en cuanto intenté convertirla en una «narración breve», me pareció una falta de respeto, incluso una traición. Solo había coincidido con el propietario del café en alguna ocasión y a mí nunca me había hecho nada, y mi tía a veces decía que en realidad no era tan mala persona. Muchas veces le obsequiaba con pollo a la cazadora cuando acaba su turno y yo también me lo comía.

Por otro lado, era consciente de que el cálculo renal y la sopa de callos no bastaban por sí solos para armar un relato; no podía limitarme a narrar eso y llamarlo escritura creativa. Tenía que identificar la situación humana universal que representaban y desarrollarla utilizando mi imaginación. Probablemente el cocinero tenía que tomar alguna decisión: liberarse de algún modo o crearle algún problema al propietario del café. Sin embargo, yo conocía a ese cocinero, Sedar. Era ese tipo de persona que pese a pasarse el día entero quejándose, en la práctica era obediente e ineficaz. El único gesto impetuoso por su parte del que había oído hablar fue cuando pegó un puñetazo a la pared al enterarse de que a su madre en Adana tenía cáncer y toda su familia lo sabía, pero a él se lo habían ocultado para que no se desquiciara. De modo que, cuando se enteró, se desquició. Acabó en urgencias con la mano rota. Mi padre corrió con los gastos, porque para entonces mi familia al completo sentía lástima por aquel pobre hombre.

Probé a convertir a Sedar en el narrador, pero seguía pareciendo que lo retrataba con condescendencia. Había tanteado primero ser yo la narradora, haciendo como que también trabajaba en el café. Pero el hecho de que jamás me hubieran hecho o permitido trabajar en un café era una parte demasiado relevante de mi personalidad. Pensé en pedirle a mi tía que me contara más detalles, pero me dio vergüenza. El café representaba el tipo de problema vital del que yo había sido protegida y ella no.

El curso de escritura creativa llegó a su fin y en teoría ya no tendría que volver a leer o escribir sobre cafés. Pero la semilla del pánico ya se había plantado. Se me habían abierto los ojos a la diferencia entre lo que había estado escribiendo y lo que era una novela de verdad.

Por aquel entonces se estrenó la película *Lo que queda del día*, mi padre se compró las tres novelas de Kazuo Ishiguro y yo también las leí. Eran tan compactas, autosuficientes y misteriosas; qué poco revelaban sobre el autor, fuera quien fuese, un escritor en lengua inglesa llamado «Kazuo Ishiguro». Qué empático e imaginativo por su parte era escribir novelas tanto sobre personas que eran la quintaesencia de lo británico y vivían en una mansión en la campiña en la Inglaterra de la década de 1930 (que de ningún modo se hubieran podido llamar Kazuo Ishiguro) o sobre unos estampadores que eran la quintaesencia de lo japonés en la Osaka de la década de 1940 (que de ningún modo hubieran podido escribir una novela en inglés). Ishiguro escribía en primera persona, pero el narrador era siempre «poco fiable», es decir, un chiflado o un ignorante, muy distinto del autor. ¡Qué disciplina, qué ausencia de soberbia! Me di cuenta de que lo único que intentaba hacer yo al escribir era mostrar lo mucho que observaba y comprendía.

Todos mis temores estaban compendiados en una cita estampada en la cubierta de *El artista del mundo flotante*:

> Los buenos escritores abundan, los buenos novelistas son muy infrecuentes. Kazuo Ishiguro es [...] no solo un buen escritor, sino un maravilloso novelista.
>
> *The New York Times Book Review*

Era en lo que yo confiaba para darme a conocer: mi convencimiento de ser una buena escritora. Se me encogió el estómago al descubrir lo equivocada que estaba.

* * *

Durante todo el tiempo que duró la relación con Ivan, fui tomando notas en mi cuaderno o en el ordenador, y a veces me preguntaba si alguna vez convertiría esas páginas en una novela. El mero hecho de pensarlo me avergonzaba. Me parecía deplorable ser tan poco creativa y centrarme tanto en mí misma, no aspirar a crear complejos personajes de ficción. Me parecía lamentable escribir un libro dedicado por entero a Ivan. ¿Y si se enteraba?

Por algún motivo, recordé cuando mi madre y yo nos reíamos de *Queridísima mamá*, un libro escrito por la hija de Joan Crawford, que ninguna de las dos había leído, pero al que mi madre hacía referencia a menudo diciendo «Queridísima mamá» con voz muy aguda, cada vez que me obligaba a hacer algo.

Recordé también otro chiste que solía hacer mi madre cuando hacía algo que creía que estaba mal, como contar una mentirijilla por teléfono, o desabrocharse el cinturón de seguridad mientras conducía: «No pongas esto en tu novela». Esto también me hacía reír siempre, pese a que subyacía un sobreentendido que resultaba un poco preocupante: que las situaciones anormales vividas en la infancia eran una inversión, algo que podías capitalizar en el futuro, a pesar, o precisamente porque, eran un descrédito para tu madre. De modo que tu inversión de futuro y la dignidad de tu madre parecían ser escasamente compatibles.

Pero ¿por qué me ponía a pensar ahora en mi madre cuando el tema era Ivan? Ay: «Ivan». Decirle su nombre a alguien me parecía siempre una traición, después me sentía culpable por cómo lo pronunciaban, o bien de forma incorrecta o bien con una corrección pomposa e irónica, como dando a entender que era un pretencioso porque no lo pronunciaba «Ai-van», tal como no lo pronunciaba literalmente nadie en el mundo, excepto los americanos. «Cuando una persona me gusta muchísimo, nunca le digo su nombre a nadie», leí en *El retrato de Dorian Grey*, y sentí el horrible escalofrío del deshonor.

Y, sin embargo, aquí estaba André Breton diciendo todo lo contrario: «Insisto en conocer los nombres, en interesarme solo por los libros que he dejado entreabiertos, como las puertas; no pienso ir a buscar las llaves». Todos los rodeos que creía haber inventado —convertir a dos personas reales en un único «personaje» «ficticio», convertir a una persona real en dos personajes, cambiar la apariencia y la nacionalidad de las personas— él ya los conocía y los utilizaba como base de sus trucos. Parecía orgulloso de no cambiar absolutamente nada, incluido él mismo.

—¿Era razonable darse importancia por eso? ¿Era posible que el tipo de libro que él estaba describiendo pudiera ser de algún modo mejor que las novelas que yo conocía, mejor que «la literatura psicológica, con todas sus tramas ficticias»? Todavía más apremiante: ¿había después de todo algún modo de que yo me convirtiera en novelista? ¿Estaba todo relacionado con Huysmans y con la vida estética? ¿Y si pudiera utilizar la vida estética como un algoritmo para resolver mis dos mayores problemas: Cómo vivir y cómo escribir novelas? En cualquier situación de la vida real, pretendería estar en una novela y hacer lo que quisiera que la persona en la novela hiciera. Después, lo escribiría y habría escrito una novela, sin tener que inventarme un montón de personajes falsos y hacer como que me importaban.

* * *

Alrededor de la página 20, Breton abandonaba de forma abrupta el trascendental asunto de las personas reales y las novelas y, por algún motivo, se enfrascaba en un minucioso repaso de algunas coincidencias que él y su amigo han experimentado. ¿Por qué las coincidencias vividas por otras personas resultaban siempre tan aburridas? La propia Nadja no aparecía hasta la página 64. «De pronto, a unos tres metros de distancia, vi a una joven vestida sin gracia que caminaba hacia mí…». Me emocioné al sentirme identificada. De modo que vestir sin gracia no era necesariamente lo opuesto a una vida estética, sino que podía ir en consonancia con ella.

Desde el momento en que Nadja hacía su aparición, en casi cada página había algo que parecía una pista. Por ejemplo: Nadja se ponía enferma y no podía permitirse pagar a un médico, de modo que decidía curarse a sí misma a través del trabajo manual, buscándose «un trabajo en una panadería, e incluso en una carnicería porcina». Esto estaba sin duda relacionado con una historia que me había contado Ivan un montón de veces sobre un amigo del instituto cuya novia eslovena se mudó a Budapest y acabó trabajando en una planta de envasado de carne. Ivan siempre hablaba de la novia eslovena con un tono risueño y admirativo, nunca entendí por qué. Nunca le pedí que me aclarara el misterio. Este era otro punto en común, porque quedaba claro que a André Breton también le parecía de algún modo divertido y admirable que Nadja trabajara en una carnicería porcina.

Empecé a apuntar en mi cuaderno todo lo que encontraba en *Nadja* que pareciera relacionado con cualquiera de mis problemas. No tardé en concentrar todo mi entusiasmo en trabajar este listado. Las hileras de números de página y citas se parecían un poco a *Pálido fuego*, una novela cuya primera mitad era un poema y la segunda mitad un comentario autobiográfico escrito por el vecino mentalmente perturbado del poeta. Pensé que ojalá pudiera escribir un libro así sobre *Nadja*, en el que explicara línea por línea el libro y su clara conexión con cosas que me habían pasado en la vida. Era consciente de que nadie querría leer un libro así; la gente se moriría de aburrimiento. ¿Por qué los libros de ciencia y de historia podían ser aburridos, pero los otros no? ¿Cuánto tiempo hacía que algún acontecimiento de mi vida «real» me sacudía del modo que lo había hecho la inesperada revelación de que André Breton estaba casado? ¿O por la todavía más inesperada revelación de que Nadja tenía una hija: «una niña de cuya existencia ella me ha informado con suma cautela y a la que adora»? Leí esta frase una y otra vez; lo cambiaba todo. ¿Qué edad tenía la hija, dónde y con quién estaba? ¿Por qué Nadja caminaba sola por las calles de París? Pensé en mi madre, que me adoraba y que se había enamorado de un hombre casado. ¿Por qué le pasaban estas cosas a la gente? ¿Alguien se dedicaba a analizar este asunto? ¿Alguien estaba haciendo algo para solucionarlo?

* * *

Por la noche, el departamento de lenguas eslavas tenía una atmósfera diferente: era como un aeropuerto o como el pasado. Habían colocado un proyector cinematográfico para el funeral del bardo. Un profesor pronunció un discurso de agradecimiento a los instructores de lengua por el duro trabajo que llevaban a cabo, el cual en sus palabras acabó pareciendo patético. Como la mayoría de profesores de literatura, él era americano. Los instructores de lengua provenían todos de la antigua Unión Soviética, no estaban contratados como fijos y no se los llamaba «profesores».

Recité la carta de Tatiana demasiado rápido, pero por lo demás fue bien. Una chica a la que no conocía leyó el mismo texto, pero se atascó a la cuarta línea. Me pregunté si estaría enamorada y si el tío sería un idiota.

Cinco personas seguidas recitaron la estrofa sobre el tío de Onegin. Fue un aburrimiento oír lo mismo repetido una y otra vez, hasta que le llegó el turno a Svetlana. ¿Cómo se las arregló para darle un aire mucho más vivaz que el resto? Cuando ella los recitó, los chistes de Pushkin volvieron a ser graciosos.

Cuando Svetlana se sentó otra vez a mi lado, Matt, de la clase de tercero, se sentó en el asiento vacío del otro lado, le dio una palmadita en el hombro, se inclinó hacia ella y le dijo algo, y Svetlana se puso colorada.

Vimos una filmación en blanco y negro del bardo en la que cantaba una canción sobre Pushkin, al que llamaba «Alexander Sergueievich», comprimiendo el montón de sílabas en cuatro o cinco notas, de un modo que resultaba conmovedor. La canción se llamaba «Aun así, es una pena», y versaba sobre cómo, pese a las muchas cosas buenas que había ido acumulando la humanidad desde la muerte de Pushkin, era una pena que ya no pudiéramos dar un paseo con Alexander Sergueievich. Al llegar al final, la mitad de la audiencia estaba llorando. El verso más triste era: «ni siquiera un cuarto de hora».

Después hubo una pequeña fiesta y Svetlana de inmediato cogió una copa de vino y se puso a hablar en ruso con los profesores y los estudiantes de posgrado. Yo me marché temprano y me dirigí a la biblioteca para acabar de leer *Nadja*.

Nadja tenía problemas económicos. «Resistía las amenazas de su casero y sus repugnantes insinuaciones», y «no ocultaba lo que haría para conseguir dinero». Breton parecía pensar que ella hubiera hecho bien en ocultarlo.

Bueno, al menos esto era algo que sí había mejorado en los últimos setenta años. Las chicas no se veían obligadas una y otra vez a convertirse en prostitutas. Las prostitutas, claro está, seguían existiendo, pero había a quien le gustaba ejercer de prostituta y pensaba que le confería poder, y era poco feminista considerarlas víctimas.

¿Todavía quedaban personas que se veían obligadas a ejercer la prostitución? Si me ponía a pensar en ello, parecía obvio que sí. Aunque seguro que era menos habitual que en el pasado. Literalmente en todas las viejas novelas aparecía algún personaje que se veía obligado a ejercer la prostitución, aunque yo jamás había oído que alguna persona a la que conocía se hubiera visto en esa tesitura. Conocía a una chica que había posado para un desplegable de «Mujeres de la Ivy League» en *Playboy*. Pero posar para *Playboy* para pagarse Harvard no era lo mismo que tener un intercambio sexual con tu casero para que no te desahuciara.

En determinado momento, a André Breton Nadja le empezaba a parecer insufrible. Era difícil determinar en qué había metido la pata Nadja exactamente. ¿Se había lamentado demasiado por tener que prostituirse? ¿Había hecho demasiados juegos de palabras? Era como si hubiese sucedido de pronto, sin más. «Durante un tiempo, dejé de entender a Nadja. De hecho, tal vez nunca nos habíamos entendido bien…».

Ivan me había dicho cosas de este tipo: «Quizá nunca nos hemos entendido de verdad, quizá nunca hemos tenido una verdadera conversación». A mí eso me parecía absurdo. Pero su punto de vista invalidaba el mío. Si una persona creía que era una conversación y otra consideraba que no era una conversación, la segunda persona era la que estaba en lo cierto.

«Estoy juzgando a posteriori y me limito a especular cuando digo que no podría haber sido de otro modo», escribió Breton. Eso era lo que hacía Ivan: juzgar a posteriori, actuar como si lo que pasó entre nosotros hubiera seguido un curso inevitable. ¡Qué injusto era cuando la gente convertía lo acontecido en una evidencia que restringía lo posible! Sentí que era contra esto contra lo que yo luchaba, y siempre había sido así: la tiranía de lo particular, el modo arbitrario como las cosas habían acabado siendo de un determinado modo.

No esperaba que *Nadja* acabase bien, pero aun así me impactó que ella enloqueciera y acabara encerrada en un manicomio. Como siempre Breton lo comentaba de pasada («Me dijeron, muchos meses después, que Nadja estaba loca…») y se lanzaba a una mordaz crítica social de las instituciones mentales, de lo mal que trataban a la gente pobre. Decía que debido a su animadversión a la psiquiatría nunca había visitado o se había interesado por Nadja. El libro continuaba otras veinticinco páginas sin volver a mencionarla. Y entonces terminaba sin más. ¿Ella lograba salir del manicomio? ¿Cómo es que nadie hacía referencia a esto cuando resumía la trama del libro?

Giré el ejemplar para leer la contraportada, lo cual es siempre una experiencia rara cuando ya has terminado el libro, como recibir un mensaje de una persona fallecida. «*Nadja*, publicada por primera vez en Francia en 1928, es la primera y tal vez la mejor novela surrealista jamás escrita», decía.

La Nadja del libro es una chica, pero al igual que en la definición de Bertrand Russell de la electricidad como «no tanto una cosa como un modo de que sucedan las cosas», Nadja no es tanto una persona como un modo de que las personas se comporten de cierta forma.

Imagínate que te digan que no eres una persona, sino un modo de que las personas se comporten de cierta forma. «Bueno, no puedo decir que piense mucho en el efecto que produzco sobre ti», diría yo.

—Eso es lo que puede suceder cuando se fetichiza la vida estética. Te puede convertir en alguien irresponsable y destructivo —dijo más tarde Svetlana sobre André Breton—. Pero la gente así es capaz de inventarse un nuevo estilo y eso puedo valorarlo.

—¿Qué debería haber hecho cuando conoció a Nadja? —pregunté—. Si no se hubiera comportando de un modo irresponsable y destructivo.

Svetlana se quedó pensativa.

—Podría haber probado a convertirse en una fuente de estabilidad en la vida de ella, y haber evitado liarse románticamente con ella.

Noté una punzada. No habría deseado por nada del mundo que Ivan se hubiera convertido en una fuente de estabilidad en mi vida.

* * *

Una pregunta recurrente en el seminario sobre ética era cómo evitar acabar en algo llamado la Conclusión Repugnante. La Conclusión Repugnante decía que era posible justificar el reducir el nivel de vida de una población, si a cambio hacías crecer esa población. Era difícil no llegar a ese punto. Incluso si decías algo en apariencia inocuo como «creo que debemos hacer el bien para el mayor número de personas», eso significaba que, si había un millón de personas cuyas vidas «merecían sin duda ser vividas» y tenías la oportunidad de convertirlas en mil millones de personas cuyas vidas «apenas merecían vivirse», estarías moralmente obligado a hacerlo.

Ahí ya estabas ante la Conclusión Repugnante. La frase «apenas merecían vivirse» me producía un nudo en el estómago. ¿En qué país estaba sucediendo eso?

André Breton era menos inteligente y menos amable que el profesor de ética. Sin embargo, lo que decía parecía ir más directo al grano. No te salía con leyes para situaciones con implicaciones que no pudiéramos ni concebir; él interpretaba cosas que habían sucedido de verdad. Lo de que había sucedido de verdad se anunciaba en cada página, con fotografías. El hecho de que Breton hubiera mantenido su comportamiento impresentable en la narración era, en cierto modo, una prueba más de su verdad.

Nadja tenía el valor de constituir al menos una pequeña parte de cómo funcionaban las cosas en realidad. Parte de cómo funcionaban las cosas en realidad era que las mujeres tenían tendencia a enloquecer. Los hombres podían impulsar esta tendencia. Pero culpar a los hombres era tomar partido, perder de vista la lógica y dejarse arrastrar a la locura de las mujeres, porque el auténtico contenido de la locura de las mujeres era, en gran medida, la culpabilidad de los hombres.

En la clase de conversación en ruso, Irina Nikolaevna hablaba tan rápido y utilizaba tantas palabras desconocidas que yo rara vez sabía de qué hablaba. Pero de vez en cuando, algo brillaba como un anillo de oro en el fondo del río, y me llegaba una frase con absoluta claridad. Como esta: «Todo lo que deseas ahora, todo lo que deseas con pasión y crees que no conseguirás nunca, te será concedido algún día». Crucé la mirada con ella de forma accidental y tuve la sensación de que me hablaba a mí. «Sí, te será concedido —dijo, mirándome—, pero para entonces ya no lo desearás. Así son las cosas».

Mi mente iba a toda velocidad. ¿Estaba hablando de Ivan? ¿Qué sabía del asunto? Ivan y yo habíamos sido alumnos suyos el año anterior. ¿Había percibido ella que había algo entre nosotros? ¿Él le había contado algo? Yo sabía que él la adoraba;

los dos la adorábamos, lo habíamos comentado entre nosotros. ¿Estaban en contacto de algún modo? ¿Era eso lo que sucedía? ¿Qué era lo que sucedía? ¿Cómo podía ella estar tan segura de que sabía de qué iba todo eso, que sabía lo que sucedía? «Ya no lo desearás»: ¿era porque Tatiana rechazaba a Eugene Onegin al final de *Eugene Onegin*? ¿Era posible que todos los rusos pensaran a todas horas en *Eugene Onegin*?

Irina Nikolaevna no podía saber lo que yo deseaba. Y yo jamás dejaría de desearlo.

SEGUNDA PARTE

El resto del semestre de otoño

OCTUBRE

Eran los días dorados del año. Cada día se amontonaban más hojas en el suelo, el aire se hacía más fresco y la hierba relucía con más intensidad. Los ocasos parecían prolongarse, diluirse y estirarse durante horas y las fachadas de ladrillo resplandecían rosáceas y todo lo azul resultaba más azul. ¿De cuántos otoños perfectos podía disfrutar una persona? ¿Por qué yo siempre parecía estar en el lugar inadecuado, escuchando la música inadecuada?

Para el curso de ruso leímos un relato titulado «Rudolfio». Lo protagonizaba una chica de dieciséis años llamada Io, enamorada de un hombre casado de veintiocho. Io, dada a la extravagancia, aseguraba que cuando ella y su amor, Rudolf, estaban juntos, formaban una única entidad: «Rudolfio». Rudolf se reía y comentaba que Io era muy graciosa. Io hablaba mucho de «adultos», de cómo solo se prestaban atención entre ellos y trataban a los no adultos como subhumanos. Rudolf le prestaba a Io un ejemplar de *El principito*, que él, un hombre hecho y derecho, por algún motivo tenía.

Un día que la mujer de Rudolf no estaba en casa, Io aparecía por allí. Sus pechos parecían «pequeños nidos construidos por pájaros desconocidos para criar en ellos a sus polluelos». Io le preguntaba a Rudolf por qué se había casado tan joven, lo cual había impedido que ellos, Rudolfio, se pudieran casar. Rudolf se reía. ¡Qué graciosa era! Después, él se sentía «poseído por algún tipo de indescriptible, todavía no revelada melancolía, que sin embargo ya existía en la naturaleza».

Rudolf partía en un viaje de trabajo sin comunicárselo a Io. Cuando regresaba, se preguntaba si se sentía demasiado feliz por volver a verla.

«¿Te has marchado y has vuelto?», le preguntaba Io. En ruso era una sola palabra. Los verbos de movimiento eran de lejos lo más arduo en el aprendizaje del ruso.

Io y Rudolf daban un paseo hasta un descampado lleno de basura. Io le pedía a Rudolf que la besara. Rudolf la besaba en la mejilla. «En los labios», exigía Io. Pero Rudolf le respondía: «Solo las personas que mantienen una relación muy íntima se besan en los labios». Io lo abofeteaba y se marchaba corriendo, entre la basura.

Esa noche Io no regresaba a casa. A la madre le entraba el pánico y llamaba a Rudolf. Él no sabía nada. Io reaparecía la tarde siguiente y se negaba a hablar. Rudolf iba a verla. Se la encontraba sentada en la cama, mirando la pared y balanceándose en silencio adelante y atrás. Le decía que como mínimo ella tenía que contarle donde había pasado toda la noche.

«Vete al infierno», respondía Io.

Rudolf asentía. Recogía la gabardina, se daba la vuelta y se iba al infierno.

Hasta ese momento yo no estaba especialmente impresionada por la calidad de la escritura, pero ese final hizo que me estallara la cabeza. «Se volvió, recogió la gabardina y se fue al infierno».

En clase, Irina Nikolaevna preguntó si Rudolf había amado a Io. Todo el mundo estuvo de acuerdo en que básicamente no.

—Quizá la quiso un poquito —propuso Julia.

—No la quiso en absoluto —dijo Gavriil muy convencido—. Solo jugaba con ella.

—¿Y Rudolf amaba a su esposa? —preguntó Irina Nikolaevna. Gavriil respondió que sí. Julia que quizá. Svetlana dijo que Rudolf era una persona muy convencional apegada a la institución del matrimonio, pero que no había reflexionado en serio sobre ella.

—Teniendo en cuenta esto —añadió—, hablar de amor no creo que sea lo más adecuado.

Aprendimos los verbos rusos para «casarse», que eran diferentes para hombres y mujeres. Un hombre se «esposaba *sobre* alguien» (preposicional), mientras que una mujer «era maridada *por* alguien» (acusativo). Irina Nikolaevna ilustró la diferencia con monigotes. Todo el mundo se rio al ver al hombre *sobre* la mujer.

Discutimos la escena del beso en «Rudolfino», cómo Io se había sentido herida y cómo Rudolf la había herido. Discutimos sobre las diferencias entre besar en la mejilla (preposicional singular) y en los labios (preposicional plural). Irina Nikolaevna nos pidió que uno por uno describiéramos la primera vez que besamos a alguien en los labios.

Julia contó que había besado a un chico en el parque infantil cuando tenía nueve años. Gavriil explicó que había besado a su novia en un baile del colegio cuando tenía once. Svetlana dijo que había besado al novio de su prima en el zoo de Belgrado cuando tenía trece.

Yo mentí y expliqué que había besado a un chico en un campamento de verano cuando tenía quince.

—¿Quince, Sonya? ¿Estás segura?

Irina Nikolaevna escribió «15» en la pizarra. Resultó que creía que tenía que haber sido antes.

—Quince —insistí con firmeza.

Irina Nikolaevna me preguntó cómo era el chico. Conté que tocaba la mandolina y di pie a que me hiciera más preguntas sobre cuándo y dónde había tocado la mandolina.

—La tocaba en todas partes, a todas horas —dije.

—El departamento de lenguas eslavas es de lo más raro —soltó Svetlana en el baño—. Ahora mismo tengo mucha ansiedad. No me parece normal que para aprender otras lenguas tengas que ponerte a hablar de tu vida sexual. Tiene gracia, porque cuando tenía trece años me sentí fatal por besar al novio de mi prima. Pero hoy me ha venido de maravilla, porque de no ser por eso, no habría besado a nadie. ¡Y de repente me he preocupado mucho por ti! Sé que tú tampoco tenías novio, y no recuerdo que hayas contado nunca que besaste a alguien. De hecho, he estado a punto de darme la vuelta y decirte: «Selin, por una vez en tu vida, no cuentes la verdad, ¿ok?». ¡Pero entonces te has sacado de la manga al chico de la mandolina! ¡Qué alivio he sentido!

—El chico de la mandolina me ha salvado el día —reconocí mientras contemplaba en el espejo las bolsas bajo mis ojos.

Mi pelo parecía el nido de un pájaro desconocido para criar a sus polluelos.

¿Qué le había sucedido a Io la noche que pasó fuera de casa? ¿Se suponía que había que sobreentender que la habían violado? Parecía que en los cuentos a menudo había que sobreentender eso.

* * *

En el curso sobre el Azar, leímos una entrevista con John Cage en la que decía que para él la música más profunda en esos momentos eran los bocinazos de los coches en la Sexta Avenida. Eso era debido a que ya no «necesitaba» la estructura y el «control» de «lo que llamamos música». «Si algo resulta aburrido al cabo de dos minutos —escribió Cage—, inténtalo durante cuatro…, después ocho. Después dieciséis. Y después treinta y dos». Suspiré. Solo alguien viejo y famoso podía permitirse decir algo así, que la mierda que se producía de manera azarosa era la máxima expresión del arte. Yo no podía ir por ahí en plan: «Aquí tenéis los sonidos de la Sexta Avenida. Oh, ¿no os parecen de lo más interesante? Intentad escucharlos durante treinta y dos minutos». Y tampoco es que quisiera hacerlo.

Baudelaire dijo que caminàr entre una multitud es un arte solo al alcance del poeta. Un hada debió de otorgarle algo especial en la cuna. Gracias a eso era capaz de penetrar con total libertad en la personalidad de todos los hombres. «Solo para él el camino está libre» .

¡Como a algún poeta se le ocurriera penetrar en mi personalidad como si fuera un edificio vacío…!

Le pregunté al *I Ching* si debía dejar el curso sobre el Azar. Me salió el hexagrama 6: «Un prudente alto a mitad del camino trae buena fortuna. Seguir hasta el final trae la desgracia».

Sevetlana se compró el nuevo álbum de R.E.M., *New Adventures in Hi-Fi*, y lo escuchamos entero en su habitación. Qué maravilla cuando unos tíos con un sonido tan reconocible hacían algo nuevo. ¿Cómo debía ser estar en su piel, saber por qué eran R.E.M.? Una canción contenía este verso, «Preferiría masticarme la pierna», una declaración subjetiva que sin embargo me sacudió como una verdad cósmica que no podía creerme que hubiera oído bien.

Svetlana se había pasado la tarde en la habitación de Scott, haciendo no sé qué trabajo sobre la naturaleza salvaje. Escucharon música folk, bebieron chardonnay a sorbitos y brindaron por el amor no sexual que sentían el uno por el otro. Me enteré de que Scott tenía que anular partes de sí mismo para poder mantener su relación, porque a Jenna no le gustaba nada «ni su música ni su espiritualidad». Lo que Svetlana sentía por Scott era, según sus propias palabras, no un calentón, sino amor. «Un calentón es la exaltación del ego, el amor consiste en entregar parte de tu ego. Para amar debes poseer un ego del que estás muy segura, para poder entregárselo a otra persona». Deglutí en silencio la implícita deducción de que lo que yo sentía por Ivan no era más que un calentón, porque no poseía un ego del que estuviera muy segura.

Un poema publicado en Real Change se titulaba, para mi pasmo, «Y pensar que a ella nunca la habían besado». ¿Me estaba volviendo loca?

> *La inocencia tentada por la oportunidad*
> *de sentir los placeres de la carne*
> *la infancia robada a los veintitrés*
> *en el instante en que la lengua de él rozó su pecho.*

¿La infancia robada… a los veintitrés? ¿Hasta cuándo había planeado esa persona atesorar su infancia? Sin embargo, tomé nota, como siempre hago con cualquier persona que tenía más de diecinueve años cuando besó por primera vez a alguien. Una vez, en la NPR oí a un escritor decir que no había besado a nadie hasta que cumplió los veinticinco. Pero era gay y había nacido en la década de 1940.

El resto del poema se centraba en que después venía el arrepentimiento, pero que de momento lo que había era «placer, dolor, supuesto amor, / y estar entre sus brazos».

¿A qué se debía el arrepentimiento que llegaba después? ¿Se trataba de que ella había pensado que él la amaba y luego resultaba que no? No podía ser eso, otra vez, ¿o sí? ¿Todo se reducía siempre a esto?

Juho me invitó a la Mesa Elevada, que era como se llamaba la cena semanal de su fraternidad, pero también era el nombre de la propia mesa: de hecho, varias mesas en fila sobre una plataforma. La gente se vestía para la ocasión mientras los camareros escanciaban el vino. Algunos profesores y tutores vestían toga negra. No daba crédito a que este tipo de cosas existieran todavía en América: tipos con toga sentados en una mesa que estaba unos veinte centímetros por encima del resto del comedor, por lo que se llamaba «Mesa Elevada».

Me percaté de que había basado mi idea de cómo serían el resto de los miembros de la fraternidad en Juho, dando por hecho que de algún modo se parecerían a él. Pero resultó no ser así. Él era el más joven, con muchos años de diferencia. Su chándal verde no tenía nada que ver con cómo iban vestidos los demás. Uno de los tutores con toga, que se dirigió a él llamándolo «Yu-Ju», le preguntó con un forzado tono jovial cuándo se había afeitado por última vez. Juho dijo que no estaba seguro, pero que debía de haber sido el martes.

Fue en cierto modo para defender a Juho que hice un esfuerzo especial por hablar con el resto de comensales y preguntarles sobre sus proyectos, para así demostrarles que Juho y yo estábamos igual de integrados en el mundo real y hablábamos de él con la misma fluidez que el resto de los presentes, y teníamos el mismo derecho a que estos nos informaran de sus actividades.

La mujer a la que tenía sentada enfrente me explicó que estaba intentando utilizar un modelo computerizado de una flauta ya desaparecida para reconstruir la música que se tocaba en la representación de las tragedias en la Antigua Grecia.

—Para los griegos los versos de las tragedias y la música eran inseparables, pero hoy en día no tenemos ni idea de cómo sonaba esa música —me contó con marcado acento británico.

—¿Y tú cómo crees que sonaba?

Era consciente de estar utilizando un tono casi de coqueteo, como habría hecho Ivan. La mujer debía de tener como mínimo diez años más que yo, pero había algo en su insinuante sonrisa o en el brillo de sus ojos que me pareció —o me pareció que a Ivan le hubiera parecido— cargado de posibilidades.

—Creo que sonaba espantosa —dijo.

Yo quería seguir hablando con ella, averiguar más cosas de ella, pero el tío que tenía al lado no paraba de interrumpirnos con una idea que quería exponer acerca de que las vacas podrían pastar si se las ataba a «vallas móviles».

Corté un trozo de espárrago a la parrilla. ¿La esencia de una valla no era el hecho de que no se movía de su sitio?

Riley había ido a la Sociedad Protectora de Animales para intentar conseguir un gato. La opinión popular era que un gato podía ocultarse con más facilidad en un apartamento repleto que en una residencia de estudiantes al uso. Yo nunca había tenido gato, no entendía qué les veía la gente a los gatos, y había tenido una mala experiencia infantil con un perro. Estaba segura al 60 por ciento de que el perro había terminado sus días sacrificado. Además, ya tenía la inquietante sensación de estar rodeada de forma permanente por inteligencias extrañas. Por todos estos motivos, no me hacía ninguna falta incorporar más seres sensibles a nuestro apartamento. Sin embargo, Priya, Joanne y sobre todo Riley adoraban a los gatos, y su amor era más poderoso que mi indiferencia.

Resultó que la protectora de animales no te entregaba un gato a menos que trajeras un formulario firmado por tu casero en el que declaraba que en el edificio se permitía tener mascotas. Eso era un problema, porque en nuestro edificio no se permitían las mascotas. Riley había planeado pedirle a uno de los tutores que residía en el edificio, del que sospechaba que tenía en secreto un gato, que le firmara el documento. Pero el plan se fue a pique. Y a partir de entonces el tutor ya no nos devolvía el saludo cuando nos los cruzábamos por el pasillo.

* * *

En la radio de la cocina de la residencia de estudiantes Quincy sonaba el nuevo single de Alanis Morissette, «Head over

Feet». Hablaba de tener la suficiente madurez como para desear algo bueno para ti. Me sentí ultrajada. Pensaba que Alanis Morissette estaba allí para que nos sintiéramos reflejadas en ella.

Y ahora resultaba que se maravillaba de lo «sana» que se sentía ahora que era capaz de «desear algo racional». Estaba claro que ese algo racional que tanto deseaba era un chico aburrido.

—Lo que quieres en realidad es enamorarte locamente.*

No me di cuenta de que estaba pensando en voz alta hasta que Svetlana me dio una palmadita en el brazo.

—Tranquila —dijo con delicadeza.

—Con los pies en el suelo es como suele estar la gente. Porque resulta que somos bípedos.

—Bueno, Selin, creo que no escuchamos a Alanis Morissette para tomarnos sus frases hechas al pie de la letra.

Solíamos almorzar en una de las salas comunes junto al comedor principal, la más pequeña, que a menudo estaba vacía. Una de las paredes estaba totalmente cubierta por un mapa del mundo de Mercator. Todo el Círculo Ártico estaba magnificado y extendido, como si fuera la grotesca frente de un gigante. El efecto resultaba especialmente pronunciado en la Tierra de Francisco José y en el archipiélago de la Tierra del Norte.

Dejamos las bandejas y de inmediato nos pusimos a debatir qué poeta nos gustaba más: Anna Ajmátova o Marina Tsvetáieva. Eran las dos poetas rusas más famosas. Svetlana dijo que prefería a Tsvetáieva; objetivamente era la elección más sofisticada. Yo me sentía más próxima a Ajmátova, de modo que la defendí, pero no me sentía cómoda haciéndolo.

* Juego de palabras intraducible entre el título de la canción «Head over Feet» («Con los pies en el suelo») y la expresión «Head over Heels in Love», que quiere decir «locamente enamorado». En el original el personaje contrapone *heels* («tacones») a *feet* («pies»). *(N. del T.)*

Scott había invitado a Svetlana a una fiesta de Halloween y esta no tenía nada claro de qué disfrazarse. A veces, en el día a día, llevaba el pelo recogido con dos trenzas, lo cual le daba un aire muy particular en el mejor sentido, de modo que esa era una posible opción. Svetlana dijo que le preocupaba que eso la infantilizara.

Traté de recordar a alguna persona relevante e icónica que luciera dos trenzas.

—¿Quizá de valkiria, con un casco vikingo? De la ópera.

—No sé…, quizá me hace parecer gorda —dijo Svetlana mientras pinchaba con el tenedor un trozo de requesón y un brote de brócoli crudo.

Después de un mes de dieta, la cara ya se le veía más alargada y esculpida, y los ojos le brillaban más.

Cuantas más vueltas le dábamos al disfraz de Halloween, más nos parecía una trampa. Si se ponía algo que pudiera considerar sexy, Scott podía lanzarse a coquetear con ella. Pero si se desexualizaba de forma deliberada, eso podía resultar degradante.

Anna Ajmátova tenía la nariz parecida a la mía. Su nombre era un pseudónimo literario; estaba convencida de que su bisabuela era descendiente de un kan del siglo XV llamado Ajmat. Se hizo famosa por un poema sobre ponerse el guante izquierdo en la mano derecha. Escribió sobre despedidas y últimas palabras. Uno de sus poemas se titulaba «Hoy no me han entregado ninguna carta». A veces escribía sobre «él» o «mi esposo». Su esposo en la vida real, que era también un poeta famoso, intentó suicidarse. Sufrieron y se divorciaron. Después, a él lo ejecutaron. Arrestaron a su hijo. Ajmátova se unió a la multitud de madres y esposas que esperaban a las puertas de la cárcel y escribió el «Réquiem», un poema político que circuló mediante el sistema del *samizdat* y se consideró un crudo distanciamiento de sus poemas de amor. También rebosaba de estilizado sufrimiento femenino. Al final, se comparaba a sí misma con María en la Crucifixión: «donde la madre permanecía en silencio / nadie osó mirar». Cualquier referencia a madres dolientes me generaba angustia.

—¿Cuántas veces al día os veis Selin y tú? —preguntó Riley la tercera vez que Svetlana y yo nos la cruzamos mientras íbamos y veníamos de nuestras habitaciones.

—¿Te parece raro que pasemos tanto tiempo juntas? —me preguntó después Svetlana—. Es casi como si mantuviéramos una relación.

—Hum… —dije, meditabunda. ¿No la manteníamos?

—Me gustaría poder pasar tanto tiempo a diario con un novio —me aclaró Svetlana.

—Ah, vale —dije.

El hermano mayor de Valerie, que acababa de terminar un doctorado en matemáticas y ahora trabajaba para la CIA, iba a venir de visita. Svetlana dijo que iba a sonsacarle de qué iba Ivan.

—¿Qué? No, ni se te ocurra —protesté.

—Selin, tenemos que averiguar la verdad. Y ya sabes que todos los de matemáticas se conocen entre sí.

—No va a saber nada útil, y si lo supiera no te lo diría. Lo que hará será contarle a Ivan que lo estamos investigando.

—No te preocupes. Seré muy sutil.

—No, ni se te ocurra hacerlo.

Fuimos al laboratorio de lenguas para ver una película titulada *Moscú no cree en las lágrimas*. Riley pensaba que el título era una broma, pero resultó que se llamaba así. Iba sobre dos chicas que vivían en una residencia: una rubia con agallas que estaba siempre maquinando planes para cazar un marido rico y una morena que trabajaba en una fábrica y soñaba con ser ingeniera. La película las seguía durante veinte años.

En una escena, la morena, que ahora tenía cuarenta años, era una mujer de éxito pero estaba muy sola, iba en el metro vestida con una ropa horrible porque iba a ayudar a alguien a renovar su dacha. Un mecánico del metro la confundía con una trabajadora de una fábrica y se enamoraba de ella. Entonces desaparecían todos sus problemas, hasta que el mecánico descubría que en realidad era ingeniera. Entonces él se enfadaba, supuestamente porque ella lo había engañado, pero en realidad porque el tipo creía que los hombres debían ganar más que las mujeres. Ella lo miraba, con una sucesión de expresiones en el rostro, y en lugar de explicarle todos los motivos por los que no tenía nada que reprocharse a sí misma, se limitaba a decirle: «Perdóname».

Había algo fascinante en el modo sumiso en que lo decía, por lo diferente que hubiera sido si hubiese optado por protestar y razonar. Sin embargo, la jugada le funcionaba: él la perdonaba, con una actitud que generaba una situación intensamente sexual, pese a que ella era una mujer atractiva y él en cambio parecía un elfo brutal y cargante. Me entraron ganas de decirle eso a Ivan y que él me perdonara.

* * *

Se terminó el horario de verano. Una tarde, al atravesar el patio interior de Quincy, me fijé en lo que parecían cuatro enormes piedras pintadas con colores claros. De pronto dos de ellas se incorporaron, arrastrando unas borlas blancas y resultaron ser los compañeros de residencia de Svetlana, Danny y Josh.

—¡Hola, Selin! ¿Pensabas entrar en el edificio? —me preguntó Josh con un tono raro que pretendía ser relajado.

De pronto noté que los cuatro tíos me miraban. ¿Cómo podía ser que los cuatro se hubieran quedado sin poder entrar? Vi que Josh me tendía su identificación y recordé que era viernes y ese día no podían utilizar la electricidad.

—Oh, desde luego que sí —dije y pasé la identificación por el lector.

La luz se puso verde y abrí la puerta. Por enésima vez, me quedé impresionada de la cantidad de reglas que podía llegar a seguir una persona. Esta regla en concreto parecía de lo más absurda, pero tal vez estos tíos supieran algo que yo desconocía. Se fueron por el pasillo hablando de forma muy animada entre ellos y el que yo no sabía cómo se llamaba se giró y me gritó: «¡Gracias, Selin!».

Riley estaba sentada en la sala común, pintándose las uñas con Chanel Vamp. Priya estaba en una posición de yoga en el suelo mientras leía en voz alta un catálogo de ropa cara para niñas que le había llegado por correo por error. Estaba repleto de fotos de modelos de trece años posando con gesto pícaro con suéteres de trescientos dólares con margaritas en los bolsillos. Priya se reía, pero no tardó en ser evidente que al mismo tiempo estaba planeando comprar una blusa.

Riley me pidió que la ayudara a pintarse las uñas de la mano derecha. Me gustó que lo hiciera, porque rara vez pedía ayuda para nada. ¡Y justo después de haber ayudado a unos religiosos a abrir una puerta!

—Es muy complicado no acabar pintando la hendidura —dijo Riley, refiriéndose al punto en el que el borde de la uña topaba con el dedo.

Jamás había oído utilizar la palabra «hendidura» en este sentido.

—Moscú no cree en las lágrimas —le dije, pero doblé una servilleta y me las apañé para limpiar el esmalte de la hendidura.

Les conté a Riley y Priya lo de los compañeros de residencia de Svetlana esperando sentados en la oscuridad porque no podían utilizar el lector de tarjetas después del anochecer. Priya explicó que una vez, en el Centro de Ciencias, un tío al que no había visto en su vida le pegó un grito por no saber que era ella la que tenía que pulsar el botón del ascensor.

—¿Eso pasó en viernes? Creo que ese tío era un gilipollas, sin más.

—Esa es otra de las grandes religiones del mundo.

Dije que no me parecía lógico que a una persona se le prohibiera pulsar el botón de llamada de un ascensor y en cambio se le permitiese pedirle a alguien que lo hiciera por él.

—Créeme, mejor no entres en este debate —me previno Riley—. En el instituto lo único que hacen es debatir sobre este asunto. Te van a hacer papilla.

Por lo visto, Morris le había preguntado a un tío de su departamento de matemáticas que era practicante por qué no le suponía ningún problema sentarse en una habitación con las luces encendidas, pero sí encenderlas él mismo. El tío había dedicado los siguiente veinte minutos a desarmar con argumentos lógicos todo lo que Morris había dicho, pensaba y creía. Morris entendía por qué había recibido semejante palizón. «Quiero decir que yo participé en el programa de formación para estudiantes de Naciones Unidas», no paraba de explicar después. Yo no podía sino pensar en la monumental pérdida de tiempo que era que alguien con un dominio de la lógica tan elevado se pasase un montón de años y gastara enormes cantidades energía en conseguir reconciliar un viejo libro con el mundo tal como es hoy. ¿No sería más razonable que alguien escribiera un nuevo libro?

Joanne acababa de recorrer en bicicleta los ochenta kilómetros del camino de ida y vuelta desde aquí a Lowell, Massachusetts.

—¿Hay algo especial en Lowell? —preguntó Riley.

Joanne se quedó pensativa.

—Probablemente sí —dijo mientras colgaba la bici en los soportes de la pared.

* * *

Riley había dejado la protectora de animales y se había unido al grupo Uneset. Yo no sabía muy bien qué era, pero al parecer la había conectado con el tipo de gente que suele tener uno o dos gatos para regalar y no se muestra muy quisquillosa con el papeleo. Estaba, por ejemplo, ese tío que cruzaba gatos domésticos con servales. A los servales había que alimentarlos con «presas vivas», de modo que quedó descartado, pero es solo un ejemplo. Riley me estaba explicando lo de los servales mientras comíamos cuando nuestro amigo Jeremy nos preguntó si podía sentarse con nosotras.

—Estamos a punto de marcharnos —le dijo Riley, pese a que apenas acabábamos de sentarnos.

De todos modos, Jeremy cogió una silla y se puso a hablar con entusiasmo de *El arco iris de gravedad*.

Riley empujó hacia atrás su silla y dijo:

—Tengo laboratorio. Selin, ¿tú no tenías algo del curso de ruso?

Yo le había dado solo un enorme bocado al sándwich de crema de cacahuete. No era como Riley, que parecía siempre capaz de dejar una comida en cualquier momento, sin importarle cuánto hubiera o no hubiera comido. Pushkin decía que este era el mayor de los dones: ser capaz de abandonar una mesa antes de que el vino se escanciara desde el cáliz. Yo no lo poseía; me estaba comiendo mi sándwich. Riley se quedó dudando unos instantes, con cara de preocupación, y se marchó.

Jeremy pasó a su otro gran tema favorito después de Thomas Pynchon: su amor por dos chicas llamadas Diane. Era un tema que hasta ahora nunca le había disuadido de contarme, porque me halagaba que confiara en mí y porque me parecía que resultaría más interesante que escuchar a cualquier tío soltarte el listado de todos los profesores que había tenido, que era otra cosa que podía sucederte con facilidad en la cafetería. Y, sin embargo, sus andanzas amorosas no resultaban mucho más interesantes. Se sucedían sin fin, repletas de detalles y coincidencias.

Yo no conocía a Diane W., pero sí a Diane H., que llevaba pendientes de aro, falda plisada y zapatillas Converse altas. Una vez Riley había comentado sobre ella, con tono irónico, que se había acostado con cuatro tíos que conocíamos, incluido ese tipo llamado Ronnie, que a veces mentía haciendo como que se había leído libros que no había leído. Riley era feminista, de modo que yo sabía que si hacía comentarios irónicos sobre Diane no era porque pensara que era una puta. Era algo más complicado, relacionado con el amor propio.

Cuando volví a nuestro apartamento, Riley estaba intercambiando mensajes con una mujer de Dorchester, cuyo obeso gato de raza Bosque de Noruega se había sentado, con resultados casi letales, sobre su bebé recién nacido. Si Riley jugaba bien sus cartas, ese podía acabar siendo nuestro gato.

Para mi curso troncal de ciencia tenía que ver una película sobre agujeros negros. Un físico teórico explicaba cómo sabíamos que existían los agujeros negros, pese a que no podíamos verlos.

«¿Has ido alguna vez a un baile? –preguntaba con voz afable y sensiblera–. ¿Has visto alguna vez a los chicos ataviados con sus esmóquines y a las chicas con sus vestidos blancos, haciendo giros de baile cogidos de la mano, y de pronto las luces bajan mucho de intensidad y ya solo ves a las chicas?».

Nunca había ido a un baile ni a ningún tipo de fiesta formal con baile de gala. Resultaba al mismo tiempo perturbador y tranquilizador enterarse de que la rotunda y esencial naturaleza de esa experiencia confirmaba determinadas teorías cosmológicas.

El físico explicaba que la chica era una estrella normal y corriente y el chico un agujero negro. No veías al chico, pero el hecho de que la chica diera vueltas a su alrededor confirmaba que él existía y la estaba manteniendo en su órbita. Esto parecía la corroboración del *Diario de un seductor*, en el que el seductor desaparecía y Cordelia se movía en círculos. Tuve la sensación de que los elementos que giraban alrededor de mí en mi propia vida también se mantenían en su órbita gracias a la ausencia de Ivan, o estaban allí debido a él, para contrarrestar el vacío.

* * *

Riley me enseño cómo utilizar el comando de «hablar» en Unix. Solo tenías que teclear «hablar» seguido del email de la persona con la que querías hacerlo. Si aceptaba, la pantalla se partía horizontalmente. Lo que tú tecleabas aparecía en la parte superior y lo que la otra persona tecleaba en la inferior. Os podíais ver mutuamente tecleando, pensando, borrando lo último tecleado. Podías borrar lo que acababas de poner y escribir otra cosa, eso podía hacerse como broma. Podías hacer como que alguien te había apartado de forma violenta y se había sentado ante el teclado, o podías hacer como que eras tu propio ordenador que había adquirido conciencia.

Cuanto intenté teclear «hablar» y la dirección de Ivan en Berkeley, recibí un mensaje de error.

Svetlana había interrogado al hermano de Valerie. El hermano de Valerie había compartido algún curso de posgrado de matemáticas con Ivan. Svetlana le explicó la teoría de su madre de que Ivan era el demonio reencarnado. «No sé de qué me hablas», le dijo el hermano.

Le escribí a Ivan para preguntarle si podíamos conversar por Unix. Me respondió que, aunque en principio le gustaría hablar conmigo, en la práctica no todas las redes podían conectarse entre sí, y no estaba seguro de que en nuestro caso fuera posible. Además, no sabía si yo era alguien con quien podía hablar ahora mismo, porque no sabía quién era yo. Al parecer hay muchas Selins y no sé con cuál estaría contactando. ¿Y si resulta que me topo con la que me ve como el demonio?

Intenté escribirle un email a Ivan explicándole lo que había pasado: por qué la madre de Svetlana había dicho que era el demonio reencarnado, que era en parte por cómo había aparecido él en el avión con destino a París, asustándonos a mí y a Svetlana, y en parte por la actitud de la madre de Svetlana hacia mí, ya que insistía en verme como una persona patética, probablemente porque estaba resentida por la ocupación otomana de Serbia, pero también porque tenía envidia de Svetlana y por tanto de algún modo también de mí; y también pretendía explicarle por qué Svetlana había decidido soltarle el comentario de su madre al hermano de Valerie, pese a que yo le había rogado que no lo hiciera. Caí en la cuenta de que lo mío con Ivan había sido muy duro para Svetlana, había supuesto mucha presión añadida para su proyecto de superación personal y para su interacción con ese tío, Scott. Intentar explicarle todo paso a paso resultaba tedioso y agotador. No dejaba de imaginarme a Ivan aburrido, o sin creerme, y seguía pareciendo que yo le echaba la culpa a otras personas, como Svetlana y su madre. Cuando intenté asumir yo la culpa, siguió resultando tedioso y soporífero, y al final opté por desistir de dar cualquier tipo de explicación.

* * *

—Esto es humillante —dijo Svetlana en la sección de cuidado del cuero cabelludo de la farmacia CVS mientras cogía un kit para despiojar.

Halloween no era hasta el próximo jueves, pero la fiesta de Scott ya se había celebrado. Svetlana acabó yendo disfrazada de sí misma, después de llegar a la conclusión de que los disfraces eran incompatibles con la dignidad humana. Como resultado —o tal vez por pura casualidad— una persona que iba bebida le plantó un sombrero viejo en la cabeza. Al menos otras tres personas de la fiesta acabaron con piojos.

Pensé, y no era la primera vez que lo hacía, que nuestras vidas serían mucho más fáciles si ella y yo fuéramos pareja. ¡El kit para despiojar costaba once dólares!

—¿Crees que todo sería más fácil si pudiéramos salir con chicas? —pregunté en voz alta.

Svetlana no respondió de inmediato.

—La mayoría de las lesbianas que conozco me resultan un poco intimidantes —dijo por fin—. Y no comparto su sentido estético, o ellas no parecen valorar mucho la estética. No creo que encajara con ellas. Sobre todo porque lo que me pone son los chicos.

A mí me pasaba lo mismo: la respuesta física que me generaba Ivan, la leve sacudida eléctrica, la pesada y lenta maquinaria que se ponía en funcionamiento en mi pecho y entre mis piernas. Jamás una chica me había provocado este tipo de reacción. Por otro lado, tampoco solía sentir todo eso en presencia de Ivan, sino más bien cuando él no estaba presente.

¿Y qué valor tenían estas sensaciones físicas? ¿Bastaban para contrapesar todas las desventajas? No podías hablar con Ivan como si fuera una persona normal; no te oía, o no te entendía, o se largaba a algún lado y no podías dar con él. Además, todos sus amigos me veían como una loca. En lugar de tratar con esa gente, sería mucho más divertido y relajante acariciar el reluciente cabello dorado de Svetlana, decirle lo guapa que era y contemplar la forma en que se realzaba su belleza, como sucedía cada vez que alguien la piropeaba. Su cuerpo deseaba ser piropeado y yo sabía qué decirle exactamente, de modo que ¿por qué no hacerlo?

—Pero las chicas son más guapas y es más fácil entablar negociaciones con ellas. Y el deseo que me despiertan los chicos nunca parece darme buenos resultados. De modo que me parece que como mínimo hay que plantearse lo de las chicas.

De nuevo, Svetlana no respondió de inmediato.

—Me daría aprensión cualquier cosa que fuera más allá de besarnos y juguetear mutuamente con nuestros pechos —dijo pasados unos instantes.

Me di cuenta de que a mí también se me había pasado por la cabeza solo lo de besar y juguetear con los pechos. ¿Qué más hacían las lesbianas? Aparte del sexo oral, que parecía horrible. En las telecomedias la gente hablaba de esto en este plan: «¿A él le gusta… la inmersión en las profundidades?». Había que ser muy altruista para hacerlo, una amante muy generosa.

Dicho esto, el sexo oral con un chico también parecía repugnante. Los propios chicos parecían opinar así. ¿No era por eso que iban por ahí gritando «chupapollas» a los que les cortaban el paso cuando circulaban en coche?

—¿No te da aprensión pensar en tener sexo con un chico? —pregunté.

—Sí, pero también me excita. La idea de que me penetren y me dominen.

Reconocí que la idea de ser penetrada y dominada también me resultaba excitante, pese a que la mecánica y las consecuencias no las tenía muy claras y me parecían problemáticas. Además, ¿por qué tenía que excitarnos eso? ¿Por qué no podía excitarnos otra cosa?

Sin embargo, era consciente de que me estaba comportando de un modo infantil y poco realista, y Svetlana tenía razón. El amor no era una fiesta de pijamas con tu mejor amiga. El amor era peligroso, violento, tenía algo de repulsivo; la atracción era fronteriza con la repulsión. El amor contenía la muerte en sus entrañas, y también la locura. Intentar dejar de lado estos elementos era inmaduro y antinovelístico.

* * *

—¿Sigues oyendo ese ruido? —me preguntó Riley.

Era tarde y estábamos las dos despiertas, estudiando.

—No —respondí.

Riley detuvo el reproductor de cedés.

—*Eso* —dijo.

Yo seguía sin oír nada. Habíamos estado escuchando «Criminal» de Fiona Apple: la canción favorita de Riley. Tuve la sensación de que Riley pensaba que *ella* era una criminal. No entendía muy bien por qué. No me parecía que hubiera hecho nada malo. Sin embargo, ella había estudiado en un colegio católico.

Volví a mi lectura de *Temor y temblor* para el seminario. De pronto Riley y yo nos miramos al mismo tiempo: ahora también lo había oído yo. Riley movió hacia atrás su silla y fue a investigar.

—Selin —me llamó Riley desde el pasillo—. Es para ti.

Fui hasta donde estaba ella.

—Hola —saludó Juho, que estaba plantado en el felpudo de temática gatuna—. He visto que teníais las luces encendidas y he pensado que quizá podía llamar a la puerta. Pero he decidido espaciar mucho los golpes e ir disminuyendo el intervalo, para determinar lo seguidos que debían ir los golpes para que se percibieran como alguien llamando a la puerta.

Riley me miró y dijo:

—Yo vuelvo dentro.

En el apartamento no había dónde hablar: Riley estaba estudiando en el dormitorio y Joanne estaba dormida en la sala.

Cogí el abrigo y me dirigí hacia el hueco de la escalera. Juho me siguió escaleras abajo hasta el recibidor del edificio y fue allí donde me percaté de que tenía un enorme agujero en los pantalones a la altura de una rodilla. Le caía sangre por la pierna.

Volví arriba a por alcohol y tiritas. Cuando regresé, Juho estaba sentado en los escalones exteriores, con la cabeza echada hacia atrás. Al verlo así me quedó claro que estaba borracho. Se subió la pernera del pantalón de vestir —los pantalones verdes de chándal habían sido prohibidos en la Mesa Elevada—, pero no parecía tener muy claro qué hacer con la tirita y se limitaba a darle vueltas sosteniéndola con las manos. Me dijo que le habían dado una información errónea sobre el contenido alcohólico del oporto. Le puse la tirita yo misma, después de desinfectarle la herida con alcohol. Debió arderle, pero no dijo nada.

Juho me detalló el protocolo experimental que había maquinado para llamar a la puerta. Llamó con un solo golpe y esperó treinta segundos. Volvió a llamar y esperó veinticinco segundos. Continuó disminuyendo el intervalo con reducciones de cinco segundos, hasta que llegó a los quince. A partir de ahí, las sucesivas reducciones fueron de un segundo. Riley abrió cuando el intervalo entre llamadas había llegado a los doce segundos.

—Me ha sorprendido el resultado —dijo—. No pensaba que unos golpes con un intervalo de doce segundos se pudieran percibir como una llamada.

Le comenté que no creía que a Riley le hubiera parecido una llamada.

—Oh —dijo, un poco triste—. En ese caso quizá el experimento no sea concluyente.

Recordé que él estaba allí para eso: para investigar y experimentar. Resultaba interesante pensar que Harvard financiaba los estudios sobre percepción de llamadas que Juho había llevado a cabo en nuestra puerta. Vaya beca de investigación más estresante: ¿cómo sabía el becado lo que tenía que hacer?

Por primera vez, me vino a la cabeza la idea de que tal vez Juho en realidad no lo supiera; que quizá él era como yo, aunque en versión más exagerada, y se paseaba por el mundo con sus pantalones carentes de aprobación institucional, llamando de manera muy impropia a las puertas. Pero entonces recordé que tenía dos doctorados, en física y en química, lo cual quería decir que poseía un nivel de conocimientos y logros que yo ni remotamente alcanzaba, y debía estar utilizándolos para tomar decisiones que yo no estaba capacitada para entender. Cuando lo miré, estaba contemplando el cielo con su habitual expresión relajada, balanceándose con suavidad, y no parecía especialmente preocupado por nada.

* * *

Temor y temblor planteaba que Abraham era la persona más interesante de la historia de la humanidad, porque cuando Dios le dijo que subiera a la cima de una montaña y sacrificara a su hijo…, bueno, pues Abraham de inmediato ensilló las mulas. Kierkegaard especulaba sobre lo difícil que debió resultar el viaje, ¿de qué habrían hablado Abraham e Isaac?

Kierkegaard publicó *Temor y temblor* en 1843, el mismo año que *O lo uno o lo otro*, con el pseudónimo de Johannes de Silentio. *De silentio* significaba «de silencio». Eso se debía a que el tema desafiaba al lenguaje, porque resultaba inenarrable y paradójico que Abraham hubiera aceptado sacrificar a su propio hijo. Abraham no podía decirle nada a nadie. Nadie lo habría entendido, ni le hubiera creído acerca del mandato divino, ni hubiera podido evitar pensar que en realidad deseaba en secreto matar a su hijo.

En el seminario aprendimos que *Temor y temblor* ilustraba la «suspensión teleológica de la ética». A Judith claramente le gustaba esta frase. «Pero ¿qué pensamos nosotros de esta *suspensión teleológica de la ética*?», repetía una y otra vez.

«Suspensión teleológica de la ética» significaba que era correcto matar a tu hijo si Dios te pedía que lo hicieras. Significaba creer que Dios te amaba, aunque actuara como si no fuese así; y creer que tú amabas a tu hijo, aunque actuaras como si no fuera así. Después de todo, si el comportamiento de todo el mundo resultaba visiblemente acorde con lo que se suponía que era esperable, la fe no sería necesaria.

¿Por qué la gente religiosa estaba tan obsesionada con matar a sus propios hijos?

Durante la cena, Morris recordó un debate que habían tenido en su curso de Razonamiento Moral sobre el imperativo categórico de Kant. La idea del imperativo categórico era que las leyes morales eran universales, sin excepción. Mentir, por ejemplo, estaba mal, siempre, para todo el mundo, en todas las circunstancias. Pero ¿qué pasaba si un asesino con un hacha llamaba a tu puerta y te decía: «Buenos días, señor, ¿me puede decir por dónde andan sus hijos para poder matarlos?». ¿Estaba en ese caso moralmente justificado mentir? De hecho, alguien le había hecho esta pregunta a Kant, y él había respondido que no. En el curso de Razonamiento Moral de Morris se habían pasado una hora entera debatiéndolo.

Yo no le veía sentido alguno a debatir sobre cómo respondería yo a un asesino con un hacha que me preguntara algo que a un asesino con un hacha jamás se le ocurriría preguntar. En un sentido más amplio, desconfiaba del planteamiento de intentar generalizar una serie de reglas que funcionaran en todas las circunstancias. Era evidente que en cualquier ley en la que una pensara habría algunas situaciones en las que no funcionaría. Yo misma había vivido más de una vez la experiencia de, dada mi situación vital, no seguir determinada regla que tenía sentido para el resto. Cuando lo expliqué, los demás se rieron y dijeron: «¿Cómo íbamos a pensar en eso?».

Riley volvió de Dorchester con un enorme bolso de lona con Stanley dentro: sus doce kilos ahí metidos. Fue la culminación de una semana de negociaciones telefónicas con Barbara, la propietaria de Stanley, que padecía un problema neurológico debido al cual a veces, de forma involuntaria, decía la palabra «lancha».

Stanley tenía nueve años, estaba castrado y le habían quitado las uñas. Tenía un sentido del equilibrio pésimo. Cuando se paseaba lento y sin ningún entusiasmo por el apartamento, me recordaba a cierto anciano al que por no recuerdo qué motivo tuvimos que visitar en Adana, que no respondía cuando le hablábamos y apenas parecía registrar nada de lo que se decía, incluido lo que decían por el televisor siempre encendido al fondo. Stanley me transmitió la misma sensación de desolación, como si toda la vitalidad que hubiera podido tener en sus entrañas se hubiera esfumado hacía mucho tiempo. Por otro lado, cabía la posibilidad de que a Stanley de verdad le gustara sentarse encima de las cosas, como llaves o una tarjeta de identificación (y, tal como recordó Riley, también de los bebés), porque se le veía desviarse un poco de su camino para hacerlo.

Lo más problemático de Stanley era su costumbre de defecar en la alfombra, justo al lado de su arenero. Riley compró un arenero más grande y lo colocó encima de su parte de la alfombra favorita. Al toparse con el arenero allí, él se desplazaba unos centímetros hacia la derecha.

—Moscú no cree en las lágrimas —dijo Riley, y sacó los polvos para limpiar alfombras.

Priya empezó a encender barritas de incienso para tapar el olor, con lo cual generó una densa miasma, compuesta de una mezcla de madera de sándalo y excrementos de gato que se convirtió en característica de nuestro apartamento.

—Ni siquiera he empezado a leer *Temor y temblor* —dijo Svetlana—. Ese libro me provocó literalmente una crisis nerviosa en mi primer año aquí.

—¿En serio?

—No salí de mi habitación en una semana. Valerie y Hedge me traían boles de comida de la cafetería. Debieron de pensar que estaba completamente chiflada.

—¿Dónde estaba yo? ¿Por qué no te traía yo los boles de comida?

—No lo recuerdo. Me sentía muy avergonzada. Lo más probable es que me diera demasiada vergüenza decírtelo, porque pensaría que me estaba dando importancia o comportándome como una blandengue. Probablemente eso sea lo peor de sufrir una crisis nerviosa relacionada con Kierkegaard.

La persona con la que al final Svetlana logró hablar sobre *Temor y temblor* fue Dave, en cuyo jardín de infancia había un enorme mural de Abraham a punto de asesinar a su hijo, de modo que llevaba toda la vida pensando en eso.

«¿Qué tipo de jardín de infancia de locos era ese?», estuve a punto de preguntar, antes de caer en la cuenta de que comentarios como ese eran los que hacían que la gente no se sintiera cómoda hablando sobre sus crisis nerviosas relacionadas con Kierkegaard.

La pantalla negra de mi ordenador se llenó de líneas verdes de texto. Como campos fértiles, como los billetes, como la luz verde que te indicaba que podías pasar.

Mensaje de TalkDaemon@playfair.stanford.edu a las 20:54
hablar: conexión solicitada por ivanvar@playfair.stanford.edu responde con: hablar ivanvar@playfair.stanford.edu

Mensaje de TalkDaemon@playfair.stanford.edu a las 20:58
hablar: conexión solicitada por ivanvar@playfair.stanford.edu responde con: hablar ivanvar@playfair.stanford.edu

Mensaje de TalkDaemon@playfair.stanford.edu a las 21:01
hablar: conexión solicitada por ivanvar@playfair.stanford.edu responde con: hablar ivanvar@playfair.stanford.edu

Tenía que ser Ivan intentando hablar conmigo desde su dirección de email de Stanford. Yo sabía que había tenido un trabajo de verano en un laboratorio de Standford. La última petición había llegado hacía casi una hora. Me senté a toda prisa ante el ordenador y tecleé hablar ivanvar@playfair.stanford.edu.

El ordenador pensó unos segundos y respondió: [El usuario solicitado no está conectado].

Rápidamente le mandé un email a Ivan: ¿Podemos intentarlo de nuevo? No hubo respuesta. Ni ese día, ni el siguiente.

* * *

El sábado me desperté tarde. Lo primero que hice fue revisar mi email y buscar con el «finger» la cuenta de Ivan en Standford. No pensaba en serio que fuera a estar conectado, ya que en California no eran todavía ni las nueve. Pero el ordenador empezó a vomitar líneas de texto. Estaba utilizando su cuenta en este preciso momento.

Pedí una conexión para hablar. Una tras otra, fueron apareciendo nuevas líneas en la pantalla.

[Sin conexión todavía]
[Esperando que el usuario solicitado responda]
[Esperando que el usuario solicitado responda]
[Conexión establecida]

La pantalla se dividió en dos. El corazón me latía más rápido que el parpadeo del cursor. Tecleé:

>hola

Y él respondió

>>hola

La felicidad se apoderó de mí. Los enemigos no dicen hola. ¡Estábamos hablando! Hubo una larga pausa hasta que él escribió:

>>quién eres?

El pánico hizo que se me parara el corazón, porque parecía que no me conociera y todo se hubiera borrado y nada fuera real, pero entonces recordé que me había escrito que tenía la sensación de que había muchas Selins y entendí que me estaba preguntando con cuál de ellas estaba hablando, y me invadió una sensación de alivio y libertad, porque me estaba permitiendo elegir, me estaba pidiendo que eligiera yo. Tecleé:

>Soy el alma en el limbo.

Siguió una larga pausa.

>>te conozco?

Me pregunté cómo responder. El cursor parpadeaba de un modo implacable.

>No estoy segura.

Otra pausa.

>>por qué no me quieres decir quién eres?
>Sí quiero decírtelo.
>>quién eres?
>No sabes que te lo diría si pudiera?

Pausa.

>>con quién estás intentando hablar?

>CONTIGO. No entiendo por qué tiene que ser tan difícil
>>quién crees que soy?

Me planteé si había algún modo de decirle que la pregunta se reducía a saber a quién perseguía él. Aparecieron más palabras en la pantalla:

>>estás intentando hablar con ivan?

Se me revolvió el estómago y tecleé:

>quién eres?

El desconocido respondió:

>>eres celine?

Pensé que iba a vomitar.

>sí soy selin. estoy intentando hablar con ivan. quién eres?
>>me llamo zita.
>>ivan tiene dos cuentas de email y me deja utilizar esta

Oí unos golpecitos en el marco de la puerta y Riley entró en la habitación. Me sentí aliviada al verla.

—Llevo diez minutos hablando por Unix con alguien que creía que era Ivan, ¡pero resulta que era su exnovia! —dije.

—Espera, ¿qué? —Venía de fuera, estaba todavía envuelta por una capa de aire otoñal—. ¿Él ha dejado la cuenta abierta y ella se ha metido para utilizarla?

—No, resulta que tiene dos cuentas de email, una en Berkeley y otra en Stanford, y creo que le ha dejado a ella la de Stanford. Yo he probado en plan «hablar con Ivan en esta cuanta de Standford» y se ha establecido la conexión, pero con quien he estado hablando ha sido con ella.

—¿Le ha dejado su cuenta? ¿Le ha dado su contraseña? ¿Por qué?

—No lo sé. Supongo que porque después de graduarse ella se había quedado sin cuenta.

Riley había venido a buscar un jersey, de pronto se detuvo con los brazos metidos en las mangas y dijo:

—Entonces ¿ella utiliza la cuenta de él y él puede leer los emails de ella cuando le da la gana?

—No sé si los puede leer. Quizá ella ha cambiado la contraseña.

Riley cerró los ojos e hizo una mueca de dolor.

—¿Esta gente no ha oído hablar de hotmail? —Se acabó de poner el jersey y se acercó a mi escritorio—. ¿Cómo has podido estar hablando diez minutos con alguien sin darte cuenta de que no era él? ¿Ella se hacía pasar por él?

—No, no se hacía pasar por él —dije—. Estaba en plan «¿Quién eres?». Pero yo pensaba que era una pregunta metafísica.

—¿«El alma en el limbo»? —leyó Riley por encima de mi hombro.

—Es una cita de un libro —dije a la defensiva.

Zita volvió a teclear.

>>sigues ahí?

Tecleé a toda velocidad:

>Ups! disculpa las molestias! esto es muy embarazoso.

Percibía que Riley, detrás de mí, hacía gestos de desaprobación. Tenía toda la razón. Yo era consciente de que no debería estar disculpándome.

—¿Quieres venirte al brunch? —me preguntó Riley—. Oak y Lucas me están esperando abajo.

Apareció un nuevo mensaje en la pantalla:

>>ivan hablaba mucho de ti, de modo que siento como si te conociera. estaba entusiasmado cuando te conoció.

—Adelantaos vosotros —le dije a Riley—. Creo que tengo para un rato más.
—Bueno, supongo que el alma del limbo sabrá lo que hace.
Pude oír cómo fruncía el ceño. Y a continuación percibí que ya no estaba.

>>de hecho esperaba poder hablar contigo. pensaba que podía explicarte algunas cosas sobre ivan.
>como qué
>>por lo que me ha contado peter tengo la impresión de que las cosas entre vosotros en estos momentos pintan mal. creo que algo sé de cómo lo estás pasando. creo que puedo ayudarte a ver las cosas más claras.

Permanecí un rato inmóvil, mirando el cursor y preguntándome si «cursor» estaba relacionado con *curse*, «maldición» en inglés, y a quién se le había ocurrido llamar a esto «talk daemon», o sea «habla el demonio». De pronto Zita volvió a teclear:

>>te parecería bien hablar por teléfono? no soy tan rápida como tú tecleando.

Me imaginé tecleando «tengo que irme» y largándome al brunch. Todavía no se habrían sentado a la mesa. Lucas estaría esperando una eternidad a que su bagel saliera de la tostadora. Oak habría llenado demasiado la plancha de las gofres y acabaría con una en forma de coliflor. Riley sí lograría hacerse una gofre de proporciones correctas, le daría un par de mordiscos y dejaría el resto.
Algo que Riley tenía en común con Svetlana, y, si me ponía a pesar en ello, literalmente con todas las demás personas que conocía, era que me aconsejaría no hablar con Zita por teléfono.

«Veo cero ventajas potenciales en esa conversación», imaginé que me diría mi madre. Estaba segura de que a ella, igual que a Riley, le parecería extraño y sospechoso que Zita estuviera utilizando el email de Ivan, y no se le ocurría otro explicación para que esta chica, la exnovia de Ivan, quisiera hablar conmigo que no fuera que era una retorcida o estaba como una cabra. Lo cierto es que también a mí me costaba imaginar cuáles podían ser sus motivos. Pero eso no significaba que no los tuviera.

¿Por qué los parientes femeninos de una siempre llegaban a la conclusión de que, cuando una mujer decía o hacía algo inexplicable, era por celos? Si puntualizabas que «Yo, y tú, hicimos prácticamente lo mismo una vez, y no estábamos celosas», ellas te responderían: «Nosotras somos diferentes del resto de la gente». Eso era cierto en el caso de las mujeres de la rama materna de mi familia, en la rama paterna de mi familia, y también en la rama familiar de mi madrastra: tres familias que por lo demás tenían visiones muy diferentes de la vida. Sin embargo, todas coincidían en considerar que eran las únicas cuyas acciones no estaban motivadas por los celos. Eso, sin duda, significaba que habría por ahí otras muchas personas cuyos actos no estuvieran motivados por los celos. ¿Por qué no podía ser Zita una de ellas? Después de todo, Ivan había estado enamorado de ella.

En cualquier caso, pese a que todas las mujeres en que podía pensar —Riley, Svetlana, mis parientes— habían vivido en conjunto multitud de vidas diferentes y cubierto un montón de experiencias humanas, no se habían visto nunca en una situación como esta.

Mientras pensaba en todo esto, era consciente de que era todo puramente teórico, porque ya estaba decidida a hablar con Zita. ¿Cuándo y por qué había llegado a esta decisión? Tecleé mi número de teléfono y pulsé intro.

—¿Selin? Soy Zita.

Tenía un ligero acento. Su voz sonaba más joven de lo que había imaginado.

—Hola —dije.

Las dos rompimos a reír. Nos confirmamos mutuamente que resultaba de lo más raro tener esta conversación y que nuestra sesión de Unix había sido también muy rara. Fue un alivio comentarlo. Me di cuenta de que había esperado que Zita fuese como Ivan y Peter, tenía su misma edad y probablemente también era húngara, pero en cuanto nos pusimos a hablar sentí que su visión del mundo y sus sentimientos estaban más cerca de los míos que de los de ellos, porque ambas éramos chicas. Por ejemplo, cuando algo resultaba raro, éramos capaces de verbalizarlo y entonces resultaba un poco menos raro.

—Bueno —dijo.

—Bueno —dije.

—Tenía mucho interés en hablar contigo. Peter me contó que estabas muy dolida con Ivan, y creo que te entiendo. Cuando el año pasado Ivan me habló de ti, estaba entusiasmado. Pero yo estaba un poco preocupada, porque sé cómo puede comportarse.

Me pregunté si Zita iba a intentar impresionarme dando a entender que conocía a Ivan mucho mejor que yo, y había estado vigilando desde la distancia, preocupada porque yo acabara destrozada.

En cierto momento, Ivan le había pedido a Zita que le diera «un punto de vista femenino». «¿Si le pido a alguien tomar un café, eso significa que me gusta, o puede ser simple amistad? ¿Si voy a nadar con esa persona, significa que me gusta, o puede ser simple amistad?». Cuando le dijo que quería llevarme al Walden Pond en su moto, ella se inquietó, porque sabía lo romántico que era ese lugar y lo mucho que a mí me lo parecería.

—Me dijo que yo no entendía que las cosas no iban por ahí contigo. Pero después reconoció: «Zita, quizá tenías razón».

Zita me dijo que quería ayudarme. Que quería ayudarme a entender.

Para ayudarme a entender, Zita me contó la historia de su relación con Ivan. Zita e Ivan se conocieron el primer año de universidad, en un programa de orientación para estudiantes internacionales. Ivan había ido a un instituto especial centrado en las matemáticas, los chicos que estudiaban allí eran muy inteligentes, pero no necesariamente poseían grandes habilidades sociales. Ivan nunca había tenido novia. Zita era diferente, muy sociable, había tenido un montón de novios y amigas, siempre se relacionaba con gente. Ya cuando era pequeña parecía una abogada, una trabajadora social, defendía a los débiles, incluso cuando eso significaba tener que pelearse. A ella le salió del alma proteger a Ivan, que parecía perdido en Harvard. Seguro que yo no reconocería al Ivan de entonces. Zita era un año mayor que él, de modo que siempre llevaba la iniciativa.

Pero las cosas cambiaron muy rápido en la universidad. El verano después del primer curso, la dinámica entre ellos ya era distinta. Ella se sentía cohibida. Lo que la cohibía era la seguridad intelectual de Ivan, el modo en que parecía saber, y lo sabía desde la infancia, que se convertiría en matemático.

Zita no era así, ella tenía un temperamento artístico y le gustaba explorar. Se metió de lleno en el budismo. Ahora estaba en la facultad de teología, estudiando budismo: por eso no disponía de su propio email. A mí no me quedó claro si todos los alumnos de la facultad de teología tenían prohibido disponer de un email o si eso solo se aplicaba a los que estudiaban budismo.

En su primer año, Zita obtuvo una beca para ir a estudiar a Tailanda. Ivan no quería que se marchara. «Tuvimos una pelea», me dijo muy orgullosa. Acabó en un templo al norte de Bangkok, levantándose antes del alba y meditando la mayor parte del día. Por primera vez en un año, o tal vez más, se sintió libre de verdad. Entre tanto, en Harvard, Ivan había empezado a pasar más tiempo con Peter, que le presentó a Eunice. Peter y Eunice eran estudiantes de posgrado. Peter estudiaba económicas y coreano, y Eunice había sido su profesora de coreano.

Ivan y Eunice se vieron varias veces con Peter presente. Un día se encontraron a solas por la calle, fueron a tomar un café y acabaron charlando durante tres horas. Empezaron a quedar de forma regular y mantenían apasionadas conversaciones sobre política e historia. Había entre ellos una chispa intelectual que no se había dado con Zita.

—Yo soy muy lista a mi manera —dijo Zita—, pero soy más emocional que intelectual. Me interesan más las personas y los sentimientos que las ideas. Con Ivan siempre hablábamos de lo que a mí me interesaba, no de lo que le interesaba a él. Creo que no fui muy paciente con él. —Tras un silencio, añadió, como de pasada—: ¿Cómo eran tus conversaciones con Ivan? ¿Eran intelectuales?

Traté de recordar mis conversaciones con Ivan.

—No lo sé —dije—. Creo que no.

—Pero tenían que serlo —replicó ella.

Yo no supe qué decir, de modo que me limité a quedarme en silencio hasta que ella retomó la palabra.

Durante las vacaciones de primavera, Ivan visitó a Zita en Tailandia. Viajaron al sur. Ella había reservado una cabaña en la playa por unos pocos dólares la noche. Veían las estrellas a través del techo de hojas de palma. Ivan y Zita siempre se lo habían contado todo, de modo que él le habló de su relación con Eunice. Zita no sabía qué pensar. Después de todo, la idea de separarse había sido de ella. Le dijo a Ivan que seguía queriéndolo, y él le dijo que también la seguía queriendo a ella. Ella estaba segura de que él dejaría a Eunice si se lo pedía. Pero entonces él se quedaría siempre con ese resquemor. Zita le dijo a Ivan que debía dejarse guiar por sus sentimientos, del mismo modo que ella había seguido su impulso de venirse a Tailandia. Ivan le dijo que no tenía claro cuáles eran sus sentimientos ni adónde lo acabarían conduciendo. Se mostraron de acuerdo en que esa era la naturaleza de los sentimientos e hicieron el amor en la cabaña, en completa oscuridad, escuchando cómo rompían las olas.

Cuando terminaron las vacaciones, Zita regresó al templo e Ivan volvió a Boston. Ivan no tenía claro si Eunice le atraía sexualmente o solo por su intelecto. Mantenían largas y densas conversaciones sobre historia e ideas abstractas. Hasta que llegó un día en que el primer curso celebraba un baile de gala en un puente al amanecer, con una orquesta. Ivan invitó a Eunice. Sus manos se tocaron y a continuación se besaron. La voz de Zita, mientras me contaba todo esto, sonaba afectuosa o conspirativa.

—Él se enamoró —dijo.

El siguiente encuentro de Zita con Ivan fue en verano, cuando los dos estaban en Hungría. Ivan la recogió en el aeropuerto, en un coche con su madre y todas sus hermanas. El vehículo iba tan lleno que Zita tuvo que sentarse en el ragazo de Ivan.

—Soy muy menuda —me aclaró Zita.

La madre de Ivan comentó que Zita no debía ir sentada en el regazo de su hijo, pero Zita e Ivan se rieron. Durante su estancia en Budapest, se vieron a diario, como habían hecho siempre, y Zita pasó tiempo con la madre y las hermanas de él, a las que adoraba.

—Mi familia no es así, cada uno va a su bola. Pero yo soy una persona muy cariñosa.

Ivan y Zita debatieron sobre la naturaleza del amor. Ivan le preguntó a Zita si consideraba que se podía amar a dos personas al mismo tiempo.

Zita respondió que no lo sabía, que tal vez sí.

Después, Ivan le hizo la misma pregunta a Eunice. Y ella respondió: «No».

Zita pasó el resto del verano en Tailandia y después, en septiembre, regresó directamente a Boston. Fue terrible volver de Bangkok a Boston, a la austeridad, grisura y disciplina, y además sin Ivan, que ahora iba en serio con Eunice. En Budapest, la sensación fue que todo era posible. En Boston, ya no era así. Zita tenía claro que Ivan debía elegir. Le dijo que había estado equivocada, que lo necesitaba. Eunice se sintió insegura y rompió con Ivan. Los tres se hundieron en la miseria.

En ese momento oí el tono de llamada en espera. Zita, que no lo oía, comentó que la que peor debió de pasarlo fue Eunice. No era una mala persona, pero era muy impulsiva, competitiva y tenía muy claro lo que quería y cómo conseguirlo. Reconocí el modo en que las mujeres no asiáticas consideran a las asiáticas. Zita parecía convencida de que yo era más parecida a ella que a Eunice. ¿Era porque Zita y yo no éramos asiáticas, o porque Zita y yo éramos las que no habíamos acabado con Ivan?

Los tonos de la llamada en espera empezaron a sonarme muy insistentes. Le dije a Zita que esperara un momento y pulsé el botón del receptor.

—¿Selin? —Me llevó un segundo reconocer la voz de mi propia madre.

—¡Hola! ¿Te puedo llamar en un rato? Estoy hablando por la otra línea.

—Estoy en el hospital —dijo mi madre, con tono indignado y afligido, y rompió a llorar—. Acaban de operarme.

Volví a pulsar el botón y le dije a Zita que tenía que colgar porque mi madre me llamaba desde el hospital.

—Oh, Dios mío, ¿ahora mismo? ¡Debes de estar muy preocupada! ¿Está bien? ¿Qué le ha pasado?

—No lo sé —dije—. Tengo que hablar con ella.

—Sí, por supuesto. Podemos terminar nuestra conversación más tarde. Te paso mi número. Puedes llamarme en cualquier momento. De verdad, Selin, en cualquier momento. —Apunté su número.

A mi madre le habían practicado una doble mastectomía. No me había contado que tenía cáncer de mama. En algún momento había mencionado un quiste, pero el quiste era una suerte de alegoría. No había querido contarme la verdad. Lo hacía ahora por el alivio de que la operación había ido bien. Por su tono parecía que los efectos de la anestesia todavía no habían desaparecido del todo.

Cuando yo tenía diez años, la hermana de mi padre en Turquía también tuvo cáncer de pecho, y se trasladó a vivir con mi padre y conmigo en Nueva Jersey. Eso sucedió justo cuando mi madre acababa de marcharse de casa.

Pensé en mi madre yendo sola al médico, recibiendo sola el diagnóstico, yendo sola a operarse. Le dije que volvía a Nueva Jersey de inmediato para estar con ella. Pero ella me dejó muy claro que no podía dejar el curso. Mi tía iba a instalarse con ella. Me sentí aliviada. Y a continuación me sentí culpable por sentirme aliviada. Hablamos diez minutos más, hasta que me dijo que estaba cansada.

* * *

Era la una y media del mediodía y yo seguía en camisón. Me obligué a darme una ducha y vestirme. Para entonces ya eran las dos.

Zita descolgó al segundo tono.

—Oh, me alegro de que hayas llamado. Temía que no lo hicieras. ¿Cómo está tu madre?

—Bueno, resulta que tiene cáncer.

En cuanto lo dije, deseé poder rebobinar. Zita me hizo un montón de preguntas sobre el diagnóstico y el tratamiento, sobre si a mi madre le habían hecho la prueba genética del cáncer de pecho, y sobre cuándo iba a ir a verla yo.

—Está bien —expliqué—. Es médico y profesora de medicina, de modo que se va a someter a un tratamiento con hormonas nuevo, y mi tía se va a instalar con ella.

—Oh, qué bien —dijo Zita, que seguía sonando nerviosa.

—¿Quieres acabar de contarme tu historia?

—¿De verdad quieres oírla ahora?

—Sí.

—Bueno…, ¿por dónde íbamos?

—Estaba en un momento muy triste. Habías vuelto de Tailandia y echabas de menos a Ivan, y Eunice era muy competitiva.

—Oh, vaya, no quiero decir nada negativo sobre Eunice. Estaba viviendo una situación muy complicada. Estaba enfadada conmigo, pero yo no lo estaba con ella. Durante un tiempo todo fue muy tenso.

Ivan había decidido seguir con Eunice, pero ahora que veía sufrir a Zita, quería apoyarla. Él era así. Sin embargo, Eunice le dijo que tenía que elegir. Por un día, Zita llegó a pensar que la iba a elegir a ella. La madre de Ivan había venido de visita y esa noche Eunice preparó la cena. Estaban en la cocina, bebiendo vino, los tres: Ivan, su madre y Eunice. En ese momento Ivan se metió en el dormitorio y telefoneó a Zita.

—Mientras Eunice estaba cocinando para su madre —dijo Zita, con un punto de satisfacción.

Zita pasó por una etapa en la que no pensaba con claridad. Por eso estaba convencida de que entendía cómo me sentía yo. Ella había vivido la misma situación en primavera. Lo había hablado hasta la saciedad con sus amigas y con Peter, y había interrogado a los amigos de matemáticas de Ivan («Ya puedes imaginarte lo bien que me salió esa jugada»). Ahora se daba cuenta de que había intentado recuperar de algún modo a Ivan: ya no de una manera directa, pero sí socialmente, casi políticamente, a través de la persuasión, porque ese había sido siempre su fuerte. Quería que todo el mundo entendiera qué era lo justo, y así provocar que sucediera.

No fue hasta el otoño que acabó de entender y aceptar que la ruptura no tenía vuelta atrás, y que eso era lo mejor; que se había originado no cuando Ivan conoció a Eunice, sino cuando Zita se fue a Tailandia para convertirse en la persona que era en realidad. En cuanto entendió esto, se sintió menos triste. Claro que acabar una relación siempre era triste, pero no dar carpetazo a algo que tenía que acabar era todavía más triste.

Eunice, aunque tenía sus cosas, era perfecta para Ivan. E Ivan era perfecto para Eunice, de un modo que no se había dado con Zita. Y eso era lo que Zita quería contarme sobre Ivan: que a veces se metía en situaciones complicadas, pero era debido a su gran corazón.

Repasando las fechas, caí en la cuenta de que Zita llegó a esta conclusión en la misma época en que yo conocí a Ivan.

—De manera que todo el tiempo que trataste a Ivan, él ya estaba viviendo con Eunice —me explicó Zita entusiasmada.

Recordé lo impoluta que estaba la habitación de Ivan y que siempre hablaba de prestársela a algún amigo. Nunca me pregunté por qué Ivan no tenía más cosas suyas allí ni dónde dormía cuando le dejaba la habitación a algún amigo.

Zita me preguntó qué me había contado Ivan sobre lo sucedido. Pero ¿por qué iba a contarme algo, si yo nunca le pregunté al respecto? Le expliqué a Zita que me había enterado de la existencia de Eunice porque nos la cruzamos por la calle.

—Oh, Dios mío. ¿Y qué le dijiste?

—Nada. Bueno, le dije: «Encantada de conocerte» —expliqué.

—¿Y ella qué dijo?

—Nada. No dijo que estaba encantada de conocerme. Le recordó a Ivan que tenía que estar en casa a las nueve.

—Debía de estar celosa —dijo Zita—. Seguro que sí, espero que ahora se sienta más segura. Yo ya he pasado página. Tengo otro novio. Soy feliz.

—Estupendo —dije, asumiendo la regla según la cual en cuanto te echabas un nuevo novio, ya eras feliz.

Zita me comentó que, ya que ella me había contado su historia con pelos y señales, ahora yo le tenía que explicar la mía a ella. Sentí cómo la ansiedad se apoderaba de mí. Su historia tenía un principio, un desarrollo y un final. Nada de lo que había sucedido entre Ivan y yo obedecía a esta estructura. A diferencia de su historia, la mía no tenía ni pies ni cabeza. Pensándolo bien, lo que menos sentido tenía era que, hacía dos semanas, alguien hubiera intentado hablar conmigo desde una cuenta de email de Stanford.

—No fuiste tú, ¿verdad? —le pregunté a Zita.

—No, claro que no.

—Entonces ¿fue Ivan?

—No, eso es imposible.

—Entonces ¿quién fue?

—No pudo ser nadie.

—Pero sucedió.

—No, es imposible.

En ese momento me sentí perdida, porque por mucho que intentáramos cooperar, y de hecho lo habíamos conseguido, las dos confiábamos más en Ivan que la una en la otra.

—Y bien —dijo Zita. Noté que quería algo, como era natural, a cambio de la historia que me había contado—. ¿Te he hecho cambiar de opinión?

Los rayos del sol penetraban oblicuos por la ventaba y permitían observar de manera individualizada las partículas de polvo sobre la torre del reproductor de cedés de Riley. ¿Cómo se suponía que había que reaccionar? Serdar, por ejemplo, había pegado un puñetazo contra una pared. Pero eso no había hecho más que causar más problemas y gastos a otras personas. Decidí enviarle a mi madre un regalo por correo. Siempre andábamos buscando regalos que pudiéramos enviarnos por correo, y yo le había echado el ojo a una vela decorativa en forma de busto de Hipócrates. Por otro lado, ¿para qué servía una vela decorativa? ¿Para qué servía el mismísimo Hipócrates? Se oían voces procedentes del pasillo. La gente salía a comer y beber, y pasadas unas horas tendrían que volver a comer o beber. Digo yo que la vida tenía que consistir en algo más que en poner empeño en evitar la mala suerte.

Valoré ansiosa la posibilidad de saltar por la ventana; no por la de nuestro dormitorio, que estaba bloqueada por la cama y estaba solo en una tercera planta y daba a la piscinita en forma de tortuga de una guardería, sino desde una más alta. Por algún motivo, la imagen que me vino a la cabeza fue la de Peter explicándole a alguien en voz baja y con tono serio que los problemas de Selin habían resultado ser más graves de lo que nadie se había imaginado. Ni de coña, pensé. Iba a seguir aquí y a enterrar a toda esta gente.

NOVIEMBRE

El llanto empezó con canciones y películas. Después continuó en la cama. Tenía un rollo de papel higiénico encajado entre la litera superior y la pared, e iba metiendo los trozos usados en el interior del cilindro de cartón. Cuanto tenía que sonarme, me metía debajo de la colcha para que Riley no pudiera oírme. Sin embargo, llegó un momento que estaba tan congestionada que, al parecer, me puse a a roncar, porque en cuanto empezaba a sentir que la desolación me daba un respiro, volvió a invadirme de pleno al notar que Riley daba golpes a mi colchón desde abajo. Había que estar en un absoluto estado de desolación para impedir dormir a los demás.

Cuando me desperté a la mañana siguiente, me sentí liviana y libre durante uno o dos segundos, sin tener conciencia de ningún motivo para sentirme hundida. Sin embargo, la constatación de la realidad y los recuerdos volvieron a caerme encima y sentí un peso que me descendía por el esternón y de nuevo el picor en los ojos.

Aumenté mis horas en el Instituto de Investigación Ucraniano. Qué alivio poder transformar el tiempo en algo tan claro y cuantificable. Te pasabas una hora allí sentada y se convertía en siete dólares.

Resultó que muchas cosas que la gente pensaba que eran rusas en realidad eran ucranianas. El borscht, por ejemplo, y Gogol, al que los ucranianos llamaban «Hohol». Sonaba alegre, aunque rara vez se referían a él en un tono alegre. Lamentaban que no hubiese escrito en su lengua madre. La madre de Gogol lo había tenido con solo dieciséis años.

Resultó que los ucranianos, como los turcos, los rusos y mucha gente en Hungría, consideraban su cultura singularísima, «a medio camino entre Oriente y Occidente». ¿Cuántas culturas no se veían así a sí mismas? Una vez le oí decir esto mismo a un japonés sobre Japón.

El microondas del Instituto Ucraniano estaba claramente embrujado. Katya intentó calentarse una taza de té y al abrir la puerta se encontró la bolsita del té a varios centímetros de la taza con el agua.

Las ucranianas de más edad me consideraban insensible y molesta. Ohla en particular jamás hubiera pensado que se viera obligada a pasar por esta situación.

En una ocasión en que me estaba haciendo un té, preparé una taza extra para Olha, tal como había visto que le gustaba a ella, con leche y tres sobres de azúcar. En mi asignatura troncal de ciencia, había visto un vídeo de alguien que añadía leche al té, visualizado hacia atrás, de modo que la leche se separaba del té y volvía en un chorro a la jarrita. Aparentemente, las leyes de la física no diferenciaban entre el pasado y el futuro, de modo que el vídeo puesto hacia atrás no podía mostrar nada imposible. No era imposible, pero sí muy improbable, que una leche vertida se separase de ese modo.

Cuando le llevé el té a Olha, creí ver que las líneas marcadas en el rostro por los labios y el ceño fruncidos se relajaban un poco. Si fuese un vídeo de su rostro, las líneas desaparecerían por completo. ¿En la vida real eso era imposible, o solo muy improbable?

Pasé a ordenador un manuscrito sobre cómo el rus de Kiev era preucraniano y no prerruso. Transcribí una serie de discursos de un embajador ucraniano. Nunca decía nada relevante, se limitaba a invocar relaciones bilaterales y alineamientos geopolíticos, y a hacer algún comentario genérico sobre el «choque de civilizaciones». ¿En eso consistía el trabajo de diplomático? ¿Cómo se podía sobrevivir a eso?

Al ingresar el cheque, me di cuenta de inmediato de que se generaba una disociación del trabajo concreto que hacías: un trabajo era un trabajo y punto. (¿Fue así como se produjo el Holocausto?).

Una tarde, después de ingresar el cheque, me detuve en un quiosco en una plaza y compré un paquete de cigarrillos: Parliaments, la primera marca que me vino a la cabeza. No quería perder el tiempo leyendo los nombres de las diferentes marcas, por si el quiosquero se ponía suspicaz y me acaba pidiendo el carnet. Yo tenía carnet —el único requisito que debías cumplir era haber cumplido los dieciocho—, pero cualquier disputa o cuestionamiento, por rápido que se resolviera, habría arruinado la tranquilidad de la transacción, que formaba parte sustancial de ella, al igual que la cajetilla con el recuadro dividido en azul claro y azul marino y el logo que parecía la insignia de un piloto de la Pan Am, de cuando la gente se ponía de punta en blanco para tomar el avión y los brazos de los asiento incorporaban ceniceros.

Recordé el edificio del Parlamento de Budapest: el modo repentino en que aparecía ante una al otro lado del río, con su majestuoso aspecto de tarta, cuando ya temías haberte perdido, y lo raro que resultaba pensar que todavía existía ahora mismo, en noviembre, en lo que allí debían de ser —consulté el reloj— las dos de la madrugada. Era muy probable que en este preciso momento hubiera algunas personas trabajando allí, hablando en húngaro, al mando del timón del Estado o vaciando las papeleras.

—¿Quieres cerillas? —preguntó el quiosquero, sin mostrar el menor interés por mi edad.

El estuche de las cerillas me encantó: se abría como un librillo y llevaba una grapa. Además, era gratis. Prometeo habría pagado por él con su hígado.

En el vestíbulo de la biblioteca se me ocurrió buscar la tesis de Zita. No estaba en las estanterías, de modo que no había sido premiada. ¿Era debido a que se preocupaba más por las personas y las emociones que por los conceptos abstractos?

Sí localicé la tesis de Zita en el catálogo online de la biblioteca. La entrada incluía el nombre del templo en el que había estudiado en Tailandia. Siguiendo el mismo impulso zombi que me había llevado a rastrear su tesis, encontré una entrada dedicada al templo en una enciclopedia de religiones orientales. Por lo visto sus monjes estaban peleados con la mayoría de budistas tailandeses, porque ellos creían que cuando alcanzabas el nirvana, a lo que llegabas era al «no ser». Aparecían varias veces las palabras «controversia» y «disputa». Me sorprendió descubrir que los monjes budistas podían ser tan peleones.

En cierto modo, era estimulante tener una conexión personal, por tenue que fuera, con este material tan alejado de mi propia experiencia. Era como si hubiera llegado a algo a través de la escritura.

Mientras escuchaba el Walkman y fumaba un cigarrillo junto al río, noté en el pecho una suerte de elevación, abrí los ojos como platos y me sentí más viva que nunca.

* * *

Llorar tanto hacía que mi cuerpo se quedara exhausto, cálido y tembloroso, y la sensación resultaba cercana al sexo. Tal vez hubiera un punto en el que el sexo y la desolación absoluta se interconectaban, una de esas fronteras inesperadas que al final resultaba que existían, como la que había entre Italia y Eslovenia. También la música andaba por ahí cerca. Era como Trieste, que era italiana y eslovena y también un poco austriaca.

La música era lo que más se parecía al sexo. La sensación de varios puntos acariciados y resonando al mismo tiempo. Era como sentarse en un pretil con los ojos cerrados, sintiendo el sol sobre el párpado izquierdo y la brisa en el antebrazo derecho. La música era la única otra experiencia que poseía estas diversas capas, de manera que cada nuevo instrumento que se incorporaba cambiaba el sentido del conjunto. Avanzaba y se demoraba, prometía e iba aplazando, aplazando, aplazando. Vas a morir sin conseguirlo. No lo alcanzarás nunca. Vas a morir. Eso es.

Al principio no le veía la gracia al orgasmo. No me parecía más que un abrupto y molesto espasmo que lo interrumpía todo cuando las cosas se estaban poniendo interesantes. Pero poco a poco empecé a tardar algo más en llegar a él y aprendí a dejar que se desplegase sin cortapisas, y se convirtió en aquello que una anhelaba que sucediera al final, como en esos prolongados momentos en una sinfonía en los que no parecía pasar nada y solo fluctuaban texturas sonoras, hasta que de pronto se vislumbraba un destello de la anhelada melodía que asomaba, y el hecho de poder atisbarla, aunque fuera solo durante un segundo, era un milagro que contenía todas las promesas, que lo difería todo hacia el futuro y hacía que pareciese que la vida merecía la pena.

Sabía que lo que había experimentado era un orgasmo clitoriano, que era inmaduro e incompleto, y en cierto modo egoísta e inmoral, en comparación con el orgasmo vaginal. La sensación oscilante y pulsátil que a veces me invadía después era la prueba. No era real ni estaba bien lograrlo por ti misma. ¿Pero qué iba a hacer un hombre, cómo iba a funcionar eso? Intenté por enésima vez colocarme un tampón. NO HUBO MANERA, JODER.

En música, lo que hacía que todo funcionara a menudo no era la encantadora melodía, sino algo que estaba más en las profundidades; tal vez no fuera un elemento en concreto, sino la combinación de todos ellos, las notas que proliferaban y se ramificaban y volvían a unirse; el modo como se tensaban unas contra otras, prometían una conclusión, pero de pronto se alejaban hacia algún lugar inesperado y sin embargo, al valorarlo retrospectivamente, del todo necesario, que tenías que reproducir una y otra vez, porque recordarlo sin más no era lo mismo.

La devastadora frase final del «Diario de un seductor»: «Si yo fuera un dios, haría por ella lo que Neptuno hizo por una ninfa: transformarla en un hombre». ¿Haría Ivan eso por mí? TIENES QUE HACER ESO POR MÍ. La idea hizo que me corriera, gimoteando. El lavabo era la única habitación en la que cerrabas la puerta con pestillo. Tenía la ducha encendida, pero estaba estirada encima de una toalla en el suelo, de manera que podía concentrarme mejor. Riley llamó a la puerta con golpes enérgicos; le urgía entrar en el lavabo.

Tenía el sueño recurrente de que estaba en el instituto, bloqueada allí durante como mínimo un día entero, y probablemente día tras día durante años. Había surgido algún problema con la validez de mi diploma y mi madre me había vuelto a apuntar y había pagado la matrícula. No es que le importara de verdad el diploma; simplemente le encantaba la idea de que yo iba a recibir una educación estupenda y acabaría entendiendo los principios de la física.

En algún momento del sueño, le intentaba explicar al director que en realidad yo no tenía que estar allí. Había accedido a venir por no hacerle un feo a mi madre. Ya no necesitaba el diploma. No mencionaba Harvard porque sabía que eso irritaría al director, que consideraría que lo que estaba diciéndole era que el instituto se me quedaba pequeño dado mi nivel. El director comentaba con sarcasmo que mi presencia no le hacía un favor a nadie; existía la posibilidad real de que de verdad no me hubiera graduado, que no hubiera «merecido» las notas que pensaba que me correspondían, y si él estuviera en mi piel se preocuparía mucho.

Por algún motivo, la parte más dolorosa del sueño era saber que toda esa situación era cosa mía. No había ninguna ley que dijese que tenía que estar en el instituto. Sin embargo, el autobús había aparecido a las siete de la mañana y se había puesto a dar bocinazos con insistencia, expresando la creciente irritación de sus ocupantes, a los que yo estaba haciendo esperar, de modo que no me quedaba otra que subir a él. Al mismo tiempo, sabía que, aunque la no asistencia a clase era técnicamente posible en el instituto, e incluso era lo que se esperaba de las personas en mi situación, a mí personalmente me resultaba imposible dar ese paso, por ser yo quien era.

Cuando conté este sueño durante el brunch, resultó que todo el mundo excepto Priya tenía pesadillas relacionadas con el instituto. El sueño más parecido al mío era el de Lucas. Él también tenía nuestra edad –la edad en que se suponía que teníamos que estar en la universidad– y una parte muy agobiante de su sueño era el empeño en encontrar algún lugar escondido en su antiguo instituto donde pudiera refugiarse para seguir avanzando en secreto con sus trabajos universitarios. En su caso también era su madre la que lo había vuelto a matricular, diciéndole que de este modo por fin aprendería de verdad matemáticas.

En el seminario dedicamos una clase a Freud. Leímos *Dora: análisis de un caso de histeria*. El padre de Dora la llevaba a ver a Freud, porque la chica no paraba de toser y ahogarse, y porque había abofeteado a un amigo del padre. Freud tenía que «sacarle su historia». La habilidad para sonsacar una historia era algo de lo que mi madre hablaba a menudo: había quien la tenía y quien no. No era algo tan sencillo como hacer una serie de preguntas al paciente.

«A menudo los pacientes no son capaces de relatar de manera ordenada la historia de sus vidas», escribió Freud. La palabra «paciente» me provocaba retortijones. Yo no tenía la menor intención de ser médico, pero a veces me preocupaba que no fuera ese el único modo de evitar convertirse en paciente.

Freud decía que el problema con Dora era que estaba enamorada en secreto del amigo de su padre, Herr K, ese al que había abofeteado. La chica se había autoconvencido que lo odiaba, porque el sexo le daba miedo y había reprimido sus deseos sexuales.

Dora le contaba a Freud que Herr K, escondido detrás de una puerta, se había abalanzado sobre ella y la había besado. Freud sostenía que una chica virgen normal de catorce años habría sentido una «sana sensación genital» al descubrir que un hombre tan honorable y atractivo estaba enamorado de ella. En lugar de eso, Dora sentía una respuesta insana que le agarrotaba la garganta. Eso probaba que Dora estaba también enamorada de su padre, que mantenía una relación adúltera con la esposa de K. Los ahogamientos que sufría la chica se debían a los celos que le provocaba que la esposa de K le practicase sexo oral a su padre. (Entonces ¿en la práctica del sexo oral estaba involucrada tu *garganta*?).

Dora me llenó de desesperación. ¿Y si alguien me soltaba que detrás de mis problemas estaban mis comportamientos y frustraciones sexuales, los celos y el deseo sexual que me despertaban mis padres? Además, me desmoralizó comprobar lo adelantada que estaba Dora con respecto a mí, porque ella había logrado atraer a un hombre y que este la besara cuando tenía catorce años, mientras que yo ya había superado los «dulces dieciséis», los diecisiete y los dieciocho.

En el curso aprendimos que había dos maneras de interpretar *Dora*: (1) Freud tenía razón y Dora estaba enamorada tanto de su padre como de K; (2) Freud era un narrador poco de fiar que se identificaba en exceso con K.

Se suponía que la lectura de *Dora* nos enseñaba a leer un texto de forma interpretativa, tal como Freud «leía» a la propia Dora. «De forma interpretativa» parecía significar «con beligerancia y hostilidad». Judith quería que consideráramos el texto como una «performance» en la que Freud, el «autor», tenía que establecer su «autoridad» marginalizando cualquier interpretación distinta a la suya. Debíamos aprender cómo tomaban el poder los discursos, cómo identificar los puntos ciegos del texto y aprender a tomar el poder y la autoridad nosotros. Había algo deprimente en la idea de todo el mundo abriéndose paso para asir el poder y la autoridad imponiéndose a los demás, antes de que su propia autoridad y poder les fueran arrebatados.

¿Por qué seguíamos leyendo a Freud: porque tenía razón o porque no tenía razón? ¿Qué le pasaba en realidad a Dora? La palabra «histeria» se mencionaba siempre con un tono irónico, como si fuera demasiado anticuada y antifeminista como para que mereciera la pena discutir sobre ella. Nos explicaron que *histeria* era el término griego para «útero» y que Hipócrates creía que los úteros de las mujeres podían desanclarse y pasearse por sus cuerpos. Esta apreciación, obviamente, no era correcta.

Judith utilizó un proyector para mostrarnos fotografías de la clínica parisina en la que se documentó por primera vez la histeria. El médico, Charcot, reafirmó su poder sobre las mujeres documentando sus historiales. Una de las mujeres aparecía echada en la cama con los brazos extendidos, como si la hubieran crucificado. A otra se la veía bostezando con rabia. Algunas de las mujeres sufrían convulsiones y arqueaban la espalda. Algunas de hecho sufrían epilepsia, apoplejía o daños cerebrales. La epilepsia, la apoplejía y los daños cerebrales eran reales. La gente seguía padeciendo estas dolencias. Sin embargo, ya nadie sufría de histeria. Por lo visto, lo que provocaba a la gente histeria eran las represivas normas victorianas. Esas normas ya no regían nuestra sociedad, de modo que habíamos dejado de sufrir histeria.

* * *

Riley me grabó en una cinta su álbum de Fiona Apple. De entrada, Fiona Apple me generaba ciertas suspicacias, por su beligerante belleza de modelo, porque tenía mi edad pero cantaba con un tono desdeñoso sobre sus novios y porque las letras sonaban como si hubiera tenido que buscar las palabras en un diccionario. Pero después de escuchar el álbum entero varias veces, la liosa gramática y la peculiar elección de palabras empezaron a parecerme decisiones legítimas y necesarias, y empecé a pensar que era posible tener ese aspecto –resplandeciente y despeinada, con las extremidades siempre en poses ingeniosas– y al mismo tiempo ser buena en algo.

El álbum de Fiona Apple me deprimió de forma más fulminante que cualquier otra música que recordara haber escuchado. Las canciones más deprimentes eran las que incorporaban un arbitrario piano digresivo, que se volvía decisivo y otra vez digresivo. ¿Cómo sabía cuándo hacer eso? La canción que empezaba con «En días como este, no sé qué hacer conmigo misma» me generaba la certeza de que me había pasado la vida entera sin saber qué hacer conmigo misma, durante todo el día y toda la noche. «Recorro los pasillos…». Era exactamente así: no las calles, como una flâneur, sino los pasillos. Oh, yo sabía de qué pasillos hablaba.

Los discos que mejor conocía eran todos de música clásica, por el violín y porque mi padre solo escuchaba clásica, de modo que era lo que se oía en casa. Mi madre escuchaba pop americano, pero solo en la radio. Me quedó la idea de que eso era «música de radio». Durante años, no fui consciente de que también se podía escuchar esa música en discos y cintas.

Las cualidades esenciales de la música de radio eran: un tono de verdad oracular; un llamamiento al «tú»; la incertidumbre de si tú eras ese «tú». La música de radio quedaba resumida en la mujer con la voz de esfinge asexuada, que había recorrido el mundo y los siete mares, y se había encontrado con que todo el mundo buscaba algo. «Algunos quieren utilizarte; algunos quieren que los utilices»: yo tenía claro que esto era absolutamente cierto, sin reservas; o bien a pesar de o bien debido a cómo contradecía la lógica del egoísmo, de un modo que revelaría la vida adulta, y se convertiría en cierto modo en su característica definitoria.

Tower Records era el sitio menos glamuroso para comprar música, pero también el que te liberaba al máximo de sorprenderte con algo o hablar con alguien. La cubierta del nuevo álbum de los Fugees parecía el cartel de *El padrino*. ¿Qué resultaba más alienante: una imagen de cubierta que no se dirigía a mí, o una imagen de cubierta que estaba claramente pensada para mí (Fiona Apple)?

La cubierta del álbum de los Fugees llevaba la imagen de «Killing Me Softly»: una canción que había oído por primera vez en primavera, en un club de Boston. Fui solo por acompañar a Lakshmi, porque Noor hacía de DJ. De camino al metro, pasamos a escasos centímetros de Ivan y Eunice. Estaban entre una multitud que miraba a un tío que tocaba la guitarra, y al verlos se evaporó cualquier intención que pudiera tener de volver con él. Se hizo imperativo mirar hacia adelante, dar un paso hacia lo que fuera que me esperara.

Lakshmi me aseguró, cuando comenté que los clubs eran insoportables, que en eso todo el mundo estaba de acuerdo. ¿Por qué si no iba a estar todo el mundo hasta arriba de drogas todo el rato? Mi reticencia a hablar con el tipo con el que había que hablar para pillar drogas solo era superada por mi desconfianza en las propias drogas. ¿Si la liaba con mi cerebro, qué más me quedaba? ¿Por qué a Lakshmi eso no la asustaba?

No fue Noor quien puso «Killing Me Softly» (ni ningún otro tema con letra, ni que fuera reconocible de alguna otra manera). Fue el siguiente DJ, que parecía un profesional del asunto. De inmediato la reconocí como una vieja canción, de esas que habías oído de niña y sabías que el mundo del que surgió y al que se refería no solo estaba ya clausurado para ti, sino que era un mundo que de algún modo tú misma habías llevado a su extinción, de modo que tratara de lo que tratase en realidad esa canción, ya no existía y jamás lo podrías tener; solo que ahora lo tenías, porque se había transformado, se había desarraigado y arrastrado hasta el presente, y una posibilidad que parecía cerrada para siempre se abría de nuevo.

Hasta ese momento, pensaba que el motivo por el que me incomodaba estar en un club era porque no sentía nada y tenía que hacer el paripé por pura inercia. Pero resultó que sentir algo —sentir tanto— resultaba todavía más incómodo. En cuanto dejabas de lado la música, tal como estaba haciendo yo ahora mentalmente, para concentrarte en la letra y dilucidar su significado, «rasgueando mi dolor con sus dedos» resultaba insoportablemente incómodo, como un texto que escribiste en el colegio. Pero cuando Lauryn Hill la cantaba, por encima de unas armonías que cambiaban con cada frase, y cambiaban, y cambiaban, y cambiaban una y otra vez, de modo que ya no sabías dónde estaba o dónde estabas tú —y no saberlo estaba relacionado con «sus dedos», que a su vez se conectaban de inmediato con «tu dolor»—, eso provocaba una sensación que no podía creer que estuviera experimentando en público. Entonces, la canción se transformaba e iba *sobre eso*, e «incómoda por la multitud» conectaba con cómo él encontraba las cartas «y las leía una a una en voz alta». ¿Las cartas de ella? ¿Quién escribía cartas a estas alturas? ¿Quién, aparte de mí y de Tatiana? La idea de él leyendo las cartas en voz alta. De quedarse petrificada, rogando que deje de hacerlo. La idea de quedar a la vista de todos, sin ser compadecida, sin que la lectura se detenga, la idea de él contando de forma implacable mi historia con sus palabras. *Mi* vida en *sus* palabras.

Jamás se me había pasado por la cabeza comprarme «Killing Me Softly». ¿Era porque los Fugees eran hip-hop? «Killing Me Softly» tenía algunas de las características del hip-hop que por lo general me parecían alienantes, como un hombre diciendo «Uh, uh» de fondo. Pero el hombre, pese a varias falsas alarmas, nunca empezaba a rapear, y en lugar de eso una chica cantaba una vieja canción con unas preciosas armonías. En relación a «Killing Me Softly», yo era sin duda una posturera, el tipo de cobarde que consideraba que los álbumes crossover eran puro marketing o, peor aún, obra de alguien que se apropiaba de la mala experiencia de otra persona.

Y, sin embargo, ahora, en Tower Records, entendí que «Killing Me Softly» no era más que una canción; en sí misma no era la cursiva con la que estaban escritos los títulos, que me hacía pensar en un tatuaje, y provocaba que me sintiera protegida e inútil. Acabé comprando el single en casete, porque solo costaba dos dólares y porque me parecía más honesto escuchar solo la canción más popular del álbum.

En cuanto pude escuchar «Killing Me Softly» siempre que quería, fui capaz de reconstruir la historia completa. Lauryn Hill oía hablar de ese tío que era un buen cantante, que «tenía estilo». Resultaba excitante pensar que la gente que alcanzaba cierto nivel de calidad estaba al corriente de lo que hacían los que estaban a su nivel, y de forma periódica echaban un ojo a lo que hacían los demás; y que la admiración de ella por la calidad de él reafirmaba la propia calidad de ella; esto era lo único que oías en la canción. No escuchabas directamente las habilidades de él, sino la evocación que hacía ella; ella te las presentaba. (De modo que era posible hacer que otra persona se sintiera así: tal como alguien te hacía sentir a ti).

En caso de que esos tíos, Wyclef Jean y los otros, estuvieran de verdad allí, era solo para empujar a Lauryn Hill, para que ella destrozara a todo el mundo, con un despliegue de técnica que era incuestionable y brutal, como el final del tercer capítulo de *Eugene Oneguin*. Habían preparado su entrada —«L, sabes que tienes la letra»— del mismo modo que Pushkin preparaba la aparición de la carta de Tatiana, con el mismo orgullo y confianza. Reconocí, en esa actitud solícita, algo que había percibido en los emails de Ivan: el modo en que me había hecho sentir mis capacidades, incluso diciendo una vez, sobre mi modo de escribir, que «poseía un estilo». Pensé que tenía razón. Yo poseía un estilo en ese sentido, aunque en el otro sentido —el de vivir en un apartamento en la ciudad adecuada, rodeada de las cosas adecuadas, con un ostentoso reloj de pulsera que enfatizara mi delicada muñeca— no lo poseyera. Por desgracia esta idea me hizo sentir peor, en lugar de mejor. Me brotaron lágrimas de los ojos y se me encogió el corazón de dolor.

* * *

Para el seminario leímos parte de *La interpretación de los sueños*. Resultó que los sueños eran fáciles de interpretar. Todos tenían relación con deseos reprimidos. ¿Deseaba yo en secreto volver al instituto?

Freud sostenía que el *déjà vu* en los sueños tenía siempre relación con «los genitales de la madre del soñador; en efecto, no hay otro lugar sobre el cual una pueda asegurar con tanta convicción que sin duda estuvo allí una vez». Me sentí aliviada al pensar que ese no era mi caso. Mi madre su puso muy enferma durante el embarazo —casi se muere—, tuvieron que provocar el parto con un mes de antelación y me sacaron por cesárea.

Por lo visto, muchos niños soñaban con matar a sus hermanos. Por el tono que empleaba, Freud parecía mofarse de ellos: del niño pequeño «cuyo autocrático reinado llegaba a su fin después de quince meses» debido al nacimiento de una hermanita; de la niña que soñaba que a todos sus hermanos y primos les crecían alas y se marchaban volando, dejando sola a «nuestra pequeña asesina de bebés», tal como ella deseaba, sola con sus padres. Agradecía no haber tenido nunca un sueño como este, y recordé a todos los adultos que durante mi infancia, dado que yo era hija única, consideraban que debía de estar «mimadísima» y encantada de que mis padres me dedicaran todas sus atenciones. Leora siempre decía, cada vez que se preguntaba por qué era de una manera y yo de otra: «Mi madre dice que es porque tú eres hija única. Eres hija única». Tiempo después, en el instituto, el regocijo con el que Clarissa preguntaba «¿Te gustaría no ser hija única?» cada vez que jugábamos a verdad o reto. «¿Qué piensas realmente de tu madrastra y tu hermanastro?».

* * *

Seguía empezando emails dirigidos a Ivan.

Querido Ivan:
¿Intentaste hablar conmigo?

Querido Ivan:
Mantuve una extraña conversación con

Querido Ivan:
Mi desprecio por la psiquiatría en general es motivo suficiente para que todavía no me haya atrevido a investigar qué ha sido de Sonya.

Tú, Naturaleza:
¿Sobre qué quieres montar un escándalo, agujero negro? Ahora tengo un gato. No sucede nada que no quiera contarte. El gato está en la caja. La caca del gato, por otro lado...
¿Estás muerto o no estás muerto?
Es posible, en algunos casos excepcionales, ir al infierno en vida.
El rapto de Perséfone que la conduce al submundo representa su función como personificación de las verduras. En primavera brotan

¿Qué? No.

Moscú no cree en las lágrimas.
Sebastopol no cree en el cerumen.
Minsk no cree en la bilis negra.

Era como si entre nosotros no dispusiéramos del lenguaje para hablar de nada normal.

Querido Ivan:
A Ohla del Instituto de Investigación Ucraniano le importo un pito. No considera que su destino haya sido tan terrible. Pero no puede separar la leche de su té, de manera que parece que el tiempo sigue discurriendo en una única dirección.

Ahora Hohol va en su trineo, con las campanitas sonando y el saco lleno de almas muertas para todos los niños que se han portado bien.

¿Cuándo hablaremos entre nosotros de teoría de género?

Por favor perdóname.
Selin

Entró Rob y, con las prisas para simular que estaba trabajando, pulsé por accidente Ctrl-S en lugar de Ctrl-D. ¿He enviado ese texto?

* * *

Para el seminario de literatura, leímos parte de *Por el camino de Swann*, que era el primer volumen de *Recuerdos del pasado*.* Llamarlo así, en lugar de traducir el título literalmente como *En busca del tiempo perdido*, se suponía que era el modo más eficaz de presentar la obra universal de Proust al público de habla inglesa, porque «recuerdos del pasado» era un verso de Shakespeare.

---

* En inglés *À la Recherche du Temps Perdu* está traducido no literalmente, sino con este título: *Rememberance of the Things Past. (N. del T.)*

En mi opinión *En busca del tiempo perdido* sonaba excitante y detectivesco y en cambio *Recuerdos del pasado* sonaba aburrido. «Cuando a mi dulce y mudo pensamiento/convoco los recuerdos del pasado»: no me gustaba el uso de «dulce» referido a experiencias no sensoriales. ¿Por qué esa repentina referencia al gusto? Tampoco me creía a los poetas cuando se ponían a contar lo divertido que les resultaba evocar recuerdos. Era como cuando la gente mayor decía que lo único que ellos necesitaban de niños para entretenerse era un palo y una cuerda, lo cual era su modo de criticarte por ver la tele.

Había algo en el nombre «Proust» que sonaba a quisquilloso y me hacía temer que no me hubiera caído bien. Lo único que sabía de él era que escribió de maravilla sobre la infancia y sobre la campiña francesa. ¿Por qué la mera idea de la campiña francesa me provocaba desaliento? En los cuadros de Van Gogh parecía agradable. Fue allí donde se cortó la oreja, de modo que debía de ser intensa. En una ocasión Ivan me preguntó eso sobre Nueva Jersey –si era intensa– e hizo que cayera en la cuenta de que la intensidad era, en efecto, lo que una valoraba de un lugar. La infancia era en cierto modo lo opuesto a la intensidad.

Tal vez el problema lo tenía yo y no la campiña francesa. Descubrí que en realidad nunca me habían gustado los libros sobre la infancia, salvo cuando era niña y disfrutaba de esos libros en que los propios chavales resolvían misterios o vivían aventuras. Pero ¿libros sobre la infancia escritos para adultos? «Leí mal alguna palabra y pensé que significaba otra cosa». «Creí equivocadamente que había una relación entre dos palabras o conceptos sin relación alguna». «No entendí eso que después descubrí que hacía referencia al sexo». «Comí algo delicioso». «Mi madre parecía un ángel». «Se me castigó de modo injusto».

De mis tres amigos que habían leído *Por el camino de Swann*, Leona dijo que era tan aburrido que, mientras la leía, oía cómo le crecía el pelo. Svetlana se mostró incómoda y comentó que costaba un poco meterse, pero que al final el ritmo acababa siendo hipnótico. Resultó que se había leído los siete volúmenes.

«Proust es difícil, pero no tan difícil como Joyce», dijo Lakshmi. Sobre todo, de lo que quería hablar era de esa estudiante de primer año, Mia, que era amiga de Noor, y decía que su libro favorito era *Finnegans Wake*. Lakshmi me preguntó si yo consideraba que una estudiante de primer año podía haber leído y entendido *Finnegans Wake*.

—¿En realidad, quién quiere entender *Finnegans Wake*? —dije.

—Sí, tienes razón —replicó Lakshmi de inmediato. Y acto seguido se quedó un buen rato callada—. Supongo que es posible que lo entendiera, porque es muy brillante.

Svetlana había empezado a hacer meditación. Yo no tenía el menor interés en pasarme veinte minutos pensando en mi respiración.

A veces iba con Svetlana a pilates, pese a que la logística de la colocación de la esterilla era muy estresante, hasta el punto de que creía comprender los conflictos primarios por la tierra que constituían la base de la historia moderna. Según la capacidad oficial de la sala, cabían un máximo de treinta personas, lo cual podía ser muy razonable si todo el mundo se limitara a sentarse en su sitio, pero no si la idea era estirar el cuerpo lo máximo posible y hacer movimientos circulares con las extremidades. Svetlana siempre se empeñaba en que llegáramos temprano, para asegurarnos una ubicación ventajosa. Los que llegaban los últimos intentaban hacerse un hueco entre nosotras, o directamente delante de nosotras, tapándonos la visión, y lo hacían no excusándose, sino con total descaro. Si no defendías tu espacio, como hacía Svetlana, sentándote muy recta y haciendo elaborados estiramientos, acababas acorralada y no te quedaba espacio suficiente para hacer bien los ejercicios. La gente no paraba de darte golpes (¿o eras tú la que les dabas golpes?) y lanzarte miradas asesinas.

En una ocasión llegué tarde a pilates. Comprobé que todos los que habían llegado antes evitaban el contacto visual y hacían estiramientos en un claro intento de que no me sentara cerca de ellos y eligiera otro lugar. Me pareció injusto e hiriente: estaba inscrita y tenía el mismo derecho que los demás a estar ahí. Había hecho todo el trayecto corriendo y habría llegado temprano de no ser porque me había llamado por teléfono mi tía, que quería que yo firmara un documento comprometiéndome a ser la tutora de mi primo autista David después de que ella y mi tío fallecieran. La gente de la clase parecía muy segura de sus derechos adquiridos por haber llegado los primeros, lo cual era solo cuestión de suerte, porque sus tías no les habían llamado unos minutos antes. ¿Dónde pretendían que me colocara? ¿Querían que simplemente no existiera? ¿Era así como se sentían los israelís respecto a los palestinos y viceversa?

Miré a la instructora para que arbitrara, pero a ella le traía sin cuidado la distribución justa del espacio. Se limitaba a decir: «Hay espacio de sobra para todo el mundo». Eso lo decía por lo halagada que se sentía por el montón de gente que asistía a sus clases, cosa que se tomaba como un cumplido personal, en lugar de como indicativo de lo estresados que estaban nuestros cuerpos. Cada vez que aparecía alguien más por la puerta, generando tensión en todos los que ya estaban instalados en la sala, la instructora parecía más feliz y encantada consigo misma.

Su actitud me recordaba el tono con el que, cuando yo iba al instituto, a veces mi madre me contaba que alguna persona del trabajo le había dicho que ella todavía podía «tener un hijo» o «tener otro hijo». Me lo decía de entrada con un tono burlón, pero después añadía en voz baja que suponía que *sí* era posible. Yo sabía que no iba a dar el paso y no tenía por qué aguarle el entusiasmo que claramente le generaba la idea. Sin embargo, no podía evitar sentir pánico. Tal como estábamos, nunca dormíamos lo suficiente y a veces nos quedábamos sin dinero. ¿Por qué disfrutaba tanto pensando en complicar todavía más las cosas?

Querida Selin:

Olha tiene un problema serio. No es sorprendente que esté malhumorada. Intenta ser paciente.

Por supuesto que te perdono.

No tengo ni idea de teoría de género, pero puedo aprender.

Ivan

No me esperaba que Ivan me respondiera. Fue algo mágico, como volver a oír la voz de un muerto. Casi rompo a llorar. Pulsé «finger» y descubrí que Ivan estaba conectado en la red de Harvard. Estaba físicamente aquí. Vaya alivio, era como si un elemento vital se hubiera reincorporado a la atmósfera. Por fin volvía a estar aquí, como el año pasado, y seguro que tendría planeado verme; por eso su tono transmitía vibraciones de esperanza y porvenir. Me pregunté si debía responderle el mensaje, pero decidió esperar su llamada, que estaba convencida de que se produciría.

Conforme pasaba el tiempo, estas expectativas empezaron a demostrarse descabelladas. Estaba claro que no me iba a llamar. Si hubiera querido verme, me habría avisado de que venía. Estaba aquí para ver a su novia, para mantener relaciones sexuales con su novia, para hacer un montón de cosas y ver a un montón de gente, pero no a mí. Yo era literalmente la persona que menos ganas tendría de ver de entre todas las del planeta, incluida toda la gente a la que no conocía de nada.

Lo único que deseaba era estar inconsciente –estar dormida– para experimentar ese momento de libertad de la mañana, justo cuando te despiertas. Siempre tuve la sensación de que era culpa mía no saber prolongarlo. Sin embargo, incluso en el momento en que me armaba de valor para tratar de prolongarlo, ya había olvidado qué era lo que intentaba mantener a raya, y el esfuerzo de recordarlo me lo traía todo de vuelta.

Consulté el reloj. Eran solo las cuatro de la tarde. ¿Cómo iba a sobrevivir hasta la hora de acostarme? Me pregunté, y no era la primera vez que lo hacía, si era posible quedar inconsciente golpeándote la cabeza contra una pared. Sin embargo, sabía que, si golpearte la cabeza contra la pared era la solución al problema de estar consciente, a estas alturas ya me habría enterado. Decidí ir hasta el río y correr hasta quedar agotada. (¿Era para eso para lo que servía correr?).

Cuando una canción versaba sobre el amor, notaba cómo un pesado engranaje se ponía en funcionamiento detrás de mis ojos y en mis senos nasales. Las canciones que no versaban sobre el amor me parecían deliberadamente crípticas, casi aterradoras. Aunque mi idea inicial era correr durante dos horas, me dio un calambre a los veinte minutos. Intenté «sobreponerme y seguir», pero fracasé. De modo que: ni siquiera podía agotar a mi cuerpo. Me di la vuelta y regresé caminando y conteniendo las lágrimas, y me iba cruzando con gente más admirable que yo que corría o iba en bici. ¿Tenían la fortaleza de sobreponerse a los calambres o estaban tan en forma que no sufrían calambres?

Cuando llegué al punto de partida, seguí caminando en dirección opuesta. Caminar no cambiaba nada, a diferencia de correr, pero seguía «pasando» el tiempo del modo en apariencia irreversible atribuible a la segunda ley de la termodinámica. El sol no tardó en empezar a desaparecer. Al menos se me había concedido un privilegio: el paso del día a la noche, la iluminación de las luces de los coches, que hacía que los asuntos humanos se parecieran, muy modestamente, a las formaciones cosmológicas que carecían de sentimientos y no sabían de desgracias.

Al llegar a casa, Riley y Priya se estaban preparando para ir a una fiesta. Su amigo de preparatoria de medicina estaba en el ajo. La mera idea de una serie de clones de Lewis con sus suéteres de colores apagados, queriendo ser ocurrentes, empeñándose en dar largas explicaciones y soltando sus risitas robóticas, era demasiado horripilante como para plantearse ir. Además, tampoco me habían invitado. Bromeamos mientras ellas se vestían. Cuando se marcharon, ya eran las nueve. En una hora ya sería del todo legítimo acostarse. Podía leer en la cama. Me lavé los dientes, subí a la litera y abrí *Por el camino de Swann*.

«Llevo mucho tiempo acostándome temprano».

Se me humedecieron los ojos. No veía, no podía respirar. ¿Llevo *mucho tiempo*?

* * *

De hecho, era perturbadora la cantidad de páginas que se dedicaban en *Por el camino de Swann* a los intentos de quedarse dormido. Algunos de ellos eran interesantes, como cuando se quedaba dormido leyendo y creía que su cuerpo era la rivalidad entre Francisco I y Carlos V porque había estado leyendo sobre eso. O cuando se percataba de que su cuerpo podía recordar el mobiliario y la configuración de todas las otras habitaciones en las que había dormido a lo largo de su vida. Me sentí en cierto modo aliviada al descubrir que recordaba la configuración de dos habitaciones en las que había dormido en casa de los padres de Ivan, dónde estaban la puerta, la ventana y la mesa.

En cambio, no me gustaba nada cuando Proust apoyaba la mejilla «suavemente contra la almohada, mullida y fresca como las de la infancia». A mí no me gustaban las mejillas. Había gente que las adoraba. «¡Qué mofletes!», decían las mujeres antes de pellizcar las mejillas de los niños. Mi madre solía referirse con entusiasmo y envidia a mis mejillas, dejando siempre claro que las suyas no eran como las mías, las suyas no tenían «grasa de bebé». No me gustó que enfatizara nuestras diferencias. Siempre quise parecerme más a ella.

Tal vez el problema estuviera de nuevo relacionado con la infancia. Quedarse dormido era interesante si se tenían los recursos para confundir tu propia pierna con el conflicto entre dos reyes europeos, o para repasar mentalmente un mapa espacio-temporal del mobiliario de diversos dormitorios. Sin embargo, yo no quería leer nada sobre intentar quedarse dormido como un niño. La parte en la que sus parientes le traían una linterna mágica: «Se les ocurrió la idea de distraerme por las tardes, cuando me veían más tristón, y me regalaron una linterna mágica…». La bondad de «ellos», cuando resultaba que eran «ellos» quienes habían generado el problema.

La linterna mágica me recordó a las marionetas del teatro de sombras de la televisión turca y al pequeño tiovivo mecánico que había encima del piano en la casa de mi abuela en Ankara. Cuando encendías las velas, unos ángeles hechos con una finísima chapa metálica empezaban a moverse lentamente en círculo. Qué difícil resultaba describirlo y qué ingrato era. Y sin embargo sentía el ineludible impulso de hacerlo: el mismo impulso que empujaba a mucha gente a escribir vívidas descripciones de objetos de la casa de sus abuelos. Si me veía obligada a leer una descripción más del sofá de casa de los abuelos de alguien, o de cómo olía la sala a caramelos para la tos…

La descripción que hacía Proust de su abuela era espantosamente sentimental, por su insistencia en lo mucho que los quería a todos y se olvidaba de sí misma. Ese amor y esa falta de amor propio se materializaban en «una sonrisa que, a diferencia de las que se veían en la mayoría de rostros humanos, no contenía ningún atisbo de ironía que no fuese aplicada a sí misma, mientras que para los demás no parecían brotar de sus ojos más que besos». El «amor» de una abuela, sus besos: ¿qué significaban? ¿Qué significaba «amar» a un puñado de personas a las que tal vez ni siquiera entendías –quedaba bastante claro que a Proust de niño sus abuelos no lo entendían– solo porque estaban emparentadas contigo? ¿Qué tenía eso de bueno: el «amor» que una abuela sentía por ti mientras que por ella misma no sentía otra cosa que indiferencia? Mi abuela Adana se quedaba mirando al vacío, con los ojos llenos de lágrimas. En una ocasión le sugerí que llevara un diario, lo hice para evitar que se aburriera y se pasara el día llorando. «Ah, *maşallah*, mi niña siempre está escribiendo, ah, ah, escribe tú tu diario. Yo no tengo nada que recordar», y de nuevo se le llenaban los ojos de lágrimas.

«¡Cómo me gustaba nuestra iglesia, con qué claridad puedo seguir visualizándola!», escribió Proust sobre un lugar en el que sin duda se había aburrido mortalmente. Describía los «gráciles arcos góticos que se elevaban con coquetería» alrededor de una escalera, «como una hilera de hermanas mayores que, para ocultarlo de las miradas de los desconocidos, se colocaban sonrientes delante de su tosco, enfurruñado y mal vestido hermano pequeño». La humanización de los arcos me recordó a las siestas durante las cuales, para no morirme de aburrimiento, solía alzar la mano hasta la altura de los ojos, con el dorso mirando hacia mí, y me examinaba las uñas que, vistas boca abajo o (en el caso del pulgar) de lado, parecían tener fisionomías y rasgos diferentes. El índice era una mujer suplicante, con una enorme y temblorosa sonrisa; el corazón, más grueso y afable, un hombre con una sonrisa más amplia y menos suplicante. En el anular, la parte blanca de la uña tenía una forma diferente y le daba la expresión briosa e irónica de mi tía Arzu (prima de mi madre), mientras que el meñique parecía un camarero menudo: ágil y servicial. El pulgar era genial y sonriente, con su prominente mandíbula. De perfil, los dos dedos índice tenían una expresión adorable. Podían mirarse una a otro con expresión encantada, o bajar la mirada con timidez. La de horas que había pasado así, haciendo que mis dedos se sonrieran unos a otros. No pensaba escribir sobre esto. Ya era suficiente con haber perdido el tiempo una vez. No perdería más tiempo escribiendo sobre ello.

En el seminario, la parte de *Por el camino de Swann* de la que más hablaba Judith era del «beso de buenas noches» o el «beso de acostarse». Estas expresiones me resultaban repulsivas, al igual que el modo en que Proust parecía entremezclar su amor infantil por la madre con el amor romántico entre personas que ya no eran niños. Era como cuando la gente ironizaba con mala baba sobre los hombres «enmadrados», lo cual hacía que enamorarse pareciera algo infantil y nada romántico. Era como cuando mis tíos, cada vez que yo cogía en brazos a uno de los bebés de mis tías y el crío se aferraba a mi pecho —hablo de cuando yo iba todavía al colegio, antes de que me crecieran los senos— soltaban carcajadas histéricas y decían: «Estás buscando algo que no está ahí».

El propio episodio sobre la angustia del pequeño Proust las noches en que sus padres tenían invitados a cenar, era desgarrador. No me gustaba admitirlo, pero estaba bastante segura de que yo había sufrido el mismo tipo de desesperación cuando mis padres salían a cenar. Que me dejaran sola por la noche para irse de fiesta era mucho peor que cuando me dejaban sola durante el día para irse a trabajar; lo que para ti era motivo de desesperación, para ellos era una ocasión para vestirse elegantemente y pasárselo bien. Pero ¿por qué Proust tenía que seguir dándole vueltas a eso? ¿Por qué no podía escribir sobre otras cosas?

* * *

Cuando volví a casa por Acción de Gracias, mi madre se mostró divertida y encantadora. Sus nuevos pechos se sostenían por sí solos, de manera que pudo tirar todos los sujetadores. Preparó, como de costumbre, una comida espectacular, sacada del *The Silver Palate Cookbook*, y me habló del nuevo medicamento que estaba tomando y la ingeniosa manera en que funcionaba, bloqueando el estrógeno de las hormonas receptoras de las células cancerígenas.

Uno de los efectos secundarios que tenía era que daba sofocos y bloqueaba la regla. Había que medicarse durante cinco años, de modo que, dependiendo de la edad a la que empezabas a hacerlo, la regla podía no volver. De todos los efectos de la menopausia, el que más parecía agobiar a mi madre era que la voz se hacía más grave.

Me pregunté si yo me pondría implantes si algún día tenían que extirparme los pechos. Cuando la hermana de mi padre estuvo viviendo con nosotros después de la mastectomía, cada noche durante la cena rompía a llorar. Una noche comentó que ya no se sentía mujer porque no tenía pechos. Yo entonces no tenía pechos y no me parecía un gran problema. Sin embargo, comprendí que sí lo era, porque mi padre, que por norma general tendía a minimizar las angustias de mi tía, se quedó en silencio y no le dijo que dejara de llorar. Por otro lado, yo todavía recordaba lo estresadas que estuvimos Leora y yo cuando nos empezaron a crecer los pechos, uno o dos años después. ¿Era posible regresar a ese estado mental?

En mi antiguo dormitorio, eché un vistazo a todos mis viejos libros. Saqué mi ejemplar del instituto de *Eugene Onegin*. Fue en ese momento cuando descubrí o recordé algo importante, que el tío al que primero había identificado con Onegin no fue Ivan, al que entonces todavía no conocía, sino mi profesor de violín. ¿Cómo podía haberme olvidado por completo de eso? ¿Cómo podía alguien reemplazar a una persona de manera tan drástica?

¿Cuántas cosas habían empezado con ese profesor de violín, que era ruso, estaba casado y tenía dos hijos? Él era la persona a la que había imaginado escribiendo una carta, a la que había imaginado apareciendo «como una sombra lúgubre». Realmente parecía una sombra lúgubre, era como si esa fuera la imagen que le gustaba proyectar. A mí eso me parecía extraño, del mismo modo que *Eugene Onegin* era extraño. Era la extrañeza que mostraba Pushkin con respecto a Eugene Onegin lo que hacía que todo pareciese benévolo y chispeante.

No es que yo no hubiera visto las limitaciones de mi profesor de violín. Sin duda había en él algo sospechoso e indigno, algo extraño en su presencia física y su actitud taciturna, en su manía de telefonear en plena noche para cambiar el horario de la clase, en su modo de mirarme y tocarme el brazo y cogerme el violín y sostenerlo o tocarlo para afinarlo, forzando las clavijas cuando se bloqueaban. Además, pese a que se suponía que las clases particulares estaban incluidas en la matrícula de la escuela de música, él no paraba de intentar que mi madre le pagara un extra, porque según él era mucho mejor profesor que los demás. Esto a mi madre la sacaba de quicio y resultaba incómodo y hacía que todo pareciera de algún modo vergonzoso.

Sin embargo, al mismo tiempo era un buen violinista, y lo era de un modo complejo, con muchos matices en los que fijarse. Y trabajaba muy duro durante esa hora que pasábamos juntos cada semana, para que yo mejorara; escuchaba con su suma atención, tomaba lo que yo tocaba y me lo devolvía transformado y hermoso. En una época en la que yo pensaba en dejarlo a menos que alguien me ayudara a mejorar, él me ayudó. Me ayudó a enderezar la postura inadecuada. Yo había estado enfrentándome a solas al traumático chirrido provocado por el cambio de posición del arco, hacia arriba y hacia abajo, y él me enseñó a controlar la presión y la velocidad, hasta que el cambio de posición del arco ya no producía ninguna distorsión y el sonido fluía como la seda.

¿Era posible que, aunque yo viera a Ivan como mi primer amor, ya hubiera sucedido todo con el profesor de violín? A él no le había escrito ninguna carta. Pero sí había experimentado la sensación de Tatiana cuando le escribió a Onegin y que se repitió cuando le escribí a Ivan: la sensación de haberme puesto en sus manos, de haberle confiado mi honor, como si estuviera cayendo al vacío, como si pudiese morir y él pudiera agarrarme y salvarme... probablemente. Había tenido esa sensación cada semana en el ventilado estudio con papel de pared verde y la ventana que daba al Riverside Park.

Y, sin embargo, la segunda vez había bloqueado el recuerdo de la primera, porque no me gustaba pensar que no había sido la primera.

No me gustaba pensar en los años de instituto, y tampoco en los del colegio. Habían sido como estar en una prisión. Sabía que no era correcto comparar mi experiencia en un colegio privado de New Jersey con la de una persona encerrada de verdad en una prisión. Y, sin embargo, establecía esa comparación. Un aburrimiento del que era imposible escapar, castigos arbitrarios, estar atrapada durante horas entre personas enloquecidas por las hormonas y el tedio... Los dominantes recibían algunas recompensas, los serviles otras. No podías evitar formar parte de alguna relación insana de poder.

Lo peor era el autobús escolar, porque no podías bajarte, y los chicos «americanos» hacían cosas como golpear al conductor en la cabeza con sus palos de lacrosse. El conductor, Darnell, que era, viéndolo en retrospectiva, gay, protestaba de forma muy teatral, pero no parecía considerar que aquello tuviera solución y se limitaba a poner a todo volumen su cinta de Queen. Una constatación tremebunda: conducir por la autopista, al contrario de lo que los adultos aseguran, no requería una absoluta concentración, y Darrell era claramente capaz de hacerlo mientras le golpeaban en la cabeza con palos de lacrosse. La siguiente idea que me vino a la cabeza fue el alivio de que mientras estaban ocupados con Darnell, los chicos de los palos de lacrosse no se metían conmigo. De inmediato me sentí avergonzada. Más tarde vi un pensamiento similar expresado en unas memorias sobre el Holocausto, y me sentí mejor y después peor.

El hueco entre los dientes frontales de Darnell, junto con el modo desinhibido en que cantaba la letra de «Bohemian Rhapsody» me recordaba a mi tía más joven y eso hacía que sintiera simpatía por él. Las primeras diez veces que escuché «Bohemian Rhapsody» no entendí que aquello pudiera ser una canción y me pareció justificado que el resto se mofaran de ella. Pero llegó un momento en que Darnell gritó «¡Mamá! ¡He matado a un hombre!» y yo rompí a llorar, convencida de que yo también había matado a un hombre.

Quería hacer algo por Darnell, pero me sentía impotente ante los chicos de los palos de lacrosse que, en cuanto atrajera su atención de cualquier manera, empezarían a cuchichear entre ellos entre risitas hablando de lo fea que era. El que tenía tanto acné que le desfiguraba la cara dijo que yo era la niña más fea del colegio. Su amigo siempre se ponía de mi lado: «No estoy seguro. ¿La más fea?». Acabaron tan amigos, unidos por el consenso de que sería imposible que nadie quisiera follar conmigo.

Escribí una carta a la empresa de autobuses, pidiéndoles que nombraran a Darnell conductor del mes. Era algo de lo que él siempre hablaba: a quién habían nombrado conductor del mes y las esperanzas que tenía de que algún día le tocara a él. En lugar de nombrarlo conductor del mes, le entregaron la carta. Él la metió entre la visera y el parabrisas y se refería a ella con frecuencia, y yo me sentía tan avergonzada que deseé no haberla escrito.

Durante todo ese tiempo, seis años, siempre estuve enamorada de alguien. Era lo único que hacía soportable esa vida, levantándose a las seis de la mañana y permaneciendo en estado consciente hasta entrada la noche. Era el equivalente a lo que representaba la religión para la gente del medievo: te proporcionaba la energía necesaria para encarar una vida de injusticia, la impotencia y el aburrimiento. Los chicos de los que me enamoraba nunca me hacían ni caso, pero no se mostraban desagradables conmigo. Había algo abstracto y plácido en la experiencia de ser ignorada —la sensación de ser dejada de lado, la conciencia de que era imposible que nada sucediera— que casaba con mi idea del amor de aquel entonces. En teoría, claro está, sabía que el amor podía ser correspondido. Era algo que le sucedía, a menudo, a los demás. Pero yo era diferente a los demás en muchos aspectos.

Yo sabía que mi madre, que era más lista que nadie y también muy guapa, tampoco tuvo novio en el instituto. Su hermana decía que era debido a que era demasiado lista, calaba a todo el mundo y veía que no había nadie que valiera la pena. No era eso lo que contaba mi madre. Según ella, suspiraba por un novio y se pasaba las noches escuchando canciones americanas tristes y llorando. «Me alegro tanto de que tú no seas así. Me alegro de que a ti te dé igual. Eres mucho más lista que yo. Si yo fuera tú, me habría enamorado de uno de esos perdedores», decía. Yo me enamoraba a menudo de uno de esos perdedores, pero me lo guardaba para mí.

La vida amorosa de mi madre cambió cuando tenía diecisiete años, se matriculó en la mejor facultad de medicina de Turquía y conoció a mi padre. De manera que yo daba por hecho que las cosas también cambiarían algún día para mí cuando dejara atrás el instituto. Mientras tanto, digería la indiferencia de esos chicos como una influencia benigna e incluso benevolente, que me ayudaba a coger fuerzas para estudiar y salir de allí.

Sin embargo, había un problema en alguna parte, porque el sentido de salir de allí era convertirme en escritora y escribir novelas, y todas las novelas trataban de ese otro tipo de amor, el tipo en el que «pasaban cosas». Pero ¿cuándo había conseguido yo librarme de la necesidad de dejar de lado alguna preocupación por la desconexión entre la literatura y el modo en que estaba viviendo mi vida? En el colegio me había sentido presionada por Huckelberry Finn y Holden Caulfield, a los que les importaban un pito las notas y tenían el valor de largarse. ¿Ellos me hubieran despreciado?

* * *

El fin de semana, mi madre y yo fuimos en coche a Nueva York para ver la exposición de Picasso en el Museo de Arte Moderno. La recorrimos poco a poco, cogidas del brazo, leyendo en voz alta los textos de los carteles e intercambiando opiniones. Mi madre iba comentando con admiración, pero un poco a regañadientes, que tal o cual cuadro era hermoso; o en algunos casos decía con desaprobación de otro que era «muy feo». De un lienzo que nos gustaba solo a medias, comentábamos, tolerantes, «Ha hecho lo que ha podido, literalmente» o «Ha hecho lo que su mano le ha dictado», una de las muchas frases hechas turcas que a mí me sonaban a agudeza de quien está de vuelta de todo.

La exposición se centraba en exclusiva en los retratos. Los retratos «documentaban» la relación de Picasso con las mujeres con las que se acostaba. Cada mujer estaba conectada con un estilo pictórico diferente, aunque a veces el estilo precedía a la mujer que después lo representaba. Fernande Olivier era cubista. Olga Khokhlova era neoclásica. Marie-Thérèse Walter era «biomorfismo surreal» y Dora Maar era «angustiado expresionismo».

El alcance de la idealización o desfiguración a la que Picasso sometía a las mujeres en sus lienzos era una prueba: no solo de su belleza física, sino en cierta forma de su valor humano.

FRANÇOISE GILOT DOMINÓ EL AFECTO DE PICASSO
DURANTE CASI UNA DÉCADA. DOTADA COMO PINTORA
Y ESCRITORA, GILOT FUNCIONÓ COMO SU IGUAL.

LAS REPRESENTACIONES QUE PICASSO PINTA DE
ELLA Y LOS DOS HIJOS DE LA PAREJA, PALOMA Y
CLAUDE, SE ENCUENTRAN ENTRE LAS IMÁGENES
MÁS INEQUÍVOCAMENTE ADMIRATIVAS.

¿Cómo lo había conseguido Françoise? No se trataba solo
de que ella también fuera artista. Después de todo, Dora Maar
fue una famosa fotógrafa y fracasó. Se convirtió en «la mujer
que llora».

Verde, con aristas, lacrimosa, Dora se metía en la boca un
pañuelo que parecía un cristal roto. Su cuerpo estaba crucificado en un sillón. El rostro entretejido en un cesto. Cuando
Picasso la dejó por Françoise, que era veinte años más joven
que Dora (y cuarenta más joven que Picasso), a Dora la encontraron desnuda en el hueco de la escalera de su apartamento. Acabó en un sanatorio, sometida durante semanas a
una terapia con electroshocks. Lacan la curó, pero ella abrazó
el catolicismo y durante diez años no produjo ninguna obra
artística.

¿Qué actitud hay que adoptar ante Picasso? De niña, me sentía
amenazada por él. En las fotografías aparecía calvo, agresivo,
con aspecto de toro aunque con un aire infantil, y me recordaba a Jerry. Era ese aire infantil lo que lo hacía siniestro.
Me daba la sensación de que intentaba atrapar algo que por
derecho pertenecía a los niños —una de las pocas cosas que
poseíamos— para apropiárselo. La sensación de amenaza estaba
relacionada con el hecho de que te veías obligada a elegir entre el profesor de arte, que sostenía que Picasso era un genio, y
el tipo de personas a las que solo les gustaban las pinturas fo-
torrealistas de coches. Yo, ante esta dicotomía, me decantaba
por Picasso, pero no me sentía cómoda con la decisión.

En el instituto, Picasso parecía menos amenazador. Aunque en mi vida externa no había cambiado nada —aunque mi
madre seguía siendo una mujer elegante y heroica y yo, una

desmañada adolescente hiperprivilegiada sin independencia ni novio— había una dimensión, separada de la realidad perceptible, en la que el equilibrio se había alterado. Las aventuras amorosas ya no eran percibidas como un poder que mis padres tenían para amenazarme desde la distancia. Ellos eran un espacio a través del cual, aunque solo fuera de manera hipotética, yo podía ser especial, podía tener a alguien a mi lado, aparte de a mí misma.

Por aquel entonces yo ya pensaba de una manera más práctica en cómo convertirme en escritora, y entendía que había que valorar a Picasso, aunque no todo lo relacionado con él, sino solo su faceta como artista. Era un ejercicio intelectual que te hacía sentirte orgullosa de tu mentalidad abierta y objetividad. Podías ser consciente de que era un capullo y guardar esta información en una parte de tu mente, mientras con el resto de tu mente valorabas su arrolladora capacidad para expresarse. Si estabas a favor del individualismo, la expresión personal y los logros humanos; si creías que era admirable mantenerse vivaz y despierto, no adocenarse y dejarse cegar por las convenciones; si eras generosa, sutil, capaz de asumir la complejidad y los matices —capaz, por expresarlo de otro modo, de perdonar y de superar tus propios agravios por el interés de «la humanidad»—, entonces tenía que gustarte Picasso.

El último retrato de la exposición era un autorretrato pintado con pasteles: «Una máscara casi mortuoria que dirigía una mirada aterrada, con los ojos como platos, al abismo». La imagen de un Picasso de noventa y un años que miraba con los ojos muy abiertos al abismo, que se reproducía en el folleto de la muestra, me recordó tanto a Jerry como a Philip Roth, cuyos libros Jerry había recriminado a mi madre que comprase, y que yo, por tanto, también había leído. ¿Eras antisemita si no sentías lástima por Philip Roth porque las *shiksas* no querían mantener relaciones sexuales con él?

Jerry llamó a mi madre *shiksa* y también hablaba a menudo de beldades gélidas. Mi madre empezó a su vez a referirse a las beldades gélidas y a las sabelotodo, y alguna que otra vez me dijo que no me comportara como una sabelotodo: una palabra que ella jamás había utilizado antes de conocer a Jerry. Entendí que, aunque mi madre era una *shiksa*, no era una beldad gélida. Yo tampoco era una beldad gélida y nunca lo sería. Pero ¿me convertiría en una *shiksa* cuando creciera?

Jerry me llamaba «la chica» y me acusaba de estar malcriada porque se me permitía leer durante la cena, algo que solo hacía cuando él estaba presente, para evitar tener que hablar con él. En una ocasión, en un restaurante, le dijo a mi madre —lo oí, a pesar de que estaba leyendo— que ella no podía entender lo frágil que él se sentía en el mundo, sabiendo que el Holocausto podía volver a suceder en cualquier momento. Se preguntaba a menudo si mi madre sería el tipo de persona que lo escondería de los nazis, y resulta que no estaba seguro.

Cuando yo comparaba su vida —la casa adosada de varias plantas, los coches deportivos italianos, el partido de squash semanal, el cuarteto en el que tocaba un violín centenario, las dos licenciaturas en Harvard y el sólido laboratorio— con la de mi madre, que había entrado en la facultad de medicina a los diecisiete años y había tenido que hacer autopsias a borrachos muertos en la repugnante clase de anatomía; que siempre cobraba menos que mi padre por hacer el mismo trabajo, y ahora tenía dos trabajos y debía soportar broncas continuas de todo el mundo; mi madre, a la que sus colegas no paraban de hacerle preguntas absurdas como si conocía en persona a la mujer de Yasser Arafat o si en Turquía las mujeres tenían permitido ponerse bañador; cuando comparaba sus vidas, me preguntaba qué clase de protección esperaba este tipo que le proporcionara mi madre ante los nazis. Al final Jerry abandonó a mi madre por una de esas beldades gélidas de las que siempre se quejaba. Se casaron el día del cumpleaños de mi madre.

Mi madre me dijo que no me veía bien. De hecho, me caían lágrimas por las mejillas. «Estoy bien −le aseguré−. No tiene que ver con nada en concreto». Me había convencido a mí misma de que siempre lloraba mucho. ¿No nos reíamos todos de eso cuando tenía tres años? Cuando los adultos me preguntaban qué me pasaba, yo les respondía que estaba «conmovida».

Mi madre me dijo que estaba equivocada; yo siempre había sido muy sensible, pero no iba por ahí como una afligida máscara de la tragedia. Me habló de los grandes avances que se estaban haciendo con los antidepresivos. «Tenemos que encontrar a un experto», dijo, y decidió pasarme el nombre de alguien que sabía de farmacología. Era justo lo que yo no quería −que me derivaran a algún tipo−, y sin embargo, al oírla hablar de eso como si ya estuviera decidido, me sentí aliviada.

−¿No saldrá muy caro? −pregunté.

−¿Qué? Eso no es un problema −dijo, como si no valiera la pena siquiera hablar de ello.

De camino a la estación del tren, mi madre dijo que no iba a lavar mis sábanas después de mi partida, porque así la cama seguiría oliendo a mí. Me miró con una sonrisa conspirativa y sentí que se me encogía el corazón.

DICIEMBRE

Cuando pasé por su habitación para recogerla para ir a correr, Svetlana abrió la puerta ataviada solo con unos leggins y un sujetador deportivo.

—Estoy saliendo con Matt —dijo, señalando algunas marcas rojas en el pecho y en los hombros.

¿Era urticaria? ¿Quién era Matt? ¿Volvería yo a entender alguna vez la realidad? Me sentí aliviada cuando Svetlana se subió la cremallera del jersey de lana. Tal vez así todo volvería a la normalidad. Con cierto esfuerzo, logré ubicar a Matt, un tío genial, parecido a papá, que cantaba a cappella. Solía verlo en la mesa de conversación en ruso a la que había dejado de acudir, porque las conversaciones eran aburridísimas.

Nada volvió a la normalidad. Ahora Matt era el novio de Svetlana. Sentí las mismas emociones vergonzosas que había vivido en el pasado, cuando mis tías, madre y padre, en busca de diversas «relaciones», habían ido introduciendo en nuestras vidas a gente cada vez más aburrida. Envidia, celos, soledad, desesperación, y también una suerte de culpabilidad, mezclada con alivio. Hasta ahora Svetlana y yo habíamos competido por ver cuál de nuestras visiones del mundo era mejor…, eso se había terminado. Ella no volvería a ser la que fue, ni para mí, ni para ella misma. Este novio, o su sucesor, restringiría sus actividades y sus pensamientos. En cierto sentido, yo había salido victoriosa, pero me sentía derrotada. ¿Cómo podía ella abandonar la carrera cuando la acabábamos de empezar? ¿Cómo la habían pillado con tanta facilidad? ¿Conseguían atraparlas a todas? ¿Me atraparían a mí? ¿Deseaba yo que lo hicieran?

Había dos tíos en la mesa de conversación en ruso: Matt y Gavriil. Gavriil me parecía menos repelente que Matt. ¿Se suponía que debía salir con Gavriil? ¿Cómo se suponía que debía saber con quién salir?

Gavriil y yo hacíamos juntos el trabajo de escribir una sátira en ruso. En cuanto nos sentamos, me contó que había empezado a verse con esa chica, Katie. Yo conocía a Katie: estudiaba historia, hablaba francés con fluidez y parecía una muñequita adorable. Parecía tan amigable como Gavriil, y más guay y más convencionalmente atractiva.

Se hizo imposible mantener una conversación de verdad con Svetlana. En el lado positivo, Matt era de buena pasta y no tenía problemas de autoestima, de manera que no había que lidiar con él acusándote de hacerle sentir estúpido. Pero por el otro lado, en cuanto intentabas entablar con él una conversación sobre algo interesante, él rápidamente, con amabilidad, pero de manera inexorable, cambiaba de tema y volvía a las tres cosas de las que siempre hablaba.

Matt se comportaba como si disfrutara de mi compañía: un claro subterfugio que le permitía interrumpirnos cada vez que Svetlana y yo estábamos a solas. Me saludaba al estilo universitario y trataba de involucrarme en sus bromas basadas en «Ya sabemos todos cómo es Svetlana». A continuación, se ponía a besuquearla en el cuello y me hacía sentir como si estuviera violando su intimidad y encarnando una suerte de estéril amargura.

En una ocasión, cuando Matt se había ido de gira con los Chorduroy y Svetlana y yo estábamos hablando como antes, ella me sorprendió al decirme: «Este es el tipo de conversación que no podemos mantener con Matt delante». Sentí un inenarrable alivio –¡por fin se había dado cuenta de que Matt no era del todo capaz de estructurar un discurso coherente!–, seguido por un completo horror: Svetlana era consciente desde el principio, y le daba igual.

A Gavriil se le hacía raro que el año anterior mi vida hubiera sido tan romántica y en cambio él y Svetlana no hubieran tenido ninguna aventura, y en cambio ahora él y Svetlana estuvieran viviendo historias románticas y yo no. «¿No te parece raro?», me preguntó.

Katie se puso enferma y no quería comer otra cosa que no fueran fresas. Gavriil le trajo fresas, que acabó vomitando, y él limpió la vomitona porque la amaba. Gavriil dijo con tono apasionado que esperaba que algún día yo encontrara a alguien que me amara lo suficiente como para limpiar el desaguisado si acababa vomitando las fresas en la bañera.

* * *

Lucas y yo estábamos comentando libros que nos parecían graciosos y él mencionó *El libro de Rachel* de Martin Amis. Mi madre y yo habíamos leído *La información* de ese autor y no nos había gustado. Lucas me aseguró que *El libro de Rachel* era más divertido y pensaba que me gustaría. Me sorprendió gratamente descubrir que Lucas se había hecho cierta idea de mi personalidad, más allá del hecho de que podía aprender algo leyendo el libro.

El libro de Rachel estaba protagonizado por un chico de diecinueve años que quería conquistar a una chica que consideraba inalcanzable. Después de hacer el amor con ella, llegaba a la conclusión de que no era lo bastante inteligente y tenía la nariz demasiado grande. La nariz de la chica iba apareciendo cada pocas páginas. El narrador parecía tomarse la existencia de la nariz como algo personal, como si se exhibiera de manera deliberada para recordarle su bajo nivel social que le impedía conquistar a alguien con una nariz más presentable.

En cierto momento, a la nariz le salía un grano y era como si hubieran echado sal a la herida.

> Cuando abrí los ojos y me enfrenté al grandullón que se iba hinchando a pocos centímetros de mis labios, debería haberle dicho: «Buenos días, preciosa». Y al verlo media hora más tarde, cubierto de maquillaje, debería haber exclamado: «Oh, mira. ¡No te ha salido un grano en la nariz!». Y esa noche, cuando Rachel anunció «La maldición está sobre mí» (citando mal «La dama de Shalott»), mi respuesta debería haber sido: «Sorpresa, sorpresa. La llevas escrita en cursiva en la punta de la nariz».

Volví a leer el pasaje, intentando identificar el momento en que Rachel había cometido el error. Sin duda, no debería haber utilizado el corrector: te empeoraba el aspecto y te obstruía los poros. Y probablemente resultaba muy pretencioso citar «La dama de Shalott» en lugar de limitarte a decir que te había venido la regla, sobre todo si encima recordabas mal la cita. Busqué la cita correcta —«La maldición ha caído sobre mí» y no «La maldición está sobre mí»— y la memoricé para futuros usos.

Cuando releí el pasaje por tercera vez, entendí que tanto el corrector como «La dama de Shalott» eran en realidad irrelevantes, porque el narrador se había mosqueado ya antes, en el preciso momento en que descubría el grano. Tal vez el problema de Rachel era no saber qué producto utilizar para evitar que le salieran granos. Yo había notado una mejoría en el cutis desde que empecé a utilizar un limpiador de poros de siete dólares.

Más adelante en el texto, el narrador hacía un comentario que daba a entender que sabía que a todo el mundo en algún momento le sale algún grano. De modo que el problema no era que le saliera un grano a Rachel, sino el hecho de reaccionar de una manera inadecuada: mostrándose incapaz de asumirlo. Por eso mi conclusión era que Rachel había actuado con esa refinada hipocresía empeñada en negar la realidad, con esa reluctancia a hablar con claridad de la menstruación o del cuerpo, que había visto condenada de forma ocasional en las novelas inglesas. Eso parecía relacionado con su negativa a hacerle una mamada al narrador, incluso después de que él le plantara el pene ante la cara («casi metiéndoselo en la nariz»). Ella le debía eso –le debía sacarse el pene de la nariz y metérselo en la boca– porque él había sido lo bastante altruista como para haberle obsequiado a ella con sexo oral, pese a lo desagradable que le había resultado. («Estaba demasiado oscuro ahí abajo (gracias a Dios) como para poder ver qué tenía delante de mis narices, tan solo una funda reluciente, con olor a ostras»).

Al final, el narrador llegaba a Oxford y se deshacía de Rachel escribiéndole una carta. Rachel iba a verlo y lloraba, lo cual provocaba que la nariz le brillara. Después de que se marchara, el narrador empezaba a escribir la historia desde la perspectiva de una chica con síndrome premenstrual a la que le sale un grano. Y fin de la historia, en esto consistía el libro.

Traté de resumir mis conclusiones: «La maldición ha caído sobre mí»; evita el corrector; conviértete en el escritor.

¿Por qué le había gustado a Lucas este libro? Supuse que estaba bien escrito. (Pero ¿lo estaba de verdad? ¿Podía una funda que olía a ostras brillar en la oscuridad?). ¿No provocaba que quien lo leía se sintiera peor? ¿A Lucas no le hizo sentirse peor? ¿O generar malas vibraciones era el objetivo de la creación artística? ¿Y si el único motivo de que no me hubiera gustado el libro estaba relacionado con que yo era una chica y tenía la nariz grande, de modo que el tema que abordaba resultaba «delicado» para mí, y había en mi lectura un sesgo personal que tenía que dejar de lado si quería apreciar el libro de un modo objetivo, valorándolo por sí mismo, tal como Lucas había sido capaz de hacer?

Por algún motivo, me puse a pensar en cuando tenía doce años y fui a pasar un fin de semana en Filadelfia con mi madre y me la encontré con la cara amoratada, llena de rasguños y vendada, como si le hubieran dado una paliza. Resultó que Jerry había comentado que mi madre sería una «belleza clásica» si tuviera una nariz diferente y cuando ella se rio y dijo que no podía permitirse una operación de nariz, él se ofreció a pagársela. Jerry era un tipo bajito y calvo, con ostensible mal carácter, mientras que mi madre era hermosa, y él le había destrozado la cara. Sin embargo, mi madre estaba encantada con su nueva nariz y parecía considerar todo el episodio como un ejemplo de algo positivo que había hecho Jerry. Una de las cosas que tiempo después argumentó el abogado de mi padre, cuando trataba de demostrar que mi madre no estaba capacitada para desempeñar ese papel, fue que podía presionarme para que me hiciera la cirugía estética. Este comentario me hizo sospechar que a mi padre no le gustaba mi nariz. Mi madre siempre había dicho que mi nariz no se parecía en nada a la suya y era mucho más elegante. Si su nariz hubiera sido como la mía, ella jamás se la hubiese operado. Yo no estaba muy segura de si eso era verdad, ya que no recordaba cómo era su antigua nariz, y ninguna de las fotos de la época la mostraba con claridad.

Lakshmi comentó que, aunque Martin Amis había hecho algunas contribuciones a la literatura posmoderna, *El libro de Rachel* era una obra muy temprana y no le sorprendía nada que no me hubiera gustado. Lakshmi, cuya nariz se parecía a la mía, dijo que no descartaba retocársela en el futuro. La conversación viró hacia Orlan, la artista conceptual francesa cuya obra consistía en someterse a cirugías plásticas inspirada en pinturas famosas. Ya se había agenciado la frente de la Mona Lisa y el mentón de la Venus de Botticelli, y tenía un aspecto aterrador. Por lo visto, una pregunta que la gente se hacía sobre Orlan era si realmente era una artista, o tan solo una persona mentalmente enferma explotada por los cirujanos.

Al principio no caía en a quién me recordaba Orlan, hasta que me percaté de que era al tío de *A contrapelo*. Sobre el papel el proyecto de Orlan resultaba interesante, pero en la práctica era asqueroso y no tenía ningún sentido.

Lakshmi me explicó que la idea era criticar la convención artística masculina de crear una mujer ideal recombinando distintas partes de beldades famosas. Orlan mostraba que, si una se tomaba al pie de la letra las estupideces que decían ciertos hombres, acababa haciendo algo asqueroso y peligroso.

—Pero ¿eso no es literalmente amputarte la nariz para estropearte la cara? —pregunté—. Y, por cierto, ¿qué nariz eligió?

Lakshmi sacó una fotocopia doblada del bolso. Resulta que llevaba encima un artículo sobre Orlan. «Una famosa escultura de Diana, de un artista desconocido de la escuela de Fontainebleau», leyó. Ambas rompimos a reír. Comenté que me parecía más eficaz limitarse a ignorar los cánones sociales y las estupideces que soltaban ciertos hombres. Lakshmi replicó que, según el feminismo francés, no podías ignorar a los hombres, porque la mirada que proyectaban sobre las mujeres estaba arraigada en la cultura a niveles muy profundos. Con el simple hecho de utilizar las palabras, ya estabas perpetuando sus ideas, porque eran ellos quienes habían construido el lenguaje.

—Entonces ¿qué se supone que tenemos que hacer? ¿No utilizar las palabras?

—Bueno, según ellas, las mujeres tienen que forjarse su propio lenguaje y su propia escritura, fuera de la hegemonía del patriarcado.

Me quedé mirándola.

—Te estás quedando conmigo.

—No, para nada. Se llama *écriture fémenine*.

Consulté *écriture fémenine* en el diccionario de teoría literaria. A la gente que se la había inventado, por lo visto no le gustaba definirla, porque las definiciones formaban parte del racionalismo falocrático occidental. La *écriture fémenine* no era exactamente lo *opuesto* al falocentrismo, porque la idea de opuestos y binarios era también algo que se habían inventado los hombres para dominar y explotar la naturaleza. Más bien, la *écriture fémenine* pretendía hacer añicos esos binarios y abrir un nuevo espacio de discurso, improvisación y caos. La idea de abrir el campo de un nuevo lenguaje sonaba excitante. Sin embargo, yo nunca había sido una entusiasta de la improvisación y el caos. Y tampoco me parecía que mi principal problema con relación a los demás o al mundo externo fuera el exceso de lógica.

Cuanto más leía sobre la *écriture fémenine*, menos interesante me parecía. Averigüé que se caracterizaba por las disrupciones textuales, los juegos de palabras, las etimologías, y las metáforas resbaladizas, como leche, orgasmo, sangre menstrual y el océano. Funcionaba celebrando las figuras maternas y la multiplicidad de lo femenino, desafiando el fetichismo del único «objetivo» Dios-padre-autor-verdad, suplantando el falo unificado por «los dos labios que envuelven de forma continua el sexo femenino». Lo último era una cita de Luce Irigaray, que también apuntaba que «colaboración» estaba etimológicamente relacionada con «labios» y que los labios de las mujeres «siempre se tocaban mutuamente en "colaboración"».

¿Y si yo no quería colaborar de ese modo? ¿Y si yo prefería utilizar la lógica, sola, de un modo «objetivo», sin madres ni sangre menstrual?

«Un cuerpo femenino textual se reconoce por el hecho de que es siempre inacabable, sin final: no hay cierre, no se detiene, y es eso lo que muy a menudo hace que el texto femenino sea difícil de leer», escribió Hélène Cixous, en una frase que sin duda podía haber sido un poco más corta. Yo no la entendí: ¿por qué teníamos que escribir cosas que eran difíciles de leer y no tenían final, solo porque los hombres estaban equivocados?

* * *

Durante la cena, Oak comentó que había cambiado su especialización a Folclore y Mitología, que era menos exigente. Di mi opinión sobre las arbitrariedades de los distintos departamentos y sobre que debería haber un departamento del amor.

Ezra contó una historia sobre un chico de su clase de informática que había preguntado sobre un algoritmo. (Ezra imitó el tono astuto y contundente de alguien a quien no le da miedo hacer preguntas peliagudas). «Pero ¿es capaz de amar?».

Wei, el amigo de básquet de Ezra, explicó que había dado una clase sobre cálculo lambda y al acabar un chico de primer año se había quedado en el aula, con actitud de querer preguntar algo, hasta que al final soltó: «¿Cuándo vamos a estudiar al cordero?».* Wei hablaba poco, pero cuando lo hacía siempre decía algo interesante.

Oak, que nunca parecía tener nada que hacer o ningún sitio al que ir, nos acompañó a Priya, a Riley y a mí en el paseo de vuelta después de la cena.

—¿Estás bien? —le preguntó Riley a Priya, que no paraba de mirar al cielo.

—No sé si está lloviendo —respondió ella.

—Podría ser el amigo finlandés de Selin haciendo un experimento mental —dijo Riley.

---

* Juego de palabras intraducible con Lambda y *lamb* («cordero»). *(N. del T.)*

Era lo que siempre decía ahora, cada vez que no estábamos seguras de si algo estaba sucediendo de verdad.

Alguien había pegado a nuestra puerta una nota para Riley. A Riley se le iluminó la cara de un modo que hasta ahora solo le había visto cuando había gatos por medio.

—¿Es de Lucas? —preguntó Oak. Riley bajó la mirada con un gesto de timidez infantil—. ¡A Riley le gusta Lucas! —dijo Oak.

Como ella no la contradijo, deduje que no solo le gustaba Lucas, sino que estaba segura de que también a Lucas le gustaba ella.

Me sentí idiota por no haber considerado la posibilidad de que Riley pudiera acabar liándose con uno de sus amigos. Ahora parecía evidente. Como es obvio, todas las chicas, hablaran o no de ello, permanecían atentas a la posibilidad de eludir el engorro de no tener novio: porque te exponía a la desaprobación y a la intromisión.

Este asunto de los novios no era una moda pasajera. Nada volvería a ser como antes. Cada vez se parecería más a cómo era ahora. Las apuestas subirían y las opciones se reducirían. No habría más excitantes descubrimientos privados de otra persona. Cualquier opción que se te pasara por la cabeza, seguro que se le había ocurrido antes a otras, con lo que te verías envuelta en una guerra, como la guerra entre Zita y Eunice, en la que me había acabado involucrando sin siquiera darme cuenta. Lucas era divertido, alto, educado y ni decía ni hacía cosas de mal gusto. Era un candidato de manual. Rememoré todas las cosas corteses y amables que me había dicho. ¿Por qué nunca se me había pasado la idea por la cabeza? Se me pasó ahora, pero la descarté, porque a Riley le gustaba.

Mi madre me consiguió una cita con un psiquiatra en uno de los millones de hospitales universitarios de Boston. Había que tomar la Línea Roja hasta Park Street y allí hacer transbordo a la Línea Verde. La Línea Roja era subterránea y parecía un metro, pero la Línea Verde discurría a cielo abierto y ya se parecía más a un tranvía.

En los viejos tiempos, este había sido un «hospital con camas» de la beneficencia para mujeres virtuosas de escasos medios. A las prostitutas las enviaban a otro. El edificio era mucho más elegante que el del hospital en el que trabajaba mi madre en Brooklyn. Tenía varias plantas y había gente con ropa de quirófano o batas blancas, con aspecto de andar muy atareados, que recorrían un pasaje acristalado sosteniendo tazas de café. El departamento de psiquiatría estaba en un sótano y no tenía ventanas. Olía como el pasillo que llevaba al laboratorio de mi madre. ¿Aquí también tenían conejos?

El psiquiatra era delgado, de mediana edad, calvo, y vestía bata blanca. Se sentó tras el escritorio en una silla ergonómica de cuero. Yo tomé asiento en una de las tres sillas más baratas frente al escritorio.

—¿Qué te trae por aquí? —me preguntó con una expresión desprovista de curiosidad.

—Creo que estoy deprimida —dije.

—¿Qué te hace pensar eso?

—No paro de llorar.

Me preguntó acerca del historial familiar de enfermedades físicas y mentales. Me di cuenta de que, a pesar de que creía conocer la historia de mi familia, había un montón de preguntas que no era capaz de responder. Era como abrir un cajón y descubrir que estaba vacío. Recordaba que una tía abuela se había suicidado, pero ¿por qué? Un montón de parientes habían tenido cáncer.

El psiquiatra me lanzó una mirada inquisitiva.

—¿Quién tiene cáncer?

Resultó que, pese a haber tenido siempre la sensación de que nuestra casa estaba siempre llena de personas con cáncer, no era capaz de nombrar a ninguna, salvo mi abuelo y mi tía, y ahora mi madre.

—¿Respondieron bien al tratamiento? —me preguntó sobre mi tía y mi madre, con un tono que parecía recriminarme que no me mostrara lo bastante preocupada.

Repasó una lista de preguntas de rutina: si de niña me había caído de cabeza, tenía convulsiones o recibía mensajes especiales desde la radio o el televisor; si era sexualmente activa, me drogaba, pensaba que estaría mejor muerta o había planeado causarme sufrimiento o infligírselo a otros.

Respondí «no» a todo, pese a mi deseo, en ocasiones apasionado, de estar muerta. Era evidente que lo único que le importaba era el plan, si tenía planeado «causarme sufrimiento» (aunque se trataba de todo lo contrario; era un plan para dejar de sufrir). «Mejor estar muerta», como si de lo que se trataba en realidad no fuera dejar de preguntarse, de una vez por todas, cómo estar bien o mejor que nunca.

Sin embargo, no tenía un plan, no iba a llevarlo a cabo: en parte porque equivaldría a matar del disgusto a mi madre y a su hermana, y entonces qué sería de mi primo; y en parte por miedo a fracasar y que después dijeran que había sido un «grito de socorro». Que es exactamente lo que sería, si se lo contara ahora a ese tío.

—¿Te gustaba el colegio? —me preguntó el psiquiatra.
—No.
Una mueca de desagrado asomó en su rostro.
—¿Por qué no?
El inenarrable panorama de doce años de colegio se desplegó ante mí.
—Básicamente era una tortura —respondí.
Había algo que no le cuadraba o no se acababa de creer.
—Pero seguro que fuiste una buena estudiante —dijo.
No era capaz de recordar cuándo me había topado por última vez con una persona tan desagradable. Me pregunté si

me estaba resistiendo. ¿Había algún motivo para que me fuera lanzando cosas que yo había reprimido? ¿Si las aceptaba, me sentiría mejor?

—De hecho, creo que la mayor parte de los miembros de mi familia están deprimidos —dije en algún momento, y me di cuenta de lo cierto que era en el mismo momento en que lo decía.

—¿Se están tratando? —preguntó el psiquiatra, haciendo que sonara como lo mínimo que se podía pedir como comportamiento responsable.

Le dije que me parecía que mi madre iba al psiquiatra. Me preguntó desde cuándo. En un primer momento, estuve a punto de decirle que solo desde que el tribunal la obligó a volver a Nueva Jersey. Pero entonces recordé que, durante el juicio por la custodia, le pidió a un psiquiatra de Filadelfia que le hiciera un informe sobre su personalidad. De modo que ya en Filadelfia había un psiquiatra de por medio. Le dijo a mi madre que lo único que se veía capaz de decirle al tribunal era que ella había dejado atrás una relación masoquista con mi padre para meterse de cabeza en otra relación masoquista con Jerry.

—De modo que tu madre os abandonó a tu padre y a ti. ¿Cómo lo viviste? —preguntó el psiquiatra, y en ese momento me di cuenta de que, como la mayoría de la gente, iba a criticar y culpar a mi madre, y me cerré en banda.

Sin embargo, seguí allí sentada, respondiendo a sus preguntas; no me levanté y me largué. ¿Fue por respetar las convenciones sociales? ¿O una parte de mí albergaba todavía la esperanza de que aquel hombre supiera algo que yo desconocía?

* * *

—Al final ha sucedido —dijo Svetlana—. He hecho el amor con Matt. Y después he pensado: Hoy he dado este importante paso en mi vida. Pero ¿en qué sentido es físicamente distinto de si ayer me hubiera metido un plátano?

En el comedor habían recibido un cargamento especialmente abundante de plátanos todavía verdes. Rígidos y de color verdoso, eran muy curvados en una punta y menos curvados en la otra, lo cual les daba un aspecto de mandíbula sonriente. Yo elegí sin dudarlo una manzana. Pero Svetlana había cogido un plátano, que ahora sostenía en la mano.

—Es literalmente lo mismo —dijo.

Observé el plátano y calculé su grosor, unas seis veces más voluminoso que el de un tampón. Y, sin embargo, Svetlana no era el tipo de persona que utilizara «literalmente» para decir «metafóricamente».

Como de costumbre, parecía saber lo que yo estaba pensando.

—Resulta que Matt la tiene muy gruesa —dijo, con un tono que combinaba exasperación, humor y orgullo.

—Pero como… —Miré (me pareció que de un modo elocuente) el plátano.

—Lo sé, me llevé una sorpresa. Es curioso lo difícil que es saber de qué tamaño la va a tener un tío.

—Pero tú cómo… Cómo ha…

—Bueno, fue muy doloroso, sobre todo la primera penetración. Pero después de dos o tres veces, básicamente entra. No te parece que vaya a ser posible, pero es obvio que la capacidad de tu cuerpo es mayor que la percepción que tú tienes de él. Quiero decir que la circunferencia de la cabeza de un bebé mide treinta y cinco centímetros.

Sentí una sacudida de angustia.

Svetlana me preguntó si me parecía que tenía un aspecto diferente. Así era. La cara se le había suavizado y redondeado. Llevaba un cárdigan blanco que no reconocí, y ahora el blanco parecía adquirir un significado distinto que antes.

Svetlana me comentó que el sexo era diferente de lo que te esperabas, difícil de descifrar. Era algo que no podías imaginarte por anticipado y sin duda, como todo lo demás, iba a requerir práctica. Lo único que era ya de entrada excitante y gratificante era poder ver el deseo de Matt, tener la clara evidencia de que te deseaban.

—Como mujer, puedes ocultar el deseo que te despierta otra persona, o ser tú misma inconsciente de él —me explicó. Me sentí confundida. ¿Los hombres no se ocultaban también a sí mismos y les ocultaban a los demás sus deseos?—. Pero para un chico es diferente —continuó—, porque su deseo toma la forma de una realidad muy visual y tangible.

Entonces entendí que estaba hablando de una erección.

«Deseo» era muy metafórico y vago, mientras que una erección era algo muy literal y específico. ¿El deseo era en realidad eso: lo que se concretaba en una erección?

Como si se hubieran coordinado, Gavriil me contó que había hecho el amor con Katie. Le parecía que se le daba bien esto del sexo, pero le preocupaba no tener la confirmación, y le producía inquietud no saber si el sexo tenía más misterio para las mujeres que para los hombres.

—¿Qué quieres decir? —le pregunté.

—Bueno, para un tío siempre es lo mismo. Pero para una mujer… cada vez es diferente.

Yo no tenía ni idea de qué estaba hablando.

—¿Quieres decir que el resultado es diferente? ¿O el proceso?

—¡Es justo eso! —dijo.

Cuanto más hablábamos, más tenía yo la sensación de que me estaba pidiendo algún tipo de consejo o información. Casi parecía que me estuviera preguntando si en mi opinión Katie había tenido orgasmos reales o los había estado simulando. Pero ¿cómo iba a saberlo yo?

Svetlana estaba convencida de que Katie simulaba los orgasmos. Incluso la propia Svetlana, con su rechazo a desdibujarse para amoldarse a los códigos aceptables, había sentido la poderosa pulsión del engaño. El sexo era radicalmente diferente de correrte por tus propios medios. Lo que habías aprendido sobre autoestimulación ahí no funcionaba. Había demasiadas cosas en las que pensar y tú no tenías el control, no tenías otro remedio que cederlo. Eso era así, incluso en el caso de que estuvieras tú encima del chico. Por lo tanto, el resumen era que nunca llegabas al orgasmo. Cuando Matt utilizaba la mano, el resultado acababa siendo disperso, porque la penetración provocaba sensaciones muy distintas de la estimulación clitoriana, y era necesaria la absoluta concentración de la persona implicada para entenderlo. Ambas sensaciones parecían converger en algún punto, sobre todo cuando estabas echada boca abajo, de modo que tal vez ese fuera el camino para finalmente llegar a la meta.

El impulso del engaño era más complejo de lo que parecía. No era solo para aliviar la ansiedad de Matt respecto a su desempeño. También tenía que ver con la ansiedad de la propia Svetlana. La capacidad, exenta de problemas, de un tío para conseguir un orgasmo a través del sexo tenía algo de desmoralizante. Podía hacerte sentir bloqueada, inepta o frígida. Svetlana sabía que no era ninguna de esas cosas. Había momentos en que sentía una profunda corriente que le atravesaba el cuerpo, con una intensidad mayor que cualquier cosa que Matt pudiera entender, y ella sabía que cuando accedía a ella, los arrastraba a los dos con la fuerza de una marea. Le daba miedo, pero sabía que tenía que llegar allí, y lo conseguiría. Pero en algunos momentos se desesperaba y tenía la sensación de que era inalcanzable, y entendió por qué lo llamaban llegar al culmen. Simularlo significaría ceder a la desesperación y eso era algo que ella no estaba dispuesta a hacer.

Riley desapareció durante dos semanas, porque Lucas tenía una habitación para él solo y ella siempre se quedaba en Mather. Entonces Beau, uno de los geólogos de Oak, retomó la relación con su novia del instituto, que estudiaba en una pequeña facultad de bellas artes en la que potenciaban la personalidad de los alumnos y les daba igual si asistían o no a las clases. Esa chica, Becca, básicamente se instaló en su apartamento y estaba siempre allí, controlando los horarios de los chicos, a los que hasta les lavaba las toallas. Becca era de esas personas que sacaba de quicio a Riley, pero o bien esta no se enteraba o bien le daba igual, y había intentado darle consejos para ayudarla a ser menos negativa. Como resultado, Riley dejó de aparecer por Mather, y Lucas empezó a pasarse el día entero en nuestro apartamento y dormía con Riley en la parte inferior de la litera. Era una situación que nunca se sometió a debate ni se reconoció de forma explícita. Al principio de la noche todos hablábamos de manera muy amigable, pero en cuanto cada cual se iba a su cama, era como si nadie fuera consciente de la existencia de los demás. Riley y Lucas cuchicheaban entre ellos en voz baja y yo no me sentía autorizada a meter baza con algún comentario sobre cualquier cosa que acabara de leer.

* * *

Al salir del psiquiatra, siempre lloraba en el tranvía. Si te mostrabas incómoda o hacías el gesto de secarte los ojos, la gente se te quedaba mirando o te preguntaba si estabas bien, o desviaban la mirada con tal agresividad que te hacían sentir culpable. Pero si actuabas como si no pasara nada, flotabas sobre un mágico almohadón de invisibilidad. Tal vez la gente no se percatara, o pensara que tenías un problema en los lagrimales.

Siempre me era difícil reconstruir la conversación que tanto me había alterado. Recordaba solo fragmentos. Como cuando el psiquiatra me preguntó:

—¿Por qué son tan valiosos para ti todos estos detalles?

—¿Qué quiere decir? —inquirí.

—¿Por qué es tan valiosa tu historia con ese chico húngaro? ¿Por qué te agarras a ella?

Me hizo recordar algo que había leído en Freud, sobre cómo los tacaños retenían el oro del mismo modo que los niños retenían los excrementos. ¿Era eso lo que ese tío me decía que yo estaba haciendo? ¿La psiquiatría consistía en eso? ¿Estaba relacionada con aprender a controlar los esfínteres? ¿Tenía que reflexionar sobre cómo se aprendía a controlar los esfínteres? La palabra «valioso» me hizo pensar en el Gollum de *El hobbit*, que representaba lo más mezquino de la naturaleza humana. ¿Por qué el concepto de «valioso» era negativo? ¿Por qué era un insulto para la escritura pretender ser «valiosa»? ¿Era malo dar importancia a las cosas, querer preservarlas? De ser así, ¿cómo me liberaba de este impulso? Si lo que este tío me estaba diciendo era que no diera tanta importancia a algo, ¿no tenía la obligación de ofrecerme a cambio algo mejor?

Un rato después estaba de vuelta en el sótano del hospital, tratando de explicar mi sensación de que el mundo era una enorme conspiración sexual destructora de almas de la que no sabía cómo formar parte. El psiquiatra me lanzó una mirada desapasionada y dijo:

—¿Crees que eres atractiva para los hombres?

Me quedé boquiabierta. ¿Era crueldad o simple estupidez? Le había dicho que nadie me había besado, ni nadie me había invitado a salir. Y, en cualquier caso, él mismo podía verme. Me tenía delante de sus narices.

—No —dije.

En su cara asomó una expresión de impaciencia.

—¿Por qué no?

Me quedé mirándolo con incredulidad. ¿Cómo podía pedirme que se lo explicara? ¿Tenía que sufrirlo y, encima, explicarlo? ¿Me estaba diciendo que era culpa mía?

En la parada del tranvía, permanecí con la vista fija al frente, mientras las lágrimas se deslizaban por mis mejillas y se me congestionaba la nariz. ¿Era este el «trabajo» que tenía que hacer? ¿Estaba mejorando?

Mi madre me preguntó por la terapia. Le conté que lloraba a mares después de las sesiones y normalmente era incapaz de recordar por qué, de modo que tal vez estuviera funcionando.

—Hum —murmuró mi madre, no muy convencida—. ¿Qué dice el doctor sobre la posibilidad de medicarte?

—Nada.

—¿No lo ha mencionado?

—No.

—¿Le has hablado de las lloreras?

—Sí.

—En la próxima cita pregúntale por la medicación.

Yo no dije nada.

—¿Se lo vas a preguntar?

—Pero quizá piensa que no la necesito —dije—. Solo es necesaria cuando sufres un desequilibrio químico, ¿no?

Era evidente que un cerebro estaba o no estaba químicamente desequilibrado, y un profesional experimentado sabría ver la diferencia de inmediato. Ir al psiquiatra no podía ser como ir al restaurante, donde pedías lo que te apetecía. Y si fuera así, si los antidepresivos no fuesen objetivamente necesarios, sino de alguna manera opcionales…

—Cariño, si tuvieras la opción de encontrarte mejor, ¿por qué no ibas a querer dar ese paso? —preguntó mi madre.

—Pero entonces ¿por qué no nos ponemos todos a tomar drogas recreativas?

Mi madre me explicó los motivos por los que no consumíamos todos drogas recreativas. Las drogas que circulaban por las calles eran muy adictivas, de manera que pasado un tiempo tenías que ir aumentando la dosis para conseguir el mismo efecto, y te desquiciabas si no lo conseguías. Afectaban a los centros de control del cerebro, generaban comportamientos erráticos y no estaban reguladas, de manera que no sabías qué contenía lo que consumías. Además, eran ilegales, lo cual significaba que, si las comprabas, contribuías a un engranaje que conducía a la pobreza y a las guerras, y tú misma podías acabar en la cárcel. Nada de todo esto sucedía con los antidepresivos. Me admiraba la facilidad de mi madre para explicar las cosas.

Según mi madre, le daba más importancia de la que tenía, porque había montones de personas que tomaban antidepresivos. A Aidan, el novio de Shelly, mi amiga del instituto, le funcionaba muy bien el Lexapro. Esta información, proveniente de la madre de Shelly, era nueva para mí.

Aidan —cuyo padre era proctólogo en lo que mis padres llamaban «el sector privado», lo cual quería decir que ganaba mucho dinero—, vivía en una mansión en Watchung y recibía grandes elogios en el instituto, porque había conseguido recaudar cien mil dólares para proteger a los elefantes de los traficantes de marfil. Parecía siempre muy seguro de sí mismo, y muy seguro de lo equivocada que estaba el resto de la gente: los cazadores furtivos de elefantes y los grupos musicales que arrasaban en ventas. Es verdad que en una ocasión lloró delante de todo el mundo, pero fue de rabia, por los pobres elefantes. A mí Aidan siempre me había parecido un chaval mimado y sin iniciativa propia, como si no hubiera tenido que afrontar ningún problema serio en su vida; si tuviera problemas de verdad, ¿cómo podía alterarse tanto por los elefantes? ¿Era posible que Aidan se hubiera sentido siempre tal como me sentía yo ahora?

La posibilidad de que un montón de gente de mi edad tomara, sin que yo lo supiera, antidepresivos, me hizo pensar en el libro *Nación Prozac*, que salió a la venta cuando yo estudiaba en el instituto. Cualquier cosa que llevara en el título las palabras «nación» o «generación» ya parecía estar intimidando al lector; por ejemplo, explicando que «nosotros como nación» ya no «nos enfrentábamos a nuestros problemas» y preferíamos tragarnos una pastillita. Con lo de «enfrentarnos a nuestros problemas» querían decir «aguantarnos». No me gustaba la gente que decía «Te aguantas». Aunque, por otro lado, tampoco me gustaba la apatía y se me había recalcado una y otra vez que caminábamos por una pendiente resbaladiza hacia una situación en la que todo el mundo estaría metido en una incubadora, en la que nos drogarían para que no pensáramos por nosotros mismos, como en *Un mundo feliz*. No estaba segura de cuál de las dos cosas era ese libro –intimidador o incubadora–, pero, fuera lo que fuese, no me apeteció lo más mínimo leerlo.

Sabía que la autora del libro, la chica que había tomado Prozac, estudió en Harvard y se la consideraba la voz de una generación. La generación X: eran los que iban de alternativos cuando yo estudiaba en el colegio. Su fotografía aparecía en la cubierta. Delgaducha, con el pelo largo y enmarañado, y muy parecida a Fiona Apple. En aquel momento, todo eso me pareció de lo más repelente. Sin embargo, ahora me gustaría saber qué decía ese libro.

Lo localicé en el catálogo de la biblioteca: *Nación Prozac: joven y deprimida en América*. «En América» era también irritante, como si todo lo que te sucedía tuviera que ver de algún modo con América. En la biblioteca tenían dos ejemplares. Los dos estaban en préstamo. Acabé bajando al sótano para buscar antiguas reseñas del libro. Tenía un punto de tensión dramática esto de sentarse en la oscuridad y hacer girar el microfilm en una enorme máquina muy machacada y de manejo arduo. Era imposible regular el ritmo al que pasaban por la pantalla las semanas del *New York Times* en un punto intermedio entre el acelerón y la pasmosa lentitud.

Al leer por encima la reseña, que se titulaba «La vida examinada tampoco merece ser vivida» y aparecía en el mismo número que la invasión americana de Haití, recordé con más claridad por qué no había querido leer este libro cuando apareció. A la autora, Elizabeth Wurtzel, se la describía como una persona «precoz» que «había ingerido su primera sobredosis» a los once años, y había empezado a hacerse cortes a los doce. Algunas amigas de mi madre tenían hijas anoréxicas o que se drogaban o que se autolesionaban con cuchillas. Mi madre me contaba sus proezas, con una mueca de espanto, y se preguntaba en voz alta qué haría ella si yo le hubiese salido así. Como si yo hubiera dispuesto de tiempo, incluso a los doce años, para andar por ahí haciéndome cortes con una cuchilla. En cualquier caso, nunca logré entender que a esas chicas les importara tan poco hacer sufrir a sus padres de ese modo.

Ahora se me ocurrió preguntarme si la consideración que yo demostraba hacia mis padres se debía a la cobardía, por miedo a que me recortaran todavía más mi libertad, de modos que Elizabeth Wurtzel no habría tolerado. Sin duda ella se habría escapado para drogarse con sus amigos enrollados. ¿Era por eso que yo sentía esa animosidad hacia ella: porque era más valiente y espabilada que yo?

No era una reseña positiva. «La señorita Wurtzel no nos ahorra ningún detalle sobre su vida», escribió Michiko Kakutani. Era la misma crítica que le había lanzado André Breton a Nadja: que no dudara en contarle todas las vicisitudes de su vida, «sin omitir ningún detalle». (Así pues: era importante ahorrarle a la gente los detalles).

Para ser una persona a la que se suponía que no le gustaba quejarse, Michiko Kakutani se quejaba mucho de la actitud de Elizabeth Wurtzel ante el divorcio de sus padres. En algunos momentos, «los vanidosos lloriqueos de la señorita Wurtzel» provocaban en la señorita Kakutani «deseos de zarandear a la autora y recordarle que había destinos bastante peores que ser una adolescente en los años setenta en Nueva York y acabar estudiando en Harvard».

Leí otra reseña escrita por un crítico llamado Walter Kirn. «El inacabable gimoteo empieza con los padres de Wurtzel, que se divorcian cuando ella tiene dos años». Las quejas en sí mismas estaban «estiradas con un relleno de adjetivos». Al parecer, había una conexión entre el tipo de autoindulgencia que conducía a la gente a lloriquear sobre su infancia y la que conducía a los escritores a no ser capaces de «asesinar a sus seres queridos». Ambas procedían de no tener suficientes problemas: de arrastrar desaires que habían sucedido cuando tenías dos años y rellenarlos de adjetivos.

Walter Kirn sostenía que, al negarse a evitar la autoindulgencia, Elizabeth Wurtzel daba la espalda a «la lección formal de la poesía de su idolatrada Plath», que no era otra que «la histeria tiene más impacto cuando aparece contenida» y «la tristeza en el arte necesita precisos límites que la retengan; de otro modo se convierte en una riada de barro». Era una línea argumentativa conocida e incontrovertible: no podías volcarlo todo sobre la página, porque en ese caso no sería arte. Sin embargo, había algo que ahora me inquietaba —cosa que no sucedió cuando estaba en el instituto— en la historia de una chica que había estudiado en Harvard, y estaba deprimida porque sus padres se habían divorciado, y había escrito un libro que fue muy criticado por autoindulgente.

* * *

—Quería preguntarle por los antidepresivos —le dije al psiquiatra.

Para mi sorpresa, de inmediato me preguntó si quería que me hiciera una receta.

—No lo sé —dije—. ¿Me ayudarían?

—Puede que sí.

Lo miré fijamente. Si sabía que había algo que podía ayudarme, ¿por qué no lo había mencionado?

—¿Tienen algún inconveniente?

—Como pasa con cualquier medicamento, tienen efectos secundarios. El que más preocupa a la gente, sobre todo a las mujeres, es el aumento de peso. Pero lo cierto es que hay personas que pierden peso. A otras no les produce ningún efecto secundario. —Nunca hasta ahora había oído a este hombre sonar tan interesado por algo, sobre todo cuando dijo: «Hay personas que pierden peso».

Empecé a tomar la mitad de la dosis adulta más baja de Zoloft cada dos días. Unos días después, iba de camino hacia el Instituto de Investigación Ucraniano escuchando «Cowboys», la cara B del single «Killing Me Softly». La mayor parte de la canción consistía en esos tíos rapeando, pero no resultaba desagradable, en parte por la evocativa música de fondo y en parte por la actitud de esos tíos hacia los cowboys. Cuando uno de ellos decía que *él* disparó a John Wayne —haciéndolo caer del tren en el que huía, como en *Raíces profundas*—, me reí a carcajadas. Me había olvidado de *Raíces profundas*. Mi madre la había alquilado en vídeo para que yo la viera, porque a ella le encantó cuando era pequeña. Empecé a verla con cierta incredulidad cuando el chico rubio, que se parecía a uno de los gilipollas de mi colegio, salía corriendo con una pistola, haciendo pucheros y gimoteando «¡Shane! ¡Shane!», porque adoraba a este adulto que iba por ahí matando a gente. ¿Cómo puede ser, recuerdo que pensé, que mi madre no viera que esta gente eran perdedores? Pras y el Joven Zee lo veían. «Yo y ese chico, uh, ¿cómo se llama?». ¡Y pensar que había americanos, hombres, a los que los cowboys les parecían tan ajenos y extraños como a mí!

Había un trozo de la canción en el que Lauryn Hill rapeaba un verso con su colega Rashia. Las partes más interesantes eran las que hablaban de su propia capacidad técnica, de su estilo. «Mi estilo es uno de los más locos —decía una—. Inhalo enormes nubes de humo a través de mi cáliz». Me vino a la cabeza una idea tan sorprendente que me detuve en seco. ¿Era posible que el Zoloft fuera el responsable de que me empezara a gustar el rap?

TERCERA PARTE

El semestre de primavera

ENERO

Lakshmi y yo íbamos en un autobús lanzadera a Woods Hole. ¿Quiénes eran estos adustos personajes de Nueva Inglaterra? Presumiblemente las *shiksas* y las beldades gélidas, y sus más numerosos homólogos masculinos. Uno de esos *shiksas* en versión masculina, un tipo calvo que era clavado a mi psiquiatra —¿era posible que fuese mi psiquiatra en persona?— me recriminó por hablar demasiado alto.

—¿Te das cuenta de que tu voz retumba por todo el autobús? —dijo.

Dado que lo había articulado más como una observación que como una petición, decidí responderle con otra observación:

—Estamos en un autobús, no en una biblioteca —dije.

—¡Selin! —me susurró Lakshmi, con aire escandalizado, pero al mismo tiempo riéndose.

Retomé la historia que le estaba contando en lo que me parecía un tono de lo más normal.

En un primer momento, no entendí por qué nadie, excepto Lakshmi y yo, quería sentarse en la parte exterior. Entonces el ferry se puso en marcha e inclinamos la cabeza para protegernos de las aniquiladoras ráfagas de viento del Atlántico. Lakshmi, impertérrita, se encorvó y se las apañó para encender un cigarrillo protegiéndolo con el abrigo de ante. Cuando se irguió de nuevo, el viento se lo arrancó de las manos y de inmediato desapareció.

Habíamos decidido pasar las vacaciones académicas en Martha's Vineyard. Yo había reservado en una pensión, pero Lakshmi me salió con una objeción categórica contra las pensiones y parecía sorprendida de que siquiera se me hubiese pasado por la cabeza que nos instaláramos en una. Me dijo que seguro que encontrábamos un «sitio para sobar». Incluso cuando nuestra mejor opción —unos amigos de los padres de Isabelle— se nos fue a pique, se mostró impávida y dijo que, una vez estuviéramos allí, alguien nos invitaría a quedarnos en su casa. A mí me parecía que la idea no tenía ni pies ni cabeza. Ninguna de las dos conocíamos a nadie en Martha's Vineyard, así que ¿por qué iba alguien a invitarnos a dormir en su casa? Y si lo hacía, ¿por qué íbamos nosotras a aceptar?

—Tengo un buen presentimiento —dijo Lakshmi mientras desembarcábamos del ferry.

Que alguien tuviera buenos presentimientos en un lugar claramente desierto, en el que la ausencia de formas de vida sensibles se compensaba solo con una estrambótica sobreabundancia de mástiles, me pareció ofensivo. Lakshmi comentó que, en el peor de los casos, podríamos pasar la noche en algún sitio que estuviera abierto las veinticuatro horas, como una sala de espera de urgencias, y volver a intentarlo al día siguiente.

Todavía no eran ni las cinco y ya era de noche. Solo unos pocos edificios tenían luces encendidas. Lakshmi avanzó muy confiada por delante de los dos primeros —un bar y un hotel— y se detuvo ante el tercero, un club de fitness, donde entabló conversación con dos rubias que salieron con sus raquetas de squash. Les preguntó sobre el club y los horarios y con delicadeza dirigió la conversación al tema de los posibles sitios en los que pernoctar. Para mi sorpresa, las chicas de inmediato nos invitaron a quedarnos en su casa.

Elsa y Malin eran gemelas idénticas, aunque de algún modo Malin era más guapa. Habían venido a Martha's Vineyard hacía dos veranos, desde Uppsala, porque oyeron que aquí se podía ganar mucho dinero, y se quedaron también fuera de temporada, haciendo trabajos raros y alquilándole una casa por un precio irrisorio a un tipo que, por algún motivo legal, tenía que simular que vivía en la isla, aunque en realidad estaba en otro sitio.

—¿A los hombres les atrae que seáis gemelas? —preguntó Laskmi.

—Oh, para algunos es un rollo fetichista total —dijo Malin.

—En plan «gemelas suecas» —añadió Elsa con un tono muy elocuente.

Acordamos que las gemelas podían instalarse en nuestro apartamento la próxima vez que fueran a Boston.

—¿Qué hacemos si realmente se nos presentan en Boston? —le susurré a Lakshmi cuando nos quedamos a solas en la habitación de invitados con una enorme langosta pintada en la pared.

Lakshmi se encogió de hombros y dijo:

—Se pueden quedar en la sala común. Tú te encargas de Elsa, y yo de Malin.

No pude evitar reírme. Era cómico el descaro con el que Lakshmi prefería a Malin.

Lakshmi seguía enamorada de Noor, pero había empezado a salir con Jon, un estudiante del último año que escribía ficción y tenía un relato publicado en casi cada número de la revista literaria. Yo nunca había logrado verle la gracia a ninguno de esos relatos. Lakshmi decía que Jon era demasiado guapo e inteligente para ella.

—Creo que debería cortar con él —dijo—. Si espero demasiado, él cortará conmigo.

Jon, que vivía fuera del campus, le había preparado una cena.

—¿Estaba buena? —le pregunté.

—No estuvo mal.

Me describió desapasionadamente el risotto de setas, el Pinot Noir, las velas y el jarrón con claveles.

Le comenté que me parecía que se había tomado muchas molestias como para no tener un verdadero interés en ella.

—No, forma parte del conjunto.

—¿Qué conjunto?

—Por ejemplo, me mira a los ojos y me dice que soy una belleza exótica y misteriosa, y que no logra descifrarme. Seguro que los tíos a ti también te sueltan este tipo de rollos. Cómo no va a ser así: eres una belleza oriental exótica, llena de misterio.

Nunca me habían dicho nada parecido.

—Creo que tú eres la belleza oriental exótica llena de misterio.

—Todo esto son chorradas sacadas del orientalismo —dijo Lakshmi, y alzó el mentón de un modo que los pómulos se le marcaron más. Su boca pareció transmutarse en flor, desdeñosa y hermosa.

Malin nos ofreció dar un paseo a caballo en el picadero donde trabajaba, si le ayudábamos a limpiar las cuadras. Creyeron que yo bromeaba cuando les dije que no sabía montar. Lakshmi tomó prestado el atuendo completo y parecía un personaje de una película de época.

Después, Malin y Elsa entraron en pánico, sobre todo Elsa. Debido a un malentendido con un arquitecto para el que trabajaban, tenían que sacar a pasear de inmediato a un perro, mientras recogían una gran cantidad de piedras planas en la playa. Nos metimos todas en su vetusto Volvo y atravesamos la isla hasta la otra punta.

La casa del arquitecto era una caja larga y baja hecha de madera y cristal. Todo lo que contenía parecía cargado de historia y carísimo, salvo el perro, que más que un can parecía un homúnculo aterrorizado al que habían embutido en un traje peludo que le quedaba de pena. Malin abrió la puerta corredera de cristal y el perro salió corriendo hacia las dunas y se puso a hacer varias cosas a la vez: orinar, brincar y escarbar en la arena. Ahí estaba el océano, como un personaje recurrente del que te olvidabas durante un rato.

De las cinco enormes piedras planas que cargué hasta la casa, no logré ver la diferencia entre las dos que recibieron la aprobación de Elsa y las tres que no. Lakshmi parecía considerar la búsqueda de piedras como algo que quedaba fuera del ámbito de sus obligaciones y se limitó a remover la arena con la punta del pie sin mucho entusiasmo. Las olas que rompían y el siseo de la espuma que llegaba a la playa generaban una atmósfera muy cinematográfica.

Esa noche, las gemelas tenían una doble cita con unos fetichistas locales y dos dijeron que podíamos utilizar su jacuzzi. Nos prestaron bikinis. No conseguí colocarme la parte superior, de modo que me puse solo la inferior. A Lakshmi su bikini se le ajustaba a la perfección. Sobre la reluciente superficie azul se elevaba el vapor. Todo alrededor estaba en completa oscuridad. ¿Cuánto tiempo hacía que no veía tantas estrellas? ¿Era deprimente o divertido?

La noche que regresamos al campus, Matt seguía de gira con los Chorduroy. Svetlana y yo estuvimos hablando tres horas después de cenar y debatimos sobre un montón de temas. ¿En qué consistía el fetichismo de gemelas suecas? ¿En mantener relaciones sexuales con las dos? ¿Mantenían relaciones sexuales entre ellas? La hipótesis de Svetlana, de que no mantenían relaciones sexuales entre ellas, pero sí fingían hacerlo, me pareció verosímil. ¿Eso era incesto? ¿Podía una persona heterosexual sentirse atraída por su gemela idéntica? ¿El narcisismo era bueno, malo o ni bueno ni malo? ¿Por qué Narciso era un chico y no una chica? ¿Qué papel desempeñaban la personalidad y las expectativas a la hora de determinar el destino de una persona? Lakshmi había esperado que algún desconocido nos invitara a pasar la noche en su casa en Martha's Vineyard y sus expectativas se habían hecho realidad. Ni Svetlana ni yo hubiéramos esperado semejante cosa, ni hubiéramos sabido cómo conseguir que se hiciera realidad.

Después le conté lo del concurso de cocinar chile al que nos habían llevado Malin y Elsa.

—Y entonces Chile con Labia le dijo al Aprendiz de Chile Rojo Picante —empecé, pero me entró tal risa que no pude acabar la historia.

—¿Sabes, Selin? —dijo Svetlana—. Creo que el Zoloft te está sentando de maravilla.

Me quedé perpleja. Ninguna de las dos había vuelto a mencionar el Zoloft desde que le conté que lo estaba tomando. Yo sabía que Svetlana se había negado a medicarse contra la ansiedad, porque según ella quería entenderla desde dentro, no modificarla desde fuera. Sin embargo, ahora me miraba con afecto.

—Echaba de menos a esta Selin —dijo.

No se me había ocurrido pensar que ella también me había echado de menos.

* * *

Decidí darle una oportunidad a un curso de escritura creativa, no tanto porque creyera que podía aprender algo como por convertir las horas dedicadas a los deberes en horas dedicadas a la escritura.

Había dos cursos dedicados a la ficción. Uno lo impartía una escritora famosa. Había que acudir a una reunión introductoria simplemente para enterarse de cómo hacer la solicitud. Llegué temprano, pero todos los asientos del auditorio ya estaban ocupados. Había gente sentada en los escalones y de pie, apoyada contra las paredes.

La escritora famosa, que llevaba la cabeza cubierta por un pañuelo, dijo que a ella esto de las solicitudes le traía sin cuidado, pero que no había otro remedio que hacerlo para limitar el aforo del curso a un número de alumnos manejable. Para realizar la selección, nos propuso un ejercicio. Quería que le describiéramos nuestra cama.

—Algo muy sencillo: vuestra cama —dijo, hablando de forma parsimoniosa y clara.

Unas cien personas levantaron la mano. ¿La cama podía ser cualquiera en la que hubiéramos dormido? ¿Y una cama histórica? ¿Qué se consideraba una cama? ¿Tenía que tener patas? Con cierta perplejidad, la autora dijo que suponía que podíamos escribir sobre cualquier cosa que considerásemos una cama, aunque en lo que ella había pensado era en que escribiéramos sobre la cama en la que solíamos despertarnos por las mañanas.

—¿Qué extensión ha de tener? —preguntó alguien.

En el rostro de la escritora asomó una mueca de hartazgo.

—La extensión que necesites para describir algo tan concreto como tu cama.

La mera idea de ponerme a escribir sobre mi cama —repleta de tapones para los oídos, con el «dosel» enganchado con cinta americana y un rollo de papel higiénico pegado a la pared— era de lo más desmotivador. Sin embargo, si me paraba a pensarlo, el rechazo no me lo producía esa cama en concreto. No me apetecía nada ponerme a describir ningún mueble. No quería describir mi dormitorio, ni el de nadie, ni la casa de mi infancia, ni un lugar que conociera bien. Quería escribir un libro sobre las relaciones interpersonales y la condición humana.

Al observar a la escritora, en cuyo rostro se vislumbraba una suerte de contenido hartazgo, tuve la convicción de que ella misma no podía estar deseosa de leer un centenar de descripciones de lo que sería, en esencia, la misma cama de dormitorio. De los muchos libros que había publicado, yo solo había leído su primera novela, ambientada en una antigua colonia británica y basada en su propia infancia, que había sido hasta tal punto más dura que la mía que me sentí culpable y avergonzada. ¿Y ahora tenía que ponerse a leer sobre mi cama?

Acabé rellenando la solicitud para la otra clase de escritura de ficción. La daba un tipo americano que no era famoso.

No había reunión introductoria, bastaba con que entregaras una muestra de tu escritura sobre el tema que te diera la gana.

* * *

Lakshmi me contó que el problema con Jon era que tarde o temprano iba a querer acostarse con ella. Yo no veía muy claro dónde estaba el problema.

—Es que quiero llegar virgen al matrimonio —me dijo Lakshmi.

Me quedé pasmada. Como es obvio, sabía que había personas que planificaban de forma específica no mantener relaciones prematrimoniales, pero Lakshmi nunca me había parecido una de ellas.

—¿Y Noor qué? —le pregunté.

—Con Noor nunca nos acostamos —dijo.

Fruncí el ceño, tratando de encontrar el modo de preguntarle si eso había sido planificado, o el plan que tenía con él era otro.

—Entonces ¿no crees que es mejor saber si eres sexualmente compatible con alguien antes de decidir casarte con él?

Esta no era la pregunta correcta. No sabía cómo preguntarle sobre lo que quería saber, que era qué reglas seguía, con qué expectativas y cómo había llegado a esas reglas y a esas expectativas.

—Es que yo voy a tener un matrimonio concertado. —Lakshmi parecía todavía más sorprendida que yo con esta nueva información. Me aseguró que para ella no era una novedad—. Ya sabías lo de mi hermana —me recordó.

Era cierto: la hermana mayor de Lakshmi se había casado con el hijo de una familia amiga y había celebrado una gran boda con fuegos artificiales y un caballo blanco. Sin embargo, casi lo primero que me contó de su hermana fue que «no era una intelectual». Eso no quería decir que no fuera inteligente; era brillante en asuntos como saber tratar a las visitas, decorar la casa y vestirse con elegancia, y había que ser espabilada para

hacer bien estas cosas. Sin embargo, los libros no le despertaban el menor interés. Para mí tenía sentido que alguien más
preocupado por atender bien a las visitas que por la lectura
acabara aceptando un matrimonio concertado. Pero Lakshmi
decía que eso no tenía nada que ver con lo que te interesara
en la vida. Todo el mundo en su muy amplia familia había
tenido un matrimonio concertado. No era algo que pudieras
aceptar o rechazar. No había otro matrimonio que el matrimonio concertado.

—¿Y si resulta que no quieres casarte?

—Pero sí quiero. Vivir sola me parece muy duro, sobre todo
para una mujer. Admiro a la gente que lo hace, pero no es para
mí. Además, quiero tener hijos.

Sintiéndome cada vez más como la amiga idiota de un
programa extraescolar sobre valores americanos, le pregunté
si no prefería elegir a su marido y casarse por amor.

Lakshmi me explicó que salir con chicos y tener romances
era divertido cuando eras joven, pero la libertad de elección
en el amor era una simple ilusión y solo causaba dolor. Sartre
lo había explicado: elegir significaba no estar nunca seguro,
vivir en un cambio permanente; para una mujer, tal como
había demostrado Simone de Beauvoir, era una suerte de no
existencia. Tal vez Sartre fuera feliz, pero Simone de Beauvoir
no lo había sido. Y aunque lo hubiese sido, eso no era para
Lakshmi.

Es más, si se trataba de elegir, el padre de Lakshmi la tenía
en tan alta estima que sería mucho más exigente con la elección del marido que ella misma. El padre la llamaba perla
única, rosa exquisita; ella no era capaz de imitar el tono exa-
gerado con el que hablaba de ella. La hermana era el bellezón
de la familia, porque había salido a la madre, pero el padre de
Lakshmi consideraba que ella también era hermosa, de un
modo más idiosincrático, y además tendría un título de Harvard y sabía cantar. (Descubrí esto con gran sorpresa, jamás
había oído cantar a Lakshmi). Y la gran ventaja de un matrimonio concertado era que tu marido estaba comprometido

no solo contigo personalmente, sino con la institución del matrimonio: con toda su familia y toda la tuya. Eso te quitaba mucha presión sobre tu belleza, que no sería eterna, y sobre el resto de tu persona, porque ¿quién poseía una personalidad tan magnética como para mantener a un hombre interesado durante sesenta años?

El padre de Lakshmi a veces bromeaba sobre las mujeres que se casaban por amor: en qué alta estima debían de tenerse para considerar que eran más atractivas que la suma de todas las demás mujeres; cómo podían creer que se bastaban por sí solas, sin la institución del matrimonio, para mantener la fidelidad de un hombre. El hombre provocaba a Lakshmi preguntándole si ella se veía a sí misma así.

Sentí una oleada de gratitud hacia mis padres, a los que jamás se les había ocurrido decir algo semejante sobre mí. Aunque, por otro lado…, eso no significaba que no fuera cierto.

En el último minuto, acompañé a Svetlana a una clase de pilates. Estar ahí estirada, en medio de un océano de chicas embutidas en licra haciendo puentes pélvicos e imitando de manera sincronizada los resoplidos y rítmica respiración de la instructora, hacía difícil no pensar en partos. Por algún motivo, la persona que me vino a la mente fue Dilek, la hija de unos «amigos» de mis padres. Cuando yo aún iba al colegio, Dilek se prometió con un economista turco calvo, un hombre que poseía lo que él llamaba un «sentido del humor sarcástico». Mi padre comentó con tono entusiasta que Dilek parecía por fin feliz y estable, que por fin había encontrado a alguien que la quería de verdad.

El embarazo de Dilek, más que la propia boda, fue celebrado con lágrimas por todos los miembros de nuestras familias como una suerte de enorme alivio, como el final de un angustioso periodo de preocupación. El bebé, Erol, resultó ser «complicado», lo cual significaba que se pasaba doce horas al día llorando, y en ocasiones sollozaba hasta vomitar. Se mencionó, con pretendido tono humorístico, que Dilek también había sido una bebé complicada y había torturado a su madre con sus gritos, llantos y vomitonas.

Cuando pregunté por qué era tan bueno que Dilek hubiera tenido el bebé, me dijeron: «Si ella no hubiera tenido a Erol, nosotros no hubiésemos tenido a Erol». Yo no tenía nada contra Erol; no era más que un bebé. Pero ¿no se hubiera llevado todo el mundo bien sin él? Mi madre dijo que Dilek no lo habría llevado bien. Quería tener a Erol, lo deseaba con todas sus fuerzas. Cuando comenté que Dilek había dejado su doctorado, se me dijo que siempre había dejado las cosas a medias, desde que era una niña. Mis tías dijeron que en realidad nunca había deseado estudiar una carrera, porque de otro modo se las hubiera apañado para acabarla, como hizo mi madre. A mi madre se la citaba a menudo como prueba viviente de que era posible hacer ambas cosas: criar a un bebé y estudiar una carrera. Pensar otra cosa era mezquino e incluso sexista.

Nadie actuaba como si el sufrimiento de Dilek o el del bebé, que eran obvios para cualquiera que pasara cinco minutos con ellos, hubiera invalidado de algún modo el entusiasmo que habían despertado su matrimonio y su embarazo.

Ahora la instructora de pilates nos decía que cerráramos las costillas sobre la caja torácica. A menudo me resultaba difícil discernir si lo que decía sobre las costillas era literal o figurado.

Era curioso ver que la gente se comportaba como si tener un hijo fuera lo mejor que le podía pasar a alguien, pese a que los padres de verdad parecían vivir la infancia de sus hijos de verdad como un incordio, lo cual compensaban dándoles órdenes a todas horas. La gente con hijos tenía que acudir al trabajo a diario, a trabajos aburridos y estables. La parte positiva era que el trabajo era un modo de escabullirse de los niños sin que pareciera que uno lo estuviera deseando. Los niños, que no disponían de esta vía de escape, vivían largas jornadas de aburrimiento e impotencia, interrumpidos por ocasionales sorpresas que sobrevaloraban y los ponían como locos, porque el resto de su vida estaba vacía.

¿Por qué era importante seguir haciendo esto? Algunas personas, normalmente hombres, hablaban de programación genética y decían que no podíamos eludir nuestra naturaleza. Se suponía que era un argumento científico. Yo no veía por ningún lado que obedecer a la naturaleza fuera muy científico, porque también formaba parte de nuestra naturaleza morir de viruela o ser incapaces de volar.

La gente religiosa era la única que decía de manera abierta que tener hijos era el propósito de la vida, algo que hacías porque Dios te lo ordenaba y porque tenías que contribuir a superar el número de fieles de otras religiones. Eso al menos tenía sentido, aunque parecía un poco antisocial. Pero ¿qué sucedía si no eras una persona religiosa? Había oído hablar a algunas personas laicas del deber de mantener el ritmo reproductivo de la gente religiosa, para conseguir vencerlos en las elecciones. Pero ¿no había maneras más razonables de inclinar la balanza de un resultado electoral, que no fuera dar a luz a bebés que votarían lo mismo que tú?

La criada de mi abuela me dijo una vez que el motivo por que debía tener hijos era que ellos me cuidarían cuando fuera una anciana. Sin embargo, pensé que prefería pagar a una persona ya existente para que me cuidara —como de hecho parecía ser lo habitual entre las personas con educación superior— en lugar de crear a una persona desde cero y después obligarla a cuidarme gratis.

Mis padres sostenían que la verdadera razón para tener hijos era el amor: el imprevisible e inimaginable modo en que «te enamorabas» de tu hijo. No era una respuesta satisfactoria, porque implicaba tener que imaginarte algo que aparentemente no podías entender hasta que te sucedía. Por otro lado, yo no veía claro qué impedía a una persona «enamorarse» de algo que no fuera su propio hijo. Es más, cada vez que los padres hablaban de «amor» se me desconectaba de forma automática una parte del cerebro. Ellos tenían su historia y se ceñían a ella. La historia era que nos querían con un amor que éramos incapaces de entender, y el motivo por el cual las cosas eran como eran era que nos querían muchísimo.

Al final, llegué a la conclusión de que la explicación más plausible era que la mayoría de gente en este mundo no era consciente de que podía optar por no tener hijos. O eso, o tenían tan poca imaginación que no eran capaces de pensar en otra cosa que hacer, o estaban demasiado machacados como para hacer nada más. Ese fue uno de los motivos importantes por los que quise estudiar en Harvard: estaba segura de que estaría lleno de gente privilegiada, con iniciativa y agallas, que tendría un plan mejor para su vida del que podría aprender. Fue una gran decepción descubrir que, incluso en Harvard, el plan de la mayoría era tener hijos y amasar dinero para ellos. Hablabas con alguien que parecía ver el mundo como un lugar por el que moverse con libertad y en el que intercambiar ideas, y resultaba que tenía muchísima prisa por hacer todas las cosas interesantes mientras todavía era joven.

* * *

—Hola, Selin —me saludó un tío rubio de rostro gallináceo, en la primera sesión del curso de escritura creativa.

Tardé unos instantes en reconocerlo: era Joey, el nuevo pretendiente de Lakshmi. Jon había roto de verdad con ella, tal como Lakshmi predijo. Yo no veía grandes diferencias entre Joey y Jon: ambos eran estudiantes de último año, escribían relatos y tenían el cabello rubio. Lakshmi me dijo que no me enteraba de nada: Jon era más inteligente, con más confianza en sí mismo, tenía mejor cuerpo, vestía mejor y ¿no había visto sus ojos?

En la siguiente ocasión en que me crucé con Jon, me fijé en sus ojos. Él de inmediato me devolvió la mirada con esos ojos de un azul tan intenso que parecían proyectar luz. «¡Oh, disculpa!», dije, y rápidamente desvié la mirada.

Gavriil me preguntó si creía que a las mujeres les resultaba más atractivo Jon que Joey, porque Jon se portaba como un capullo con ellas y en cambio Joey era un buen tío. El planteamiento me indignó, porque daba por supuesto que era responsabilidad de las chicas preferir de manera desinteresada a los buenos tíos, a los tíos que otros tíos consideraban que lo eran, porque no se podía confiar en nuestra opinión. ¿Cuál era la conexión, si es que la había, entre la creciente oleada de indignación que yo sentía y la imagen mental del rostro gallináceo de Joey y su cohibida expresión facial? ¿Esa expresión era algo que él podía modular, o simplemente era la cara que tenía?

En el curso de escritura creativa, cada semana leían un par de cuentos: uno de un escritor consagrado y otro escrito por uno de nosotros. Los relatos publicados solían estar bien, mientras que todo lo que escribíamos nosotros era horripilante. ¿Por qué teníamos que comentarlo? Todas las sugerencias parecían arbitrarias y performativas. Era como si todos contempláramos un suéter deforme y dijéramos: «Tal vez quedaría mejor si fuera de otro color, o si estuviera hecho con hielo».

La parte más interesante de la clase era cuando Leonard, el profesor, se ponía a hablar sobre lo que significaba ser escritor. Yo no había conocido a ningún escritor profesional en mi vida, con la excepción del endocrinólogo amigo de mis padres que escribía novelas de espías con seudónimo.

Según Leonard, ser escritor significaba que vivías tu vida observándola desde fuera. Siempre que Leonard iba a casa de alguien, los hombres estaban en la sala hablando de fútbol o del mercado de valores. Leonard no era capaz de aguantar allí ni cinco minutos, y siempre acababa en la cocina con las mujeres. Eran ellas las que hablaban de los temas que a él le interesaban: básicamente chismorreos, sobre personas reales o de ficción. Las mujeres eran amables, de modo que nunca lo echaban a patadas, pese a que él carecía de habilidades culinarias, más allá de cortar verduras o abrir frascos.

Yo, como todas las chicas y la mayoría de los chicos de la clase, sonreía ante esta descripción: cómo las mujeres toleraban a Leonard a pesar de su incompetencia. Pero mi sonrisa era un poco mecánica. ¿Por qué las mujeres estaban siempre en la cocina, y a qué había renunciado Leonard para estar con ellas? ¿Por qué él era escritor y ellas no, cuando resultaba que les interesaban las mismas cosas? ¿Por qué él no era más habilidoso cocinando? ¿Por qué había algo fascinante en la tosquedad de los hombres que solo hablaban de deportes o dinero?

—Nunca sabes quién tiene lo que hay que tener —explicó una vez Leonard—. A posteriori, te sorprende quién lo ha logrado.

En el primer año de Leonard en el posgrado, uno de sus compañeros de clase había escrito un relato perfecto, sobre dos tíos en una cárcel que se dedicaban a entrenar arañas para que pelearan entre sí. Nadie tuvo la menor duda de que él, el autor del relato sobre las arañas, sería el que se acabaría convirtiendo en un escritor famoso. Sin embargo, durante los tres años siguientes, ese tío no volvió a escribir nada tan bueno, y todavía no había escrito un libro. En muchos sentidos, convertirse en escritor tenía más que ver con la perseverancia que con el talento.

Los escritores, nos decía Leonard, no son gente normal. Como escritor nunca estabas del todo presente. Estabas siempre pensando en cómo plasmarías esa situación con palabras. Te situabas constantemente en la cuerda floja y cosechabas muchos rechazos. Traicionabas a las únicas personas que te querían de verdad. Por eso, el consejo más honesto que se podía dar sobre lo de querer convertirse en escritor era que si eras absolutamente incapaz de hacer otra cosa, entonces deberías dedicarte a esto.

Yo no acababa de pillarlo. ¿No era todo el mundo capaz de hacer alguna otra cosa? ¿Cómo podía ser esta la prueba para saber si debías o no convertirte en escritor?

Tal como hablaba, era evidente que Leonard se consideraba un fracasado. Sin embargo, había publicado un par de novelas que se encontraban en las librerías y estaba dando clases en Harvard. ¿Por qué se comportaba como si nada de esto contase?

Un tío guay llamado Marlon, que lucía grandes patillas, escribió un cuento sobre un tío guay llamado Marvin que se sentaba en diversos sofás y en cierto momento se tomaba una cerveza.

Leonard comentó con tono amable:

—Creo que lo que necesitamos saber sobre este cuento es, y conste que no lo digo en sentido despectivo, si es una historia sobre la incapacidad de echar un polvo. Porque de ser así, está muy bien, pero necesitamos tener claro que ese es realmente el tema.

¿Mi relato también iba de eso?

Leonard nos mandó leer «Mi primer ganso» de Isaac Babel. Todos los indicadores externos —la tipografía, la maqueta, el tono en el que Leonard lo había mencionado— daban a entender que se trataba de un relato brillante e importante. Al narrador, un intelectual, lo habían mandado a unirse a un regimiento de cosacos. Los cosacos no eran intelectuales. En este sentido, solo en este, se parecían a la hermana de Lakshmi. Un soldado cosaco de rubios cabellos y «una maravillosa cara de habitante de Riazán», le destrozaba la maleta al narrador y empezaba a pedorrearse ante él. Otros soldados cosacos se sumaban con bromas sobre pedos. El narrador intentaba leer un ejemplar de *Pravda*, pero los pedorreos de los cosacos le impedían concentrarse, de modo que le pedía a la dueña de la casa que le trajera algo de comer.

La dueña de la casa, a la que le habían requisado la granja, miraba al narrador con ojos entornados y medio ciegos y le decía que quería ahorcarse. El narrador respondía agarrando y matando a un ganso, y después le ordenaba a la mujer que se lo asara. Después de eso, los cosacos empezaban a llamar al narrador «hermano» y se quedaban dormidos todos juntos en un pajar.

Había muchas cosas que me conectaban con este relato. Me había pasado buena parte de mis años formativos intentando concentrarme en lo que estaba leyendo, rodeada por chicos rubios con rostros asombrosos que se pedorreaban a mi alrededor. Sin embargo, no entendía por qué el narrador tenía que matar un ganso o comportarse de un modo tan grosero con una minusválida. ¿Era porque yo sabía que, daba igual lo grosera que me mostrase y cuántos gansos matara, el respeto y la camaradería de los rubios pedorreros siempre se volvería contra mí, porque yo —mi nombre, mi apariencia, mi existencia— formaba parte de lo que aglutinaba esa camaradería?

Sabía que, con estos sentimientos tan negativos, estaba siendo simple y simplista, que el relato era mucho más complejo y por consiguiente más «humano» que yo. Las últimas frases se centraban en las pesadillas que tenía el narrador por la noche: eran la prueba de que el relato no apoyaba sus acciones, del mismo modo que tampoco las juzgaba. La gran literatura no juzgaba. Describía a individuos complejos que no eran ni buenos ni malos. Oh, yo me sabía las artimañas para conseguir un Excelente en Literatura igual que cualquier otro.

* * *

Lakshmi había roto con Joey.

—¿Qué le dijiste? —pregunté.

—La verdad. Que no era lo bastante atractivo ni lo bastante interesante. Al principio intenté ser más diplomática. Pero él no paraba de preguntar: «Por qué, por qué».

Imitó la entonación americana cuando dijo «Por qué» de una manera que me resultó graciosa, pese a que yo también hablaba así.

—¿Y él qué dijo?

—Se puso a llorar —replicó.

Había un punto divertido en su incuestionable rabia, que parecía justificada, su urgencia y brusquedad. Y, sin embargo, desde mi temprana infancia, siempre había formado parte de mi identidad que yo era la única persona que no se reía cuando alguien daba un resbalón al pisar una piel de plátano. Las únicas otras personas que no se reían eran los pasmados que nunca se reían de nada. Sin embargo, había algo en la actitud de Joey, su combinación de sensibilidad, dolor y falta de imaginación, que me hacía compadecerle menos de lo que hubiera deseado.

Sabía que Svetlana consideraba que me engañaba a mí misma, que fingía compadecer a gente que en realidad me provocaba desdén. Ivan había dicho algo parecido: «Supongo que ahora te va a dar pena el perro». ¿De qué me estaba acusando aquella vez Ivan a propósito del perro? ¿De sentir excesiva pena? ¿De pretender sentir más pena de la que sentía en realidad? ¿De darme el gusto de experimentar una pena artificiosa sin respaldarla con ninguna acción? Ivan era el tipo de persona a la que le parecía graciosísimo que alguien se resbalara con una piel de plátano. En esto, yo tenía clarísimo que él estaba equivocado.

—Pobre Joey —dije en voz alta.

—En realidad yo le doy igual, todo esto está relacionado con la idea que tiene de sí mismo —dijo Lakshmi, abriendo una nueva y dolorosa línea de pensamiento.

¿A Joey le importaba más la idea que tenía de sí mismo que la Lakshmi de carne y hueso? ¿Quién era la Lakshmi de carne y hueso aparte de alguien a quien no le importaba demasiado Joey? ¿Cómo hubiera actuado Joey si ella de verdad le importara? ¿El interés de Joey por Lakshmi desvelaba algún malentendido fundamental sobre cómo era ella en realidad? ¿Yo no había entendido a Ivan? ¿Me importaba más la idea que tenía de mí misma que él?

FEBRERO

Acudí a una fiesta que Lakshmi organizó en la revista literaria. Ella se había colocado en la puerta e iba saludando a los que llegaban, con una sonrisa resplandeciente y con pestañas postizas.

—¡Has venido! ¿Y qué es esto? —Tocó el material aterciopelado de mi falda—. Por fin te has puesto algo que muestra tu cuerpo.

Mi tía me había comprado la falda y un top a juego durante las vacaciones de invierno, en la sección de DKNY de Bloomingdale's. Estaban hechos de un material aterciopelado, de aspecto lujoso, pero liviano y elástico, suave al tacto, que me recordaba al koala de peluche de mi infancia, Tombik, cuyas esponjosas orejas blancas siempre me habían parecido «perfectas para llorar aplastando la cara contra ellas». Normalmente, cuando la ropa resultaba atractiva a este nivel tan superficial —por ser suave, centelleante o llevar una capucha incorporada— acababa teniendo un aspecto estúpido de un modo muy particular que hacía que pareciera que te habían timado. Sin embargo, en este caso no era así. Las dos piezas se ceñían de un modo muy sinuoso y delicado, sin apretar. La falda colgaba de una forma que parecía deliberada, casi consciente. El precio de las dos piezas, más de trescientos dólares, me había parecido obsceno; ¿cómo podía alguien permitirse llevar ropa tan cara? Compararlas con la ropa que colgaba en el armario de Riley y en el mío, me conmovió hasta casi las lágrimas; qué suaves eran, qué confortables, toda una muestra del amor que siempre me había profesado mi familia.

Alguien puso un cedé de Ella Fitzgerald. Creó una atmósfera madura, de aire neoyorquino y vagamente navideño, que no cuadraba con quién era Ella Fitzgerald. Seguro que ella no se había movido en esos entornos, al menos no hasta que se convirtió en una cantante famosa. Eso significaba también que la cárcel sobre la que siempre cantaba, con ese tono elegante y deleitoso, entre la espada y la pared, era un lugar en el que no estaba, ni había estado, había estado en todo caso en otra, de modo que tú te encontrabas sola en una experiencia que ella no podía estar viviendo, simplemente debido a su resplandeciente y dorada voz, que sin duda había transformado la vida de una persona capaz de cantar así.

Al echar una ojeada a la sala, me sorprendió ver que, junto a la ventana, estaba Şahin, del club de estudiantes turcos, hablando con un tipo rubio.

—Oh, vaya, por fin una persona conocida de Literatura —dijo Şahin cuando me acerqué a él–. Este no es mi ambiente.

Tuvo que inclinarse hacia mí para que oyera lo que me decía. Nunca hasta ahora había estado tan pegada a él y no me había dado cuenta de lo alto que era. También su amigo medía más de metro ochenta. Era grato estar junto a ellos, sentirse la persona más menuda y delicada. Estaban bebiendo para celebrar que Şahin había conseguido una beca para estudiar los pájaros marinos del Antártico. Tenía que darse prisa, porque cuando aquí era invierno allí era verano. Hicieron una broma que no oí bien en la que se repetía la palabra «picahielo».

—Creo que no he visto en mi vida un picahielo —dije, lo cual provocó risotadas. Şahin me trajo una copa de vino. Bebimos a la salud de una clase de petrel–. ¿Qué más novedades hay en el mundo de los pájaros? —pregunté.

Şahin me explicó que alguien en China había identificado una especie desconocida de pájaro y le había puesto el nombre de Confucio. Algún otro había descubierto que los dinosaurios tenían plumas. Al parecer esto se daba no solo en los dinosaurios aviarios, sino también en otros tipos.

Eso me recordó al comentario de Woody Allen sobre «esa cosa con alas», que resultaba no ser la Esperanza, sino su sobrino. Woody Allen no me despertaba sentimientos positivos, sus películas a menudo incluían escenas en las que hombres de la edad de mis padres mantenían conversaciones sobre «libre albedrío» o salían con adolescentes de aspecto catatónico. Sin embargo, ahora me pareció gracioso que su sobrino, como los dinosaurios aviarios y los no aviarios, tuviera plumas. ¿Era el vino lo que ayudaba a disfrutar de las cosas con actitud acrítica?

¿Era por eso por lo que Ivan estaba siempre intentando hacerme beber? Desde luego, así era más fácil pensar en cosas que decir. En el pasado, mi objetivo en las conversaciones era verbalizar de forma precisa lo que pensaba, y desplegar estas ideas en relación con lo que decían los demás, mientras me mantenía alerta para que no se me escapara algún comentario antisocial o de ignorante; al final dedicaba tantas energías a controlar todo esto que acababa por no abrir la boca. Svetlana me había señalado que, si escuchara lo que decían los demás en lugar de preocuparme tanto por lo que iba a decir, me daría cuenta de que todo el mundo soltaba comentarios antisociales, ignorantes e irrelevantes, que a menudo eran más una pose que estaban probando que un reflejo de su verdadera personalidad, que probablemente ni siquiera existiese. Yo no le había creído, pero tenía razón: nadie respondía a los argumentos de los demás y todo el mundo soltaba de manera reiterada comentarios antisociales.

El amigo de Şahin me trajo otra copa de vino. Era cómodo y agradable estar ahí con ellos, diciendo cualquier cosa arbitraria e irrelevante que te viniera a la cabeza. Los dos tipos parecían encantados, y de tanto en tanto contribuían a la conversación con sus observaciones arbitrarias e irrelevantes, aunque su actitud general era dar por hecho que a mí se me ocurrían muchas más que a ellos. Estaba implícito que formaba parte del papel de las chicas pensar en esas cosas y encontrarlas divertidas. Tuve la sensación de entender por primera vez, porque fui capaz de actuar de un modo similar, al personaje que interpretaban Priya y la bella no fumadora.

Resultó que podía preguntarles a ese par cualquier cosa que se me ocurriera, y ellos me respondían. Le pregunté al amigo de Şahin de dónde era su acento, y él me dijo que polaco. Le pregunté sobre la red de transporte público en Varsovia: ¿existía el sistema de honor basado en la confianza o había revisores como en Budapest? ¿Alguna vez había tenido que escabullirse de los revisores, o había tenido que convencerlos de que no le pusieran una multa? Él mostró una sonrisa evasiva y admitió que era posible que le hubiera sucedido algo por el estilo. Dijo que podían coger el tranvía sin pagar si habías participado de forma activa en el Levantamiento de Varsovia o si tu madre te había parido en otro tranvía.

Tiempo después, estábamos en otra fiesta en una residencia de estudiantes. ¿Por qué todas las fiestas sonaban y olían igual, pese a que los invitados eran diferentes? Era como si todos los diversos individuos se unieran y formaran el ente eterno llamado Persona Fiestera. Eso me recordó a *Voltron*, una serie de dibujos animados sobre cinco pilotos espaciales que tenían que defender el universo. En cada episodio se metían en tremendos líos, debido a los cuales la que era una chica siempre estaba a punto de convertirse en esclava sexual y verse obligada a portar fruta en la cabeza. En el último momento, se les ocurría unir sus cinco cohetes y de este modo formar Voltron: un robot gigantesco e imbatible de estructura humana cuyos brazos y piernas eran cohetes. Nunca quedaba muy claro por qué no se les ocurría antes formar Voltron.

—Debe de ser por su egoísta individualismo americano —comentó Şahin.

Me dejó impresionada que Şahin hubiera seguido toda mi larga disquisición sobre Voltron. Por otro lado, estaba bastante segura de que *Voltron* no era una serie americana. Por eso lo del egoísta individualismo americano de los personajes no acababa de encajar.

Pregunté si el gin-tonic llevaba algo más que ginebra y tónica. El amigo de Şahin comentó que la perfección del gin-tonic radicaba precisamente en su simplicidad. La conversación derivó a la quinina. Şahin contó que los pájaros podían sufrir malaria; les pasaba a las aves cantoras hawaianas.

—Pues consíguete una beca para ir a Hawái y prepárales pequeñas dosis de gin-tonic —dijo el amigo de Şahin mientras repartía otra ronda.

Observé a la gente que se movía por la sala formando diversas configuraciones. ¿Qué hacían exactamente? No se trataba ni de bailar, ni de hablar. Estaban «de fiesta». La gente hablaba de ello como si se tratara de una actividad honorable y prestigiosa. Sonaba Massive Attack a todo volumen. Tuve la sensación de que había algo detrás de estas personas que casi era capaz de descifrar, algo conmovedor. Casi podía vislumbrar a Voltron al fondo, alzando su gigantesco brazo.

Habían colocado velas en el borde de la bañera con patas. La pila tenía dos grifos. De uno salía el agua hirviendo y del otro, congelada. Se abrió la puerta del lavabo y entró el amigo de Şahin. Me sentí avergonzada al percatarme de que no había cerrado con pestillo. Le dije que ya estaba a punto de salir. Cerré el grifo del agua fría; el otro estaba demasiado caliente como para atreverse a tocarlo. El amigo de Şahin avanzó hacia mí, me miró con aire dubitativo, casi afectuoso, y me besó. Fue un beso pausado, relajado, prolongado y apremiante. Para ser algo que durante tanto tiempo me había parecido imposible, se produjo de la manera más natural, como una hilera de cartas que caen una tras otra, y siguen y siguen cayendo…

Recordé un consejo que leí en *Seventeen*, cuando estaba con neumonía y mi madre me compró la revista, sobre qué hacer con las manos Cuando Él Te Besa. Te recomendaba rodearle el cuello con una mano y colocar la otra sobre su pecho. La mano sobre el pecho te permitía sentir lo fuerte y sexy que era, pero también te daba el «control».

Le puse la mano sobre el pecho, para sentir lo fuerte y sexy que era, y resultó ser inesperadamente pétreo, como una estatua, aunque obviamente viva. Desprendía un tenue y embriagador olor a loción para después del afeitado y sudor, lo cual no parecía tener sentido, porque por lo general el olor a sudor era desagradable. Con la otra mano, sin atreverme apenas a tocarle el cogote, palpé el punto en el que le empezaba el pelo cortado a cepillo. Transmitía una sensación de ternura, suavidad y viveza, estaba lleno de vida. Lo asombroso del cuello era que toda la sangre del cuerpo humano circulaba por él y eso hacía que resultara muy fácil matar a alguien, y esa facilidad con la que se podía matar a un ser humano me provocó emoción y empatía.

Él me puso las manos en la cintura, las deslizó por encima de la suave tela de la falda y deslizó una por debajo de la pretina, primero por encima de la ropa interior y después por debajo. Cuando sentí la mano sobre mi piel, me invadió una oleada de pánico y le di un suave empujón con la mano que tenía sobre su pecho. De inmediato, él sacó la mano de debajo de mis bragas, tal como *Seventeen* auguraba que sucedería. Qué asombroso era poder comunicarse de este modo. Me acarició la cara, me levantó el mentón y el ángulo cambió y el beso se intensificó. Noté la sedosidad de mi propio cabello sobre el cuello. Él dio un paso atrás y volvió a mirarme. Había algo nuevo en su expresión, un aire relajado y posesivo.

Salimos del lavabo y nos reunimos con Şahin y otra gente que «bailaba». Esta situación se prolongó durante bastante tiempo, el amigo de Şahin bailó un rato con una chica menuda que llevaba un vestido plateado. Después él y yo nos encontramos de pronto cara a cara, sin nadie interponiéndose, y él se acercó y deslizó la mano por mi pierna, me acarició la cintura y volvió a besarme.

—¿Salimos de aquí? —sugirió con tono afable y eufemístico.

Asentí. Hacía rato que quería salir de allí, pero nadie me lo había preguntado. Yo no tenía claro adónde íbamos a ir ni si Şahin vendría con nosotros, y, de no ser así, qué le íbamos a decir.

—Recoge el abrigo —dijo.

Yo me puse a buscarlo en la enorme pila y de pronto me di cuenta de que Şahin estaba plantado a mi lado.

—¿Qué tal? —me dijo en turco.

—Estupendamente —respondí mientras sacaba un abrigo para averiguar si era el mío.

—No tienes que saltar —dijo.

—¿Saltar? —repetí.

Él asintió enérgicamente.

—No tienes que saltar. Yo estoy aquí.

No entendí qué pretendía decirme. Su amigo reapareció, tomó el abrigo de mis manos y me ayudó a ponérmelo.

Hacía un frío que quitaba el aliento. El amigo de Şahin y yo dimos un paseo hacia el río. Nuestras manos se rozaban, hasta que él cogió la mía y yo sentí la calidez y suavidad de la suya. ¿Por qué no era posible ir siempre cogidos de la mano? De pronto recordé que, en el colegio, Leora y yo solíamos recorrer el pasillo cogidas de la mano. ¿Cuándo dejó eso de parecer normal?

Estaba encantada de caminar al lado de alguien tan alto y fuerte. En cuanto esta idea me pasó por la cabeza, recordé que eso era lo que decía mi madre sobre caminar a mi lado, y ese comentario siempre me agobiaba. ¿Y si yo le hacía sentir a él así? Lo miré. No parecía nada agobiado. Tal vez era lo razonable, ya que yo no era su madre.

No entendí por qué empezó a ralentizar el paso conforme nos acercábamos a una verja de hierro. «Yo vivo aquí», murmuró. Hasta este momento no se me había pasado por la cabeza que nos estábamos dirigiendo hacia su casa. Cruzamos la verja, pasamos bajo una torre con un reloj, atravesamos un patio, llegamos a una entrada de ladrillo visto y subimos varios tramos de escalera. En un solo movimiento fluido, introdujo la llave, abrió la puerta y encendió la tenue luz de una lámpara del techo. Cuando se inclinó para besarme, fue como sumergirse en el mar uno de esos largos días de verano en la playa, en los que salías del agua solo para poder volver a meterte.

En un momento determinado me dijo que volvía enseguida y desapareció en el lavabo. Me quedé de pie, contemplando una pila de material de escalada apoyado contra la pared. Después de un rato mirándolo —tenía pinchos—, di una vuelta por la sala, que apenas estaba amueblada con un sofá y una mesa baja. El sofá, al sentarse en él, resultó tener una consistencia algo pantanosa. Sobre la mesa baja había un diario. Lo abrí al azar. «La despolarización inducida reduce el canal de desactivación de $Ca2+$ en las neuronas de los calamares». Parecía ser una señal de lo inmenso que era el mundo, repleto de procesos desconocidos.

El amigo de Şahin salió del lavabo, se dirigió hacia donde me había dejado y pareció sorprendido de que yo no siguiera allí. Recorrió la sala con la mirada sin verme. Tal vez yo me había acabado hundiendo demasiado en el sofá. Creí descubrir en su expresión perpleja pero indulgente su actitud general ante las chicas. ¡Podían meterse en cualquier parte! De hecho, incluso abrió un armario y miró dentro, como si yo pudiera haber decidido sentarme allí para meditar sobre mi menstruación.

—Estoy aquí —le dije.

Parecía un poco molesto, como si fuera injusto por mi parte esperar que él llegase a adivinar que haría algo como sentarme en el sofá. Pese a que existía una consagrada tradición de sentarse en los sofás. Sin embargo, tal vez todo fueran imaginaciones mías, porque de pronto me dijo, de nuevo con un tono muy afable:

—Tenía miedo de haberte perdido.

Empezamos a besarnos otra vez. Qué fluido, qué relajado. De pronto me preocupó que resultara todo tan relajado, que mi actitud estuviera siendo demasiado pasiva y yo no pareciera interesante ni estuviera mostrando mi personalidad. Las revistas siempre lanzaban recomendaciones del tipo: «No te limites a quedarte tumbada sin hacer nada». Intenté pensar en varias cosas que podía hacer. No parecía haber tantas opciones. Él se puso a reír.

—Quizá sea mejor que te relajes un poco con la lengua —dijo.

Eso me animó: de modo que se podían hacer sugerencias.

—¿Una persona tiene que resultar interesante? —pregunté.

Él no respondió.

—Tú simplemente relájate —me dijo finalmente.

Nunca me gustó que me dijeran que me relajara.

En su dormitorio, la parte inferior de la litera se había retirado para crear una suerte de loft, pero no había colocado allí un escritorio o una cómoda, había un hueco sin más. Sin nada a la vista con lo que subir, no estaba muy claro cómo se accedía a la parte superior de la litera.

—Me gusta esta tela —dijo, palpándola un momento antes de quitarme el top por la cabeza, una sensación que no experimentaba desde que tenía seis años.

Qué raro resultaba que *esto* fuera como *aquello*, el acto más adulto era de algún modo como volver a ser una niña. Cuando lanzó la prenda al suelo, contuve el impulso de recogerla y doblarla. Sentí una punzada de culpabilidad y vergüenza por llevar puesta en esta situación la ropa que me había regalado mi tía. Ella me la obsequió porque le parecían prendas interesantes y seductoras… y, sin embargo, ¿estaban pensadas para que un tío me las quitara y las lanzara al suelo? Era mi tío quien trabajaba, ganaba dinero y se lo daba a mi tía. Tenía que dejar de pensar en estas cosas. El amigo de Şahin me rodeó la espalda con las manos para desabrocharme el sujetador.

—Se desabrocha por delante —le dije mientras él lo desabrochaba por detrás.

Encontró la cremallera oculta y la falda cayó al suelo con un tenue zumbido. Aparté las piernas y con cierto apuro la recogí y la dejé sobre una silla.

Su camisa había desaparecido. ¿Cómo podía tener los brazos y el pecho tan musculados? Entendí de inmediato por qué el cuerpo de un hombre resultaba excitante: no solo por lo que era, sino por lo que te hacía sentir, esbelta y flexible.

Resultó que el modo de acceder a la cama era subirse al escritorio y dar un salto. ¿Por qué decidía una persona vivir de este modo? La funda de la almohada era negra, con el dibujo de una calavera blanca. El sonido de la hebilla de su cinturón generó una reacción entre mis piernas. ¿Cómo lo sabían mis piernas? Pensé en lo de que «las paredes tienen oídos» y por consiguiente «las piernas tienen oídos» y en la carga sexual que supuestamente tenía el comentario de Shakespeare sobre echar veneno en una oreja.

—¿Qué es lo que te hace tanta gracia? —murmuró él.

Empecé a explicárselo, pero no pareció muy interesado. Qué fuerte era sentir el roce de tanta cantidad de piel de una persona, no acariciándola con una mano, sino con todo el cuerpo. Nunca había visto ojos de este color tan cerca de mi cara; azul grisáceo con motas color avellana. Deslizó la mano entre mis piernas y desplazó hacia un lado las bragas. Esta vez le dejé hacer.

—Oh, Dios mío.

Había cierto pesar en su voz, como si estuviera a punto de meterse en líos. La sensación de ser capaz de meterlo en líos era vertiginosa.

Yo intentaba repasar las opciones al mismo tiempo que se iban produciendo los acontecimientos. Sabía que se suponía que debías tener la primera relación sexual con alguien especial que sintiera algo por ti. También sabía que, aunque no fuera la primera vez que mantenías una relación sexual en tu vida, se suponía que no debías hacerlo con nadie en la primera cita. Como yo nunca había tenido una relación sexual ni tampoco había tenido una primera cita con este tío, todo indicaba que no debía permitirle mantener una relación sexual conmigo, si es que era esto lo que pretendía, en lo que era nuestra cita número cero.

Por otro lado, Svetlana lo había hecho todo como era debido y cuando me lo contó el resultado no me pareció muy atractivo. Ni siquiera la propia Svetlana parecía muy entusiasmada al explicarlo. Además, suponiendo que yo quisiera seguir ese camino, ¿quién sabía cuándo, si es que llegaba a pasar, se presentaría esa oportunidad? Los chicos especiales, solícitos, los que siempre hablaban de respetar a las mujeres, nunca parecían interesarse por mí. Y la verdad sea dicha, yo tampoco era su fan número uno.

Cuanto más vueltas le daba, menos entendía por qué la duración de mi actual condición —esa indignidad, ese estancamiento, la sensación de estar atada a Ivan— tenía que depender de mi capacidad para encontrar a algún tonto que me dijera que yo era especial. Ya sabía que era especial. ¿Así que para qué necesitaba al tonto?

En cuanto a este tío, cuya mano estaba ya por completo debajo de mis bragas, acariciándome de un modo que era en cierta forma similar, aunque distinto —más inquieto, más errático— a cómo me acariciaba yo misma, en estos momentos ya me había hecho perder el hilo de mis pensamientos. ¿Por dónde iba? Vale: como él no parecía considerarme alguien especial, y veía en mí tan solo a una chica, a una mujer, a un miembro de una categoría a la que él perseguía por ser lo que era, eso me hizo sentir eufórica y liberada, era una de las cosas más excitantes que me habían sucedido en la vida.

En ese momento, se adentró más con la mano e hizo algo que me petrificó de dolor y terror, y me di cuenta de que, como sucedía a menudo, todas mis reflexiones no venían al caso. No podía «decidir» si ir más lejos, del mismo modo que no puedes decidir doblar el codo en la dirección contraria.

—No tengo mucha experiencia —dije de manera abrupta.

—No pasa nada —replicó él, y retiró la mano.

Resultaba extraño comprobar que algunas cosas que le decías parecían carecer de significado para él, mientras que otras adquirían un sentido que generaba una respuesta inmediata.

—Te enseñaré qué puedes hacer —me dijo con tono cariñoso.

De modo que aquí estaba eso de lo que todo el mundo hablaba: su «deseo» era tangible y real. ¿Eso lo había provocado yo? Me cogió la mano. Yo había oído a menudo el término «paja». Era sin duda esto. Y había otra cosa de la que también había oído hablar: la brecha entre el significante y el significado. Mientras que el término «paja» sonaba genérico, mecánico y primario, el acto en sí resultaba concreto, orgánico, tierno y en cierto modo asqueroso. La piel era muy suave y elástica. Una criatura sin ojos asomaba de su capucha y desaparecía de nuevo en ella. No me podía imaginar introducir eso en mi cuerpo, cómo iba a caber, o qué sentido tenía hacerlo.

Me soltó la mano, de modo que ahora podía hacerlo sola, pero resultó que no lo estaba haciendo bien. Me enseñó cómo hacerlo: con más vigor, con más ritmo, con más fuerza, más lentamente. Al principio quería dar la talla, pero no tardé en desmoralizarme. Parecía que me faltaba demasiada información. ¿No lo haría mejor él mismo? ¿Qué sentido tenía delegarlo en alguien que lo hacía peor? Sentí un hormigueo de dolor en la palma de la mano. ¿Y si acababa con una lesión debido al movimiento mecánico repetido, como me había sucedido con el catálogo de jardinería?

Mientras estaba pensando cómo verbalizar mis preocupaciones, sucedió lo que había visto a menudo simbolizado en las películas mediante géiseres o fuentes o un sistema de riego de césped. Sin embargo, este resultó ser un chorrito sin brío, inmaduro, como una florecilla primaveral, de manera que me despertó ternura. Sacó un kleenex de una caja que tenía metida entre la cama y la pared. Kleenex, no papel higiénico: un toque de elegancia, pensé, porque una parte de mí no podía evitar ir comentando la jugada.

Me inquietó la idea de tener que dormir aquí, en esta litera estrecha, con una única almohada siniestra, pero enseguida quedó claro que no era eso lo que se esperaba de mí. Me ayudó a recoger mi ropa, me contempló mientras me vestía, me dio un beso y volvió a acariciarme la cintura. Sentí pena cuando apartó la mano y dejó de besarme. ¿Por qué cada cual tenía que tener una parte favorita diferente?

* * *

Me desperté temprano y salí a correr. Era el primer día del año que permitía entrever cómo sería la primavera. La luz del sol se reflejaba en el río. Las piraguas con varios remeros se deslizaban por la corriente como largos insectos palo. Todo tenía un aspecto como nuevo y recién pintado. Y las viejas capas de pintura parecían recién desconchadas.

Fue después, cuando ya me había duchado y me estaba vistiendo, que una tromba de malestar se apoderó de mi cabeza y no me quedó otro remedio que aceptar que era imposible esquivar la resaca.

Cuando volví a despertarme varias horas después, el dolor de cabeza había desaparecido, aunque me quedó la sensación de que había muerto y nada era real. Seguía haciendo muy buen tiempo, aunque ya no era tan primaveral. De camino a la biblioteca —no sabía a qué otro sitio ir— me crucé con Gavriil, que me propuso dar un paseo. Caminamos durante un par de horas, empapándonos del agradable sol.

No tenía planeado comentar nada de lo sucedido la noche anterior, pero él habló tanto de Katie que acabé contándole que había conocido a un tío y había acabado en su casa.

—¿Qué edad tenía? —preguntó Gavriil.

Pude responder a la pregunta, porque él había mencionado su cumpleaños.

—Veintitrés —dije.

Gavriil me dijo que le sonaba todo muy superficial. Me miró a los ojos, me sostuvo la mano y me dijo que debería salir con alguien a quien de verdad le importara.

Durante la cena, Riley me preguntó si estaba «viéndome con alguien».

—No —dije.

Frunció un poco el ceño.

—Adam me ha dicho que te vio con alguien en una fiesta.

—Es cierto, pero es solo alguien a quien conocí en la fiesta —respondí, intentando recordar quién era Adam—. ¿Es amigo de Adam?

—Adam no lo conoce mucho, pero le parece que es un buen tío. Es más mayor, ¿verdad?

Atisbé en Riley la misma curiosidad que siempre veía en mis tías por enterarse de con quién estaba saliendo.

En la cola del comedor para dejar los platos sucios había un tío explicando su entrevista de trabajo en McKinsey. No te pedían informaciones personales, sino que te invitaban a resolver rompecabezas. Los rompecabezas eran sobre los misterios de la producción a gran escala: ¿cómo se fabricaban los M&M?, ¿cómo se metía la pasta de dientes en los tubos? «Quieren averiguar cómo piensas», dijo con un tono conspirativo.

Después de cenar, todavía tenía ganas de seguir caminando. Seguí el curso del río hasta el MIT, escuchando la cinta de Tom Waits en la que estaba la canción «Innocent When You Dream». El rugiente sentimentalismo de su voz me hizo reír, aunque me seguía conmoviendo. La nostalgia por alguien que ya no era inocente, por la época en la que fue inocente –la idea de conseguir, en sueños, un indulto temporal de la no inocencia o de cualquier otro aspecto del presente– me hizo temer que iba a romper a llorar, aunque ahora ya no lloraba nunca. Tenía la sensación de que mis ojos se habían secado por completo a nivel fisiológico. Antes creía que primero llegaba la tristeza y después las lágrimas como resultado, pero la realidad era mucho más complicada, porque cuando las lágrimas dejaban de brotar, la tristeza de algún modo tocaba fondo y se transformaba en algo trivial. ¿Y si resultaba que el Zoloft funcionaba simplemente deshidratándote?

En la ribera del río se alzaban edificios enormes. Algunos se encontraban a oscuras y tenían aspecto de almacén, otros estaban intensamente iluminados. Había salido la luna y los aviones y satélites parpadeaban inescrutables. Sentí que había llegado el momento de hacer balance: echar la vista atrás y repasar lo que había aprendido sobre la vida estética.

En su forma más simple, la vida estética consistía en seducir y abandonar a jovencitas a las que se inducía a enloquecer. Era lo que había aprendido en los libros. La puesta en práctica presentaba un problema: ¿qué hacías si eras una jovencita? Nadja era una jovencita y había intentado llevar una vida estética. Eso le había supuesto ser seducida y abandonada y volverse loca. Pero eso era antaño. ¿Qué se suponía que debías hacer ahora: seducir y abandonar a hombres? ¿Era eso lo que el feminismo había hecho posible? Había algo en esa idea que no parecía muy estético. Bastaba con pensar en hombres enfadados y quejumbrosos. Tal vez también tú debías seducir y abandonar a jovencitas: ¿era eso lo que el feminismo había hecho posible? ¿Pero qué ibas a hacer con las jovencitas? ¿Y eso no te llevaría a una posición perdedora en la competición con los hombres?

Tal vez bastaba con «arruinar» la vida a algunos hombres de un modo más amplio: no del modo en que ellos arruinaban la vida a las jovencitas, expulsándolas de la sociedad y abocándolas a los conventos o las instituciones mentales, sino más bien haciendo que ellos pagaran por cosas, como ya ocurría incluso en los tiempos de Kierkegaard. No le veía el sentido a lo de abocar a otro ser humano a una institución mental; pero con dinero una persona podía viajar o escribir libros. De este modo una persona podía vivir una vida estética.

¿Dónde trazabas la línea entre intentar que una persona en concreto se enamorara de ti y te diera dinero, e intentar sacar dinero del mundo de un modo más general?

La siguiente canción del álbum de Tom Waits era «I'll Be Gone». En sus versos, Tom Waits enumeraba diversas cosas que iba a hacer esa noche: sacarles el corazón a los faraones, beberse un millar de naufragios, pintar una sábana en su cama. El estribillo decía: «Y por la mañana ya me habré ido». Cantaba un gallo. Me recordó a una frase del *Diario de un seductor* en la que el seductor estaba despierto de madrugada y cantaba un gallo, y él decía que tal vez Cordelia lo había oído también, pero ella pensaría que anunciaba la llegada de un nuevo día.

Tom Waits se iba viniendo arriba y soltaba frases que parecían arbitrarias: «¡Ochocientas libras de nitro!», «¡Tengo un colega francés!». «I'll Be Gone» tenía algo de antídoto del sentimiento que resumía el single de los Cranberries, «When You're Gone»: sus empalagosas armonías de pop cincuentero reproducían, con insistencia, la fealdad, como de ensueño y con múltiples capas, que lo envolvía todo cuando faltabas tú. ¿Cómo podía arreglármelas yo para marcharme también?

Parecía haber una clave en la frase «marcharse del país». «Me marcho del país». «Voy a tener que marcharme del país». ¿No habían sido los viajes internacionales, en cierto modo, la vara de medir que Ivan había utilizado para evaluar el mundo humano, pese a que en muchos otros aspectos parecía menospreciar a los ricos? Más tarde, en Hungría, otras personas habían hecho la misma pregunta —«¿En qué otros países has estado?»— en el mismo tono, dando a entender que salir de tu país no era un indicio de privilegio, sino una especie de logro.

¿Qué relación había entre marcharse del país y una vida estética? ¿Qué tenía América en concreto para hacer que la vida de una pareciera tan antiestética? ¿O solo me lo parecía a mí? ¿No pensaba todo el mundo que los americanos eran como niños? Durante buena parte de mi infancia, fui la única menor de edad en la rama americana de mi familia y no se hacían muchas distinciones entre mi condición de americana y mi condición de niña: mis padres tenían que meter en la maleta mi crema de cacahuete y las vitaminas de los Picapiedra, y había que avisar a los niños de la rama turca de la familia para que no se burlaran de mi desconocimiento de ciertas cosas. (Mi prima Evren todavía se lamentaba de eso: yo lloraba por todo y siempre le echaban la bronca a ella). ¿No era así como la gente del resto del mundo veía a todos los americanos, con su ingenuidad, su Disney, su incapacidad para conducir un coche con cambio de marchas manual; con el modo en el que se los protegía —se me protegía— de buena parte de la «realidad» que sucedía en el resto del mundo?

Antes miraba por encima del hombro a los estudiantes que a estas alturas ya estaban agobiados pensando en el verano y enviaban a ritmo frenético solicitudes para trabajar en Merrill Lynch o para construir casas en Tanzania. Ahora me daba cuenta de lo errada que estaba: también yo había empezado a agobiarme. Tenía que apañármelas para conseguir un modo de que me pagaran por salir del país.

¿Qué relación había entre salir del país, arruinar a ciertas personas, enamorarse y mantener relaciones sexuales? Sin duda, una muy clara. Empezaba a pensar que a la hora de tener relaciones sexuales había confundido una medida de emergencia con una política sostenible. Pero la emergencia había sido la infancia en sí misma, y el sexo era lo que te convertía en alguien que dejaba atrás esa etapa. Era lo que clausuraba tu infancia.

Había creído que una vida estética sería más como una sucesión de aventuras que como una típica novela de aprendizaje o como el ciclo vital de una rana, en los que había una vistosa progresión que desembocaba en la «madurez» y en la capacidad para procrear. Sin embargo, era imposible imaginarse una vida estética, o cualquier tipo de vida, sin enamorarse. Sin el amor, el propio conocimiento se convertía en un engorro, se convertía en intimidación e imposición. «Mi país». «Aprender sobre mi país». Estar enamorada era lo único que te impulsaba a querer aprender cosas sobre el país de una persona, o sobre cualquier cosa ajena a tu experiencia personal. Enamorarse era el motor esencial de una novela. La palabra rusa para «novela», *roman*, también podía significar «aventura amorosa». Una «aventura amorosa» implicaba sexo, al menos la proposición de sexo.

¿Cuál era la relación entre enamorarse y mantener relaciones sexuales? Ya en los tiempos del colegio me había quedado clara la relación entre «estar enamorada» y el hecho de que las bragas se me humedecieran, que soñara que me quedaba embarazada y que quisiera consultar la palabra «orgasmo» en el diccionario. Sin embargo, mis reflexiones no habían ido más allá. Nunca había sido mi problema más acuciante, sobre todo porque nadie había mostrado el menor interés por tener relaciones sexuales conmigo. Ahora diversas variables se habían modificado. En primer lugar, la emergencia había finalizado y ya no me veía obligada a seguir siendo una niña. Había llegado el momento de convertirme en escritora y entender la condición humana. En segundo lugar, ¿no había sucedido que ese tío, el amigo de Şahin, que, visto en retrospectiva, era muy guapo, había querido tener una relación sexual conmigo? Volví a repasar mentalmente toda la interacción que tuvimos y no se me ocurría otra interpretación posible.

Si enamorarse era el único modo de aprender cosas, y si enamorarse tenía de un modo u otro que ver con el sexo, ¿podía el hecho de que yo no hubiera «tenido» sexo explicar por qué tenía la percepción de que en realidad no había aprendido nada —por qué tenía la sensación de no haber aprendido nada, por ejemplo, sobre Hungría—, por qué todo lo que aprendía me parecía incompleto e irrelevante? ¿Era el sexo —«tener» sexo— lo que me restauraría la percepción de mi vida como un relato?

¿Debería haber llegado hasta el final con ese tío cuando se me presentó la oportunidad? ¿Debía hacerlo ahora? ¿Cómo podía lograrlo? ¿Él seguiría estando interesado? Por desgracia, yo no había retenido su nombre. Şahin nos presentó, pero los dos teníamos nombres extranjeros, de esos que necesitas escuchar un par de veces para memorizar. Empezó a parecerme un mal augurio que él no me pidiera que le repitiese mi nombre. Aunque también era posible que no hubiera encontrado el momento adecuado y tuviera planeado preguntárselo después a Şahin. En cuanto se me ocurrió esta posibilidad, me convencí de lo que iba a suceder: averiguaría mi nombre y me contactaría de una u otra manera.

MARZO

El sistema más habitual para conseguir que alguien te pague por irte al extranjero era convertirse en investigador-escritor de *Let's Go.* Cada año mandaban a un centenar de personas por todo el mundo para actualizar la información de la guía de la temporada anterior. En mi solicitud puse Rusia como primera opción, seguida por Argentina y España.

Entretanto, encontré en la oficina de empleo para estudiantes un trabajo de verano ofrecido por una empresa peruana de comida congelada que se acababa de asociar con una cadena de supermercados de Moscú y quería contratar a una persona que hablara inglés y además tuviera conocimientos de ruso y español. No quedaba muy claro en qué consistía el trabajo, pero me animé a presentar una solicitud, porque había estudiado tanto ruso como español.

Descubrí que el Radcliffe College daba becas de viaje especiales para mujeres. En un primer momento, me pareció injusto sacar provecho económico del hecho de ser «mujer», cuando ya lo tenía todo mucho más fácil de lo que lo habían tenido mi madre y mis tías. Aunque, por otro lado, cada vez tenía más claro que literalmente nada era justo. Había gente que insistía en que su infancia no había sido una sucesión de juegos y diversiones, otros que ponían gran empeño en blanquear su falta de integridad. De modo que decidí dar el paso y solicité una beca que cubría la manutención durante un programa de estudios veraniego acreditado en San Petersburgo.

No volví a saber nada del amigo de Şahin, de modo que decidió pedirle al propio Şahin que me recordara cómo se llamaba. Şahin no pareció muy entusiasmado con la petición, pero me lo acabó diciendo. Era un nombre, Przemysław, que yo no sabía cómo pronunciar. En una de las novelas de Iris Murdoch que nos gustaban a mí y a mi madre, aparecía un personaje al que todo el mundo llamaba el Conde, no porque lo fuera, sino porque tenía un nombre polaco que ningún inglés era capaz de pronunciar. «Este nombre es un trabalenguas», le decía con cariño uno de sus profesores. Me quedó grabado lo de «trabalenguas» y lo de «con cariño», y otra frase que decía: «A estas alturas, el Conde ya era del todo consciente de lo irremediablemente polaco que estaba condenado a ser». ¿Era ese el problema que tenía Przemysław?

Había solo dos Przemysław en la base de datos de toda la universidad, y uno de ellos estudiaba en la facultad de odontología. Redacté con sumo cuidado un email para el otro Przemysław en el que le preguntaba si quería tomar un café conmigo. Me respondió de inmediato. Si te soy sincero, no bebo café.

Siempre se celebraba una fiesta en algún sitio. Si te apetecía, podías ir cada noche a una. No tenías por qué conocer a los que la convocaban. En una de esas fiestas me encontré con Ham, un chico con el que había coincidido el año anterior en el curso de Creación de Mundos Literarios. Ahora llevaba el pelo más largo y teñido de verde. Deduje por el modo en que me abrazó que, si me apetecía, podía pasar la noche en su casa. Di una vuelta por la habitación, bebiendo cerveza caliente en un vaso de cartón. Todo el mundo bebía devotamente esa cerveza que te servían de un barril. Era la primera vez en mi vida que veía un barril de cerveza. Tenía un aspecto cómicamente literal. Regresé a donde estaba Ham y me coloqué pegada a él. Como era de esperar, a los dos minutos ya me había rodeado con el brazo y preguntado si me apetecía que nos marcháramos de allí. ¿Siempre había sido tan fácil y yo no me había enterado hasta ahora?

En su habitación de la residencia todas las superficies estaban colonizadas por figuritas de plomo pintadas que representaban a diversas tribus o razas. Los cajones de la cómoda estaban abiertos a diferentes distancias y cubiertos por fieltro verde, de modo que formaban terrazas escalonadas en las que se libraba una guerra. Mientras retiraba de encima de la cama a un pelotón de troles uniformados, Ham me habló de su novia en Anchorage, que padecía un desorden alimenticio. Me dijo también que siempre le había resultado muy atractiva en la clase de Creación de Mundos Literarios, un curso en el que literalmente no había ningún alumno normal. Le comenté que no había tenido nunca una relación sexual. Él respondió que podíamos hacer un montón de cosas. De manera que, técnicamente, tampoco mantuve una relación sexual con él. Tenía una polla enorme, aterradora y curvada hacia arriba, como un cuerno.

En otra fiesta me bebí dos cubalibres y me puse fatal. No había vomitado desde la infancia. Era todavía peor de lo que lo recordaba. Al anfitrión, un tío al que apenas conocía, se lo veía muy preocupado y dejó su fiesta para acompañarme a casa.

—Ni siquiera pensaba que vendrías —no paraba de decir.

Me desperté al día siguiente peor de lo que recordaba haber estado jamás en toda mi vida. Me arrastré hasta el brunch y apenas reconocí a Juho cuando se sentó delante de mí.

—Espero no ser grosero, pero tienes un aspecto espantoso —dijo.

Sus ojos me miraban con la viveza de quien tenía mucha información acumulada sobre resacas porque había sufrido un montón en su vida y además contaba con un doctorado en química. Le conté lo sucedido y le pregunté cómo era posible que me encontrara tan mal después de solo un par de copas, cuando en anteriores ocasiones había bebido más sin acabar así.

Juho me explicó que había muchas cosas que todavía no entendíamos acerca de cómo actuaba el alcohol sobre el cerebro, pero sí sabíamos que a distintas personas les afectaban de manera diferente los componentes que formaban parte de la producción del etanol que, a su vez, actuaban de forma distinta con la carbonación, el azúcar o la cafeína. Los licores oscuros como el ron contenían más componentes que el vodka, porque no se destilaban tantas veces, y el ron barato se destilaba menos que el caro. Al final, había tantos factores implicados que lo más probable era que nunca llegaras a saber por qué unas veces beber te sentaba fatal y otras no, pero lo más recomendable siempre era beber mucha agua y evitar el alcohol barato.

—Lo curioso es que los efectos de la resaca son los mismos que los de la abstinencia de un alcohólico que quiere dejarlo, de manera que te sentirás mejor si bebes más. Tengo vodka en mi habitación —me propuso Juho.

—Oh, Dios mío, no.

Juho me contó que en Islandia había gente que superaba las resacas comiendo carne de tiburón putrefacta que se había mantenido enterrada en la arena durante un largo periodo de tiempo.

—Vale, no quiero volver a hablar o pensar sobre esto nunca más, pero ¿durante cuánto tiempo la tienen enterrada?

—Bueno, creo que varios meses.

Habíamos adoptado en nuestra conversación la actitud irónica universal hacia el alcohol, sobre la gente que vomitaba, se desmayaba y tenía resaca. Y sin embargo... la sensación era que te estabas muriendo. Como es obvio, no te estabas muriendo. ¿Estaba ahí el origen del humor: en el contraste que había en lo mal que te encontrabas y lo trivial que en realidad era la situación?

Recordé que, en otoño, un tío del MIT había muerto por intoxicación alcohólica mientras trataba de ser admitido en una fraternidad. En ese momento lo interpreté como la típica historia de un tío tan idiota que bebió hasta palmarla. Sin embargo, ahora lo veía con otros ojos. Después de todo, yo había sido lo bastante idiota como para beber hasta vomitar. En mi caso, me había pillado por sorpresa. De modo que tal vez a ese tío de la fraternidad también le había pillado por sorpresa. Pensándolo en un sentido más amplio, ¿por qué estaba considerado como loable, sociable y divertido hacer algo que a menudo tenía como consecuencia que una persona se sintiera como si estuviese a punto de palmarla, y algunas veces resultaba que, en efecto, acababa muriendo?

Claro que no podías montar una fiesta sin alcohol; esto ahora lo entendía a la perfección. Entendía el motivo. El motivo era que la gente era insufrible. ¿Pero eso no era así siempre? Juho me estaba explicando varias investigaciones sobre el alcohol que se estaban llevando a cabo en Finlandia. ¿Por qué no se dedicaba alguien a investigar el tema mucho más importante de qué era lo que hacía que la gente resultara insufrible?

—Podríamos llegar a convertir un gran problema que no podemos resolver en un pequeño problema que sí podemos resolver —dijo Juho.

* * *

Un domingo por la tarde, Oak y yo fuimos a la filmoteca a ver una copia restaurada de *Iván el Terrible*. Después, paseamos alrededor del edificio de artes. Cuando el equipo de limpieza se marchó, volvimos a entrar en la sala de proyecciones y nos sentamos en el suelo —era interesante ver la pantalla desde este ángulo tan diferente— y nos pusimos a divagar sobre las barbas.

En cierto momento, me pregunté si Oak iba a besarme, y lo hizo. Él no era alguien a quien yo acabara de conocer, y no habíamos estado bebiendo. ¿Fue por eso que la situación resultó más cognitivamente exigente que de costumbre? ¿Se trataba esta vez de «algo racional»? ¿Iba él a convertirse en mi novio? Empezó a desabotonarme los tejanos, pero le dije, y era verdad, que tenía el periodo, y poco después nos levantamos, nos sacudimos el polvo y fuimos a cenar con Riley y los demás.

Cuando nos despedíamos, yo me retrasé un poco para quedarme cerca de Oak y le tomé fugazmente de la mano, pero aparte de eso nada fue diferente de lo habitual.

En otra fiesta, conocí a un tío que combinaba un modo de besar tan insistente e invasivo con una actitud tan abúlica, petulante y resabiada que no fui capaz de seguir adelante con él. El tío tenía el mismo acento que Lakshmi, de la que hablaba con un tonito presuntuoso y paternalista. La fiesta se celebraba en una residencia alejada, así que después me tocó esperar quince minutos bajo un frío helador en una parada del autobús lanzadera, temiendo enfermar mientras intentaba evitar que el tío me besuqueara el cuello.

Antes, cuando oía a las chicas comentar si un chico besaba bien o mal, pensaba, sin desconfiar conscientemente de ellas, que de algún modo exageraban: mezclaban las buenas o malas sensaciones que les despertaba el chico en cuestión con la técnica que ellas imaginaban que él tenía. Besar no me parecía que fuera algo en lo que una persona pudiera ser especialmente bueno o malo. Ahora comprendí lo equivocada que había estado.

Durante la siguiente semana, no paré de cruzarme con el besucón. Al verme me lanzaba sonrisitas de suficiencia y me soltaba comentarios insinuantes.

Le mandé un segundo email al Conde. Vale, olvídate del café, escribí. Necesito que me ayudes con un asunto. Intenté explicárselo de forma diáfana, para que no hubiera malentendidos, porque no estaba muy segura de hasta qué punto era un lector inteligente. Después de pulsar Ctrl+S, me puse con los deberes de ruso. Había completado tres ejercicios cuando empezó a sonar el teléfono.

Su voz era más grave de lo que recordaba. Resultó excitante oírle pronunciar de forma levemente errónea mi nombre.

—Selin estaba hablando por teléfono con un chico —dijo Riley cuando colgué.

Le respondí con una sonrisa forzada. ¿Cómo lo había sabido? La conversación había durado más o menos un minuto. Debió ser por mi tono de voz.

Los tres días siguientes fueron de los más relajados de mi vida. No le di vueltas a lo que iba a suceder. Estaba decidido, y así podría dejar de pensar en ello.

La tarde del tercer día salí a correr, me di una ducha y eché un vistazo a mi lado del armario. ¿Tenía que vestirme de un modo especial? Al final me puse tejanos y la blusa de pana naranja oscuro que había comprado en el Garment District. Cuando estaba a punto de salir, me di cuenta de que no sabía dónde había dejado las llaves. Me pasé diez minutos buscándolas hasta que di con ellas en el sitio más obvio: debajo de Stanley. Cuando lo levanté, él volvió la cabeza y me miró. Esos ojos amarillos con sus pupilas en forma de almendra: ¿qué había detrás de ellos? Se giró y se quedó contemplando la pared.

Los relojes habían avanzado. Eran las siete y cinco. Las ramas se extendían desnudas contra el cielo rojizo, pero aquí y allá las farolas iluminaban algunos diminutos brotes que empezaban a asomar. Había llovido hacía un rato y se oyó el sonido del asfalto mojado cuando pasó un coche. Me llegaba el olor de todo: la lluvia, el asfalto, los neumáticos, la tierra húmeda, la corteza del árbol, las nuevas hojas apenas visibles. Veía la vida, la veía cómo era en realidad.

Al principio caminaba con prisas, porque llegaba «tarde». Sin embargo, me lo pensé mejor. Él no se iba a marchar a ningún sitio. Podía tomarme mi tiempo, contemplar todo lo que pudiera antes de que la ventana volviera a cerrarse.

—Me sorprendió mucho recibir tu email —dijo el Conde—. Nadie me había escrito jamás una cosa así.

—¿No?

Eché un vistazo a la habitación. Él me miraba con un aire divertido e irónico.

—Creo que los dos sabremos guardar el secreto —dijo, en un tono sugerente.

¿Qué quería decir eso? ¿No podía contárselo a nadie?

—Hum —dije, sin comprometerme.

Por el rabillo del ojo vi una caja de tres preservativos y un tubo algo aplastado de lubricante K-Y. ¿Para qué lo había utilizado? ¿Cuándo lo había comprado? ¿Cómo habían introducido el lubricante en el tubo? Pensé en las enormes fábricas, las gigantescas máquinas y los millones de dólares, en los moldes que daban forma y ondulaban el plástico todavía líquido, en la contratación de ingenieros y asesores, el despliegue de algunos de estos asesores por las cafeterías universitarias para preguntarle a la gente qué tipo de sustancias coloidales se metían en esos tubos, porque querían averiguar cómo piensas.

—No tendrás algo para beber, ¿verdad? —dije en voz alta.

—¿Quieres decir alcohol? No, lo siento. ¿Estás nerviosa?

En su voz apareció un tono burlón. El efecto era devastador, tenía que hacer algo para cambiarlo. Tomé la determinación de mirarlo a los ojos, le tomé la mano —me pareció el gesto más osado que había hecho en mi vida— y me la llevé al pecho, al punto donde me parecía que estaba el corazón, aunque por un momento dudé si era a la izquierda o a la derecha. Pero ¿eso importaba, no estaba latiendo toda mi caja torácica? Funcionó. Volvió a ponerse serio.

—No tenemos que hacer nada si no quieres —dijo.

—Lo sé —repliqué.

Él deslizó la mano hacia abajo.

—Nos lo vamos a tomar con mucha calma.

Y a partir de ahí fue como volver a meterse en el agua después de estar tumbada en la arena caliente, sabiendo que irías entrando y saliendo del agua, entre la playa y el mar, hasta que el sol ardiera al máximo y después se hundiera en el agua. Me sentí al mismo tiempo tranquila y excitada, de un modo que resultaba inabarcable; yo quería absorberlo todo. Tuve un momentáneo sobresalto cuando me desabotonó los tejanos —¿no estaba siendo el Conde un poco demasiado literal?—, pero en cuanto me recuperé no me resultó desagradable llevar encima menos ropa.

Por su cara circularon una sucesión de expresiones. Sabía que sus emociones no podían ser las mismas que las mías, pero sí parecían, al menos en ese momento, igual de numerosas. Me sentía muy cerca de él, y sentía que él me sentía cerca, y pensé: ¿Tanto le habría costado aceptar tomar primero un café? Acometimos el absurdo calvario de subir a la litera.

Comprendí el sentido de simular el orgasmo. Estaba claro que él no iba a dejar de hacer lo que estaba haciendo hasta que se produjera algún cambio. Sin embargo, no lo estaba haciendo bien, pero yo no sabía cómo dirigirlo. Era como escuchar un sonido en el bosque, pero no saber exactamente de dónde provenía; e incluso si hubiera sabido la dirección, me habría llevado demasiado tiempo llegar allí —últimamente parecía tardar más— y me generaba preocupación que él se aburriera o se sintiera incómodo; e incluso teniendo la certeza de que ni se aburría ni se sentía incómodo, yo no sería capaz de sobrellevar tanta intensidad y tensión sin saber cuándo iba a finalizar aquello, si es que finalizaba. Era cada vez más imperativo que se produjera algún tipo de clímax, auténtico o escenificado, no solo para que él parase, sino para que además se sintiera experto, tierno y hábil, tal como ambos necesitábamos que sucediera, y que yo me sintiera receptiva, liberada y agradecida, tal como ambos necesitábamos que sucediera; y de pronto me oí emitiendo sonidos que no sabía que era capaz de producir: el tipo de grititos que, en las películas, indicaban que lo que estaba ocurriendo escapaba de la voluntad y el control de la persona, pero era al mismo tiempo lo que más deseaba. El aire que respiraba se me quedó bloqueado en la garganta y me sobrevino una convulsión que era y no era provocada por mí. ¿Qué era falso y qué verdadero?

Él se rio un poco y deslizó la mano más hacia el fondo.

—Dios, qué húmeda estás.

No entendí a qué se refería hasta que me lo mostró. Entonces sentí que también el corazón se me derretía.

Él se incorporó un poco y oí rasgarse el envoltorio del condón. Yo también me incorporé, para ver mejor. ¿Cómo se plegaba en el envoltorio? ¿Cómo era de grande la máquina que lo fabricaba? ¿Cómo se lo iba a colocar el Conde? ¿Qué sensación producía?

—Pareces fascinada —dijo con un puntito de incomodidad.

—¿Por qué no iba a estarlo?

Él no dijo nada, pero en cuanto tuvo las manos libres y se colocó encima de mí, tuve la sensación de que había recuperado su situación preferida. Su situación preferida era que yo no estuviera fascinada. Era que yo no estuviera pensando en la fábrica de condones, preguntándome por qué se llamaban Trojan, cuando resultaba que la historia del caballo de Troya hablaba de permeabilidad, de cómo los griegos se colaban y frustraban los planes de los troyanos, que creían estar perfectamente a salvo; y en el momento en que me empujó hasta que quedé otra vez estirada en la cama, comprendí, eufórica, que yo también podía preferir esta situación, que no tenía por qué estar pensando en todas esas cosas. Era lo opuesto al «quieren averiguar cómo piensas». Yo no podía hacer otra cosa que mirarlo para reforzar nuestra compartida percepción de que él tenía más fuerza. Qué gran suerte que lo que él deseaba fuera algo que yo era perfectamente capaz de desear; que mis deseos se solapasen, o pudieran solaparse con los de nuestra realidad social. Sentí cómo mi cuerpo se ajustaba a nuestra realidad social.

—¿Estás segura de que quieres hacerlo?

Asentí.

—Creo que necesito que lo digas.

—Sí quiero.

Un dolor inimaginable me recorrió todo el cuerpo. Grité de un modo distinto a como lo había hecho antes, y comprendí que esto sí era del todo involuntario y por tanto no podía simularse, porque era una extensión de cómo cada fibra de mi ser decía que esto era algo que no tendría que estar sucediendo.

—Intenta relajarte —murmuró.

Respiré hondo y cerré los ojos. Al principio pensé que la relajación estaba funcionando. Sin embargo, entonces empezó el dolor de verdad. Puse toda mi voluntad en relajarme mientras sucedía. Se intensificó y creció hasta que fue más grande que el edificio más alto, erigiéndose por encima de mí y a mi alrededor.

—¿Quieres que pare?

—No.

La mera idea de tener que volver a pasar por aquello otra vez —porque no lo habíamos hecho bien a la primera— era insoportable.

Aplicó más lubricante. Vi sangre en el condón. Eso me tranquilizó. Porque algo estaba sucediendo.

Siguió sucediendo. De nuevo me dijo que me relajara.

—Tienes que dejarme hacer —dijo.

Me concentré en dejarle hacer. Esta vez fue mucho más intenso, de modo que pensé que teníamos que haberlo logrado, o casi logrado. Pero resultó que no.

—Apenas he entrado —dijo.

Detecté un atisbo de pánico en su voz.

—¿Siempre sale tanta sangre? —le pregunté.

—No lo sé —respondió él muy tenso.

—¿Cómo fue tu primera vez? ¿Ella era más experimentada?

—Podríamos decir que sí —dijo con tono irónico, dando a entender que se trataba de una prostituta.

Intentó no mostrar el disgusto que le produjo que la sangre manchara su almohada de la calavera. Había algo excitante en los detalles de su reacción, en la precisión con la que delineó su modo de ser: lo bastante considerado como para ocultar su disgusto, pero no lo bastante considerado como para no disgustarse. Pareció recuperar el control enseguida. Esto también resultaba sexy: verlo conquistar algo, aunque fuera su autocontrol.

—Vamos a tener que intentar algo poco ortodoxo —dijo con tono cariñoso y divertido, mientras me ayudaba a bajar de la litera.

Desplazó el ordenador a un lado del escritorio. ¿Iba a utilizar de algún modo el ordenador? Me tendió boca arriba en el escritorio, donde hasta hacía un momento estaba el ordenador, me levantó las piernas y las apoyó contra su pecho.

Yo no paraba de chocar con la cabeza contra la ventana y veía el exterior hasta el río, hasta la antigua residencia de Ivan.

* * *

Mientras caminaba por la calle mojada, me sentía al mismo tiempo muy despierta y con un cansancio sin precedentes. Hasta donde podía recordar, era la primera vez que no me sentía culpable por no trabajar. Me sentía como si por fin no tuviera ninguna responsabilidad de la que dar cuentas.

Según mi reloj, habían pasado tres horas. Mi memoria parecía no haber registrado parte de ese tiempo. En determinado momento, él había comentado algo sobre su compañero de habitación y me había preguntado si quería darme una ducha. Tras evaluar la situación, me di cuenta de que no había nada que necesitara con tanta urgencia como una ducha.

Esa ducha era como un país extranjero, no había nada salvo un bote casi vacío de champú Head & Shoulders, en las antípodas de la ducha que compartía con tres chicas, donde siempre tenías que hacerte un hueco para colocar el gel depilatorio de selva tropical entre el champú de chirimoya y el exfoliante de albaricoque. También la toalla era diferente. Era áspera, gris y para nada de más calidad que las nuestras −todo lo contrario−, y sin embargo emanaba de ella una suerte de fuerza protectora que me generó cierta nostalgia. ¿Cómo serían las cosas si esta fuera tu toalla? De niña aprendías que todo lo suave y colorido era para chicas y en aquel entonces me sentía afortunada por ello. Pero esa toalla áspera y gris... ¿me habían embaucado?

Un rato antes, él había ido al lavabo y yo me había quedado esperando de pie ante el escritorio. Vi sus pantalones, con el grueso cinturón y la gruesa tela, todo era más grueso que mi ropa, que estaba arrugada en el suelo de un modo casi agresivo. Sentí el impulso de doblarle la ropa, pensando que era algo bueno que podía hacer por él, algo que tal vez incluso podía colocarnos en una situación más igualada. Le había recogido la ropa, la había sacudido y alisado, y la estaba doblando cuando él regresó, y vi por la expresión de su rostro que había metido la pata, que a él le incomodaba que le doblara los pantalones.

Fue justo antes o después de esto cuando, al contemplar la escena de la carnicería, le dije con mi tono de voz más chispeante:

—¿Así que en esto consiste el asunto?

—¡No! —Por su tono parecía preocuparle que pudiera quedarme con esa idea. Me llegó al alma, aunque también me decepcionó que no entendiera lo que a mí me parecía un chiste muy gracioso—. No suele ser así —dijo—. Ya lo irás comprobando.

—¿En serio? —dije.

Las palabras parecían irse cargando de tensión, como un frente de batalla, con el peligro mortal que merodeaba alrededor de la duda sobre si volveríamos a vernos.

La gente decía que debías andarte con ojo a la hora de elegir con quién perdías la virginidad, porque te quedabas enganchada a esa persona, querías hacerlo otra vez, nunca tenías suficiente. De hecho, aunque había resultado ser una de las experiencias más dolorosas de mi vida, lo que sentía por él era algo parecido a la gratitud y un sentimiento de sumisión que era difícil de diferenciar del deseo, porque a algo tenías que someterte.

Recordé el cartel de una parada techada del autobús de Virgin Atlantic (¿por qué había una línea aérea que se llamaba así?): JAMÁS OLVIDARÁS TU PRIMERA VEZ. Aseguraban que no olvidarías tu primera vez, pero lo que no aclaraban era si la otra persona olvidaría tu primera vez. Repasando mentalmente cómo me había visto en el espejo del lavabo, con rastros de lágrimas en el rostro y las piernas y el vientre embadurnados de sangre y lubricante K-Y, pensé que era probable que él también la recordara.

Los grifos de soda del comedor relucían en la oscuridad. Me bebí un vaso de Gatorade, seguido por un vaso de agua. ¿Cómo había llegado hasta aquí? Vislumbré una silueta solitaria en la oscuridad, tecleando en un portátil. ¿Era Juho?

—Ah, esperaba verte en algún momento —me dijo cuando me acerqué—. Siempre me olvido de darte esto.

Abrió su enorme mochila y me ofreció una cosa arrugada de plástico: una bolsa de esos caramelos finlandeses llamados guindillas turcas. Eran de un negro alquitrán, tenían un potente sabor a regaliz y sal, y te dejaban con la sensación de haber inhalado agua de piscina. No tenía yo muy claro qué tenían de turcos, ni por qué gustaban, y sin embargo ya tenía ganas de llevarme otro a la boca.

Nos sentamos en la oscuridad, chupando los salados caramelos y hablando de las vacaciones de invierno de Juho. En Helsinki, en invierno el sol no salía hasta pasadas las nueve y se ponía antes de las cuatro, de modo que la mayor parte del día era entre crepuscular y oscuro. Te pasabas el día en ese paisaje centelleante y resplandeciente —porque la luz de las farolas se reflejaba en la nieve—, yendo de un café a otro para escuchar estilos musicales muy concretos y beber un café cargadísimo. Cada casa contaba con su propia sauna y, pese a que la cocina nacional estaba basada en la caza y la pesca, todavía seguía siendo más fácil ser vegano en Helsinki que en Harvard; una persona no tenía por qué estar comiendo siempre salsa marinera. Juho nunca había estado fuera de su país tanto tiempo seguido y ahora entendía que había estado deprimido.

Le conté que yo también había estado deprimida, pero me encontraba mucho mejor desde que tomaba antidepresivos. Juho me dijo que se alegraba de que estuviese mejor, pero que para él los medicamentos no eran una solución, porque en su caso la depresión era una reacción natural del cuerpo por no estar procreando.

Pensé que no le había entendido bien.

—¿Por no… estar procreando?

—Sí. Como sabes, estamos genéticamente programados para reproducirnos, y si no haces lo que tu cuerpo está programado para hacer, es de esperar que nos sintamos inútiles y tristes.

Siguió contándome que, en cuanto se le acabara esa beca, tenía planeado volver a Finlandia y tener hijos, así ya no estaría deprimido.

Repasé las muchas personas que había conocido a lo largo de mi vida que parecían más deprimidas después de tener hijos.

—¿Y cómo explicas la depresión posparto? —le pregunté.

—Creo que es un tema hormonal. Como sentirse deprimido después del orgasmo. Podría estar relacionado con conseguir de pronto algo de lo que te habías visto privado. Pero no es una condición permanente.

—Pero ser padre...—Era complicado expresarlo en palabras—. ¿Cómo puedes asumir tanta responsabilidad si de entrada ya estás deprimido?

—Bueno, das por hecho que la falta de responsabilidades hace felices a las personas y viceversa. Creo que esta es una conjetura muy americana. Tú ahora tienes relativamente pocas responsabilidades. ¿Eres feliz? Tal vez serías más feliz si tuvieras más responsabilidades.

A la mañana siguiente, mi cara en el espejo tenía un aire diferente, más empática. Todavía sangraba. La sangre era de un rojo intenso, no como durante el periodo. Sin embargo, la cantidad no parecía preocupante, de manera que me puse un salvaslip y me fui a la clase de ruso. Estábamos estudiando el participio pasado. Gramaticalmente, el énfasis no estaba tanto en hacer algo como en haberlo hecho.

—Hoy tienes el pelo reluciente —me dijo Svetlana.

Por primera vez, agradecí la presencia de Matt durante el almuerzo, porque así no tenía que pensar si contarle o no a

Svetlana lo de la noche anterior. Yo no paraba de pensar en ello, se había formado un bucle en mi cabeza, pero me facilitó participar nominalmente en la conversación que estaban manteniendo Svetlana y Matt sobre algo que alguien había dicho en relación con las células madre.

La cosa siguió igual todo el día: la noche anterior se proyectaba una y otra vez en mi cabeza, lo cual confería una suerte de legitimidad ponderada a las partes rutinarias y aburridas de la jornada, haciendo que me sintiera como si estuviese en una película. ¿Por qué sucedía que cuando en una película llegabas a una escena rutinaria o aburrida no entrabas en pánico ni te desesperabas? En una película, el número, la duración y el sentido de las escenas estaba decidido de antemano. Tú solo tenías que esperar a que fueran pasando. Supuse que, en teoría, esto también era así en la vida real —desde luego, el número y la duración de las escenas no eran infinitos—, pero en este caso siempre existía la posibilidad de que se terminara sin que llegase a suceder nada significativo.

* * *

Lakshmi daba otra fiesta, esta temática, y le preocupaba que la gente no se vistiera adecuadamente. El tema era el sadomasoquismo.

—Ya sabes, S&M —dijo Lakshmi—. Corsés, medias de rejilla.

Estaba claro que se le había ido la olla.

Me planteé no acudir, pero sabía que eso la indignaría y a mí me generaba el problema de dónde meterme. Las bibliotecas estarían cerradas o vacías, porque era fin de semana. En mi actual situación, era incapaz de estudiar si no estaba rodeada de gente que también parecía estar estudiando.

—¡Te has vestido…, de algún modo muy adecuadamente! —dijo Lakshmi mientras se inclinaba para plantarme un beso en la mejilla.

Me había pintado los labios con Very Vamp y llevaba medias negras de encaje con un motivo floral. Lakshmi no parecía muy convencida con las medias, hasta que vio que llevaban costura por detrás. Por lo visto, las costuras tenían algo de sádicas o masoquistas. Ella llevaba una garantilla de cuero negro con pinchos plateados, un ceñido top a tiras, una minúscula falda de vinilo y tacones de aguja.

Algunas personas, como Lakshmi, tenían un aspecto interesante con sus modelitos sadomasoquistas, pero la mayoría no. Un editor particularmente aburrido llevaba en la boca una bola de plástico sujeta con correas, pero no paraba de quitársela para hablar, de modo que la bola cubierta de saliva le quedaba colgando del cuello. Un par de chicas de primer año llevaban bragas de encaje negro sin nada en la parte superior y parecían tristonas y pobretonas. Una alumna de literatura a la que conocía de vista se paseaba con su soso novio atado con una correa. La malhablada heredera de una millonaria cadena de colmados británicos, que escribía microrrelatos en los que la gente bromeaba sobre el cáncer, llevaba unos ceñidos pantalones de cuero que parecían demasiado caros y al mismo tiempo algo tristes.

Me alivió ver a Oak, que vestía un jersey de cuello alto negro y mostraba lo que Svetlana llamaba su demente expresión a lo Nureyev. Llevaba el pelo peinado en punta y parecía fácil llamar su atención. En cierto momento estábamos hablando del formalismo ruso y de pronto desapareció. Lo encontré en la habitación contigua, jugando con la fusta de Lakshmi. Ella puso los ojos en blanco y le dijo:

—Esto no es para ti.

Él le lanzó una mirada retadora.

—¿Por qué no?

—Porque no eres lo bastante interesante o lo bastante guapo —dijo ella.

Un par de personas que andaban por ahí cerca soltaron unas risitas nerviosas. Oak abrió los ojos como platos.

—Venga —le dije, arrastrándolo hacia las escaleras—. Vamos a fumar un cigarrillo.

—¿Por qué me ha dicho eso?

—Porque lo único que hace todo el mundo es rechazar y decepcionar a los demás —dije.

Él negó enérgicamente con la cabeza.

—No, esto es totalmente diferente.

Nos colocamos junto a la ventaba en la que la gente fumaba cigarrillos y le dije varias cosas tratando de animarlo.

—Tú siempre eres un encanto —dijo Oak, jugueteando con unas esposas que parecía haber sacado del bolsillo.

—¿Son de verdad? —le pregunté.

Un instante después Oak me había esposado a Jeremy, nuestro amigo más latoso, que se había acercado para pedirnos un cigarrillo y que incluso ahora estaba hablando de que el interés de Michel Foucault por el bondage estaba relacionado con su crítica a las instituciones penitenciarias.

—Dame la llave —le pedí a Oak.

—No la tengo —dijo.

Ante mis ojos, sacó una llavecita del bolsillo, se asomó a la ventaba, la dejó caer y desapareció. Me quedé mirándolo desconcertada. ¿Había hecho algo que lo había ofendido?

—Bueno, espero que las escaleras te generen morbo masoquista, porque vamos a bajar —le dije a Jeremy, en un intento de decir algo relacionado con el sadomasoquismo que nos impulsara a bajar las escaleras.

—Primero bebamos algo, ¿de acuerdo? —dijo—. Ha sido un fin de semana muy largo.

—Primero la llave, las bebidas después —dije.

—Voy a traerte una copa de vino.

—¿Vas a traerme una copa de vino? ¿Mientras yo hago qué: te espero aquí?

A esas alturas ya estábamos los dos riéndonos y habíamos avanzado hasta donde estaba el vino.

—Salud —dijo mientras llenaba las copas con una mano.

—Salud —respondí, con la sensación de que, en efecto, había sido un fin de semana muy largo.

—¿Sabes? —me dijo—. Siempre he estado medio enamorado de ti.

La evidente deshonestidad del comentario me indignó.

—¿Y qué pasa con las dos Dianes?

—Creo que ya he superado lo de las Dianes —dijo—. Para mí es un gran paso adelante.

—Cuéntame más —dije, dando por hecho que su respuesta sería larga y me permitiría ir tirando sutilmente de él hacia la escalera.

—Tú no estás interesada ni lo más mínimo en mí, ¿verdad? —dijo Jeremy.

—Lo siento.

—Es por lo que estudias.

—¿Qué?

—Siempre hay un elemento fetichista. No quieres ni mirarme, porque no soy de Europa del Este.

Aunque estaba convencida de que Jeremy me hubiera parecido agotador fueran cuales fuesen sus orígenes, también era cierto que hasta ahora solo lo había escuchado a medias, mientras que, en efecto, tanto Ivan como el Conde procedían de Europa del Este. Esta constatación me hizo sentirme mal conmigo misma. Me obligué a mirar a Jeremy. Tenía un buen pelo y llevaba una camiseta muy guay. Por otro lado, era uno de esos tíos que tenían principios firmes contra el ejercicio físico y eso se manifestaba en su psique y su comportamiento. ¿Por qué no sentía el constante impulso de ir a correr o de pasar hambre para ganarse el derecho de captar la atención de los demás, tal y como hacíamos Svetlana y yo? Ahora estaba deslizando un dedo por la parte interna de mi antebrazo.

—La piel de esta zona está bien, pero no pasa de discreta. Sin embargo, aquí, cerca de la muñeca, es sublime.

Sentí una punzada de indignación. ¿Le había pedido yo una evaluación comparativa de mi piel? Le señalé que la piel de la cara interna de su antebrazo también era suave y blanda.

—El brazo humano es así —le dije.

—No hace falte que me lo recalques. Tengo una piel sedosa, como de chica. No soy un tiarrón yugoslavo.

Miré a mi alrededor en busca de algún sitio en el que apagar el cigarrillo.

—Es el primer comentario con el que he conseguido captar tu atención. De inmediato te has puesto a mirar a tu alrededor. En plan: «¿Dónde está el tiarrón yugoslavo?». Bueno, acepto que no soy un semental yugoslavo. Acepto que no puedo mirarte desde la otra punta de la habitación con ojos que dicen: «Sabes muy bien que quieres follarme».

—Quizá eres tú el que está buscando al tiarrón yugoslavo. ¿Alguna vez se te ha ocurrido pensar que el interés que te despierto podría ser transferible?

Ya mientras lo decía, me sentí avergonzada de lo inadecuado e infantil que era el comentario, que no era más que lo primero que me había venido a la cabeza. Sin embargo, Jeremy sonrió extáticamente.

—*Touché!* —dijo.

—¿Qué?

—*Touché!* Siempre hablas con ironía, pero al mismo tiempo eres muy sincera. Tú eres la única que puede salvarme de mis egocéntricos revoloteos alrededor del *bathos*.

—Soy una mujer ocupada. No dispongo de tiempo para salvarte de tus egocéntricos revoloteos alrededor del *bathos*.

—¡Lo sé! ¡Eres tan egocéntrica como yo! ¡Por eso estamos hechos el uno para el otro!

Una poderosa sacudida me recorrió el cuerpo. En un primer momento no entendí qué estaba pasando. Pero entonces vi al Conde en la puerta con una chaqueta de lana. Nuestras miradas se cruzaron, él enarcó las cejas e hizo un leve gesto de asentimiento. De pronto se cruzó gente entre nosotros. Cuando volví a verlo aparecer, estaba avanzando hacia mí. Noté que mi cuerpo se transformaba —todo parecía disolverse y deslizarse, como la lluvia sobre el cristal de una ventana–, como si me preparara para que de nuevo algo se introdujera en él, como si de algún modo yo perteneciera al Conde.

–¿Qué tal? –dijo.

–Hola –dije.

Miró a Jeremy como sin verlo.

–¿Estás con alguien? –preguntó con un tono muy elocuente.

La pregunta me pareció absurda.

–No –dije, de un modo igualmente absurdo. Vi que se había percatado de las esposas–. Bueno, alguien nos ha puesto estas esposas –dije.

Su expresión cambió y entró en ella la burla.

–Parece que te lo estás pasando bien –dijo, me tocó fugazmente el hombro y desapareció entre la multitud.

–¿Quién cojones era ese tío? –dijo Jeremy.

–¿Qué otra cosa hace la gente sino torturarse mutuamente? –le pregunté a Jeremy.

Por primera vez me miró a los ojos, y fue como si se hubiera levantado un telón y de pronto lo viera por primera vez como era en realidad. Sentí alivio y esperanza, como si tal vez esto pudiera ser el inicio de nuestra verdadera relación. Pero el telón volvió a caer de manera casi inmediata y todo volvió a ser como antes, y comprendí que lo que me había sido revelado en esta fiesta de temática sadomasoquista era la verdadera faz de todas las fiestas: todas eran, de un modo u otro, de temática sadomasoquista.

–Supongo que sabéis que todas las esposas tienen una llavecita estándar –dijo un tío ataviado con un body verde que le dejaba el pecho al descubierto. (¿Eso era sadismo o masoquismo?)–. No hay –continuó con un tonillo resabiado– una llave diferente para cada par de esposas.

Si esto era cierto, lo único que teníamos que hacer era encontrar a alguien con esposas y pedirle la llave. Recorrí la habitación con la mirada y divisé a dos tipos menudos y sonrientes que iban esposados. Tiré de Jeremy hacia ellos. Parecían encantados de poder ayudarnos. El que llevaba patillas sacó una diminuta llave con un único diente. Entraba a la perfección.

¿Cómo podía una llave ser una llave si todas eran iguales? ¿La idea no era que todas fueran distintas? Intenté encontrarle el sentido mientras me dirigía al lavabo. ¿Tenía relación con si tu objetivo era dejar fuera a muchas personas o impedir a una que saliera?

Llevaba rato con la vaga sensación de que estaba pisando algo líquido con el pie derecho. En la privacidad del lavabo, me di cuenta de que la sangre había desbordado el salvaslip y se había ido deslizando por el interior de los pantis de encaje recorriendo toda la pierna hasta encharcar el interior del zapato.

* * *

El sangrado se detuvo al día siguiente. Me sentí aliviada: si se hubiera prolongado durante más tiempo, habría tenido que ir al centro de salud para estudiantes, lo cual hubiera sido humillante. Al mismo tiempo, me sentía apenada y ansiosa, como si volviera a estar metida en la rueda de la rutina, como si la exención de responsabilidades hubiera llegado a su fin.

ABRIL

En una ocasión, dejándome arrastrar por un impulso, cogí el teléfono y marqué el número del Conde, pero nadie descolgó. Le dejé un mensaje. Un par de días después, cuando volvía de cenar, oí el chirrido de la cadena de una bicicleta y alguien me dijo «Hola, Selin», y era él. Yo iba colina arriba y él descendía. Alzó la mano y me saludó con cordialidad, pero no se detuvo.

Una manera de verlo era que ahora sentía algo por otro tío que no quería saber nada de mí. Era, claro está, una situación que ya imaginaba que acabaría así; pero hasta el momento no había pensado en ello, lo había visto solo como un avance en el statu quo, razonando que sería más llevadero y legítimo si el tío en cuestión era al menos alguien con el que había llegado a tener una relación sexual. Había sido muy reconfortante imaginar un futuro en el que no estuviera pensando a todas horas en Ivan, incluso aunque fuera sustituyéndolo por otro tío con una personalidad peor.

De hecho, estaba en lo cierto: me parecía, en comparación, más llevadero y legítimo. Aunque afirmar que objetivamente estaba disfrutando de la situación habría sido una exageración.

En el curso de escritura creativa leímos «La dama del perrito» de Chéjov. Contaba la historia de un hombre casado que se aproximaba a la cuarentena y que en un resort veraniego tenía un romance con una mujer casada a la que doblaba en años (de manera que ella tenía mi edad). La mujer iba a todas partes acompañada por un perrito. Tras acostarse la primera vez, ella se ponía a gritar y decía que se había «deshonrado» y que «el Maligno» la había tentado. Entonces, el tipo la despreciaba y empezaba a aburrirse. Por lo general, menospreciaba a las mujeres y las consideraba una «raza inferior», a pesar de que siempre necesitaba tener a alguna cerca y no dejaba de vivir aventuras con ellas para después olvidarlas.

Al acabar el verano regresaba a Moscú. Al principio disfrutaba de volver a ponerse un abrigo de pieles y de acudir a fiestas. Pero pasaba el tiempo y no podía dejar de pensar en «la dama del perrito». Era así como recordaba a esa mujer de diecinueve años.

Al final, el hombre viajaba hasta la provincia de mala muerte en que vivía la dama, la seguía hasta el deprimente teatro al que ella acudía como espectadora a un estreno y se daba cuenta de que, a pesar de las ropas y accesorios sencillos, incluso vulgares, que ella lucía, para él seguía siendo la persona más importante del mundo. Cuando la acorralaba durante el intermedio, ella le imploraba que se marchara y le decía que nunca había sido feliz ni lo sería, pero que iría a verlo a Moscú.

Había muchas cosas en ese cuento que no entendía. ¿El hombre disfrutaba de tener una aventura con la dama? De ser así, ¿por qué no la consideraba como alguien especial? Y si no era especial, ¿por qué él era incapaz de olvidarla? También me desconcertaba la actitud de él hacia los niños. La parte en la que acompañaba a su hija al colegio, explicándole fenómenos meteorológicos, mientras no dejaba de pensar que quería ir a un hotel para mantener relaciones sexuales con su amante: todo eso no me pillaba por sorpresa. Pero la parte en la que se decía: «Estaba harto de sus hijos, harto del banco» —metiendo a sus hijos en el mismo saco que el trabajo— me resultaba chocante.

En clase todo el mundo se llenaba la boca de lo sutil y comedido que era Chéjov, porque no idealizaba a los personajes y dejaba claro que el protagonista era un sinvergüenza. Debatían sobre si lo «redimía» el hecho de que fuera capaz de amar a una mujer banal que vestía ropa vulgar.

Me pregunté si yo no me estaría poniendo a la defensiva ante el cuento, porque no había actuado como la dama cuando mantenían la relación sexual. No había sentido que «el Maligno» me hubiese tentado, ni que yo me hubiera «deshonrado». No estaba conteniendo el aliento para que el Conde se «redimiera» al caer en la cuenta de que no podía vivir sin mí.

Alguien dijo que «La dama del perrito» rompía todas las reglas de la narrativa, porque no había ni clímax ni resolución. Leonard dijo que tal vez esto fuera lo maravilloso de Chéjov: que era, de una manera maravillosa, aburrido. ¿Era cierto? ¿Estaba yo de acuerdo? En esencia, me gustaba Leonard. No tenía la sensación de que nos detestase en secreto, o estuviera intentando ser malévolo. Y sin embargo, casi todo lo que decía me resultaba doloroso.

—¿Selin? ¿Alguna aportación? —preguntó Leonard.

No sabía cómo preguntar lo que quería saber: en concreto, ¿qué le pasaba a Leonard, y qué le había pasado a Chéjov, por qué ambos parecían tan infelices y nos hacían a nosotros también infelices. En lugar de eso, hablé de mi frase favorita del cuento: aquella en la que el tipo advertía que todas las fiestas era iguales. Estabas siempre metido en una habitación con gente ebria que repetía una y otra vez las mismas cosas, «como si estuvieras sentado en un manicomio o una prisión».

—Es una gran descripción de cómo se vive el amor no correspondido —se mostró de acuerdo Leonard. Nunca había oído a nadie utilizar la expresión «no correspondido», y no sabía que se pronunciaba así, o tal vez fuera que Leonard había pasado por eso—. O tal vez no necesariamente no correspondido, pero que no funciona como a ti te gustaría.

Con la mirada perdida en la lejanía, Leonard habló de «incorrección subyacente a la maquinaria», y todo lo que dijo era cierto.

* * *

Mi madre me reenvió un email de Jerry. Puedes explicarme el sentido de esta carta? No había caído en la cuenta de que ella y Jerry se comunicaban por email. Sí sabía que él de vez en cuando telefoneaba a mi madre para quejarse de que su mujer, la gélida beldad *shiksa*, no sabía apreciar una buena comida. Su cena ideal consistía en un bol de cereales mientras utilizaba la cinta de correr y leía *The New England Journal of Medicine*.

Asunto: Fw:Fw:Fw:Fw:Fw:Fw: Más evidencias de que el mundo está lleno de idiotas

*La policía de Wichita, Kansas, arrestó a un hombre de 22 años en un hotel del aeropuerto después de que intentara colocar dos billetes falsos de 16 dólares.

*Un autobús con cinco pasajeros chocó con un coche en St. Louis, pero cuando la policía llegó al lugar de los hechos, catorce peatones se habían subido al autobús y se quejaban de haber sufrido lesiones cervicales.

*La policía de Radnor, Pensilvania, interrogó a un sospechoso colocándole un colador metálico en la cabeza que conectaron con cables a una fotocopiadora. Colocaron un papel con el mensaje «Está mintiendo» y cada vez que sospechaban que el sospechoso no decía la verdad, pulsaban el botón de copia. Convencido de que el «detector de mentiras» era infalible, el sospechoso confesó...

Yo ya había recibido antes ese email. Me había molestado el tono autocomplaciente y a favor de la policía. Lo de la fotocopiadora parecía un procedimiento ilegal.

Es un email chistoso, que los perdedores se envían entre ellos. Yo ya lo he recibido 4 veces, tecleé con furia. No entiendo por qué te lo ha enviado. Supongo que para demostrarte lo enrollado que es.

Después de pulsar Ctrl-S, me di cuenta de que le había enviado mi respuesta no a mi madre, como pretendía, sino a Jerry. Se me paró el corazón. Pero ¿por qué? ¿Qué más me daba si Jerry se enteraba de que yo lo veía como un perdedor? ¿Acaso no lo sabía ya?

El microondas del Instituto de Investigación Ucraniano había empezado a ponerse en marcha de forma espontánea y calentar recipientes invisibles. Katya comentó que incluso había oído al microondas hablar ucraniano.

—¿Recitando a Shevchenko? —preguntó Rob con incredulidad.

Alguien dijo que era posible que un microondas captara una señal de radio AM. Querido Ivan, tecleé mientras se suponía que debía estar trabajando.

Resulta difícil creer que ya estemos en primavera. El 1 de abril hubo una tormenta de nieve y todos los tulipanes se doblaron y murieron, o eso nos pareció. «¡Es el Día de los Inocentes, idiotas!».* Y ahora tenemos todos esos tulipanes no muertos por todos lados.

He puesto mucho empeño en hacer lo que me dijiste, pasar página y olvidarme de ti. Es necesario y además posible.

* En el mundo anglosajón el Día de los Inocentes (April Fool) se celebra el 1 de abril. *(N. del T.)*

Estoy mucho mejor que antes, cuando estaba tan asustada y alterada. No me di cuenta hasta algún tiempo después de lo espantada que estaba! Era como si algo bloqueara la puerta y me impidiera salir, estaba empezando a entrar en pánico.

Al final, me di cuenta de que una forma de mover las cosas sería el sexo. Escribí un email a un tipo que conocí en una fiesta. No estoy segura de si esto fue, en sí mismo, algo bueno o malo.

Alguna vez has leído formalismo ruso sobre el «movimiento del caballo»? La teoría es que el cambio y la innovación nunca se mueven en línea recta. Por eso resultan siempre sorprendentes, y en ocasiones casi parece que se muevan hacia atrás.

Hay una incorrección subyacente a la maquinaria. El microondas no debería recitar a Shevchenko!

Pero donde hay no muertos, hay esperanza.

Selin

Malin y Elsa vinieron de visita a Boston. Elsa pasó una noche conmigo, hasta que las miradas de Riley, en combinación con el aroma de los efluvios del gato y del sándalo, la llevaron a trasladarse con Lakshmi.

—No pasa nada, no te preocupes —me dijo Lakshmi, sin apenas parecer molesta.

Estaba ocupada planeando un viaje a Nueva York con Isabelle y Noor, cuyo amigo banquero de inversión, el propietario del loft del SoHo, estaba de vacaciones en Mónaco.

Me convocaron a una entrevista para *Let's Go*.

−De modo que estás en segundo año de ruso −dijo el editor de la guía de Rusia−. ¿Crees que lo hablas lo bastante bien como para poder sobornar a un policía?

−Puedo aprender −respondí−. Bueno, quiero decir que ya me he aprendido como diecisiete versos del *Eugene Onegin*, de modo que…

Dejé la frase sin terminar, confiada en mi razonamiento de que, fuera lo que fuese lo que le tuvieras que decir a alguien para sobornarlo, sin duda sería algo más corto que diecisiete versos. Quedó claro que la mención del *Eugene Onegin* le produjo una impresión negativa al editor.

−La mayor parte de este trabajo implica ser capaz de pensar con rapidez −dijo−. Te propongo una cosa. ¿Por qué no intentas sobornarme aquí y ahora?

Intentando no parecer aturullada, saqué todo el dinero que llevaba en el llavero-monedero −cuatro dólares− y ondeé los billetes ante las narices del editor.

−¿Quieres cuatro dólares? −le pregunté en ruso.

−Vale, escucha, no puedes ir enseñando el dinero de esta manera −dijo, y añadió que había utilizado un genitivo plural para «dólares», pero «cuatro» llevaba el genitivo singular.

Fue en ese momento cuando el editor de la guía de Turquía, en el que hasta ahora no me había fijado, intervino en la conversación, haciéndome un montón de preguntas sobre si hablaba bien el turco, qué nacionalidad tenía, de dónde procedían mis padres, en qué otras ciudades había estado y si conocía Anatolia Central.

No empecemos otra vez con las crisis nerviosas, pensé, porque sabía que *Let's Go* tenía problemas cada vez que enviaba a algún americano a Turquía, no paraban de sufrir crisis nerviosas. Al último tipo al que enviaron, un chulo le había dado una paliza en Konya, y se dejó engatusar y se hizo amigo de un reportero de *Rolling Stone* que resultó estar reuniendo material para un reportaje de denuncia.

El editor empezó por explicarme lo de los ataques de nervios. Resultó que yo había mezclado a dos tíos distintos: uno que sufrió una crisis nerviosa en Konya y otro que se había hecho amigo de un reportero en Estambul y después sufrió una crisis nerviosa. Un tercer americano había ido a Anatolia el año anterior y también había sufrido una crisis. La conclusión era que en *Let's Go* no estaban dispuestos a enviar a Anatolia Central a nadie que no hablara turco, pero, si quería, podía ir yo.

* * *

El relato de Joey en el curso de escritura contaba la historia de un chico que en la época del instituto «perdía la virginidad», una expresión que me sonaba rara aplicada a chicos. El narrador estaba echado encima de su novia en un viejo sofá, y la novia empezaba a retorcerse, gemir y gritar, y el narrador se mosqueaba: también él quería retorcerse y gemir, y le parecía muy injusto que solo a la chica se le permitiera comportarse de este modo.

Me quedé perpleja. ¿Podía ser cierto que también los tíos desearan gemir y gritar, que la pérdida del control de sus actos se convirtiera en objeto de interés y no de menosprecio? ¡Pero imaginemos qué pasaría si todo el mundo gimiera y gritase! Y que a él su novia le provocara envidia…

No, era imposible que todos los tíos pensaran de este modo. Tal vez Joey era un caso único. ¿Era por eso que Lakshmi lo despreciaba?

Fui a una fiesta fuera del campus con Riley y Priya, y el Conde estaba allí. Me pareció que intentaba evitarme, marchándose de una habitación a otra. Al principio pensé que eran imaginaciones mías, pero estaba claro que era así.

También estaba allí el tío que me prestó la llavecita de sus esposas en la fiesta de temática S&M. En ese momento me había parecido encantador, pero ahora hablaba con un tono afectado y no paraba de decirnos a Riley y a mí que fingiéramos.

—¿Si tu idioma materno es tu lengua materna, por qué tu país natal no es tu coño natal? —argumentaba otro tío.

A nuestro alrededor, todo el mundo estaba tomando, con gesto irónico, chupitos de gelatina. De la pared colgaba un enorme cuadro abstracto que estaba segura de que en algún momento alguien compararía con una vagina.

Riley y yo rechazamos los chupitos de gelatina, de modo que para algunos se convirtió en una misión tratar de convencernos de que nos los tomáramos.

—Hagámoslo y nos lo sacamos de encima —le dije.

Ella se encogió de hombros y nos tragamos al mismo tiempo el contenido de los vasitos.

—¡Beso! ¡Beso! —coreó el tío de las esposas.

Riley le dio un beso en la mejilla. Los irónicos habían echado a perder la gelatina, que no había cuajado en absoluto.

Buscando el lavabo, me crucé con el Conde, que estaba junto a la puerta con un tío alto de cabello abultado.

—Eso podría ser el clítoris —estaba diciendo.

Estaban contemplando el cuadro que yo sabía que alguien acabaría comparando con una vagina.

Al día siguiente durante el brunch, Priya contó que el Conde le había tirado los tejos. Ella no sabía que para mí era el Conde.

—Ese salido con un nombre imposible —dijo—. Estaba tirándoles los tejos a las otras dos chicas del sudeste asiático, y después se me acercó y fue como…

Riley la interrumpió y cambió radicalmente de tema, por consideración a mí. Me percaté de ello, pese a que no me había sentido concernida o dolida por la caracterización que Priya había hecho del Conde como un salido que hacía inoportunas maniobras de seducción con todas las chicas de origen asiático; lo que me dolió fue la presunción de Riley de que yo me sentiría o debería sentirme concernida.

—Era asqueroso —insistió Priya.

La noche que lo conocí, el Conde había estado bailando muy pegado con una chica con un vestido plateado. ¿Ella lo había rechazado? ¿Él era asqueroso? Hasta cierto punto, sabía que se trataba de una valoración subjetiva. Sin embargo, el modo en que lo dijo Priya, combinado con la reacción de Riley, hacía que pareciese objetiva. Por otro lado, la realidad de Priya era diferente de la mía. Ella había gozado de muchas más oportunidades que yo, de modo que su valoración de las mismas era distinta.

* * *

—Mi vida está arruinada —afirmó Lakshmi con tono alicaído.

Era domingo por la tarde. Según lo planeado, ella debería seguir en Nueva York.

El viaje se había iniciado el viernes, cuando Isabelle recogió a Lakshmi con el BMW. Mia, la alumna de primero que adoraba *Finnegans Wake*, ya estaba instalada en el asiento trasero, con una actitud modosa de no tener pretensión alguna de interferir en sus planes. A continuación iban a pasar a recoger a Noor. Lakshmi comprendió de inmediato que cualquier distribución de los asientos —tanto si iban Noor e Isabelle delante y ella y Mia detrás, como si ella se sentaba delante y Noor y Mia detrás— sería insufrible. Durante un rato, después de la parada para descansar, Mia se sentó delante con Isabelle, e incluso entonces, sola detrás con Noor, Lakshmi notó que toda la energía de él se dirigía, como si fueran los rayos del sol, hacia Mia.

La cosa siguió así toda la tarde, también al aparcar y cuando tuvieron un pequeño contratiempo con la llave. Al final, mientras tomaban unas cervezas en el terrado y contemplaban la puesta de sol, Mia hizo un comentario que dejó en evidencia que estaba confundiendo a Baudelaire con Baudrillard. Noor le restó importancia al error y Lakshmi añadió: «Sí, total, ¿qué más da una diferencia de cien años?». A partir de ese momento, Noor se mostró distante con Lakshmi el resto de la noche y cuando finalmente ella se encaró con él, él le dijo que no sabía que pudiera ser tan cruel.

Al amanecer, Lakshmi tomó un autobús clandestino que salía de Chinatown con destino a Boston, de cuya existencia se había enterado. Al llegar, estaba sonando el teléfono. Era Joey. Llevaba semanas llamándola, pero ella se negaba a verlo. Sin embargo, ahora estaba demasiado agotada como para discutir con él y aceptó que se vieran para tomar una copa.

Lo último que recordaba Lakshmi era a Joey trayéndole un segundo tequila.

Mientras me contaba la historia, yo intentaba dilucidar cuál era la parte terrible. Al principio pensé que se trataba de lo injusto que era que Noor la hubiera acusado de ser cruel, después de haberse pasado el día torturándola. Pero no se trataba de eso. La parte terrible de la historia era que se había despertado por la mañana en una cama junto a Joey.

—Probablemente ya no soy virgen.

A Lakshmi casi le dio un sofoco al ver que yo no lo pillaba. Le brilló una lagrimita entre las pestañas y otra se le deslizó por la mejilla. Yo no había visto en mi vida unas lágrimas tan escasas, reluctantes y rabiosas.

—Pero ¿cómo lo sabes?

—Había evidencias.

—¿Quieres decir… sangre?

—No, pero no podía haberla. He montado mucho a caballo en mi vida.

Se comportaba como si fuera obvio cuál era la prueba, pero yo seguía sin pillarlo. Se trataba de un condón. Joey le dijo que se lo había colocado antes percatarse de que Lakshmi se había quedado traspuesta, y entonces se lo quitó sin haber llegado a hacer nada. Ella no le creía. Decía que perdería para siempre el amor de su padre, el amor de la única persona en el mundo que la valoraba de verdad.

Lakshmi era mi amiga, de modo que yo estaba de su parte. Sin embargo, por algún motivo, mi mente no dejaba de preguntarse qué había hecho mal. ¿Había «utilizado» a Joey para olvidarse de Noor? Por otro lado: ¿no era justo esto lo que se suponía que debías hacer: olvidarte del chico malo que te gustaba y, con una actitud madura, aceptar, sin perder el amor propio, las atenciones de un tío menos carismático que había dado muestras más que suficientes de su calidad humana al querer estar contigo? ¿No era esa la trama del cuarenta por ciento de las comedias románticas? ¿No era lo que había acabado haciendo Alanis Morissette?

* * *

En la librería, cogí un libro que había visto muchas veces y nunca se me había pasado por la cabeza leer: *Las Reglas: secretos de probada eficacia para ganarse el corazón del hombre perfecto.*

Las Reglas consistían en esencia en hacer todo lo contrario de lo que yo hacía. Nunca podías confesarle a un hombre que lo amabas, o demostrarle que te gustaba, o tomar la iniciativa en el sexo, o aceptar mantener una relación sexual. Las Reglas se parecían mucho a la lista de cosas que Tatiana no hacía en *Eugene Onegin.*

> *Ella no dice: pospongámoslo;*
> *porque así aumentaremos la calidad del amor…*
> *desinflemos primero la jactancia*
> *con la esperanza; después con perplejidad*
> *hostiguemos al corazón, y entonces*
> *reavivemos con un celoso fuego…*

Era esto: en esto consistían las Reglas.

Eugene Onegin no contradecía las Reglas, sino que más bien las confirmaba, porque Tatiana no conseguía a Eugene

Onegin. Una persona que siguiera las Reglas, habría conseguido a Eugene Onegin. Esto quedaba demostrado por cómo la propia Tatiana conseguía a Eugene Onegin más tarde, después de casarse y ya no serle de ninguna utilidad. Era entonces cuando él se lanzaba a sus pies y le imploraba que tuviera una aventura amorosa con él, mintiera y arruinara su vida.

Esta era la esencia de las Reglas: tratar al hombre que te interesaba como a un hombre que no te interesaba. No podías dejar jamás de simular que no te interesaba, ni siquiera después de casaros. Esta era la Regla 26. Si en algún momento, cualquier cosa que hicieras parecía que fuera idea tuya, eso supondría un monumental desengaño para él. Esto se debía a la «biología». («Biológicamente, él es el agresor»).

Las Reglas atravesaban de manera decisiva el inacabable debate en el que yo llevaba enfrascada toda la vida, sobre las palabras y actos de los novios de la gente. «Te podrías preguntar: ¿Este comportamiento es el resultado de una nefasta educación o de algo que sucedió en su pasado? Tal vez. Pero creemos que se debe a que no has seguido las Reglas». De manera que no es que mi madre y mis tías estuvieran equivocadas; el comportamiento de los hombres probablemente fuera el resultado de algún incidente en su pasado que les había dejado incapacitados para recibir, aceptar o valorar el amor genuino. Sin embargo, saberlo, discutirlo y no digamos ya tratar de reconstruir ingenuamente cuál había sido ese incidente, no te hacía ningún bien. Lo único que te favorecía —porque hacía pedazos el cerebro del hombre y le impulsaba a actuar como actuaría una persona que te amaba— era pretender que en esta vida solo te importaba de verdad tu cabello.

Según las Reglas, mostrarte obsesionada con tu cabello no era frívolo ni antisocial. Descuidar tu cabello sí era antisocial, porque provocaba que los demás se sintieran como unos fracasados si se dejaban ver contigo. También lo era cortártelo muy corto, porque no ayudaba a que los hombres se sintieran más varoniles. Daba igual si el cabello corto te sentaba mejor. En líneas generales, daba igual cómo eras tú en concreto. La Regla 1, «Sé una criatura como ninguna otra», sonaba como si fueras a ganar algunos puntos por no ser igual que todas las demás, pero al final significaba todo lo contrario. Básicamente, todas tus cualidades y logros reales carecían de interés y eran aburridos, y tu verdadera valía reposaba en la misteriosa y tácita esencia que convertía a cada mujer en «una criatura como ninguna otra». El libro reiteraba una y otra vez que a las «mujeres inteligentes y con estudios» eran a las que peor se les daba aplicar las Reglas, porque pensaban que sus sofisticados títulos universitarios las autorizaban a desplegar su personalidad. Siempre acababan recibiendo su merecido y acababan «con el corazón roto».

Nada en *Las Reglas* era del todo novedoso: la eterna derrota de las mujeres que rompían el molde de la mediocridad, la inutilidad de su «honestidad», el modo en que a menudo acababan casándose con tipos anodinos a los que en un principio habían rechazado por tediosos. No es que yo no hubiera oído ya todas estas cosas, pero en algún momento, sin darme cuenta, me había convencido de que yo era diferente, de que mi honestidad y mi impulso de romper el molde de la mediocridad no recibirían el mismo castigo, porque yo disponía de ciertas habilidades especiales, de una autosuficiencia, de una capacidad para estar sola. Siempre había estado sola, mientras que todos los demás miembros de mi familia insistían siempre en tener a alguien cerca con quien mantener relaciones sexuales.

* * *

Fue impactante ver el nombre de Ivan en mi bandeja de entrada, pese, o tal vez porque, ya no estaba en el candelero, había sido desbancado por el nombre polaco mucho más largo del Conde. Sin embargo, yo seguía sintiendo su poder latente: podía reactivarse, el cable todavía estaba tenso.

Selin:

A veces no te entiendo en absoluto. ¿Por qué no puedes hacer nada como una persona normal? Cuando veo cómo te comportas, me siento impotente. El año pasado solía hacerme esta pregunta: ¿cómo puedes ser tan delicada escribiendo y tan torpe en la vida real?

Me quedé mirando la pantalla. ¿Por qué actuaba como si yo le hubiera recriminado algo? No le había recriminado nada. ¿Quién era él para decirme que no hacía nada como una persona normal? ¿Por qué de repente se transformaba en el señor Normal? Si quieres echar un polvo, continuaba, no escribas emails. Tienes que...

¿Qué era esto..., un consejo? Me estaba hablando de crear un clima de incertidumbre. El hombre no debería saber si tenía permiso para tocarme la mano. No había ninguna incorrección subyacente en la maquinaria. De hecho, si lo hacías bien, era sorprendente lo bien que funcionaba la maquinaria.

La grosería de Si quieres echar un polvo, la vulgar interpretación de la maquinaria, eran inusitadas y ofensivas. Tuve la sensación de que se había roto un hechizo, que por fin me estaba diciendo algo de lo que hasta ahora se había negado a hablar. Porque, pese a que nunca antes se había puesto a explicar su responsabilidad, en lo que había y no había pasado entre él y yo, ahora parecía estar respondiendo a la pregunta que esta vez yo había evitado cuidadosamente hacerle.

Vaya, la has cagado a lo grande. Nunca le digas a un tío que lo amas hasta que él te lo diga a ti siete veces. De lo contrario, te meterás en un juego del que saldrás perdiendo. Incluso si él estaba pensando declararte su amor, ahora ya no lo puede hacer, porque has destruido el misterio.

Me di cuenta de que, pese a que a menudo me habían dolido las cosas que Ivan me había dicho o escrito, nunca hasta ahora había tenido la sensación de que estaba intentando hacerme sufrir de manera deliberada. ¿Era posible que lo que yo había escrito le hubiera dolido de alguna manera inusitada? ¿Era posible que yo lo hubiera escrito con esa intención, para hacerle sufrir? ¿Del mismo modo que yo había sufrido, y sufrido, y sufrido, durante dos horas, sobre la almohada de la calavera y sobre el escritorio?

Pensé en las Reglas y en mi sensación de que a mí no me incumbían. Todo el tiempo, cuando me decía a mí misma que no dependía de otras personas, ¿no me agarraba a la contradictoria convicción de que algún día —por utilizar la frase, cargada de significado, que utilizaban mi madre y mis tías— «encontraría a alguien»: alguien muy diferente tanto del tío aburrido que quería casarse contigo como del tío aburrido que no quería casarse contigo?

Ahora el propio Ivan me había dicho, en apariencia en un arrebato de rabia —¿y no significaba eso que tenía bastantes visos de ser cierto?— que yo lo había estropeado todo básicamente por no seguir las Reglas. De modo que tal vez Ivan fuera el tío que no quería casarse contigo, al que tenías que engañar cada día durante el resto de tu vida.

En cualquier caso, hay montañas de fobias edípicas entre nosotros, porque te comportas conmigo como una hermana pequeña. Además, de algún modo, me recuerdas a mi madre.

Ya estábamos otra vez: el duro brillo de la revelación. Cuando pensé en todas sus hermanas pequeñas, su comentario sobre la hermana pequeña cobró sentido. La mención de su madre, sin embargo, se me antojaba gratuita y extemporánea. ¿No eran las señoras mayores las que a la gente le recordaban a sus madres? ¿Cómo podía yo ser ambas cosas: como una hermana pequeña y como su madre?

Pensé en la madre de Ivan, intentando recordar cómo era. En cierto momento me había mostrado un descolorido gráfico que había utilizado para distribuir tareas domésticas cuando Ivan y sus cuatro hermanas todavía vivían con ella; era una cuadrícula en la que estaba anotado a quién le tocaba tal día preparar la leche con cacao del desayuno. ¿Por qué recordar esto me entristeció? El tono de la madre era por lo general alegre y su comportamiento, brioso. Aunque sin duda, de haber estado triste, no lo habría mostrado delante de mí, una desventurada jovencita desconocida.

Volví a pensar en las Reglas, en la Regla 3, sobre la primera cita: «Evita mirarle a los ojos de manera romántica». Regla 10, sobre «Citas 4 hasta el Momento del Compromiso»: «Actúa de forma independiente, para que él no tenga la sensación de que esperas que se haga cargo de ti». ¿No era el tipo de reglas que una desearía que siguiera su madre? Claro está, no había ningún motivo por el que ella tuviera que seguirlas; tú no podías —no lo harías jamás—, evitarla, como los hombres te evitaban a ti. «Evita mirarle a los ojos de manera romántica». ¿Era posible que hubiera hecho sentir a Ivan del mismo modo que a veces yo me sentía con respecto a mi madre?

MAYO

Juho me dijo que quería pedirme consejo sobre citas, un concepto que le parecía específicamente americano. En el universo de Juho yo ocupaba plaza de americana y de experta en citas.

A Juho le habían convencido de que visitara Wellesley con un autobús conocido como el Camión del Folleteo. En la consiguiente fiesta, Juho, al que la música que ponían le parecía inadecuada para bailar, entabló conversación con una chica que tampoco estaba bailando y que se describió a sí misma como una persona muy tímida que solía dedicar todo su tiempo de vigilia a actuar en una compañía shakesperiana formada en exclusiva por mujeres. La chica había invitado a Juho a volver a Wellesley para verla interpretar a Polonio.

¿Esto se podía considerar una cita? ¿Qué diferencia había entre quedar con alguien y tener una cita con alguien? ¿Debía ir? ¿Podía yo acompañarle?

Le dije que me parecía que sí debía ir, y además solo en caso de que fuera una cita; si no lo era, al menos vería *Hamlet*. Era una frase que podía imaginar a mi madre diciendo muy juiciosamente: «En el peor de los casos, habrás visto *Hamlet*». Funcionó. Vi que Juho estaba contento. Me volvió a preguntar si no quería acompañarlo. Me excusé diciéndole que ya había visto *Hamlet*. Pero se me hacía raro que Juho ya hubiera estado dos veces en una universidad solo para chicas y yo jamás hubiera pisado una.

De pronto recordé a Jordan, mi amiga del campamento de verano, que tenía mi edad, pero ya hacía el tercer curso en Smith. (Había enviado sus solicitudes a las universidades dos años antes que yo, porque vivía en Kansas y detestaba a su padre, y en Smith le habían concedido una beca completa). A mi madre nunca le entusiasmó Jordan, a la que conoció cuando me fue a buscar al campamento de verano. Jordan era todavía más alta que yo, se cosía su propia ropa (mayormente reciclando otras prendas) y lucía un tatuaje de medio caracol, porque se lo habían dejado sin acabar. Editaba un fanzine de cómics y era medio china. Cada vez que mi madre señalaba a alguien de quien pensaba que debería hacerme amiga, siempre era una chica americana con una trenza francesa.

El último día del campamento, Jordan y yo nos quedamos hablando toda la noche, porque no sabíamos si volveríamos a vernos. Estábamos en lo cierto: no volvimos a vernos. Mi madre me dijo que se me veía sobrexcitada, me preguntó con insistencia si consumía drogas e, irónicamente, trató de convencerme de que me tomara un Valium para que durmiera en el coche durante el trayecto. Nunca me había sentido tan despierta y no quería dejar de disfrutar de esa sensación.

Durante todo el año siguiente, Jordan y yo nos mandamos cartas escritas en los trozos de papel más grandes que encontrábamos: bolsas de papel marrón, papel de envolver, papel continuo para impresora. Cuando mi madre vio una de las largas cartas de Jordan, tipo rollo de pergamino, comentó que la chica le parecía mentalmente inestable y me preguntó si no sería lesbiana.

En una ocasión, mientras mi madre y yo veíamos un episodio de *Ley y orden* un viernes por la noche, me preguntó si yo era lesbiana; de no ser así, ¿por qué estaba en casa con ella en lugar de saliendo con mi novio? Me pareció una grosería, pero le respondí lo más educadamente posible. No se daba por satisfecha con nada de lo que le decía, hasta que le aseguré que si fuera lesbiana, ya se lo habría dicho. Entonces se sintió ostensiblemente aliviada —«¿Lo habrías hecho, verdad?

¿No tenemos secretos entre nosotras, verdad?»– y pudimos seguir viendo las andanzas de los fiscales del distrito persiguiendo a criminales.

El año pasado, cuando entré en la universidad, Jordan y yo nos mandábamos de vez en cuando algún email. Jordan me escribía cada vez más sobre sus compañeras de piso, dos de las cuales estaban misteriosamente enamoradas de una tercera, Pepper, que era arrogante e insufrible. A los seis meses, más o menos, Jordan me contó que ella y Pepper se habían besado, y que también ella se había enamorado de Pepper. No lo entendí. ¿Cómo podía Jordan querer a un ser humano llamado Pepper? ¿Jordan era lesbiana? ¿Mi madre estaba en lo cierto? En el campamento, Jordan y yo habíamos hablado durante horas de lo coladas que estábamos por los chicos.

A mí ni se me había pasado por la cabeza enviar solicitudes a universidades femeninas. En el instituto había comprobado que las clases, ya de por sí insoportables, empeoraban de manera exponencial cuando no había chicos entre el alumnado. Incluso las chicas más listas parecían perder interés en hacer comentarios inteligentes. En cualquier caso, no quería «nutrirme» en un «entorno» que estaba organizado para que yo «brillara». Quería hacer las cosas del modo más realista y riguroso. Como es obvio, todo estaría organizado pensando en los chicos. ¿Y qué? Trabajaría diez veces más duro que ellos y al final todo el mundo reconocería que mis resultados eran superiores.

Cuanto más me hablaba Juho de Lara, la chica de Wellesley, menos me cuadraba con ningún estereotipo que tuviera en mente. Era mexicana y se había criado en Ciudad de México, pero su madre era inglesa y ella tenía acento británico. Tenía tres hermanos, estaba obsesionada con el teatro y actuaba desde que era niña, pero era patológicamente tímida. Al ver lo peculiar que era, pensé que Wellesley debía de estar repleto de personas muy distintas, igual que Harvard, solo que allí todas eran chicas. Sonaba excitante. Pero sin duda echaban en falta a los chicos y tenían que traérselos en autobús.

Me mandaron una carta de Radcliffe ofreciéndome una beca en el extranjero, pero cubría menos de la mitad del precio de la matrícula. El tío de la comida congelada peruana me mandó un email en el que me decía que podía trabajar para él, pero que antes debía enviarle una «fotografía de cuerpo entero». Sean, el editor de la guía *Let's Go* de Turquía, no paraba de llamarme con ideas para ampliar la cobertura de Anatolia Central. Pero yo iba a Ankara todos los veranos, de modo que ¿contaba Anatolia Central como viaje?

Al pasar junto al Centro de Ciencias, mirando al suelo, me crucé con Peter, que me preguntó por mis planes veraniegos. Le conté lo de la escasa beca para Rusia, lo del proveedor de comida congelada con empeños visuales y lo del itinerario por Anatolia Central que provocaba a los americanos crisis nerviosas. Mi intención era explicar de un modo gracioso que todas las opciones tenían pegas, pero Peter pareció entenderlo de otro modo. Me preguntó si había viajado por Turquía sola alguna vez y me aseguró que sería una experiencia increíble, y dio por hecho que iba a ir tanto a Turquía como a Rusia.

—No sé si la beca para Rusia es suficientemente cuantiosa como para aceptarla.

—¿Por qué, de cuánto es?

Cuando le dije que me ofrecían mil doscientos dólares, Peter se rio y dijo que los programas de estudio en el extranjero cobraban más de la cuenta por órdenes de magnitud. Era mucho más económico organizártelo por tu cuenta, y encima de este modo los anfitriones locales sacaban más beneficio. Además, todo el mundo en todos los países estaba encantado de contar con alguien que trabajara gratis: lo único que tenía que hacer era encontrar alguna empresa interesante y ofrecerme para preparar los cafés, eso serían unas prácticas y aprendería lo mismo que en un programa americano de tres mil dólares.

Impactada por la manera de ver las cosas de Peter, por cómo hacía que el mundo pareciera manejable, pequeño y enorme al mismo tiempo, me pregunté en voz alta si debería intentar llegar a algún acuerdo con el tío de los congelados. ¿No sería gratificante desde una perspectiva narrativa que todo encajara tan bien? Peter se rio, pero con una expresión algo preocupada, y me dijo que me pondría en contacto con uno de sus amigos.

* * *

No había conseguido hacerme una imagen clara de Lara, la nueva novia de Juho, y me di cuenta de que casi me esperaba que fuera borrosa. Como es obvio, resultó poseer un nivel normal de realidad material, con ojos grises, hoyuelos y cabello enmarañado entre dorado y castaño. Vestía un tosco peto que lograba resultar interesante y favorecedor.

¿Por qué era esto lo que se esperaba que hicieras cuando veías por primera vez a una chica: analizar si era o no guapa, como comprobé que era Lara? En el caso de los chicos, algunos eran físicamente repulsivos o atractivos, pero muchos de ellos de entrada resultaban neutros, y no se generaba esta apremiante sensación de rompecabezas cognitivo que había que resolver de inmediato para encajarlos en alguna categoría; cosa que sí sucedía, literalmente, con cada persona de sexo femenino, incluida una misma, que veías reflejada en ventanas o escaparates. A veces me parecía que yo tenía un aspecto interesante, misterioso y escultural. En otras ocasiones pensaba que no me asemejaba a nada; que nada en mí encajaba, ni se ajustaba a ningún patrón, ni tenía ningún tipo de gracia, proporción o sentido; que la postura que adoptaba era amorfa y odiosa, como una señal de indolencia, sumisión o algún otro tipo de debilidad de carácter.

La segunda cosa más llamativa de Lara, después de su belleza, era su afán por gustar: no esas ansias sobreactuadas que más bien ahuyentaban, sino una expectativa radiante, estilo

Bambi, que parecía, en estos momentos, ir dirigida en especial a mí, como si yo fuera una amiga especial de Juho que tenía que quererla (porque ella quería a Juho).

Juho estudiaba un libro de español y se ponía casetes en español mientras dormía. En las vacaciones de primavera, fue a Ciudad de México con Lara, y cuando volvió, ya hablaba español. Lara iba a hacer un curso de inmersión en finés durante el verano. ¡Qué rápido había sucedido todo! Juho y yo llevábamos meses siendo amigos, pero nunca planeamos viajar a otros países y aprender idiomas pensando el uno en el otro.

Juho le había dicho a Lara que si pensaban seguir juntos más de un año, ella tendría que aprender finés y entrar en contacto con la cultura del país, porque él tenía que regresar a Helsinki en cuanto se le acabara la beca. Juho había visto a demasiados compatriotas que volvían del extranjero con una pareja que no hablaba finés, y las parejas acababan siendo totalmente dependientes y acababan cogiendo una depresión. Después de graduarse, Lara tendría que pasar seis largos meses sola en Helsinki. De esta manera podría comprobar si la ciudad le gustaba lo suficiente como para vivir allí, porque ella misma se sentía a gusto, no por Juho.

—¿Y tú dónde estarás? —le pregunté a Juho.

—En algún otro sitio. O quizá en el mismo Helsinki. Pero no estaremos en contacto.

Me alivió comprobar que, después de todo, había cierta lógica en quién acababa relacionado con quién, porque este plan a mí me parecía una locura y, sin embargo, podía imaginarme a otra persona encantada de llevarlo a cabo. Sin duda, Lara era esa persona, y por eso ella y Juho habían acabado juntos.

La semana siguiente, durante una cena, Juho dijo que me quería pedir consejo. Estaba preocupado por Lara, porque habían pasado el fin de semana juntos y en cierto momento ella había roto a llorar sin poder contenerse. Le pregunté qué había pasado justo antes del llanto. Juho me dijo que habían estado hablando de los seis meses que ella iba a pasar sola en Helsinki después de graduarse. Le sugerí que tal vez Lara no quería pasar seis meses sola en Helsinki. Juho respondió que eso era imposible, porque ya habían hablado del plan hasta el último detalle y Lara se había mostrado de acuerdo en que era razonable.

—Puede ser el tipo de plan que te parece razonable cuando lo comentas, pero si de verdad tienes que llevarlo a cabo, te parece desolador —dije—. Puedo imaginarme sintiéndome así.

—¿Tú? —exclamó Juho—. ¡Pero si tú has vivido en un pueblo húngaro!

Era verdad. Había convivido con gente a la que no conocía, intentando aprender húngaro y sin hablar con Ivan durante semanas. Sin embargo, buena parte de eso no había sido idea de Ivan. Desde luego él nunca había dicho que yo tenía que aprender húngaro o tenía prohibido hablar con él.

¿Y si lo hubiera hecho? Por un lado, habría sido un espaldarazo para que mi estudio del húngaro se convirtiera en un proyecto reconocido y legítimo y no en una cosa rara que yo llevaba a cabo en secreto. Por el otro, si intentaba imaginarme viviendo en Budapest durante seis meses, sabiendo que Ivan estaba en la ciudad, pero intencionadamente no me dirigía la palabra… bueno, me parecía como mínimo una situación tan penosa como la que estaba viviendo ahora.

Fui al Café Gato Rojo para encontrarme con Seongho, el amigo de Peter. Vestía traje y llevaba una cartera de mano, y me habló del programa de estudios autogestionado que él se había organizado en Moscú el año anterior, al caer de pronto en la cuenta, mientras preparaba su tesis sobre las facciones comunistas coreanas, que necesitaba con urgencia poder leer ruso. Deslizó un papel por la mesa. En él estaban escritos los larguísimos números de teléfono de unos genetistas que le habían alquilado una habitación en un alejado barrio suburbial y de un estudiante de doctorado que le había enseñado suficiente gramática como para poder leer los periódicos comunistas. También constaba el número del busca de un tío llamado Igor en Queens que, por cuatrocientos dólares, te facilitaba una carta de invitación que te permitía obtener el visado.

¿Era posible que todo fuera tan… fácil no era la palabra, porque sonaba todo un poco lioso, pero tan viable? Seongho hacía que todos sus problemas parecieran divertidos. Me dijo que me avalaría ante los genetistas y les aseguraría que no era una asesina psicópata. (¿Cómo podía estar tan seguro?).

Empecé a pensar en gente en Moscú de cuyo trabajo pudiera aprender preparando los cafés. Recordé una revista literaria rusa escrita en inglés que alguna vez había intentado leer. La encontré en la biblioteca. En la página de créditos figuraba el email de la editora, que terminaba, de forma electrizante, con un «msk.su». Me llevé la revista a una mesa de lectura, decidida a leérmela de cabo a rabo.

Desde las primeras páginas, me sentí deprimida, desesperanzada, y recordé por qué nunca había logrado leerme esa revista. «Serdiluk se dio cuenta de lo que le había traído repentinamente a la memoria al cantante Polyp Pigdick», leí. Pasé unas cuantas páginas en busca de otro relato. Alguien llamado Vic el Pendejo Babeante hablaba de una mujer con «cuatro tetas, dos culos y una trenza tan gruesa como tu puño».

Sin embargo, por algún motivo, esto, en un relato de un tercer autor, me pareció divertido:

—¿Por qué llevas una máscara de gas? —preguntó Tocapelotas—. ¿Tienes una fuga en el horno?

—¿Y tú por qué cojeas de las dos piernas? —respondió Karmaliutov a la pregunta con otra pregunta—. ¿Eres un viejo lobo marino?

Le mandé un email a la editora, mostrando mi entusiasmo por Tocapelotas y Karmaliutov, y preguntándole si, dado que iba a estar en Moscú en agosto –qué atrevido quedaba–, había algún trabajo que pudiera realizar para ellos. Me respondió, pidiéndome que repartiera folletos sobre la revista a diversos profesores famosos de Harvard. Respondí dando a entender que no podría repartir los folletos si ella no pensaba en algún trabajo para mí en Moscú, y ella dijo que se lo pensaría.

* * *

Priya iba a actualizar otra guía de *Let's Go*, la de Nepal. Fuimos las dos juntas a una sesión de autodefensa para mujeres. Un exconvicto gigantesco ataviado con un mono de astronauta simulaba atacarte. Ese era ahora su trabajo. Nos enseñaron cómo teníamos que arrearle un rodillazo en las pelotas mientras le gritábamos: «No».

El exconvicto hablaba con orgullo profesional de los procesos inconscientes con los que los criminales elegían a sus víctimas. Citó un estudio en el que se les mostraba a varios delincuentes violentos un vídeo de gente caminando por un centro comercial, y todos de forma independiente acababan identificando a los mismos objetivos. No eran los que parecían más ricos, sino los que mostraban signos de inseguridad o despiste.

Priya conocía muchos chismes sobre *Let's Go*, porque uno de sus admiradores era estudiante de Derecho, y estos eran los que les gestionaban la mayoría de las demandas judiciales. Según el estudiante de Derecho amigo de Priya, la última vez que *Let's Go* había «enviado a una mujer sola» a Turquía, la violaron y ella intentó denunciar por negligencia al editor. ¿Era cierto? Era conocido que *Let's Go* recibía montones de denuncias, pero normalmente eran por difamación.

Parte del aprendizaje para colaborar con *Let's Go* consistía en lograr escribir en un tono muy concreto. Al tono se lo denominaba «ingenioso e irreverente», y era el mismo que se empleaba en la *Guía no autorizada de la vida en Harvard*, un libro que se distribuía gratuitamente entre los estudiantes y que todos habíamos leído un montón de veces, al menos yo debía de haberlo hecho, porque frases enteras, la mayoría comentarios sobre restaurantes, se me habían quedado grabadas a fuego en la memoria. Frases como «The Fishery sirve raciones enormes de pescado fresco pero mediocre para una clientela familiar», me impresionaron por su acertado equilibrio entre puntos fuertes y débiles, igual que la facilidad de los escritores para definir tipos sociales de los que no había oído hablar en mi vida («parlanchín folk-alternativo» o «relajadas camarerazas de la generación X»).

A cada escritor-investigador se le asignaban tres locales del área de Boston para que escribiera sobre ellos en la próxima *Guía no autorizada*. Los que me tocaron a mí fueron Vintage Treasures, Bob's Muffler Repair y Dr. Stoat's Comic Vault, todos en Coolidge Corner. Era estupendo tener una excusa para ir a un barrio que rara vez pisaba, y Bob resultó ser un encanto y me dijo que haría a los estudiantes un descuento del diez por ciento en los silenciadores de tubo de escape. Aun así, resultaba difícil pensar en algo ingenioso o irreverente que decir sobre estas tiendas, ya que la mayoría de estudiantes de Harvard no tenían coche ni compraban antigüedades, e incluso en Dr. Stoat's Comic Vault, la media de edad de la clientela parecía ser de cuarenta y cinco años. ¿Quiénes eran estos hombres ya creciditos que se gastaban un dineral en figuritas y cartas coleccionables, un producto sobre el que no sabía lo suficiente como para decir si tenían o no «una amplia selección»? Me acordé de las figuritas de Ham. ¿Conocía la tienda del Dr. Stoat? Parecía probable. No había vuelto a verlo desde aquella fiesta.

De regreso en casa, releí de principio a fin la sección de restaurantes de la *Guía no autorizada*. Parecía compendiar una visión del mundo muy concreta, casi a un personaje concreto, en el que te llegabas a meter mientras leías. Del mismo modo que al leer una novela decimonónica te introducías en la personalidad de un hombre cristiano del siglo XIX, miembro de la clase acaudalada, cuando leías las reseñas de restaurantes te convertías en una persona cuyo estilo de vida requería beber a todas horas café, que no podía estar requemado, ni tener un aroma mediocre, ni ser servido por una cadena de ámbito nacional; una persona que despreciaba a los ricos y consideraba «caro» y «sobrevalorado» los peores insultos, y que sin embargo, en las circunstancias adecuadas, era capaz de identificar y apreciar un memorable pastrami de venado. Continuamente se te animaba a destrozarte de un modo inevitable, prestigioso y sin embargo vergonzoso, insinuado en frases como: «Ese rangoon de cangrejo (sin cangrejo) te irá perfecto para la resaca que vas a tener mañana». Y con qué fuerza la frase «rangoon de cangrejo (sin cangrejo)» sintetizaba la desconexión entre cómo se describían las cosas y cómo eran en realidad. Con un procedimiento similar, la reseña del Wholesome Fresh me emocionaba casi hasta las lágrimas.

> Supuestamente abierto las 24 horas, el Wholesome Fresh ofrece prácticamente todo lo que tu corazón desea. Sándwiches copiosos. Platos calientes preparados. Sushi. Salsa de chocolate. Paprika. Servilletas.

Ahí estaba, por fin a la vista: el hueco entre la idea que el Wholesome Fresh vendía de sí mismo, de un modo naif o siniestro, y lo que de verdad había allí. ¡Qué alivio verlo expuesto con tanta elocuencia!

Qué sola estaba una persona normalmente, caminando por la calle, intentando elegir entre diferentes opciones. No era la parte más glamurosa de la vida, o de la cual se hablaba más a menudo, pero era tan constante como los latidos del corazón, como las olas: la pregunta sobre dónde y cómo gastarse el dinero que había sido extraído al mundo con tanto esfuerzo. Nadie hablaba de ello, salvo los anuncios, pero los anuncios no pretendían decir la verdad; los anuncios se limitaban a decir que Wholesome Fresh era Fresco y Saludable. En cierto modo, me parecía que la *Guía no autorizada* era el libro más honesto del mundo, mucho más que *O lo uno o lo otro*, porque describía con exactitud situaciones concretas, especificando el lugar y el momento, en las que te veías inmersa, y además cada año se actualizaba.

Tuve una reunión con Sean, el editor de la guía de Turquía, para repasar mi itinerario. Fornido, con gafas y la piel picada, Sean tenía una actitud afablemente conspirativa y de consumidor abusivo de cafeína, como de director de un periódico en una película. Criticó abiertamente la cobertura que *Let's Go* había hecho hasta ahora de Turquía, como si ambos supiéramos que cualquier viajero en su sano juicio optaría por las guías de Lonely Planet, que estaban redactadas por escritores de viajes de verdad: el tipo de personas que vivían en otros países y se llamaban a sí mismos «expatriados». (¿Mis padres eran expatriados? De algún modo, parecía que solo los británicos y los australianos eran expatriados, del mismo modo que los nobles rusos y polacos eran *émigrés*).

Al mismo tiempo, el hecho de que *Let's Go* confiara en estudiantes ineptos a los que se enviaba al extranjero varias semanas cada verano era, a su manera, su gancho comercial, en el que el propio Sean parecía creer. *Let's Go* no disponía de suficiente dinero para pagar a auténticos investigadores, y los viajeros se movían sin apenas dinero, de modo que *Let's Go* era la única guía realista.

Mi itinerario comprendía Anatolia Central, la costa del Mediterráneo y el norte de Chipre, que Turquía consideraba que formaba parte de Turquía, aunque nadie más era de la misma opinión. El dosier del encargo contenía fotocopias subrayadas de las páginas relevantes de la edición del año anterior y un listado de los nuevos lugares a añadir.

Mi madre opinó que ese itinerario era imposible: nadie podía visitar tantos lugares en siete semanas, ni tenía ninguna necesidad de hacerlo. ¿A qué turista se le había pasado alguna vez por la cabeza visitar dos tercios de estos lugares?

—Bueno, se supone que están «fuera del circuito trillado» —dije.

—Hay un motivo por el cual nadie visita estos lugares —replicó mi madre.

Después de consultar a mi tía Arzu, me mandó un itinerario revisado. Había quitado más de la mitad de los sitios. Como compensación, había añadido dos lugares nuevos en el mar Negro, donde tenía «contactos». Pero el otro viajero, un estudiante de doctorado turco, era el que cubría el mar Negro. Yo no podía decidir por mi cuenta ir allí. Mi madre dijo que eso era exactamente lo que tenía que hacer. Sentí un profundo agotamiento ante las divergentes visiones del mundo de mi madre y de *Let's Go*.

Los sitios que mi madre insistía con mayor firmeza que no visitara eran el norte de Chipre, lugar de previas disputas territoriales violentas, y Hatay, en la frontera con Siria. Mi madre rompió a llorar y dijo que no había ningún motivo por el que tuviera que ir allí, no valía la pena y me lo prohibió.

Mi padre dijo que se suponía que el norte de Chipre era muy bonito, y quizá podía llevarme a mi primo Evner. Tampoco tenía nada malo que decir sobre Hatay; estaba a solo dos horas de Adana, que también figuraba en mi itinerario. Podía recoger a Avner en Adana e ir con él a Chipre. Cuando me lo describió, casi parecía un sitio divertido.

CUARTA PARTE

Verano

JUNIO

Yo no acababa de ver la necesidad de una mochila. ¿No sería mucho más práctica una maleta? Sobre todo ahora que tienen ruedas. La gente ya ni hablaba de eso y parecía dar por sentado que siempre había sido así. Sin embargo, durante mi infancia, todo el mundo vociferaba «¡Te vas a hacer daño en la espalda!» y se quitaban unos a otros las maletas de las manos, empeñados en tener el honor de ser los que se destrozaban la espalda.

Al final opté por comprar la mochila que menos parecía una mochila: era toda negra y «convertible», lo cual quería decir que las hombreras se podían ocultar y entonces parecía una voluminosa bolsa de viaje deforme. Abriendo otra cremallera se accedía a una bolsa de mano extraíble.

Mucha gente me observaba con interés mientras la recuperaba de la cinta de la zona de recogida de equipajes del aeropuerto de Ankara. Abrí la cremallera de las hombreras, me la coloqué a la espalda y, haciendo caso omiso de las miradas pasmadas de los seis miembros de una familia, me dirigí a la parada de taxis.

Colonia con aroma a limón, cobertores de asientos de cuero sintético y ese olor cuando abrías la ventanilla del taxi: ¿a qué olía? ¿Alquitrán? ¿Cigarrillos? ¿Cierto tipo de árboles? ¿Por qué resultaba tan excitante reconocer algo, sin importar qué era exactamente? El portal a oscuras del edificio en el que vivía mi abuela, el suelo de piedra y las escaleras que siempre parecían a medio fregar por alguien con dolor de espalda. Incluso ahora, estaban en penumbra y húmedas y olían a barro, porque aquí no se permitía al polvo ser polvo, ya que siempre estaba inundado de agua. Cada vez que alguien salía, todo el mundo gritaba y echaban una olla de agua en los escalones de piedra, para que «volvieran rápido como el agua». Eso sucedía en otros tiempos, cuando las escaleras y el suelo estaban siempre húmedos.

Abrió la puerta mi abuela, muy delgada, con aspecto de teleñeco, con su enorme sonrisa y su vozarrón.

—¡Selin, mi niña bonita! ¡Bienvenida, bienvenida! ¡Dios mío, qué llevas en la espalda!

Los enormes armarios, alacenas y aparadores de madera tallada; ceniceros de cristal, bordados, contadores para partidas de bezique apilados, mazos de cartas que mis tías sabían barajar y manipular con implacable pericia y expresión ausente. Las voces educadas y rápidas de los locutores procedentes de la consola de madera del televisor. El olor indescifrable, jabonoso y sin embargo humano. La fotografía enmarcada de Atatürk con un sombrero de piel. El retrato al óleo de mi abuela cuando era joven, con la expresión que todavía conservaba, escéptica, divertida e imperiosa.

—¡Ay! ¡Ay! ¡Hacerse vieja es una gran desgracia!

Mi abuela se sentó, me sonrió e, inclinándose hacia delante, hizo un repaso de todo lo que le dolía, que incluía los riñones y algunas cosas que no entendí. Como de costumbre, mencionó un clavo que los médicos le habían colocado en la espalda.

Una paralizante oleada de ternura. ¿Era posible que fuera feliz? Su amplia sonrisa, sus grititos.

—Siéntate, ponte cómoda, ahora estás en tu casa, ¿te traigo un poco de té?

No tardaría en llegar el momento de encarar un problema en el que había intentado no pensar: el problema del sueño. No había nada comparable al insomnio de Ankara. El sueño te esquivaba y te esquivaba, y para cuando llegaba ya no era una bendición sino una maldición. Porque cuanto más dormías, más parte del día siguiente te comías y lo que quedaba de él era deprimente y sellaba la maldición de la siguiente noche.

Cuando era pequeña, no entendía qué pasaba, por qué teníamos que sufrir de este modo. Me explicaron que formaba parte del viaje, se llamaba jet lag. Mi madre me daba Valium, advirtiéndome que no lo contara en mi novela. Sin embargo, hubo una ocasión en que el Valium me dejó más agotada y desesperada, y aun así incapaz de conciliar el sueño, por lo que desde aquella vez no volví a tomarlo.

En lugar de eso leía, me acababa todos los libros que me había traído en las dos o tres primeras noches, y me pasaba el resto del verano releyéndolos. Todavía recordaba partes extensas de esos libros, que contaban historias de niñas americanas con leucemia u obsesionadas con cuidar niños. Había también una serie inglesa sobre un grupo de niños en Cornualles en los que se delegaba de algún modo la salvación de la humanidad, para lo cual tenían que descubrir el grial del rey Arturo, una tarea que claramente excedía sus fuerzas y capacidades. Esta aventura se prolongaba en varios volúmenes deprimentes y que sin embargo eran insuficientes y te dejaban con las ganas de leer más.

Los niños ingleses siempre se topaban con la magia o estaban al borde de hacerlo. La niña de *El jardín secreto* conocía la magia «porque había nacido en India, donde hay faquires». Esto resultaba muy desconcertante, porque mi abuela siempre hablaba de *fakir*. Era la palabra turca para referirse a una persona pobre, y se pronunciaba en un tono lleno de lástima, pesar y emoción. La casa de mi abuela era conocida por ser un lugar en el que todo podía desaparecer, y al final resultaba que se le había donado a un *fakir*. Mi madre estaba todavía indignada porque mi abuela había regalado su bicicleta en algún momento de la década de 1950.

Yo había hecho ímprobos esfuerzos por conseguir disfrutar de esos viajes a Ankara y hacerme la ilusión de que pasaban cosas interesantes, en lugar de tener la sensación de haber sido borrada del registro de los vivos. Jamás lo había admitido, y si ahora pensaba en ello era porque esta vez mi madre no había viajado conmigo. Sería desagradecido y desleal por mi parte pensar que era una experiencia deprimente, y sin embargo me deprimía. Apenas podía verbalizarlo, porque sabía que mi madre no me creería y me acusaría de hacer «revisionismo».

¿Estaba haciendo revisionismo? ¿En realidad habían sido viajes maravillosos? Por supuesto que sí. Ankara había sido siempre un lugar en el que recibía montones de regalos: preciosos anillos dorados y otras baratijas, ropa nueva, edredones, zapatillas rojas, piel de naranja bañada en chocolate, castañas almibaradas, albaricoques y uvas de un pálido color dorado. Mi abuela siempre preparaba una mermelada deliciosa: cereza amarga, naranja amarga, fresas silvestres. Mi madre me llevaba de paseo, ella y yo solas. La Patisserie Flamingo servía la mejor limonada. Mi madre se debatía entre pedir o no profiteroles, yo la animaba a hacerlo: quería que siempre fuera un día especial, un día en el que por fin mi madre recibiera un regalo. Con los profiteroles siempre le proponía con plácido desinterés «¿Por qué no te pides uno?», porque a mí no me entusiasmaban. Mi indiferencia ante la crema y el hojaldre siempre provocaban comentarios admirativos de mi madre y mis tías. Al final mi madre casi nunca se pedía los profiteroles.

Cerca de la Patisserie Flamingo estaba la cristalería Paşabahçe, donde admirábamos las garrafas *çeşm-i bülbül*, los vasos con extravagantes baños de oro y peculiares formas para té turco, *rakı*, champán y coñac; estos objetos dorados se mezclaban en mi recuerdo con las elaboradas colecciones de efectos personales exhibidos en el mausoleo de Atatürk, que también visitábamos alguna vez, en taxi, aunque no con tanta frecuencia como —cuando nos despertábamos lo bastante temprano— el Museo Hitita.

Lo mejor del Museo Hitita era cuando mi madre se ponía a leer los jeroglíficos de las tablillas de piedra. Uno hablaba de una cabra que había perdido su ropa y robaba un chaleco del tendedero de alguien. Otro era sobre un pájaro que estudiaba para fontanero. Por un lado, yo sabía que mi madre se inventaba las historias y no las leía, pero por otro —cuando señalaba los glifos de las dos llaves inglesas cruzadas y del grifo roto— sabía que sí los estaba leyendo. Cuando llegábamos a otra tablilla en el extremo del pasillo y para entonces yo ya me había olvidado de la cabra, mi madre decía, con aire pensativo: «Ah, claro, esta es sobre el vecino de la cabra».

El vecino había puesto a secar su ropa en el tendedero, y cuando iba a ponerse su bonito chaleco recién lavado….

Si la historia la hubiera contado otra persona, el vecino estaría furioso. En la versión de mi madre, eso se convertía en un difuso y encantador misterio. ¿Dónde estaba el chaleco? ¿Se lo había llevado volando el pájaro? Pero al pájaro no le gustaba la ropa, porque ellos preferían las plumas. La cabra, por su parte, ¿acaso no había elogiado demasiadas veces el chaleco? «Bueno, creo que voy a tener que hablar con la cabra». A esas alturas, ya nos estábamos tronchando de risa las dos.

De manera que me equivocaba al creer que estos viajes habían sido siempre horribles. La evidencia de lo injusta que había sido con mi madre me dolió y empecé a rebuscar en mi memoria recuerdos contrapuestos. Y no todo había sido como lo del Museo Hitita; normalmente nos despertábamos demasiado tarde para llegar a algún sitio antes de que cerraran, porque yo no era la única que tenía problemas de sueño; mi madre lo pasaba peor y a menudo solo lograba conciliar el sueño cuando ya había amanecido. Las puertas de la sala, con sus manijas metálicas y sus hojas de cristal esmerilado, permanecían cerradas hasta que el sol de media tarde entraba directa y deprimentemente a través de las ventanas de la fachada. El terror de despertarla, el terror de su voz cansada.

En otras ocasiones, las visitas nos impedían salir. Mujeres muy maquilladas se sentaban durante horas en el sofá, bebiendo té. Lo rechazaban, con una mueca de incomodidad, pero mi madre, mi abuela o mi tía insistían y entonces se lo bebían con la misma expresión de incomodidad, mientras «conversaban». Esto conllevaba contarse unas a otras un variopinto repertorio de historias deprimentes o ingeniosas, que otras personas les habían contado a ellas, así que casi sistemáticamente incorporaban un «dijo él» o «dijo ella» entre una palabra y otra. «Y entonces, dijo ella, Şenay, dijo ella, tú, dijo ella, no, dijo ella, entiendes nada». A veces, había largos tramos en que nadie decía nada, pero entonces aparecían los «ah, ah, ah», o «en serio».

Entré en un bucle, como en el *Diario de un seductor* cuando Cordelia no paraba de argumentar una cosa y la contraria sobre si le había sucedido algo malo. No podía ser deprimente, porque mi madre había puesto mucho esfuerzo en que no lo fuera. Y, sin embargo, ¿era posible que el empeño que ponía mi madre en que no resultase deprimente acabara convirtiéndolo en deprimente?

Sabía que mi madre había estado muy pendiente de protegerme de las cosas que a ella la habían deprimido de niña, como tener que besar las manos de los ancianos en las festividades. Sus manos le parecían repugnantes y le parecía insultante tener que besárselas, pero la obligaban a hacerlo. Mi madre decía que eso había estado mal. Decía que los niños eran personas, cuya dignidad e intimidad merecían respeto. Ella era la única persona que conocía que pensaba o decía cosas así.

Se les explicó a los parientes que Selin no iba a besarle las manos a nadie. «De acuerdo, de acuerdo, que Selin no bese», decían con un tonillo que dejaba entrever que consideraban que mi madre me malcriaba. Yo siempre era consciente de que la decepción que provocaba en la gente y el espectáculo que montaba por ello era el resultado de un favor que me condecía mi madre para evitarme una mala experiencia que a ella no le habían evitado, y me sentía culpable ante todo el mundo: ante mi madre, por no valorar lo suficiente cómo siempre me defendía y protegía, ante los ancianos, cuyas manos no besaba, y ante mis primos, que sí estaban obligados a besar las manos de los ancianos.

Murat, el hijo de Arzu, era cuatro años mayor que yo y estaba obsesionado con los cuchillos. Mi presencia parecía convertirse para él en un fastidio, porque yo era más alta que él a pesar de ser más pequeña y encima chica. Murat llegó a la conclusión de que el secreto de mi antinatural estatura eran las multivitaminas masticables de los Picapiedra que mi madre sacaba de su maleta y me daba. Mi madre empezó a ofrecerle también a Murat las vitaminas de los Picapiedra, y a partir de entonces siempre le enviaba o le traía sus propias cajas de vitaminas. El efecto en su psique cuando después de todo un año tomando las vitaminas no me superó en estatura… Azu dijo que yo era más alta porque el pollo en América estaba infestado de estrógenos. Esto indignó a mi madre.

Pero ¿por qué seguía pensando en esto ahora que ya había sobrepasado con creces la edad en que alguien pudiera esperar que le besara la mano? Tal vez mi padre estuviera en lo cierto y yo tendía a «obsesionarme» con los menosprecios imaginarios y las malas vibraciones del pasado.

Mi abuela estaba leyendo el periódico en la cama, en la pequeña habitación en la que solía dormir, todavía bebiendo té, que decía que no la desvelaba. Como de costumbre, a mí me había cedido el dormitorio principal. Me di una ducha en la bañera que tosía cuando abrías el grifo, me puse unos shorts y una camiseta y me senté en la cama para leer las partes dedicadas a Anatolia Central y Ankara en la guía *Let's Go*.

Era increíble ver a ese tío, el de la *Guía no autorizada*, evocando los barrios populares de Ankara: un lugar que a mí siempre me había parecido indescriptible, porque muy poca gente que yo conociera había estado, salvo los que habían nacido allí y no tenían ninguna necesidad de describirlo. Los sitios que recomendaba *Let's Go* iban precedidos de un logo de pulgar en alto, que también figuraba en las cubiertas de las guías, y que me hacía sentir mal conmigo misma, porque yo nunca había hecho autoestop. Un único lugar de Ankara merecía ese logo: el Museo de las Civilizaciones de Anatolia. ¡Qué alivio sentí al leer la descripción, entendí qué era lo que mi madre llamaba el Museo Hitita! De modo que teníamos razón al disfrutarlo y ellos habían tenido el buen criterio de valorarlo positivamente.

En la parte superior de la página, *Let's Go* decía que Ankara no merecía un desplazamiento especial, si no tenías un motivo para ir, porque era mucho menos interesante que Estambul. La comparación me pareció rara. Eran ciudades muy distintas. No tenían nada en común. Decidí que mi cobertura de Ankara sería más positiva. A la mañana siguiente me desperté a las diez y me di cuenta de que había conseguido dormir.

* * *

¿Cuánto tiempo hacía que no pensaba en Fatma y Berrak, las dos mujeres que ayudaban a mi abuela en casa? Fatma vivía fuera de la ciudad y venía una vez a la semana. Tenía un rostro grande y esculpido con una expresión de bondad, y se comportaba como si fuera una parienta. Hice mi colada a escondidas y después guardé la ropa, de modo que no la planché; pero ella la encontró y me la planchó, incluso la camiseta y la ropa interior. ¿Por qué me entraron ganas de llorar cuando la vi perfectamente doblaba y apilada?

Berrak, que venía a diario, era muy delgada, tenía una sonrisa asimétrica y parecía una adolescente pese a que era veinteañera y estaba casada con el portero. Vivía abajo. Mi abuela le daba órdenes sin decirle nunca por favor o gracias, como si estuviera siempre enojada con ella. ¿Por qué generaba Berrak este escepticismo? Tal vez fuera por su ideología política, que compartía con el portero, que era marxista y al mismo tiempo muy religioso, pero no en privado, como mi abuela, sino que criticaba a los cuatro vientos el secularismo de Estados Unidos.

Aunque quizá tuviese menos que ver con sus posturas políticas que con su tendencia a decir cosas desagradables. En una ocasión, en presencia de mi madre, Berrak se refirió al «tipo de mujer que llega a la cincuentena y todavía no tiene nada en propiedad».

—¿No resulta gracioso que sea marxista y al mismo tiempo desprecie a la gente… que no tiene propiedades? —pregunté.

—Muy gracioso —dijo mi madre, sin reírse en absoluto.

En otra ocasión, Berrak puso a secar unas sábanas colgándolas de la parte superior de las puertas. «Recordadme por qué no es una buena idea hacer esto», dije pensativa, como si lo hubiera olvidado. Mi madre y mis tías me miraron con idéntica expresión afligida. Una puerta, me explicaron, no estaba diseñada para sostener peso; eso no formaba parte del gran plan del diseño de puertas, no estaban hechas para que la gente se subiera encima, sino para sostenerse sobre los goznes y regular el acceso a las habitaciones. Con eso ya cumplían su función, sin tener que cargar además con el peso de enormes sábanas mojadas que todavía goteaban. ¿Y qué posible razón podía haber, qué posible beneficio se derivaba de rechazar ese sagrado producto de la inventiva humana que era el tendedero?

—Entonces ¿resulta que escribieron un libro sobre Turquía y ahora te envían a ti para reparar los errores?

Percibí en el tono de mi abuela la parcialidad familiar que la habría llevado a jurar por activa y por pasiva que por supuesto que yo era capaz de reparar todos los errores del libro, junto con un leve escepticismo sobre el posible valor de este libro en concreto.

Pasé los dos primeros días con mi abuela en la sala donde ella permanecía la mayor parte del tiempo, sentada con las rodillas flexionadas en el sillón verde, fumando Marlboros, bebiendo un vaso de té detrás de otro, resolviendo el crucigrama del periódico y poniéndose de los nervios con los neologismos. El turco moderno solo tenía sesenta años de historia, de modo que seguía transformándose. Las palabras tomadas en préstamo del árabe y el persa se iban sustituyendo por equivalentes que se suponía que eran más turcos, pero que a veces eran puramente inventados. A la gente mayor le resultaba irritante. En cuanto mi abuela había digerido por fin *simge*, una palabra inventada para «símbolo», ya tenía que tragar con la desvergonzada imposición de *imge* para «imagen».

Mi abuela a menudo utilizaba refranes que yo no entendía. Yo no les prestaba mucha atención. De pronto se me ocurrió que, si estuviera en un país «extranjero» —si estuviera en Rusia—, intentaría aprenderme los refranes. Empecé a anotarlos. Algunos hacían referencia a mi viejo amigo, el faquir. «La gallina faquir pone los huevos de uno en uno»: este hacía referencia a tomarse las cosas con calma, y parecía de algún modo dirigido a mí. Otro que decía «Al huevo no le gusta su cáscara» se utilizaba para las personas que trataban de distanciarse de sus orígenes, o que faltaban al respeto a sus padres.

Hice algunas indagaciones utilizando el teléfono de disco que mi abuela tenía junto al sillón. En esos casos, mi abuela insistía en levantarse del sillón y se sentaba frente a mí en el sofá, sonriéndome y haciendo comentarios sobre mi gramática. Yo me preparaba las frases con antelación. «Buenos días, ¿podría pedir información acerca de…?». Mi abuela decía con tono de aprobación que yo no era como la mayoría de las chicas jóvenes que no paraban de decir todo el rato «eeeh» y utilizaban «cosa» cuando no sabían el término específico. Sí: ellas sonaban normales y yo no.

Por petición expresa de mi madre, mi abuela y yo fuimos a comprar un móvil para que yo lo llevara encima. No me lo podía comprar por mi cuenta, porque al hacerlo había que registrarlo con un documento de identidad turco. Mi documento de identidad no llevaba fotografía. Eso era normal en los de los niños, pero desde los quince años se suponía que tenía que incorporarse una. En la aduana, los agentes te dejaban pasar con el pasaporte estadounidense y el documento de identidad turco sin foto. Pero una vez en el país, no podías comprarte un móvil.

Qué aspecto más elegante tenía mi abuela, con sus zapatos de tacón y su bolso a juego. Elegimos un Ericsson del tamaño de una rebanada de pan

Mi abuela me dijo a voz en grito que me quería mucho y me echaría de menos cuando me marchara. Se le llenaron los ojos de lágrimas por lo distinta que había resultado ser su vida de cómo se la había imaginado: todos sus seres queridos estaban en América, solo tenía dos nietos, con los que además tenía ciertos problemas de comunicación, que nunca especificaba, pero que supongo hacían referencia a que yo hablaba un turco deficiente y mi primo directamente no hablaba ni una palabra de turco. Mi abuela siempre añadía de inmediato lo mucho que nos quería a David y a mí, que le encantaba mirar fotos nuestras y pensar en nosotros. Mientras decía todo eso, mantenía una sonrisa de oreja a oreja, como si estuviera encantada. «¡Ah! ¡Ah! ¡Cómo te voy a echar de menos cuando te marches!».

Pese a que le había contado varias veces lo que tenía pensado hacer, mi abuela se quedó desconcertada y enojada cuando, al tercer día, en efecto, me marché. Me había puesto el despertador a las ocho y media, con el miedo a entrar en un estado de desesperación y agotamiento que me impidiera hacer todo lo que tenía que hacer y acabara sufriendo una crisis nerviosa. Sin embargo, una vez conseguí calmar a mi abuela y salir de la casa, todo fue mucho más fácil de lo que pensaba. El taxista ya sabía cómo llegar a la estación de autobuses. Una vez allí, se trataba tan solo de que alguien te aclarara tus dudas sobre los horarios de los autobuses. No tenías por qué explicar ni dar cuentas de nada, ni manifestar tu amor. Si alguien se enojaba contigo, no podía ponerse a llorar, ni gritarte, ni acusarte de ofenderlo, y en cualquier momento tú podías optar por largarte. Era radicalmente diferente a tratar con tu familia.

En el puesto de comida compré un rosco de pan de aceitunas y un té y traté de desligar la euforia de la libertad, que parecía legítima, de la satisfacción de que me costara menos de un dólar, lo cual resultaba sospechoso.

Qué satisfactorio resultaba ir a una dirección incluida en la guía del año anterior y comprobar que los datos sobre el edificio, la ubicación y los horarios eran o bien correctos, o, todavía mejor, contenían algún error de fácil corrección. Esta era la parte más excitante: descubrir que la verdad se podía verificar y poner por escrito en un libro.

Algunas veces resultaba que una dirección o un monumento histórico que aparecían referenciados en el libro no existían. Al principio, me dejaba muy desazonada. Pero en cuanto empezaba a indagar, casi siempre encontraba a alguna persona encantada de explicarme lo que pasaba. La calle tenía dos nombres diferentes, o la ruta del autobús había cambiado desde que se inauguró la nueva línea de metro. Incluso a veces me felicitaban por saber ciertas cosas: «La mayoría de gente del barrio ya ni se acuerda que era así, pero tú sí». Yo les hablaba de *Let's Go* y en más de una ocasión, me decían que los americanos hacían las cosas bien, que lo comprobaban todo, no como en Turquía, donde simplemente se cruzaban los dedos esperando que todo saliera bien.

Me emocioné al ver una placa en la fachada del Museo Hitita que decía que en 1997 había ganado el Premio al Mejor Museo del Año que concedía el Consejo de Europa. Pero a continuación me quedé muy preocupada. ¿Por qué había que dar tanta importancia a estas cosas? ¿«El Consejo de Europa»? Una de mis convicciones básicas era que el verdadero valor de algo no tenía nada que ver con que algunos europeos o americanos hubieran oído hablar de ello. Y sin embargo… ¿qué valor tenía algo, si no se lo concedía alguien? Una idea abrumadora: ¿cómo iba a poder sacarme de la cabeza todas las convicciones que detestaba?

Una famosa diosa de la fertilidad de ocho mil años de antigüedad sentada en su trono, los voluminosos pechos le colgaban casi brotando del cuello, el estómago se le desbordaba por encima de los muslos, el rostro —lo que había de él— era borroso y con una mirada estúpida, porque su cara no tenía la menor importancia. Algo le caía entre las piernas. Sabía que a las feministas les encantaba que las sociedades veneraran a las madres. ¿Por qué yo no quería mirar a la diosa?

La chica de la Edad de Bronce conocida como la estatuilla de Hasanoğlan medía unos veinticinco centímetros y estaba esculpida casi por completo en plata. Su rostro, una máscara de oro forjada a martillazos, mostraba una expresión de enorme tristeza. Unas bandas de oro le cruzaban el cuerpo de plata y le envolvían los tobillos. Había algo sexy en esas bandas de los tobillos. Para mí estaba claro que no se estaba empoderando.

El modo en que se abrazaba a sí misma indicaba que tenía frío o miedo, y era demasiado delgada. Sin embargo, era hermosa, flexible, con algo de muñeca, un objeto portátil. Te venían ganas de llevártela y pasearla por el mundo. En ese sentido era fascinante y libre.

Alguien había creado un diorama de una vivienda del Neolítico a tamaño natural, inspirada en unos restos arqueológicos que se encontraron cerca de Ankara. Sobre las paredes blancas se habían colocado cinco cabezas de toro de yeso sin ojos y de varios tamaños. En la chimenea blanca resplandecía un fuego eléctrico. En mitad del suelo blanco había un agujero circular poco profundo que contenía dos esqueletos humanos en posición fetal. El decorado parecía un rompecabezas, la escena de un crimen. Al mismo tiempo, poseía una pulcritud autosuficiente que me recordó al apartamento de mi abuela.

Cuando Şenay, la prima de Arzu, vio mi mochila, se quedó mirándola boquiabierta.

—Pero es imposible que puedas cargarte esto a la espalda.

—¡Eso le he dicho yo! —exclamó de inmediato mi abuela, que añadió en mi defensa—: ¡Pero la lleva! Mi niña forzuda, *maşallah*, puede con todo.

Me cargué la mochila a la espalda, para que pudieran comprobarlo.

—Es verdad que puede con ella —murmuró la tía Şenay—. Pero, Selin, ¿puedes caminar? A ver.

Di unos pasos por la sala. Şenay me miraba admirada y consternada.

—Se lo carga todo a la espalda, como un *yörük* —dijo, aludiendo a los nómadas de Anatolia.

—*Hamal, hamal,* ella se ha convertido en un *hamal* —dijo la tía Arzu cuando vio la mochila.

Los *hamal* eran los porteadores callejeros a los que todavía se veía de vez en cuando cargando con más de cien kilos a la espalda colina arriba y abajo. Más tarde, en un museo antropológico, vi una suerte de monturas otomanas que los porteadores llevaban debajo de las cargas. Se parecían a mi mochila.

Mi gran problema era la «vida nocturna». No podías hacer las comprobaciones por teléfono, porque nadie respondía. Y en caso de que lo hicieran, no podían ofrecerte una descripción ingeniosa e irreverente de la atmósfera o de su clientela.

—¿Qué clase de investigación puedes hacer en un bar? —preguntó Arzu con expresión horrorizada.

Pero sin duda era donde tenía que centrar mis investigaciones, y no solo para *Let's Go,* sino para comprender la condición humana. Cuantos más años cumplía, más evidente me resultaba que salir y emborracharse era lo que más le importaba a la gente. Si decías que estabas más interesada en cualquier otra cosa, pensaban que fingías. *Let's Go,* que se suponía que estaba escrita por gente interesada por los grandes logros de la humanidad, siempre daba a entender que los museos eran sitios a los que ibas para dártelas de culto, pero que lo importante de verdad era saber dónde estaban los bares y clubes que molaban.

Nada de lo que dijo Azu contradecía la importancia capital de los bares y clubs. Era solo que para ella lo importante era mantenerme alejada de ellos. No había nadie que creyera que los bares y los clubes no eran relevantes. Incluso cuando era pequeña, en las cenas familiares siempre llegaba un momento en que alguien invariablemente hacía la broma: «Bueno, ¿y ahora qué? ¿A la discoteca? —Y riendo, añadía—: Selin se va a la discoteca».

La broma consistía en... ¿qué? ¿En que yo no tenía permitido ir a la discoteca? ¿En que yo no quería ir a la discoteca? ¿En que yo no sabía cómo era una discoteca, no había visto nunca la bola gigante del techo guiñándome un ojo con picardía?

Más tarde, me estaba paseando por un edificio con aspecto de almacén llamado Prohibido Aparcar, intentando dilucidar si se trataba de un bar o de una discoteca, y qué tipo de público tenía: ¿«jóvenes discotequeros», «políticos serios», «gente guapa»?
Alguien me dio una palmadita en el hombro.
—Disculpe, señorita —dijo un hombre trajeado—, pero ya tiene el coche fuera.
—Se equivoca de persona —repliqué—. No espero ningún coche.
—Disculpe, señorita Selin —dijo con una sonrisilla que hizo que un escalofrío me recorriera la columna vertebral—, pero ha enviado el coche para usted una señora que dio una descripción muy detallada.
Al decir «detallada» me repasó de arriba abajo, como admirando lo precisa que era la descripción.
Lo seguí al exterior. Otro hombre trajeado esperaba junto a un coche aparcado. Comprendí quién era ese segundo individuo: un empleado del MIT, la oficina de inteligencia turca, donde trabajaba Arzu.
En algún momento había tenido la sensación de que me seguían, pero no había dado crédito. Rompí a llorar.

—Mi brazo no llega tan lejos. ¿Conoces esta expresión? —preguntó Arzu. Como si me estuviera diciendo algo en clave—. Es por si te pasa algo —dijo Arzu con tono preocupado.
Yo estaba familiarizada con este modo de referirse a mi vida como si fuera responsabilidad de los mayores. Era el modo en que mi madre decía, con el rostro descompuesto de horror, que había soñado que me violaban y pensó que era una señal de que yo tenía algún problema en la vida real y la necesitaba.

Yo no paraba de insistirle a mi abuela en que me iba a marchar, pero no había forma de que me creyera y me decía que ya me iría otro día. Al final me marché muy temprano, dejándole una nota. No le especifiqué mi destino. A pesar de ello, cuando bajé del autobús en Tokat, me saludó personalmente un funcionario de obras hidráulicas.

El tema de Tokat había provocado una larga discusión con mi madre, que se empeñó en que era imposible que allí hubiera algo digno de verse. Tokat no figuraba en la anterior guía *Let's Go*. Sean me había entregado media página de indagaciones, con una cita de la *Geografía* de Estrabón. «Debido al elevado número de prostitutas, los forasteros acuden en masa para su solaz». La provincia de Tokat, de camino a Zile, fue donde supuestamente Julio César había dicho aquello de «Veni, vidi, vici» después de matar a un montón de gente. No es que fuera una gran promoción de Torak por boca de Julio César.

El funcionario, Arif Bey, insistió en que me alojara en su casa. Su mujer me preparó una cama en el sofá. Las plantas de interior estaban cubiertas con atuendos de ganchillo. Arif Bey se mostró muy interesado en mi walkman. Cuando descubrió que no escuchaba música turca, intentó regalarme todas sus cintas de Sezen Aksu. «Ella es nuestro gorrión», me explicó con un tono cargado de emoción.

Las canciones de Sezen Aksu empezaban de manera prometedora, pero al final siempre se ponía a hacer cosas que sonaban como si gimoteara con una aflicción histriónica e intentara conseguir que todo el mundo se sintiera fatal. Yo sabía por la clase de teoría musical que la música de Oriente Próximo sonaba a gimoteo, o como si estuviera desafinada, lo cual se debía a que nuestros oídos —mis oídos— se habían insensibilizado por las convenciones de la música occidental. La escala tonal de Oriente Próximo tenía veinticuatro tonos por octava y era de hecho más auténtica y pura que la versión de doce tonos que los europeos se habían inventado para que les funcionara el piano. Aun así, seguía sin gustarme escuchar más de una canción seguida de Sezen Aksu.

En las siguientes ciudades, me recibieron en la estación de autobuses funcionarios del gobierno. En Kayseri, la capital de la *pastırma* turca, nada menos que un coronel del ejército vino a buscarme a mi albergue juvenil y me llevó a cenar a un restaurante militar. Me repitió hasta tres veces que yo no era consciente de la suerte que tenía de estudiar en Harvard, que muchos chicos turcos se cortarían las orejas para tener esta oportunidad. En determinado momento me preguntó qué estudiaba y cuando le dije que literatura rusa casi le da un ataque al corazón. Siempre se me olvidaba que los militares turcos todavía seguían indignados por... ¿la guerra de Crimea?

En la biblioteca del albergue, que tenía sobre todo libros en inglés, encontré una introducción a Turquía publicada en la década de 1950 por el ejército de Estados Unidos. Básicamente explicaba que Rusia y los otomanos siempre habían estado en guerra. «Cuando los otomanos perdieron Hungría en 1699» —de modo que Hungría estaba implicada—, Rusia volvió a intentar la conquista de los Estrechos Turcos, para tener una salida al Mediterráneo.

La antigua ambición conquistadora rusa es, por supuesto, conocida por todos. Sigue teniéndola. Ha estado apretando el cuello a Turquía desde hace cuatrocientos años, y esto nos ayuda a comprender por qué todos los escolares turcos odian a Rusia. Encontraréis muchos turcos que tienen parientes o antepasados muertos en las guerras con Rusia. Otros turcos no han olvidado que fue el zar Nicolás I de Rusia quien se refirió despectivamente a Turquía como «el enfermo de Europa».

Conocía, claro está, la frase sobre el enfermo, pero no sabía que la había dicho un ruso ni que este comentario en concreto hubiera «dado pie» a la «Cuestión Oriental». De la Cuestión Oriental también había oído hablar: como «la Cuestión Femenina», aparecía en las novelas decimonónicas. La Cuestión Oriental era en esencia lo siguiente: «¿Cómo dividimos el tinglado de los otomanos?». No era tan distinta de la Cuestión Femenina, que versaba sobre si las mujeres podían o no tener trabajos y dinero. Los asuntos que alguna gente consideraba «cuestiones». Si te pasabas la vida leyendo cosas como estas, era evidente que acabarías odiando a Rusia.

* * *

Capadocia era famosa, pero resultaba difícil saber cómo era, incluso mirando fotografías. En las fotos solían aparecer un inusual número de globos aerostáticos, tal vez hasta cincuenta, suspendidos a varias alturas sobre lo que normalmente se describía como un «paisaje lunar surreal» o un «paisaje de cuentos de hadas». Pensé que debía de haber algún tipo de relación entre los globos aerostáticos y el paisaje lunar, pero al parecer no la había. Sin más, alguien había decidido que la manera más fácil de contemplar el lugar era en globo.

Capadocia era el antiguo nombre de una región que ahora incluía tres o cuatro provincias de la Turquía moderna, cada una con su propia capital. Toda la región se extendía sobre un altiplano volcánico en el que la erosión había generado crestas, pináculos y extrañas formaciones rocosas, incluidas las «chimeneas de hadas». Lo de chimeneas de hadas sonaba muy etéreo, pero en realidad eran gigantescos pilares o conos, de varios cientos de metros de altura, cada uno coronado por una enorme roca. El viento las había esculpido dándoles esa forma.

Cuando era pequeña, mi madre y mi tía intentaron describirme las chimeneas de hadas. En cierto momento mi madre soltó que a lo que más se parecían era a un pene. «Muy cierto», se mostró de acuerdo mi tía, asintiendo juiciosamente. En aquel entonces yo jamás había visto un pene.

En muchos casos, las formaciones rocosas estaban llenas de agujeros: eran los accesos a miles de viviendas, iglesias y monasterios que los antiguos habitantes de la zona habían abierto en la piedra. Este era otro de los aspectos desconcertantes de la Capadocia: el aspecto esculpido de las rocas se debía a la erosión; los agujeros, que parecían el resultado de algún misterioso proceso natural, no lo eran, a menos que contaras como tal a los antiguos habitantes que se creaban sus refugios. En algunos lugares habían llegado a horadar en la roca los espacios interconectados de pueblos enteros: ciudades con varios niveles capaces de alojar a hasta diez mil personas, con establos para los caballos. La gente llevaba refugiándose en las rocas de Capadocia desde el siglo IV antes de Cristo. Los primeros cristianos se ocultaban allí de los romanos, Pedro había escrito sobre ellos en la Biblia.

En la actualidad Capadocia era un famoso destino turístico. A nadie le pareció ni raro ni peligroso que viajara allí, de manera que esta vez no me siguieron. Cogí una habitación en una pensión ubicada en una mansión greco-otomana de hacía ciento cincuenta años. La propietaria, una mujer de mediana edad con un elegante corte de pelo, me acompañó a la enorme habitación, que daba a un jardín de rosas. Ya había notado, con sorpresa, que a menudo en las pensiones me recibían con mucho cariño. En los restaurantes lamentaban que no formaras parte de un grupo o fueras un hombre, pero en las pensiones era distinto.

—Bienvenida, bienvenida, bienvenida —me recibió uno de los propietarios, utilizando un montón de expresiones diferentes que significaban «bienvenida». Apenas podía contener su entusiasmo, y al final me dijo, en tono confidencial—: Una mujer que viaja sola es nuestra clientela preferida.

—¿En serio? ¿Por qué?

—Las mujeres nunca rompen nada.

—¿El resto de la gente… rompe cosas?

—Desde luego que sí. Los hombres, las familias. De inmediato se rompe algo. El valor de la propiedad decrece.

—¿Qué tipo de cosas rompen? —pregunté, preocupada.

Su pensión empezaba a parecerme muy frágil.

—Qué no rompen, querrás decir. Rompen ventanas. Destrozan las paredes a golpes. Cosas que ni te imaginarías. Mientras que una mujer amable y bien educada —hizo una deferente inclinación de cabeza— ¡puede alojarse diez años en una habitación y estará igual que cuando llegó! ¡El valor de la propiedad se mantiene!

Me sentí aliviada, porque estaba segura de que no rompería ninguna ventana, y resultaba de lo más agradable recibir lo que con toda claridad era un cumplido. Al mismo tiempo, había algo inquietante en la imagen de una mujer bien educada viviendo diez años en una habitación sin dejar ningún rastro.

Otro día estaba en la estación de autobuses interurbanos intentando descifrar cómo coger un autobús local a Ahmetpaşa, un pueblo que Sean me había pedido que visitara porque se suponía que tenía unas grutas antiguas infravaloradas. Los empleados de las líneas de autobuses interurbanos me miraban como si estuviera loca. Algunos de ellos me sugerían, con expresión ofendida, un montón de empresas de autobuses turísticos que me llevarían a sitios mucho más interesantes y famosos.

—Tengo que ir a Ahmetpaşa —no paraba de decir yo—. Trabajo para una guía.

Llevábamos así diez minutos cuando un empleado de la estación de autobuses dijo con tono alegre:

¿Ahmetpaşa? Ningún problema. Te llevo en mi coche. ¿Cuándo quieres que salgamos?

Parecía un veinteañero, con una expresión vivaz. Yo no tenía claro si me estaba tomando el pelo, aunque daba igual, porque tenía que tomar el autobús. Ese era el único motivo por el que ofrecían este trabajo a estudiantes sin experiencia: porque si alguien nos decía que tomáramos un autobús nocturno para un trayecto de diecisiete horas y nos compráramos un bocadillo de callos, lo hacíamos y anotábamos cuánto costaba.

El chico me dijo que no había ningún autobús hasta allí. Le respondí que no podía ser cierto. ¿Cómo iba y venía sino la gente a ese pueblo? Debí cometer algún error gramatical, porque de inmediato cambió al inglés estridente y tosco que utilizaban los trabajadores del sector turístico. Resultaba deprimente. ¿Quién les había enseñado a hablar así? ¿A qué charlatanes resabiados y didácticos imitaban?

—Desde aquí, dos horas. Dos autobuses. —Alzó dos dedos.

—Estupendo —dije yo enérgicamente en turco, utilizando una de las palabras otomanas favoritas de mi abuela—. Cuanto mayor sea el suplicio, mejor.

—¿Perdón? —dijo él en inglés.

—Esta guía es para americanos. Si el viaje les resulta demasiado fácil, empieza a preocuparles estar perdiéndose la esencia de la vida turca. Por eso quieren ir a un sitio como Ahmetpaşa.

—¿Sí? —Se quedó pensativo—. Te propongo esto —dijo en turco, y fue como si su personalidad cambiara y volviera a ser un chico cortés y divertido—. Pongamos que te subimos a un autobús a Ahmetpaşa. En dos horas, habrás recorrido siete kilómetros. Verás todas las cosas que tienes que ver en Ahmetpaşa, una por una, las verás todas. ¿Verás la auténtica esencia de la vida turca? Eso no lo sé, tendrás que valorarlo tú. Con esto tendrás suplicio para un día. Para entonces, yo habré terminado mi jornada de trabajo, iré a recogerte y cenaremos juntos. ¿Qué me dices?

—Si me ayudas a localizar el autobús, te estaré muy agradecida —le dije.

—¿Y la cena?

—Bueno, creo que no. Pero me lo puedo pensar en el autobús.

—¡Estupendo! —Su cara se iluminó y volvió a sentarse en su

silla–. Lo único que te pido es que te lo pienses. Me has hecho muy feliz.

–Entonces ¿cuál es el autobús a Ahmetpaşa?

–¿Qué? Ah, sí. No tengo ni idea. ¡Velih Bey!

Un anciano con un bastón apareció arrastrando los pies.

–Sí, Mesut –dijo–. Como ordenes, Mesut. ¿Sabes?, cuando Mesut me llama, vengo de inmediato, por decirlo de algún modo, en la medida de mis posibilidades, y te diré por qué. Es porque sé que me espera algún asunto muy importante. Otras personas te pueden llamar por cualquier tontería, pero con Mesut nunca te arrepientes de levantarte de tu cómoda silla.

–Velih Bey, he interrumpido tu descanso y ahora me siento avergonzado.

–Para nada, hijo. Dime cómo puedo tener el honor de ayudarte.

–¡Velih Bey, escucha! Esta joven tiene que ir a Ahmetpaşa en autobús. ¿Sabes?, la joven es investigadora y hay en Ahmetpaşa algo que tiene que investigar, y solo puede hacerlo yendo allí en autobús.

–¿En autobús? Pero no hay autobús hasta allí. Si hace transbordo entre autobuses… tardará dos horas.

Mesut le explicó que lo del autobús formaba parte de la investigación. Velih escuchó con mucha atención, llamó a un recadero para que le preguntara a un conocido que vivía en un pueblo cerca de Ahmetpaşa. Mandó a otro recadero a buscar té. Ahora todos me llamaban «señorita» y se comportaban como si fuera no solo razonable, sino también importante, que yo llegara a Ahmetpaşa.

–¡Una investigadora! –dijo Velih, mientras esperábamos el regreso de los recaderos–. Qué interesante.

Tú y yo deberíamos hacer alguna investigación un día de estos –le dijo Mesut.

–Muy cierto. Tú y yo llevamos toda la vida viviendo aquí y no investigamos nada. Y entonces vienen de América y se ponen a investigar todo tipo de cosas.

—Hasta en Ahmetpaşa, tienen algo que investigar.

—Y con toda la razón. ¿No hay algo que investigar en cada rincón del mundo creado por Dios? ¿No es eso, señorita, lo que ha descubierto en sus viajes?

Mesut me escoltó hasta el autobús local y le dijo al conductor que me dejara en un punto de la carretera donde podría tomar el autobús a Ahmetpaşa. Pregunté el nombre de ese punto de la carretera para apuntarlo. El conductor me dio el nombre de un arroyo cercano. Lo anoté en la libreta, para que algún día otras personas pudieran vivir la misma experiencia que yo.

El segundo autobús me dejó en una plaza con una estatua de Atatürk y un colmado. No había ningún letrero de unas antiguas grutas ocultas. Bueno, era normal que no lo hubiese, ¿no? Pero cuando entré en el colmado para comprar zumo de cereza, el dependiente me preguntó si había venido a ver las iglesias y llamó a un niño para que me mostrase el camino. El niño, que parecía acostumbrado a que le dieran órdenes, se puso en marcha de inmediato con aire muy serio, caminamos rápido, después más rápido, hasta que ya básicamente íbamos corriendo.

Tardé un rato en entender que si caminábamos tan rápido era para intentar dejar atrás a dos perros fornicadores, que por algún motivo nos seguían. Se ponían a lo suyo unos segundos, nos seguían un rato y volvían a empezar.

—¿Estos perros son tuyos? —me preguntó al final el niño.

Cuando le dije que no, les tiró una piedra y ellos huyeron corriendo con expresión compungida.

Cuando regresamos de las grutas, Mesut, el tío de la estación, estaba plantado delante de la estatua de Atatürk, junto a un Opel blanco aparcado, el mismo modelo que tenía la madre de Ivan. Al verme se le iluminó la cara.

—¡Selin!

—Te has tomado demasiadas molestias —dije.

No se me había pasado por la cabeza que le fuera a ser tan fácil encontrarme. Le comenté que tenía planeado tomar el autobús. En cuanto lo dije, sonó absurdo. La idea de tomar el autobús era una afirmación de independencia y de que no estaba dispuesta a subirme a un coche con un desconocido. Pero ¿no era entonces dependiente del autobús, y no estaba el autobús lleno de hombres?

Subí al coche. Tardamos media hora en llegar a una ciudad que pensaba que estaba lejísimos, porque en el autobús el trayecto se hacía eterno. Se puso el sol y salió la luna. Masut aparcó en una calle lateral, detrás de un restaurante. Hasta ahora no lo había mirado con mucha atención, pero ahora pude observarlo mientras saludaba a prácticamente todos los trabajadores del restaurante. Vi que era más bajo que yo y de algún modo parecía más lleno de vida que todos los que lo rodeaban.

Nos sentamos en la azotea, bajo un emparrado. Se oía música otomana de estilo tabernario. Mesut pidió dos vasos de vino, sacó una cajetilla de cigarrillos, me ofreció uno, se fumó medio, dijo que eran malos para la salud y lo tiró. Tampoco tocó apenas el vaso de vino.

—Bueno, Selin —dijo—, cuéntame.

—¿Qué quieres que te cuente?

—Sobre tus investigaciones.

Le hablé de las grutas y del niño que me había enseñado el camino. Recorrimos cuatro kilómetros y subimos y bajamos por terreno rocoso. El niño sabía los sitios por los que era más fácil trepar y en un punto difícil me cogió de la mano, y me dijo lo que según él eran el nombre y la antigüedad de cada una de las iglesias, aunque yo no estaba muy convencida de que pronunciara bien los nombres griegos. Después, no sabía si darle una propina, e intenté comprarle unas galletas, pero me dijo que tenía que irse a casa a cenar.

—Era un buen chico —dijo Masut—. Se comportó bien. Y seguro que vio que tú también eras una buena persona. La buena gente siempre se acaba encontrando.

¿Era eso cierto? Lástima que no existiera un club en el que pudieses inscribirte, igual que existían distintas religiones, razas y nacionalidades, todas las cuales acogían tanto a gilipollas como a no gilipollas. Parecían estar distribuidos de un modo muy equitativo. ¿Cómo era posible que fuera así?

Todo estaba delicioso, la ensalada con zumaque, el pan recién hecho y el vino peleón.

—Ahora cuéntame tú —dije.

—¿Qué quieres que te cuente? —Se sentó más recto.

—Háblame de tu infancia.

—Tuve una infancia feliz en el mar Negro —comentó de inmediato.

Su madre había fallecido cuando él era muy pequeño, de modo que no la recordaba y nunca la había echado de menos. La persona más cercana a él, su hermana mayor, Elmas, estaba ahora casada con un hombre maravilloso, y él ya nunca la veía ni hablaba con ella. Su actividad favorita de niño era atrapar peces con las manos: eso dejaba bien clara la abundancia de peces de aquel entonces. Los metía en un cubo y los vendía. Tuve la sensación de que la vida de Mesut era más real que la mía. Aunque ¿cómo podía ser la vida de alguien más real que la de otra persona?

Le dije que tenía que volver a la pensión, para poner por escrito las investigaciones del día. Me propuso una ruta de vuelta panorámica. Acepté. Después de dos semanas en autobuses locales que paraban cada veinte minutos para recoger a alguien, era una gozada poder moverse con tanta libertad, sin llevar a rastras un enorme y lento autobús.

La empinada carretera acababa de forma súbita ante un precipicio. A nuestros pies se desplegaban las «chimeneas de hadas» como gigantescas criaturas reunidas bajo la luz de la luna. ¿Qué aspecto debía de tener este lugar «entonces»? ¿Dónde estábamos, qué significaba todo esto, por qué era así? El comportamiento de Mesut cuando me besó fue intrépido pero respetuoso, como si quisiera comprobar hasta dónde podía llegar con su encanto y diplomacia. Los latidos de su corazón: ¿yo los sentía o los oía? En turco puedes «oír» un olor. ¿Por qué la loción de después del afeitado siempre parecía abrirse paso hasta tu cerebro?

—Qué guapa eres —dijo, con una suerte de dolor o asombro en su voz que me hizo pensar en que algún día sería vieja o estaría muerta o ambas cosas, y en la transitoriedad de todo, del coche, de la luz de la luna, de la roca volcánica que se iba erosionando y del brillo de las estrellas... hacía que el mundo pareciese al mismo tiempo más importante y menos importante, hasta que el propio concepto «importante» desaparecía como una hoguera a punto de apagarse resplandeciendo contra el cielo.

Masut reclinó mi asiento y se dispuso a saltar por encima del cambio de marchas.

—No, no lo hagas —le pedí.

—¿Por qué?

—No quiero.

—¿Por qué?

—Porque no.

—¿Por qué no? Será muy bonito hacerlo contigo. Lo sé —dijo—. Lo he sabido cuando te he visto en la estación de autobuses.

(¿Qué?)

—No, imposible.

—Pero ¿por qué?

Al principio no pensé que ese «por qué» fuera una auténtica pregunta, pero a medida que avanzaba nuestra discusión cambié de opinión. ¿No estaba todo esto relacionado con la autoestima? Me vino a la cabeza un episodio de *Sexo en Nueva York* en el que a Samantha le daba plantón en un restaurante un magnate inmobiliario y ella rompía a llorar delante del «ayudante de camarero paquistaní». La voz en off de Carrie lo describía así, pese a que por su aspecto parecía tener cuarenta y tantos años. En el guardarropa, el ayudante de camarero paquistaní besaba a Samantha —«Samantha dejó que el ayudante de camarero paquistaní la besara; después de todo, él había estado encantador y atento al servirle el pan»— y le proponía que se marcharan juntos. Samantha dudaba un momento y entonces recuperaba a tiempo su autoestima, le daba una generosa propina y se marchaba sola con la cabeza bien alta. Sí, se trataba de eso: se suponía que debías recordar que tú eras mejor que él. Pero ¿por qué se suponía que tú eras mejor que él?

—No quiero y ya está —dije, y oí que se me quebraba la voz.

—No te preocupes —dijo Mesut de inmediato—. Hagamos otra cosa. ¿Por qué no vamos a las fuentes termales?

Como en el restaurante, en las fuentes termales Masut tenía un montón de conocidos. Un tío nos acompañó hasta una sala de piedra amarilla envuelta en vapor y con una piscina rectangular. Ataviados solo con la ropa interior, nos metimos en el agua caliente, que desprendía un olor metálico y sulfuroso y en la que parecías flotar más de lo normal.

Nos besamos un largo rato. Al final, cuando apartó mis bragas y deslizó sus dedos dentro, sentí una sacudida que parecía prometer algo. Era como un mensaje que atravesaba una pared. Era como una importante pista para la argumentación.

* * *

Su erección tenía un aspecto diferente de la del Conde; era, de algún modo, más optimista y despierta. Pensé que tal vez el Conde no estaba circuncidado. Pero ¿qué era en realidad la circuncisión? Por supuesto, yo sabía que se trataba del cortar el «prepucio», que era «una cobertura de piel». Pero sabiendo esto, ¿qué sabías en realidad?

Al principio me dio miedo que acabara siendo como la primera vez y acabara poniendo perdida la cama del hotel del amigo de Mesut, que era donde habíamos acabado. Sin embargo, pareció entrar con suma facilidad, y pensé que tal vez ya estaba, que ya no volvería a darme problemas. Pero entonces resultó que no había entrado del todo y acabo siendo como la primera vez. De modo que nada había cambiado.

—No pasa nada, podemos parar aquí —dijo Mesut, y volvimos al punto en el que no me dolía.

Me acarició el cabello y me dijo que mi cuerpo era incluso más hermoso de lo que se había imaginado. Y entonces, al cabo de un rato, empezó a empujar de nuevo.

Con el Conde pensé que este movimiento repetitivo estaba relacionado con el hecho de que era mi primera vez y se trataba de abrirse paso a través de algo y, una vez logrado, sería cuando podríamos llevar a cabo lo que fuera que fuese el sexo.

Ahora, empezaba a tener la sensación de que este movimiento de entrada y salida *era* el sexo, que no había nada más aparte de esto. Repasé mentalmente las escenas sexuales que había visto en las películas. O bien la gente rebotaba de modo cómico o, si era una escena seria, se alzaban y se hundían con movimientos lentos. Si violaban a alguien, lo único que veías era el culo oscilante del hombre. Vale: ahora ya sabía lo que sucedía en la otra parte implicada. Era él metiéndola y sacándola una y otra vez. En esto consistía el sexo. Intenté asimilar esta nueva información, para concederle la relevancia que merecía.

Después Mesut me dejó en mi pensión. Atravesé el jardín iluminado por la luna, subí por las escaleras de piedra, me di una ducha y escribí la información hasta que me quedé dormida, con la sensación de estar llevando una «vida plena».

Después de las primeras cinco o seis veces, ya apenas me dolía. Pero entonces, en cierto momento, cuando estábamos hablando, me reí ante algo que sonaba inverosímil —«¡Cómo va a ser eso posible!»— e, impulsado por una rabia real o simulada, él empujó más a fondo y la cegadora sacudida me hizo caer en la cuenta de que hasta ahora había estado haciéndolo con mucha suavidad, y esa idea provocó que mi alma sintiera que me abría del todo.

Cuanto más lo hacías, menos absurdo parecía. Lo relevante no era lo que yo había pensado que sería; no resolvía ni daba respuesta de forma inmediata a ninguna necesidad o duda preexistente que yo tuviera. No cobraba sentido de inmediato, tal como yo esperaba, dado su carácter universal y canónico. Era más bien algo muy concreto, como el sabor de un tipo de vino en particular.

Los momentos, al principio aislados, en que empecé a sentir que lo entendía —que entendía por qué era deseable, cómo disfrutarlo y cómo prolongarlo— me recordó a la primera vez que conseguí seguir entera una obra de Shakespeare y no solo entender todo lo que decía esa gente, sino también por qué su declamación se consideraba tan admirable. Todas las cosas que no se verbalizaban en una conversación normal —porque eran secretas, o porque nadie se había percatado de ellas o les había dado nombre— se habían traducido a un torrente métricamente medido y multisilábico que los actores desplegaban sin descanso.

Sí, encontrarle el punto al sexo era como encontrarle el punto a Shakespeare. ¿Y acaso no estaban ambos relacionados? Yo, tiempo atrás, había sentido animosidad... no hacia el propio Shakespeare —¿qué había hecho él excepto escribir obras de teatro?—, sino hacia la historia que se vendía sobre su humanidad universal, sobre su virtuosa expresividad a través de sencillos y procaces juegos de palabras, como cuando el bardo decía «nada» y quería decir vagina, o decía «O» y quería decir vagina, o decía «asuntos de la patria» y quería decir vagina.

A veces, cuando captaba el atisbo de una promesa, intentaba acariciarme para comprobar si podía llegar al orgasmo. Casi nunca funcionaba. Después, cuando Mesut entraba en una suerte de extraño trance, yo me preguntaba si debería levantarme e irme al baño a intentar acabar sola con tranquilidad. Sin embargo, siempre me parecía más una molestia que algo que valiera la pena. Llegué a la conclusión de que tener un orgasmo no debía de ser lo importante, y que no haberlo tenido no era lo que motivaba la vaga sensación de insatisfacción que a veces notaba. La razón tenía que ser otra.

Me trasladé de la pensión al hotel del amigo de Mesut. El amigo de Mesut tenía el cabello rizado y largo, cejas frondosas y una expresión cómicamente perpleja, como si no entendiera cómo y por qué había acabado gestionando ese hotel, repleto de alfombras beis y, sobre todo, de escarabajos. Los escarabajos eran muy negros, relucientes y grandes, y tenían unos andares lentos y tambaleantes. Jamás en mi vida, ni antes ni después, he visto escarabajos como esos.

A Mesut no le gustaba que lo vieran saliendo por la mañana, así que al amanecer saltaba por la ventana sobre unos arbustos. Cuando le conté a mi madre lo de que se escabullía por la ventana, me dijo que eso quería decir que estaba casado. Le respondí que era imposible.

—Estoy segura —dijo.

—¿Estás casado? —le pregunté más tarde a Mesut.

—¿Qué? —Se puso a reír—. ¿Cómo voy a estar casado?

—¿Cuándo te vas a casar?

Volvió a reírse y no respondió.

—Algún día nos casaremos tú y yo —dijo por fin.

¿Por qué sentí una oleada de euforia? Era como si mi cerebro supiera impulsarse hacia la libertad, pero mi cuerpo tuviera otros planes. ¿O acaso era la euforia lo real, mientras que lo demás —la idea de que no podías casarte antes de terminar la universidad, de que debías casarte con alguien que tuviera estudios universitarios y hablara inglés— era de algún modo falso?

Yo tenía claro que Mesut era listo, porque no repetía todo el rato lo mismo y siempre entendía lo que intentaba decirle, incluso cuando yo no encontraba las palabras adecuadas. En una ocasión, cuando uno de los tíos de la estación de autobuses mostró su escepticismo ante mis conocimientos sobre las provincias que rodeaban Ankara, Mesut se rio y dijo: «Deberías hacerle caso, ella sabe de qué habla». Lo dijo con un tono tan gracioso que todo el mundo se rio y nadie se ofendió.

* * *

Me extravié durante dos horas en el «Valle del Amor». Al principio parecía imposible de creer que las formas de esas rocas fueran fruto de un proceso natural. Lo cierto era que los penes tenían esa forma, de manera que tal vez ese fuera el modus operandi de la naturaleza. Subí por una ladera empinada, pensando que era la salida, y una vez arriba me dio miedo bajar. Muy por encima de mí, en un plano de la existencia distinto, como en una pintura holandesa, un hombre con un burro caminaba por el borde de un huerto de frutales. Me saludó con la mano. Yo le respondí con el mismo gesto. El enorme Ericsson que llevaba en la bolsa empezó a sonar. Era mi tía abuela Bahriye.

—¿Quién eres? —preguntó, pese a que era ella la que llamaba.

—Hola, tía Bahriye, soy Selin.

—¿Quién? ¿Selin? ¿La hija del jardinero?

Parecía indignada. Me llevó un buen rato explicarle quién era. Me dijo que Selin, la hija del jardinero, tenía solo ocho años, pero siempre se metía en lo que no le importaba, de modo que no sería tan raro que hubiera aprendido a llamar por teléfono.

Al final, una pareja de alemanes equipados con material de senderismo me ayudaron a salir del valle. La chica me llevó de la mano. Después quise invitarlos a comer en un restaurante que me gustaba, pero me descuidé un momento y pagaron ellos. Me metí en un café para revisar las páginas del día.

«Gira a la izquierda por el camino de tierra junto a la fábrica de ónice, avanza unos cuatrocientos metros, baja por la derecha...». A mí estas indicaciones no me habían servido, pero ¿era culpa de las indicaciones? ¿Tenía yo algo mejor que proponer?

Resultó que Mesut era religioso. No paraba de preguntarme sobre mi relación con el islam. Le dije que lo respetaba, pero me mantenía a distancia. Me dio un folleto ilustrado para mujeres, que explicaba cómo hacer el ritual de las abluciones y cómo lavarse las orejas.

Yo llevaba en la bolsa un pañuelo que me ponía en la cabeza al entrar en los lugares sagrados. Mesut me pidió que le enseñara cómo me lo ponía.

—Así no —me dijo, y me lo anudó él con más destreza, doblándolo y plegando las puntas varias veces para que me cubriera por completo el cabello y también la parte inferior de la cara.

—¡Guau, es fantástico! —comenté al mirarme en el espejo. Parecía una persona diferente—. Desde ahora voy a pasearme siempre así.

Mesut se mostró incómodo.

—Quítatelo —dijo.

Una noche, Mesut me habló de un modo brusco. Al pensar en lo diferente que me había hablado hasta ahora, me sentí tan desolada que pensé que sería un error por mi parte seguir en ese hotel. Llené mi bolsa para los desplazamientos diarios con ropa para un par de días e hice un trayecto de cuatro horas en autobús hasta una ciudad cerca de un valle donde podría darme una caminata para visitar unos frescos de más de mil años de antigüedad conservados bajo tierra. Me registré en una pensión, dejé la bolsa y salí en busca del comienzo del sendero. Entonces empezó a sonarme el móvil.

Cuando le dije a Mesut dónde estaba y que iba a pasar allí la noche, le cambió el tono de voz y dijo que vendría a recogerme después de trabajar.

—Pero esto está a cuatro horas —le dije.

—¿Qué? No, para nada, en coche es apenas una hora.

Llegó cuando todavía no había anochecido. Me dijo que era la primera vez que pisaba esa ciudad.

—Enséñame qué hay por aquí —me pidió.

Y yo se lo enseñé.

Mesut sostenía que solo era importante ponerse el condón al finalizar. Le dije que eso no era cierto, pero no sé si me creyó.

En una ocasión, en pleno acto, me dijo que se había quitado el condón sin que yo me diera cuenta.

—¡Cómo has podido! —le dije, empujándolo para que se apartara, y rompí a llorar.

—Cómo te pones —dijo con tono maravillado, y me mostró que me estaba tomando el pelo.

Después leí en la caja de Durex una nota que decía, en un turco muy educado: «No debe penetrarse una vagina sin llevar condón. Penetrar una vagina, incluso antes del orgasmo, puede provocar un embarazo». Corté ese trozo de la nota junto con un diagrama ilustrativo e hice un collage en el interior de una tarjeta de felicitación que llevaba delante una miniatura otomana. La miniatura mostraba un mundo con varios niveles, balcones y terrazas, entre los que hombrecitos con rostros de muñeca y cuerpos acolchados se arrodillaban ante el cielo estrellado.

Cuando Mesut abrió la tarjeta, por un momento me inquietó que se ofendiera, pero soltó una carcajada y me dijo que era muy aguda, y que se guardaría la tarjeta como recordatorio.

En una ocasión, porque me sentía agradecida y porque no quería cometer errores, intenté hacerle una mamada.

—¡Qué haces! —exclamó Mesut.

Dijo que era impuro y me hizo jurar que nunca haría algo así con nadie durante el resto de mi vida.

—Vale, te lo prometo —le dije al final.

También me hizo prometerle que nunca practicaría sexo anal. Me pregunté si estas cosas estaban peor consideradas que mantener relaciones sexuales antes del matrimonio.

Resultó que también el vello púbico era antimusulmán. Había un hadiz sobre el tema. El asunto parecía poner a Mesut muy nervioso. Como eso parecía importarle mucho más que a mí, un día, en la ducha, me depilé por completo. ¿En toda mi vida había hecho algo que hubiera complacido tanto a alguien como mi depilación complació a Mesut?

—¿Y tú qué piensas del amor? —le pregunté a Mesut con un tono informal.

—El amor es verse atrapado —respondió de inmediato—. Es ser incapaz de olvidar.

Pospuse mi partida un par de veces. Mesut me dijo que me embarcaría en el mejor autobús: un Mercedes.

De camino a la estación, Mesut comentó que había tenido mucha suerte por conocer a alguien como yo y haber podido pasar tiempo juntos. Me sacó el billete en el mostrador. En el exterior, anochecía. Solo había un autobús con las luces encendidas. Mesut saludó al conductor y a los maleteros y metió mi mochila en la parte inferior del autobús. Se lo veía muy activo y vivaz, fuerte y sólido. Y, sin embargo, esto era en sí mismo una limitación. Un aspecto inextricable de su fuerza y solidez era que su existencia se desarrollaba no en cualquier parte, sino en un lugar muy concreto. A diferencia de mis sentimientos, que no eran tangibles y me seguían allá adonde iba, él era una realidad corpórea limitada a permanecer allí.

Los pesados engranajes se pusieron en funcionamiento en las profundidades de mis ojos y en mi pecho. Volví a sentirme como me había sentido durante todo el otoño. No podía imaginarme cómo había podido vivir así. Sin embargo, al mismo tiempo me sentí afortunada por sentir eso de nuevo, por estar ahí de nuevo. Era como si se hubiera abierto algún tipo de portal. Llorar, un poderoso proceso físico que normalmente quedaba descartado, se convirtió en una posibilidad muy presente. Esto parecía probar la realidad material de los pensamientos y los sentimientos.

Mesut subió al autobús conmigo. Yo disponía de toda una fila de asientos solo para mí en la parte delantera, desde donde veía el gigantesco parabrisas. A través de él se veían muchas cosas, porque el autobús era muy alto. Mesut me entregó un paquete envuelto y me dijo que lo abriera después, me tocó la cara para limpiarme una lágrima, y resultaba insoportable que estuviera siendo tan cariñoso y que ya supiéramos que este era nuestro último momento juntos y por tanto presentara tan pocas posibilidades. Ahora me estaba expresando sus buenos deseos para los miembros de mi familia y lanzando elogios sobre Adana. Pasó más rato. Al final, se dio la vuelta y bajó los escalones del autobús, las puertas se cerraron tras él y todas las personas a mi alrededor eran desconocidos.

El conductor me observó por el retrovisor y dijo que el hecho de que yo estuviera tan triste indicaba que era una buena persona. Me debía de gustar mucho Mesut y sin duda también él era un buen chico, pero yo ahora no tenía nada de lo que preocuparme porque él, el conductor, sabía lo que tenía entre manos y el viaje a Adana sería tan plácido y sin incidentes que habríamos llegado allí antes de que me diera tiempo a sentirme incómoda.

Abrí el regalo que me había dado Mesut. Era un casete. Lo puse en el walkman, preocupada porque fuera un repertorio de esa desesperada música «arábiga» que a Mesut le gustaba escuchar. Sin embargo, era música pop muy animada de influencia americana, con una caja de ritmos que sonaba como los tambores turcos, y sintetizadores que sonaban como el laúd, y la primera canción se titulaba «This Girl Will Be the Death of Me». Era una canción humorística. Empezaron a caerme lágrimas por las mejillas.

¿Por qué esa aflicción tan intensa, casi peor que la que había sentido por Ivan? ¿Se debía a que con Ivan yo no sabía que lo estaba viendo por última vez y seguía creyendo en un futuro en el que las cosas volverían a ser como antes? Desde luego, ahora no pensaba nada parecido. ¿Cómo iba a volver alguna vez a Capadocia, por qué iba a hacerlo? Mesut me había prometido visitarme, pero parecía harto improbable que sucediera y tampoco era una perspectiva que me entusiasmase. Tendríamos que lidiar con todas sus ideas sobre América y su peculiar inglés, y decidir qué íbamos a hacer: ¿comer burritos de pollo thai en The Wrap? Intenté recordar el insultante nombre del burrito de pollo thai. Se llamaba «Thai Me Up».* Noté que en mi cara se dibujaba una mueca de pena. No volvería a subirme al Opel blanco de Mesut, no volveríamos a dar vueltas alrededor de las falocéntricas columnas en las que los bizantinos se escondían, no volveríamos

* Juego de palabras intraducible: *Tie me up* («Átame») se convierte en Thai Me Up. *(N. del T.)*

a beber vino astringente en aquella azotea, ni a ir al hotel y hacer el amor durante horas. ¿Era esto lo que resultaba tan doloroso: que nadie jamás había estado tan cerca de mí, nadie me había visto, se me había acercado, había insistido y me había mirado a los ojos con tanta seriedad, con tan poco miedo?

JULIO

En Adana, de inmediato me absorbió mi familia. Era importante para mí encontrarme con cada uno de los hombres poderosos a los que conocíamos. De hecho, no eran tan numerosos, pero cada cita parecía no tener fin. Los criados traían té. Los hombres poderosos no paraban de amenazarte en tono jocoso con pedirle a alguien que te preparara café turco, utilizando el infinitivo potencial que también existía en finlandés. En algún momento, les daba por intentar mencionar a todos los ancianos de tu familia por su nombre.

Mi prima Evren estaba de vacaciones de verano de la facultad de Medicina de Estambul. Había entrado hacía un año. Ahora que se había marchado de Adana y estaba estudiando en una famosa y bella universidad, se la veía más relajada que antes y yo me sentía menos culpable.

Cuando visitaba Adana de niña, me pasaba el día con Evren. Evren estaba siempre en casa de nuestros abuelos, porque su padre —el marido de mi tía— bebía, y en una ocasión, cuando mi tía estaba embarazada, la había tirado por las escaleras.

En el parque, Evren siempre quería que yo les contase a los otros niños, a los chicos, que yo era de América. A mí nunca me apetecía hacerlo: perseguir a niños desconocidos para contarles cosas de América. ¿Era eso lo que me había ganado siendo siempre la diferente en América: el derecho a que aquí me pasara lo mismo? Pero ¿qué había ganado Evren siendo la hija de unos padres que no eran médicos en América?

Cuando los niños decían que no me creían, Evren se enfadaba. Los niños parecían esperarse eso y les sorprendía que yo no me enfadara. «No te creemos», no paraban de decir, como si esperaran que al final a mí me diera una rabieta.

Evren y yo nunca habíamos viajado las dos solas, y era emocionante dirigirse hacia el norte de Chipre. Hicimos cuatro horas de autobús hasta el puerto desde donde zarpaban los ferris, pero fue lo más lejos que llegamos, porque resultó que se necesitaba un documento de identidad válido para subir al barco. Yo había dejado el pasaporte en Ankara y solo llevaba encima mi carnet de estudiante y el documento de identidad turco sin foto. Hicimos varias llamadas con mi móvil gigante. Intervino uno de los hombres poderosos con los que había tomado el té. Después de eso, todo el mundo nos trató con una educación exquisita. A mí me permitieron subir al barco, pero a Evren no, porque no llevaba encima ningún documento de identidad. Las dos lloramos. Evren quería que yo regresara a Adana con ella, pero yo ya llevaba dos días de retraso sobre el itinerario planificado.

Cargando con esa sensación de traición y culpabilidad que rara vez me había abandonado desde que Evren y yo éramos niñas, subí sola al barco. No me sorprendió del todo que, cuatro horas más tarde, al desembarcar en Kyrenia con mi documento de identidad sin foto, de inmediato me obligaran a volver a embarcar y me enviaran de vuelta a Turquía. Estaba claro que iba a pasar de este modo el resto de mi vida, dando pasos adelante y atrás. Sin embargo, los agentes de la aduana turca se tomaron como una ofensa personal el hecho de que no me admitieran en Chipre. Me imprimieron un salvoconducto especial y me dijeron que si me daba prisa todavía estaba a tiempo de tomar el último barco de vuelta.

En realidad, el ferry ya no estaba de servicio, pero una parte de la tripulación regresaba a Chipre para pasar allí la noche. El capitán de cara chupada, que en el trayecto anterior no me había dirigido la palabra ni había dado señales de haber notado mi presencia, ahora me invitó a sentarme con él en la cabina de mando de la cubierta superior. Yo no estaba muy segura de querer sentarme con él, pero por cómo actuaron los demás estaba claro que se trataba de un gran privilegio. En la acristalada cabina con todos los mandos, me indicaron que me sentara en una silla de cuero junto a la del capitán, muy por encima del mar que se desplegaba ante nosotros como una reluciente tela mágica. El sol estaba ocultándose en el horizonte y las nubes parecían derramar tonalidades doradas y violetas.

El taxista que me llevó al puerto viejo me contó la historia de su vida y yo rompí a llorar. Cuando dividieron la isla en 1974, lo habían evacuado de la parte sur, junto con todas las personas de etnia turca. Juraba que el norte era una porquería, que los lugares que había dejado atrás eran diez veces más bonitos, con árboles y flores de los que aquí no había ni rastro. ¿Era eso posible? La parte sur de la isla estaba literalmente a quince minutos en coche, y era difícil de imaginar un sitio más bonito que ese.

En *Let's Go*, el hecho de que no se pudiera viajar entre el norte y el sur de Chipre se comentaba con un toque de humor. Formaba parte del aura del encanto provinciano que envolvía los problemas de otros muchos países, sobre todos los relacionados con «antiguos conflictos étnicos». La posición americana, ejerciendo de moderadora entre estos grupos de gente poco razonable, era intrínsecamente cómica. Un ejemplo: los turcos y los griegos se «odiaban» entre sí, pero ambos eran aliados de la OTAN. ¡Qué posición más divertida y delicada para América!

El conflicto kurdo se abordaba con más seriedad, quizá porque los kurdos contaban en sus filas con militantes separatistas que perpetraban atentados suicidas, no solo en Turquía, sino en algunas ocasiones en Europa Occidental.

¿Por qué había tanta gente así: gente que prefería matar a otros muriendo ellos mismos en lugar de formar tranquilamente parte de un país? En algunos casos, parecía que era el propio país el que se empeñaba en negarse a acogerlos en su seno. En otros casos, eran los separatistas los que por nada del mundo querían formar parte de él.

Recordé uno de los proyectos que alguien había presentado en el curso de Creación de Mundos Literarios del año anterior: una caja de madera llena de cachivaches –una pieza ornamental de hierro rota, un retal de satén manchado, una vieja pluma de madera con la plumilla oxidada– acompañada por un relato. El cuento narraba la historia de una niña que vivía en un reino fantástico y se pasaba todo el día extrayendo cierto mineral, y a la que su madre le decía a menudo: «Nuestro pueblo no siempre fue esclavo». Un día la niña se encaró con la madre. Los ojos de esta se encendieron de ira. Sin decir palabra, se dirigió al armario, sacó una caja de madera y extrajo de ella, uno a uno, los artefactos de inestimable valor de su pueblo: un amuleto de peculiar moldeado, una tira del vestido de la princesa que se había utilizado para cubrir la herida del héroe, la pluma oxidada con la que se había firmado el tratado que se violó. Si la niña olvidaba alguna vez estas cosas, habría contribuido a asesinar a sus antepasados.

Yo sabía que Leora creía en algo parecido y estaba convencida de que tenía que aprender los idiomas de sus antepasados, traducir sus libros y memorizar cómo los habían asesinado. Sin embargo, Atatürk había dicho: «Hay muchos países, pero solo una civilización. Para que una nación progrese, debe sumarse a esa única civilización». Si eso era cierto, entonces no estabas traicionando a tus antepasados por hablar el idioma en el que más libros se publicaban y por intentar escribir nuevos libros que fueran diferentes de los antiguos.

Cuando mi madre tenía seis años y descubrió información sobre Inglaterra —sobre la existencia de Inglaterra—, dijo que ojalá hubiera nacido allí, y a mi abuelo le dio un furibundo ataque de ira: de los que ya había dejado atrás cuando yo nací, debido a su delicado corazón.

Había por toda Turquía carteles en los que se leía: QUÉ FELIZ ES EL QUE DICE «SOY TURCO», otra cita de Atatürk. Si mi abuelo era tan feliz siendo turco, ¿por qué le había gritado a mi madre?

En mi conversación telefónica semanal con Sean, intenté preguntarle sobre los separatistas. Sean soltó una estruendosa carcajada: «¡Estos asuntos quedan por encima de mi rango salarial!». Bueno, yo cobraba todavía menos que él.

* * *

Después de Antakya, que resultó ser lo mismo que Antioquia, empecé a desplazarme hacia el oeste siguiendo la costa mediterránea. Ahora ya no eran funcionarios del gobierno, sino propietarios de pensiones quienes venían a recibirme a la estación de autobuses. Se dirigían a mí por mi nombre, se desvivían por llevarme las maletas, me apremiaban a subir a su coche y se ponían a hablar a gritos del sector turístico. Estos encuentros eran estresantes y desconcertantes. Aun así, si tuviera que escoger, prefería a los hoteleros antes que a sus homólogos en el gobierno o en el ejército. Al menos, los hoteleros consideraban que mi trabajo era real. Habían oído hablar de *Let's Go* y la consideraban importante. Aunque, claro está, no estaban convencidos, como sí lo estaba la propia *Let's Go*, de «nuestra» objetividad. Ellos consideraban que yo podía escribir lo que quisiera, hablar o prescindir de un montón de negocios a capricho. La idea de ser «leal» al lector carecía de sentido para ellos. ¿Qué más les daba a los extranjeros en qué hotel se alojaban? ¿Que el otro hotel ofrecía un desayuno mejor? Si en el otro establecimiento el desayuno era mejor se debía a que tenían más huéspedes y por eso podían comprar más tipos de quesos y podían preparar los huevos a gusto del cliente en lugar de tenerlos solo duros. ¡Si acudiera más gente a nuestro establecimiento, también podríamos tener un gran desayuno recién preparado cada día e incluso más cosas! (Y a continuación me soltaban la lista de las cosas que tendrían para desayunar). ¿Así que nos vas a sacar en el libro?

Al principio tuve la sensación de haber aterrizado en medio de un malentendido de fácil solución, solución a la que yo podía aportar mi granito de arena debido a mi familiaridad con diferentes culturas. Descubrí, por ejemplo, que la palabra turca *turistik* tenía una connotación positiva, relacionada con cosas que los turcos apreciaban, como el aire acondicionado y la clientela internacional. Al principio me encantaba explicarles a los dueños de pensiones que tenían un aspecto más tristón e intelectual que al tipo de turista que utilizaba guías como *Let's Go* no le gustaba la palabra «turista». Pero lo único que sacaban ellos en claro de estas explicaciones era que yo «tenía buen corazón» y que posiblemente estaba dispuesta a mantener relaciones sexuales con ellos.

Acabé abandonando la pretensión de explicárselo todo a todo el mundo. El resultado no fue bueno. Todo el mundo tenía demasiado miedo. Los turcos temían perder la «oportunidad» que representaban los turistas, que estos se aprovecharan de ellos y les dejaran sin nada. Los turistas temían perderse la experiencia «auténtica», que los explotaran por su dinero y los dejaran sin nada. Lo que de verdad querían los turistas era no pagar por nada, porque ellos eran buena gente. Yo misma había notado que caía en esa actitud: siempre esperaba que me regalaran cosas, como recompensa por no ser una completa gilipollas. Me di cuenta de que era una esperanza engañosa, que podía superar cuando fuera mayor y tuviera más dinero. Pero la mentalidad de *Let's Go* era que no pagar por las cosas no solo era ventajoso, sino además noble. A la inversa, «pagar precio de turista» no solo significaba perder dinero, sino capitular ante los explotadores y no ayudar a los que de verdad se lo merecían porque eran auténticos. Por lo visto, la manera de ayudar a los que se lo merecían porque eran auténticos era pagándoles menos.

¿Hasta qué punto el empeño en no ser un «turista» conducía a la mezquindad? En algún momento, *Let's Go* señalaba que podías esquivar los «enjambres de turistas» que se apiñaban en Estambul y en las playas renunciando a ir a Estambul y a las playas; en lugar de eso, podías optar por recorrer los pueblecitos con la mochila a la espalda, disfrutando de «las innumerables tazas de *çay* que ofrecerán los lugareños, orgullosos de su tradicional hospitalidad». Pensé que resultaba ridículo que pusieran *çay* en cursiva, como si no existiera un sinónimo exacto: té. Todavía peor: ¿qué tenía de especial ese té? ¿Por qué se suponía que era mejor que el café requemado del Au Bon Pain? ¿Porque era gratis?

Let's Go recomendaba evitar los restaurantes con vistas, porque servían «comida de escasa calidad a un precio excesivo», pero ¿qué significaba en realidad «precio excesivo»? El alquiler de un edificio con vistas era más caro, de modo que ¿no era lógico que eso se reflejara en el precio de los platos? Mi madre no estaría dispuesta a pagar menos a cambio de ir a un restaurante sin vistas. Siempre tenía la sensación de que *Let's Go* criticaba a mi madre. No paraban de recomendarte que fueras a los «tugurios baratos». Pero los tugurios baratos solían estar repletos de hombres pobres y desgraciados, que intentaban compensar su fracaso ejerciendo su dominación sobre las mujeres. ¿Yo era frívola y elitista por querer evitarlos?

Siempre que algo me hacía sentir mal, mi procedimiento estándar consistía en contármelo a mí misma como un cuento en el que todo el mundo tenía al menos un poco de razón, y algunas personas eran bondadosas y tenían sentido del humor, y la bondad y el humor las redimían de todo lo demás, y que yo fuera capaz de reconocer estas virtudes me redimía a mí. Entonces me sentía humana y objetiva. Pero ¿era de verdad humana y objetiva? ¿Y si hacía lo mismo que los de *Let's Go*, cuando actuaban como si los problemas de todos los demás fueran cómicos y sectarios; como en una novela inglesa en la que el tío que ha estudiado en Eton siempre se acababa metiendo en algún maldito lío? Era como si intentar siquiera contar los diferentes puntos de vista te acabara posicionando en el lado de *Let's Go* y de las novelas inglesas, porque ellos eran los únicos que se empeñaban en contar todos los distintos puntos de vista y ser «objetivos». Me hizo recordar el último capítulo de *O lo uno o lo otro*: «Lo edificante de la idea de que contra Dios siempre nos equivocamos». En el asunto del viaje, yo también tenía el convencimiento de que siempre nos equivocábamos.

En la azotea del hostal de Side, una chica alemana que me oyó hablar en turco me pidió que le hiciera la danza del vientre.

—Soy de Nueva Jersey —le dije.

—Oh, entonces olvídalo —dijo ella, y giró la cara lo más rápido que pudo, como si yo tuviera una enfermedad contagiosa.

Estaba sentada en la azotea, bebiendo vino y trabajando en el texto de la guía, intentando que todo sonara mágico e impersonal, cuando un cachorro de color gris se puso a juguetear conmigo. Yo no había hecho nada por llamar su atención. Las lágrimas, que ahora me venían con facilidad por Masut, me anegaron los ojos. Resultó que el cachorro pertenecía a una familia turca de vacaciones.

—¿Cómo se llama? —les pregunté.

Todos se pusieron a reír: su nombre tenía un cierto doble sentido sexual. El padre, un profesor de colegio jubilado, tenía ojos centelleantes y una expresión afable. Me habló con mucha educación y me preguntó por mi trabajo y por todo lo que había visto, y yo me sentí aliviada, porque sabía que no me iba a pedir que bailara la danza del vientre o que escribiera sobre el hotel de un amigo suyo.

Sin embargo, cuando la tarde siguiente subí a la azotea, el padre estaba solo y me hizo un montón de preguntas sobre mi vida sexual y sobre si me acostaba con cristianos, y al día siguiente me entregó un documento mecanografiado que me pidió que le hiciera llegar al gobierno americano, con la tesis de que el asesinato de los armenios no se había coordinado de manera centralizada y por lo tanto no podía considerarse genocidio.

Otro día, estaba sentada en un autobús aparcado en la estación de autobuses, mirando por la ventana abierta. Junto al autobús contiguo, un grupo de jóvenes turcos rodearon a un hombre de cabello cano con ropa de safari. «Por favor. Por favor. Hola». Parecían amistosos y deseosos de ayudar al hombre con su equipaje, pero había algo siniestro en su pronunciación mecánica del «por favor», como si no fuera lenguaje, sino un simple sonido repetido para conseguir dinero.

El hombre de cabello cano, que hablaba con acento inglés y tenía cierto parecido lejano con mi profesor de ética, al principio les habló con educación, pero se fue poniendo cada vez más nervioso. Uno de los jóvenes le dio una palmada en la espalda, como para dar a entender que se lo estaban pasando en grande.

—Por favor, no me toquéis —repitió el inglés varias veces, pero los jóvenes no le hicieron ni caso y siguieron divirtiéndose a su costa.

Me dio pena y grité en turco:

—No quiere ayuda, dice que no le toquéis.

Uno de los jóvenes se volvió hacia mí y me lanzó una fulminante mirada despectiva.

—Nosotros también hablamos inglés —dijo.

Dejaron de acosar al inglés y empezaron a decirme a mí, con un inglés de pronunciación espantosa, «¿Puedo tocarte?» y otras cosas peores en turco, y me di cuenta de que me odiaban. Porque hablaba con acento, porque me había puesto del lado del extranjero, porque estaba interfiriendo en su tentativa de sacarse un dinero, porque yo misma tenía dinero suficiente como para venir a otro país, y porque era una chica.

Cuando volví a mirar al hombre del pelo cano, que ahora estaba armando un escándalo por su maleta, sentí que había juzgado mal su aspecto. Ya no me pareció profesoral ni educado. No parecía más que otro tipo idiota, desagradable y codicioso que intentaba salirse con la suya.

* * *

En Anamur, la principal zona de producción platanera de Turquía, el empleado de un hostal, un hombre alto de aspecto imponente, se ofreció a llevarme en coche a la antigua ciudad de Anemurium. Estaba en una playa desierta. Cuando llegamos allí, quiso tener sexo. ¿Por qué no paraba de sucederme esto? Era extraño que solo hubiera dos opciones: sí o no. ¿Cuál era activa, cuál era pasiva? ¿Qué querría yo que sucediera en los libros? ¿Qué era lo que se decía en ese libro en concreto? ¿«Solo conectar»?

Estuve con él unos cuantos días. Se llamaba Volkan. Dejó el hostal y me siguió a la siguiente ciudad, comportándose como si fuera mi novio. En ciertos aspectos, ir acompañada por un tío te facilitaba las cosas. Las interacciones con otras personas tendían a ser más llevaderas. Y, sin embargo, casi todo lo que decía el tío era un disparate. Bebíamos vino, fumábamos cigarrillos y nos peleábamos a grito pelado en medio de la calle. Había algo transcendental y universal en lo de discutir de este modo con un hombre.

—¿Crees que soy una persona de trato difícil? —me preguntó en una ocasión Volkan.

—Sí —le respondí—. ¿Y yo?

Se lo había preguntado solo por ser ecuánime, pero para mi sorpresa se lo pensó un rato y me dijo:

—No, la verdad es que no, eres más fácil que la mayoría de la gente.

Me ofrecí a pagar los autobuses y los taxis, pero Volkan insistió en que hiciéramos autoestop. Paró un coche, me apremió a subir y le dijo al conductor que los dos éramos estudiantes de la Universidad de Harvard. El conductor nos miró por el retrovisor y no dijo nada.

Después Volkan se pasó media hora gritándome porque, según él, el conductor no nos había creído. La culpa era mía, por no haber dicho: «Sí, nos conocimos en la Universidad de Harvard». Al menos ahora ya había probado lo del autoestop.

Intentaba no evidenciar la insondable inseguridad y angustia que sentía cuando Volkan no lograba mantener la erección.

—¡No soy una máquina! —gritaba.

A Volkan no le gustaba que yo me acariciara mientras hacíamos el amor.

—¡Para eso por qué no haces el amor sola! —gritaba.

Volkan no paraba de hablar de sexo anal: que era mucho más placentero para las mujeres, que lo disfrutaban mucho más que el sexo vaginal. A veces decía estas cosas en inglés, con ese tono pedagógico para turistas y pronunciando mal «vagina». Cuando le enseñé la pronunciación correcta, seguía pronunciándolo mal, de modo que sentenció: «Así es como lo pronuncio yo».

Al final, para que me dejara de dar la lata, le dije que podíamos probar el sexo anal. Utilizó crema solar como lubricante. Cuando le dije que ardía, casi se muere de risa. No quería parar, hasta que le di una patada.

Una vez, cuando caminábamos hacia no recuerdo dónde, un joven limpiabotas nos miró. Durante la siguiente media hora, Volkan no paró de preguntarme a quién de los dos creía yo que había mirado el limpiabotas: a él o a mí.

Volkan hablaba mucho de gays. Según él, lo había violado cuando era adolescente un arqueólogo alemán. Yo me preguntaba si era cierto. ¿Quién sabía? ¿*Rashomon* no iba sobre eso? ¿Sobre que nunca podías saber a ciencia cierta si una persona había sufrido una violación?

—Tienes las manos muy suaves —dijo Volkan—, es evidente que lo único que has sostenido es un bolígrafo.

Me indigné. ¿Quién era él para hablar así: trabajaba en la mina de carbón?

—Las tuyas también son suaves —le dije.

—¿En serio? —Parecía complacido.

Durante la cena, Volkan me contó la historia de una chica que conocía que había fornicado con una boca de incendios.

—Si tú lo dices —dije.

Se partió de risa durante cinco minutos por lo crédula que era, porque no le había parado los pies de inmediato diciéndole que estaba mintiendo.

Por un lado, yo no me aburría y hacíamos el amor a diario. Era un alivio tener la sensación de que no estaba llevando una vida estéril y abnegada, aprendiendo solo lo que figuraba en los libros, sin contacto con el mundo real. Y, gracias a ello, ahora tenía el cutis mucho mejor que en el colegio.

Pero después de tres días ya estaba harta; me di cuenta de que prefería llevar una vida estéril y tener peor piel, pero vivir en paz. Por la tarde, cuando Volkan se quedó dormido, hice la maleta, lo encerré en la habitación desde fuera y me fui a la estación de autobuses. Tenía el corazón acelerado. Intentaba actuar como si no pasara nada extraordinario. En ese momento en la estación había un solo empleado. Me había visto con Volkan y había estado bromeando con él, y cuando le dije que quería un billete de autobús, no dos, se rio y se negó a vendérmelo, no volvió a dirigirme la palabra ni hizo caso a lo que yo le decía. Regresé al hotel, abrí la puerta de la habitación con la llave que había escondido en una maceta y actué como si no hubiera sucedido nada. Pero a la mañana siguiente volví a la estación de autobuses, que a esas horas estaba más concurrida y otro tío me vendió un billete a Konya.

En Konya entré en un restaurante que aparecía en *Let's Go* e intenté sentarme. Cuatro hombres se dirigieron de inmediato a mi mesa con expresión alarmada.

—Señorita, permítanos acomodarla en la sección familiar del restaurante, donde estará más cómoda —dijo uno de ellos.

—No he venido con mi familia, viajo sola —dije.

—¡Pero no se puede sentar aquí! —gritó uno de los jóvenes.

El hombre de más edad se me acercó y me explicó:

—Señorita, lo llamamos la sección familiar, pero de hecho es donde sentamos a las mujeres.

—¿Las mujeres no se pueden sentar aquí? —pregunté, y al mirar a mi alrededor vi que todo eran hombres.

—Ya verá que la sección familiar es más agradable.

Esa parte del restaurante tenía un suelo más nuevo y aire acondicionado. Mi entrada acompañada por una falange de camareros produjo cierto revuelo. La especialidad local, el *kebap* de Konya, hacía honor a su descripción: «Un trozo de cordero asado al horno».

Volkan tardó menos de veinticuatro horas en aparecer en Konya. La mujer de la recepción del hotel había dicho que no había ningún problema si se me unía otra persona, pero cuando do vio aparecer a Volkan se puso a gritar. Había dado por hecho que la otra persona sería una mujer. No se esperaba algo así de mí. Los ojos se le llenaron de lágrimas y se le quebró la voz.

Me disculpé y le dije que no había sido mi intención soliviantarla, que Volkan podía alojarse en otro hotel y que yo dejaría el establecimiento por la mañana. Sin embargo, me dijo que ya no era bienvenida, ni siquiera por esta noche.

Volkan y yo acabamos en la calle en plena noche. Según él, yo había metido la pata al no presentarlo como mi marido. Fuimos a otro hotel y dijimos que estábamos casados. El tío tras el mostrador pidió ver nuestros documentos de identidad, en los cuales ponía que éramos solteros. Volkan le ofreció algún dinero y él nos admitió por una noche. Ahora ya había visto cómo se sobornaba.

–De todos modos, él se marcha mañana –le dije al recepcionista.

De hecho, al tío que estaba sustituyendo a Volkan en el trabajo hubo que operarlo de apendicitis y Volkan no tuvo otro remedio que volver a Anamur.

Resultó que Konya era una etapa en la peregrinación a La Meca. Los principales lugares turísticos eran todos religiosos. El más famoso era el mausoleo de Rumi. Rumi era el fundador de la orden de los derviches giróvagos y había escrito extáticos poemas líricos sobre la unión mística, o tal vez sobre el vino. Yo nunca había alcanzado un estado mental trascendental que desafiara los límites del lenguaje, ni nada que desafiara los límites del lenguaje.

El mausoleo estaba repleto de peregrinos, la mayoría hombres. Yo entré con la cabeza cubierta con un pañuelo y me mantuve a un lado. Había sesenta tumbas, de Rumi, su familia y su círculo de amigos. El estatus de cada uno de los muertos quedaba establecido por el tamaño de la tumba, por si tenía o no encima un turbante y por el color de este.

En el museo contiguo, aprendí algunas cosas sobre la vida de Rumi: que se había criado en una familia religiosa, se había hecho clérigo, enseñaba en una madrasa y llevaba una vida tranquila con su esposa y sus cuatro hijos. De repente, a los treinta y siete años, conoció a un derviche errabundo llamado Shams. Ese fue «el momento decisivo de su vida». Shams le hizo a Rumi una pregunta. Rumi se quedó atónito. Rumi respondió la pregunta y entonces fue Shams el que se quedó atónito. Shams y Rumi se hicieron inseparables, dedicaban todo el tiempo a la pura conversación, sin comer ni beber. Esta situación se prolongó durante año y medio, y causó indignación en la familia de Rumi y en la madrasa.

Un día Shams desapareció, Rumi enloqueció y se convirtió en poeta. Escuchaba música y giraba sobre sí mismo durante horas. Por eso los derviches hacían eso. Rumi fue hasta Damasco en busca de Shams y le pidió que volviera. Shams y Rumi cayeron ambos a los pies del otro y «nadie sabía quién era el amante y quién el amado». Todo volvió a empezar: las conversaciones místicas, y todo el mundo furioso. En cierto momento de la interminable conversación, alguien le pidió a Shams que se acercara un momento a la puerta trasera y nadie volvió a verlo.

Rumi partió en busca de Shams. Llegó hasta Damasco, donde tuvo una revelación: él y Shams eran la misma persona. Todo el tiempo que había estado buscando a Shams en realidad se estaba buscando a sí mismo. De hecho, *Shams fue quien escribió los poemas de Rumi*. Desde entonces, Rumi firmaba los poemas con el nombre de Sham.

No era lo que me esperaba de la vida de un santo. Empezaba de un modo convencional, religioso y respetuoso con las leyes, pero ¿de pronto quedaba atrapado por el amor, se alejaba de su familia y de su comunidad, se volvía loco y se ponía a escribir poesía? Era como san Agustín al revés. Resultaba fascinante.

Fui a la librería del mausoleo y leí algunos poemas de Rumi. Primero busqué las traducciones al turco, porque pensé que serían más fieles al original. Sabía que Rumi había escrito en persa, pero como mínimo hablaba turco. En cualquier caso, el turco, a diferencia del inglés, tiene un montón de palabras persas. Sin embargo, las únicas ediciones turcas que tenían, aparte de una cara colección de varios volúmenes envueltos en plástico que no me habría cabido en la mochila, eran unos escuálidos libritos llenos de erratas con un derviche giróvago de colorines o una rosa con gotitas de rocío como portada.

Opté por una traducción al inglés, bien maquetada, con una cubierta profesional, una introducción y cientos de páginas con dísticos organizados en diversas categorías.

> En sueños e incluso despierto,
> oirás al amado gritándote.

¿Era posible que Rumi resultara divertido?

Leerlo en inglés era más fácil y más divertido, aunque me sentía insatisfecha conmigo misma, como si no fuera capaz de sacar provecho de la ventaja que tenía por «ser» turca, ventaja que compensaba el engorro de tener un nombre y un aspecto que siempre me obligaban a dar explicaciones. Me di cuenta de que había sido una gran decepción viajar a Turquía y descubrir que mi nombre y mi aspecto seguían requiriendo constantes explicaciones, incluso tal vez más que en América. La gente oía mi acento, veía cómo vestía y lo que hacía, y algo no encajaba, no les cuadraba con lo que decía mi documento de identidad.

También caí en la cuenta de que, aunque ya sabía que Rumi escribió en persa, seguía pensando que de algún modo «era» turco, o que también escribió en turco. ¿Formaba eso parte intrínseca de la cultura turca: el convencimiento de que algo era turco, o que tenía algún tipo de conexión con Turquía, aunque nadie más lo viera así? Los turcos estaban convencidos de que el turco y el húngaro estaban relacionados, pero los húngaros no eran de la misma opinión.

Eché un vistazo a un folleto publicado por una asociación histórica turca, que explicaba que Rumi se consideraba a sí mismo de etnia turca, y si escribió en persa fue solo por seguir la tradición literaria. Citaban un verso de un poema: «Soy ese turco que no conoce el persa». Lo que planteaba el folleto entraba en contradicción con lo que sostenía un libro en inglés, mejor editado y con muchas más citas, que señalaba que ese verso en que afirmaba no conocer el persa estaba de hecho escrito en persa, y era por tanto una metáfora o una paradoja. Rumi no estaba apegado a la idea de que la gente formaba parte de países diferentes y por lo general cuando invocaba la condición de turco era para ponerla en cuestión. «Soy turco un minuto y tayiko al siguiente», escribió. Y: «Te llamé turco, pero lo hice para confundir a los que nos escuchaban».

Compré la edición en inglés. El traductor, Coleman Barks, al parecer era de Chattanooga, Tennessee, y no hablaba persa. Y, sin embargo, su libro contenía una de las pocas descripciones de la primavera verdaderamente atinadas que había leído en mi vida.

El suelo se vuelve verde. Empieza a sonar un tambor.
Los comentarios sobre el corazón llegan en siete volúmenes.

Sin duda tenía toda la razón. Igual que en este:

Primavera, y nadie puede permanecer inmóvil,
con todos los mensajes que nos llegan.

Y nunca había oído a nadie describir con tanta precisión la diferencia entre el año anterior y el presente:

El año pasado admiré los vinos.
Este, vago por el mundo rojo.

En algunos momentos, mientras leía, me inquietaba que Coleman Barks se lo hubiera inventado todo. ¿Cómo podía haber escrito estas cosas una persona del siglo XIII?

Si quieres lo que la realidad visible
puede darte, eres un empleado.

Por otro lado, ¿por qué no iba Rumi a poder haber dicho esto? ¿Qué era lo que no tenían en aquel entonces? ¿Realidad visible? ¿Empleados?

Resultaba raro que Rumi se hubiera casado dos veces, y tuviera hijos, pero ellos nunca fueran para él las personas más importantes de su vida. Resultaba que un tipo salido de no se sabía dónde había sido más importante. ¿Significaba eso que Rumi era homosexual, o habría sido homosexual si la sociedad de su época se lo hubiese permitido? ¿O significaba que había un modo diferente, del que yo no había oído hablar, en que una persona podía ser importante para otra?

No eres ni la novia ni el novio.
No encajas en un hogar con una familia.

¿Era posible ser así, no ser ni la novia ni el novio, no encajar en un hogar con una familia? ¿Qué destino te esperaba en ese caso? Todo el mundo decía que a Shams lo habían asesinado y que el hijo de Rumi estaba involucrado.

Antalya

Mientras caminaba tambaleante por la estación de autobuses de Antalya, un hombre de una belleza llamativa apoyado en una barandilla se incorporó.

—¿Quieres que te ayude con el equipaje? —se ofreció.

Parecía un actor de cine, una figura pintada en un jarrón de la antigüedad: ágil, musculoso, con pómulos prominentes y pelo rapado que dejaba a la vista la elegante estructura de su cabeza y cuello. El marciano caricaturesco estampado en su camiseta resaltaba el verde de sus ojos. Debí entregarle la mochila, porque de pronto la estaba cargando él, caminando delante de mí con andares laxos. Lo seguí hasta un hostal con un jardín lleno de malas hierbas. Me dijo que era de su primo.

—Veo que has conocido a Koray —dijo el primo, que era bajo y fornido, mantenía una postura firme de militar y lucía un intenso bronceado—. En realidad es un buen chico —añadió, como si yo hubiera sugerido lo contrario.

El primo había trabajado cinco años en un barco ruso y conocía a Pushkin. El hostal no era gran cosa, pero era barato y limpio, y mi mochila estaba allí. Koray se ofreció a volver a última hora de la tarde para enseñarme la vida nocturna de la ciudad.

Fuimos primero a una cervecería al aire libre, donde Koray me pidió una Efes y me contó una historia sobre un cerdo alemán. Yo estaba casi segura de que no lo estaba entendiendo bien, quizá porque hablaba en algún dialecto regional. Parecía que el cerdo trabajaba para la policía de tráfico en Hamburgo, dirigiendo de algún modo el tráfico. Koray hablaba con cierto desprecio del cerdo, aunque este parecía muy espabilado. Se le iluminó la mirada; su actitud, entre risas, era displicente. Se inclinó hacia mí y me besó; un beso prolongado y relajado.

El club nocturno más grande de la ciudad estaba al aire libre, tocando al mar, con varias pistas de baile ubicadas entre ruinas y enormes altavoces que parecían lanzaderas de misiles. Había mujeres correteando y gritando, sin apenas ropa encima. Quedó claro que yo tenía que pagar las entradas.

—Pero no llevo tanto dinero encima —dije, riéndome: eran casi cuarenta dólares, mi presupuesto para un día entero.

Para mi sorpresa, Koray me agarró del brazo con mucha fuerza, como si hubiera enloquecido, y tiró de mí por un callejón apenas iluminado hasta un cajero automático.

—Pues sácalo —dijo.

—No he traído la tarjeta —me excusé.

—No me mientas, te lo noto —dijo.

Me quedé tan perpleja que metí la tarjeta en el cajero y tecleé mi PIN. Apareció un menú de transacción en inglés.

—Oh, no, mi cuenta está vacía —dije—. Pone que no tendré un nuevo ingreso hasta mañana.

Koray se inclinó hacia delante y miró la pantalla.

—¿En serio? —dijo—. Y entonces ¿cómo vamos a entrar en el club?

Fue entonces cuando me percaté de que estaba mentalmente… ¿desequilibrado, discapacitado? No sabía cómo llamarlo, o qué pensar al respecto. Echando la vista atrás, no es que no hubiera habido ya algunas señales de alarma. Pero durante todo el rato que me estuvo contando la historia del cerdo alemán parecía una persona muy noble. ¿Por qué di por hecho que el problema era mi nivel de turco, que el problema lo tenía yo? Eso era algo que las chicas solíamos hacer. Aunque por otro lado… ¿el problema no lo tenía yo, por definición? Después de todo, yo era la que estaba viviendo esta situación.

—La verdad es que estoy muy cansada. Creo que me voy al hostal —le dije.

—No, tú no te vas —aseguró—. No te dejaré.

Me tenía agarrada por el brazo. Pensé en liberarme de un tirón o ponerme a gritar, pero no se me ocurría cómo hacerlo. Parecía requerir ciertos conocimientos especializados. El enorme móvil no me cabía en el bolsillo, así que lo había dejado en el hostal.

—De verdad que estoy agotada —insistí—. Quiero marcharme.

Me miró inquisitivo.

—No lo estás —sentenció—. Te he dicho que no me mientas. Vamos, conozco un hotel. —Soltó una carcajada—. ¡En el hotel hay camas!

¿Tenía yo el secreto deseo de acostarme con él? Dora creía que no quería acostarse con Herr K, ¿y acaso eso no la había desquiciado? A Koray lo había besado y lo había considerado guapo. Y además ya había mantenido relaciones sexuales con tres personas, de manera que ¿qué más daba una más? Es cierto que entraba dentro de lo posible que él padeciera algún tipo de enfermedad mental. ¿Pero no era frívolo y elitista y de algún modo arrogantemente femenino utilizar esto en su contra? A un tío, algo así —que una chica fuera incapaz de articular un discurso razonado— le daría igual. ¿Por qué yo insistía en cerrarme en banda ante el meollo de la vida? ¿No era esto —y con esto me refería a estar aquí, en plena calle, negociando con un atracador guapo y probablemente discapacitado—, no era esto —las colillas y las pieles de melón en la alcantarilla, el leve olor a caballos, el enfermizo pulso de los bajos procedente de los clubs—, no era esto la vida real?

—¿Tienes condones? —le pregunté.

—No, pero no te preocupes, no los vamos a necesitar.

—¿Qué quieres decir con que no los vamos a necesitar?

—No necesitamos nada de eso.

Dejé de caminar.

—Si no tienes condones, no voy a ir a un hotel. No voy a ir a ninguna parte. Me voy a quedar aquí plantada y voy a montar una escena —amenacé, para mi propia sorpresa.

Parecía preocupado y molesto. De manera que yo podía permitirme hacer peticiones. Recorrimos varias calles hasta que encontramos una farmacia abierta. Entré sola, pasé junto a los estantes de la leche en polvo para lactantes y los chupetes, las cremas antiedad francesas y alemanas. Los condones siempre los tenían detrás del mostrador, habías de pedirlos. Una vez un farmacéutico intentó venderme unos condones estriados. «Son más placenteros para las mujeres», me informó con expresión lujuriosa.

«Me da igual si son más placenteros, lo único que quiero es no pillar alguna enfermedad», le repliqué, citando a mi abuela, que, cuando la llevabas a un restaurante y le preguntabas cómo estaba su plato, te soltaba: «Mientras no me envenene...».

Miré hacia la calle a través de la puerta acristalada de la farmacia. Koray estaba allí plantado, justo delante. Visto de espaldas parecía fuerte e ingenuo.

El farmacéutico se incorporó. Era fornido, tenía ojeras y llevaba una bata blanca. Construí mentalmente la petición de condones, pero en lugar de eso las palabras que salieron de mi boca fueron:

—¿Hay otra puerta?

—¿Qué?

—Una pueta trasera, quizá, por la que pueda salir. Tengo un problema con la persona que está fuera.

El farmacéutico echó un vistazo a través de la puerta acristalada.

—Es la única puerta —dijo con un tono cansino que denotaba que no tenía intención de ayudarme, porque no creía que yo mereciera ayuda.

—Entonces ¿puedo utilizar el teléfono? Quiero llamar a la policía.

Ya mientras lo decía, empecé a agobiarme pensando qué le diría a la policía, pero resultó que no había por qué agobiarse, dado que el farmacéutico dijo:

—No hay teléfono.

Era un increíble, inaudito grado de mezquindad.

—¿Cómo no va a haber teléfono en una farmacia?

—Está estropeado.

Lo dijo como si le diera igual si le creía o no, como si incluso quisiera que no le creyese. Pagué un paquete de tres condones y salí.

—*Selamün aleyküm* —saludó el tipo del hotel, y le estrechó la mano a Koray en plan colegas.

Era el tipo de hotel de los que *Let's Go* no hablaba, pese a que estaba «fuera del circuito trillado» y los turistas brillaban por su ausencia.

—¿La joven va a pagar? —preguntó.

El precio era de unos cuatro dólares.

—Por desgracia, no llevo dinero —dije—. Creo que me voy a casa.

Me percaté de que detrás del mostrador tenía un pajarillo en una jaula. ¿Eso era una señal de bondad, o todo lo contrario?

Koray me cortó el paso.

—Eso es lo que cuesta toda la noche —le dijo al recepcionista con tono malhumorado—, pero nosotros solo necesitamos media noche.

—Entonces tienes que pagar la mitad —me dijo el recepcionista.

—¡Lo tiene, lo he visto! —dijo Koray.

Le di al recepcionista el equivalente a un dólar setenta y cinco, y tanto él como Koray se mostraron entusiasmados.

Koray tenía la cara enrojecida, hacía muecas y bizqueaba, su expresión ya no era noble, parecía un niño y estar sufriendo un ataque. Gastó los tres condones, no colocándoselos y diciendo que tenían algún defecto y lanzándolos al váter, como Volkan, sino utilizándolos uno tras otro, esforzadamente, hasta el final.

—Vale, dame otro —dijo después de usar el tercero, húmedo y cargado, al suelo. Le dije que ya no quedaban más y empezó a vestirse. Me empujó hacia atrás y dijo, con aire desconcertado—: Es como si no quisieras follar más porque ya no quedan condones.

Se me encendió una alarma y tuve el impulso instintivo de apartarle la cara de un manotazo, saltar de la cama y encerrarme en el lavabo. Él movió ruidosamente el pomo y aporreó la puerta, pero no con tanta fuerza como para temer que fuera a derribarla. Me avergoncé de lo fácil que me había resultado escabullirme. Los golpes siguieron un rato. Alguien en el piso de abajo empezó a lanzar lo que sonaban como zapatos contra el techo. Me senté en el inodoro, sintiéndome extrañamente tranquila Y pensando en el lema que había grabado en el edificio de filosofía de la universidad: QUÉ ES EL HOMBRE PARA QUE TENGAS DE ÉL MEMORIA.

Los golpes cesaron y también los zapatazos. Esperé unos minutos y entreabrí la puerta. Koray estaba despatarrado en la cama, como si le hubieran pegado un tiro, pero el pecho le subía y bajaba a un ritmo regular y sosegado.

Cuando volví al hostal, no había nadie en la recepción. Subí a mi habitación, me di una ducha y metí mis cosas en la mochila para poder marcharme a primera hora de la mañana. Me desperté antes del amanecer y fui al lavabo. Entonces descubrí que no podía orinar. Después empecé a sentir dolor si me sentaba, y después también me dolía si no me sentaba. Había oído hablar tantas veces a mi madre de infecciones urinarias que me pregunté si no era esto lo que me pasaba. Miré el reloj y calculé que en Nueva Jersey todavía no eran las once de la noche, así que la telefoneé. Le expliqué la situación. Me dijo que sin duda era una infección urinaria. No sonaba ni preocupada ni enfadada. Me dijo que en Antalya había un buen hospital, que fuera directa a Urgencias y le dijera al médico de guardia que mis padres también eran médicos. Me daría una receta, enseguida mejoraría y entonces tenía que volver a llamarla, fuera la hora que fuese. Colgué, aliviada.

Las únicas personas, aparte de mí, en la sala de espera de Urgencias eran una mujer medio dormida con la cabeza cubierta con un pañuelo y un niño pequeño echado boca abajo en una silla, que no dejaba de sorberse ruidosamente mocos por la nariz. El niño no paraba de mirarme. Tomé una revista y fingí que leía un artículo sobre cómo alimentar a tu bebé con una dieta basada en el horóscopo, pero en realidad tan solo estaba a la espera de que sonara la llamada del siguiente número. Comprendí que el niño había comprendido que me era imposible ignorarlo y eso le gustaba, e intentaba aspirar los mocos haciendo más ruido y dirigiéndose a mí.

Cuando le conté al médico que mis padres también eran médicos, se lo tomó como si fuera la mejor noticia que hubiera oído en su vida. Creyó todo lo que le conté, no actuó como si yo intentara conseguir de manera ilícita algún medicamento ni me hizo desnudarme; se limitó a escribirme la receta y me explicó lo que tenía que hacer. La consulta me costó cinco dólares. No me podía creer que fuera muchísimo más fácil que acudir al centro de salud para estudiantes.

Cuando le dije al primo de Koray que me marchaba temprano, actuó como si lo abandonara después de veinte años de matrimonio.

—No ha pasado nada, es solo que he cambiado de planes —le insistía yo.

Una y otra vez, él me preguntaba con tono vehemente qué había sucedido, cómo podía él arreglarlo. Nos pasamos varios minutos metidos en ese bucle.

—¿Ha hecho algo mi primo? —me preguntó de repente, pillándome por sorpresa.

—¿Tu primo es un idiota? —solté, sin haberlo planeado.

No sabía cómo decir «mentalmente discapacitado».

En la cara del primo se sucedieron varias expresiones.

—¿Qué ha hecho? —dijo.

—Nada, olvídado.

—¿Qué ha hecho?

—Nada, he cambiado de planes.

—Puedes contármelo. Tienes que contármelo. Mírame a los ojos. Selin, mírame a los ojos. ¿Yo soy un idiota?

Sin pretenderlo, le miré a los ojos. Lo que vi quedaba por encima de mi rango salarial. Salí a parar un taxi.

AGOSTO

La villa de Olympos era un yacimiento arqueológico, de modo que allí no se podía construir y todas la habitaciones del hostal estaban en cabañas en los árboles o en contenedores de mercancías. En la Pensión de la Cabaña del Árbol de Gökhan apareció corriendo una chica adorable que me saludó como si fuéramos amigas de toda la vida.

—Ahora podemos tener una charla —me dijo.

—¿De qué vamos a hablar? —pregunté sonriendo.

—De mi hermano mayor.

Se lanzó a describir lo apuesto que era su hermano y la cantidad de novias que tenía. Eran todas muy guapas, con siluetas perfectas y procedentes de diversos países. Siempre tenían ganas de verlo, pero él no disponía de tiempo, porque era al director de todo este complejo hotelero.

—Qué interesante —dije.

La sonrisa con la que yo había respondido a su simpatía seguía plantada en mi cara. En ese momento apareció el hermano. Llevaba gafas de sol de Terminator y tenía el aspecto de una patata.

—¡Vaya coincidencia! —dijo, efusiva, la chica.

El hermano y yo nos dimos la mano, después de lo cual él se alejó unos pasos, supuestamente para colocar bien unos folletos.

—¿No te parece que mi hermano es el hombre más apuesto y sexy que has visto en toda tu vida? —me preguntó la chica.

El hermano permanecía a metro y medio de nosotras. Era como si estuviéramos representado una obra de teatro y él no pudiera oír ni una palabra de nuestra conversación. Observé con más detenimiento a la chica, tratando de dilucidar su edad. Tenía un rostro radiante y de expresión transfigurada, al parecer por el sex-appeal de su hermano.

—Supongo que tienes razón —dije, con la que era mi respuesta automática en turco a los pirados.

«Tienes toda la razón» funcionaba mejor que «Supongo que tienes razón», pero no siempre me veía capaz de decirlo. Había casos en que parecía una violación del sentido común, porque ¿acaso no sabíamos las dos que su hermano parecía una patata?

—Voy a ir un momento a mi habitación —dije.

—Claro, claro —intervino el hermano, rompiendo la cuarta pared—. Por favor, ponte cómoda. Yo no me moveré de aquí.

No lo pillé. ¿No era el director del hotel? ¿Y qué pasaba con sus novias?

Había mochileros por todas partes, con sus pañuelos y florecillas marchitas, sus botellas de soda de dos litros llenas de agua del grifo y sus botellas de agua de un litro reconvertidas en cachimbas. Varios de ellos jugaban a voleibol, gritando y animando con un tono que parecía irreal. Había un tío enorme y muy pálido con pantalones cortos de madrás echado en una hamaca. Otras personas con un físico y vestimenta similares estaban tumbadas en unos bancos bajos acolchados. Siempre me había considerado una persona que no miraba mal a la gente que vestía de manera informal. Y, sin embargo, ¿cómo podían estos tíos andar por ahí con estas pintas, en pantalones cortos, leyendo *El alquimista*?

Me tomé mi tiempo para subir por la escalera del árbol: una de las pocas ocasiones en que me alegré de llevar mochila y no maleta. La cama cuidadosamente hecha, las toallas dobladas, los percheros en la pared y el banco baúl para que dejaras la maleta, todo contribuía a la sensación de que disponías de todo lo necesario. Al mirar hacia abajo desde la pequeña ventana, a través de las hojas, la escena que se contemplaba era menos sórdida. Me invadió esa sensación de orgullo y aislamiento, relacionada con las cabañas de los árboles, que me era familiar desde la infancia. ¿Se debía a que a los adultos no les gustaba subir por escaleras de mano? Tal vez fuera porque una cabaña en un árbol era algo relacionado con la infancia, porque la habías construido tú o era factible que la hubieras construido tú. Por una vez no estabas en deuda con un mundo incomprensible construido con costosa maquinaria.

Alp, el hermano, se quedó hecho polvo cuando le dije que me iba a la playa.

—Pero yo no sé nadar —dijo, ¿o es que lo entendí mal?—. Pero volverás por la tarde para cenar —continuó, hablando ahora con una vocecilla sonriente y conspirativa—. Ya verás el ambiente especial que tenemos aquí. Indescriptiblemente social, vivo, con conversaciones genuinas y sinceras, chistes efervescentes y golpes de ingenio. La gente viene por una noche y se acaba quedando una semana. ¡Mira, por aquí vienen unos australianos que llevan aquí tres semanas!

—¡Alp, colega!

El chico australiano le chocó la mano a Alp mientras su novia contemplaba la escena con divertida permisividad.

—Alp es *muy* sociable —me dijo la chica.

Decidí no volver antes de la cena. No tenía que regresar hasta las nueve, con un minibús que llevaba a la gente a ver la Quimera: una llama perpetua que salía de unas rocas, que para los antiguos era el aliento de la auténtica Quimera. Según *Let's Go*, era por esta llama que se había fundado Olympos como templo de Hefesto, dios de los herreros. Yo no lo acababa de pillar: ¿la llama no tenía que ser una cosa o la otra, el aliento de la Quimera o el fuego de la forja de Hefesto? ¿Cómo podía ser las dos cosas a la vez? ¿Cómo podía yo saber cuál de las dos era? ¿Se suponía que al verla lo podría dilucidar?

El mar pasaba, en una distancia de uno o dos metros, de la absoluta transparencia a un intenso azul verdoso. Si nadabas en paralelo a la orilla, veías aparecer las ruinas: arcos romanos y bizantinos medio hundidos que asomaban por encima del agua, entre parras y flores magenta que parecían rostros boquiabiertos y enloquecidos.

Se observaba en la playa una clara división demográfica: los que parecían lugareños, los que lucían los bronceados más intensos, no nadaban y se limitaban a caminar cerca de la orilla. Los nadadores eran todos turistas turcos y extranjeros.

Nadé hasta una roca plana en la que la gente se sentaba. Un tío bronceado al que le faltaba un diente se me acercó y me felicitó por lo bien que nadaba. Me dijo que a la mayoría de la gente no le gustaba nadar, pero a él sí. Le sonreí educadamente, evitando el contacto visual. Él me rodeó con el brazo y me introdujo la lengua en la boca. De inmediato me sentí culpable: ¿por qué permitía a ciertas personas hacer esto y a otras no? ¿Solo porque él era pobre y le faltaba un diente? Sin duda un tema sobre el que reflexionar, mientras me metí de nuevo en el agua y me alejé dando brazadas todo lo rápido que pude, que no era muy rápido, con lo que cuando oí que el tío se lanzaba al agua detrás de mí, tuve la certeza de que me alcanzaría. Sin embargo, cuando miré hacia atrás, vi que nadaba a lo perrito con movimientos tan extraños y violentos que apenas lograba avanzar.

—¿Cómo puedes nadar tan rápido? ¿Eres nadadora profesional? —me gritó, casi sin aliento.

Alp apareció mientras yo estaba esperando el minibús. Me excusé diciendo que había olvidado algo en la cabaña del árbol. Esta vez me siguió, subió conmigo, se colocó bloqueando la escalera y empezó a hablarme de lo mucho que teníamos en común. Estaba convencido de que yo era muy inteligente. A otras personas solo les importaba el aspecto físico, pero para él la inteligencia era todavía más importante.

—Lo siento, pero tengo que tomar el minibús —dije.

—Tenemos tiempo de sobra, siempre van con retraso. ¿Sabes qué es lo más sorprendente? Que, pese a tu inteligencia, no eres fría. Puedo ver que tienes un corazón cálido, un corazón cariñoso.

De repente tenía su lengua intentando introducirse en mi boca.

—Para, ¿qué haces?

Me miró a los ojos.

—¿Quién te ha mandado aquí para volverme loco?

—Tengo que tomar el autobús.

—Pero el autobús ya se ha marchado.

Pensé que bromeaba, pero resultó que no; se había marchado hacía cinco minutos.

—Te has portado fatal —le dije, intentando escoger las palabras más adecuadas para expresar mi indignación—. Sabías que tenía que tomar el autobús y me lo has impedido. ¿Cómo me has podido hacer esto?

—No te alteres, no es importante. Ya verás la roca de la llama mañana.

Me agarró de la cintura.

Le aparté la mano de un manotazo.

—Mañana ya no estaré aquí. Tengo que verla hoy, es mi trabajo. ¿No hay otra manera de llegar hasta allí?

Se quedó sinceramente desconcertado.

—¿Por qué tienes tanto interés en verla? Es un aburrimiento. Escucha, te la puedo describir yo. Hay varias rocas. De entre las rocas sale una llamita. No es nada espectacular.

Había algo desestabilizante en esta descripción de la Quimera, lo cual significaba sin duda que era acertada. Hacía un momento consideraba que tenía que verla sí o sí. ¿Por qué? ¿Por qué era obligado ver determinadas cosas?

La chica adorable me dijo que debía estarle agradecida porque me había presentado a su hermano. Me preguntó si conocía las Converse de bota. Cuando le dije que sí, me pidió que le mandara por correo unas rojas de la talla treinta y siete.

—Me las vas a enviar, ¿verdad? ¿Me vas a enviar las Converse de bota de la talla treinta y siete?

* * *

De regreso en Antalya, envié la última tanda de textos. No me había saltado nada de lo que tenía marcado en el itinerario, ni había sufrido ninguna crisis nerviosa. Aunque, claro está, no había eludido el fracaso de forma concluyente. Mi vuelo a Moscú partía en tres días. Allí tendría que localizar a los genetistas, cuya dirección incluía, de manera preocupante, un número de calle, un número de «corpus», un número de edificio y un número de apartamento. Después tendría que convencer a esa editora de revista, que no parecía saber lo que era una becaria, de que yo era una becaria. Con todo, ya había completado una parte de mi viaje sin deshonor.

En el autobús, un mozo vendía pastelitos. Era maravilloso poder comerse un pastelito envasado repleto de fruta confitada —una experiencia que nunca se me habría ocurrido probar— mientras contemplaba el resplandeciente Mediterráneo y después las montañas y la estepa desde una gruesa ventana. Cuando empezó a anochecer encendí la luz de mi asiento y saqué mi nuevo libro: *Retrato de una dama*, elegido sin darle muchas vueltas de una estantería de libros en inglés —todos clásicos de bolsillo con descuento— en una librería de Antalya.

Empezaba en una finca inglesa en la que un grupo de ricos estaba tomando el té —ahora yo también estaba tomando té, que vendía el mozo— y haciendo comentarios ingeniosos. ¡Qué agradable era leer sobre gente agradable! Hacía su aparición la protagonista: Isabel, americana, sobrina de alguien. Todos la encontraban increíblemente interesante y ella se ponía a juguetear con un perrito muy mono...

Cuando volví a levantar la vista del libro, habían transcurrido casi dos horas. Miré por la ventana. Al principio, lo único que vi fue una completa oscuridad y mi reflejo en el cristal. Sin embargo, cuando miré con más detenimiento mi propia cara, pude ver a través de ella el mundo entero: montañas negras recortadas contra el resplandor del cielo azul oscuro, con estriadas nubes grises y estrellas desperdigadas entre las nubes. A cierta distancia de la carretera, una tienda de campaña azul estaba iluminada desde dentro y junto a ella había una fogata, y creí entrever la silueta de un caballo.

No daba crédito a lo relevante y aplicable a mi vida que era *Retrato de una dama*, mucho más que *A contrapelo*. El personaje principal, Isabel, tenía mi edad. Era americana y vivaz. Solo algunas personas la consideraban guapa. La obra de arte que estaba creando era su propia personalidad: cómo se comportaba, cómo era, cómo la veían los demás. Desde esta perspectiva, lo estético no era opuesto a lo ético. La actitud de Isabel en su voluntad de ser, actuar y parecer, era generosa y valiente. Su principal objetivo era evitar la mezquindad, los celos y la crueldad, no porque Dios hubiera dicho que no estaban permitidos, sino porque ¿quién quería ser así?

Ralph, el primo rico y tuberculoso de Isabel, que estaba demasiado enfermo como para llevar por sí mismo una vida estética, llegaba a la conclusión de que podía aun así llevar una vida estética mediante el simple procedimiento de contemplar a Isabel. Para mí era reconfortante que a Ralph le pareciera interesante Isabel, y que de este modo ella no fuera la única persona que se encontraba a sí misma interesante. En cierto momento, Henry James decía que eso era lo único que mantenía a Ralph vivo: todavía no había visto lo suficiente de lo que Isabel era capaz de hacer. Isabel era, por tanto, una suerte de Sherezade con la que yo siempre me había identificado, y que utilizaba las historias para posponer el momento de su muerte. (¿No era eso lo que yo había hecho cuando le escribí a Ivan: mantenerme con vida un día más?). En el caso de Isabel, la muerte que posponía no era la suya, sino la de Ralph, y ella vivía las historias en lugar de narrarlas. Sin embargo, al vivirlas, eran narradas. Se convertían en el libro que estabas leyendo ahora.

Hacía su aparición Henrietta, la amiga de Isabel, y le pedía que se casara con un americano de mandíbula cuadrada que dirigía con gran carisma la fábrica de algodón de su padre. Henrietta era rubia y sostenía que todo el mundo tenía el deber de casarse, y acusaba a Isabel de actuar «como la heroína de una novela inmoral». Sin embargo, Isabel no quería casarse con nadie: ni con el tipo del algodón ni con un apuesto lord inglés que se le declaraba casi de inmediato. Mucha gente se quedaba estupefacta cuando rechazaba al lord. Isabel se asustaba, consciente del revuelo que había levantado. Ahora tenía que hacer algo todavía más espectacular.

Ralph convencía a su moribundo padre de que le dejase una fortuna a Isabel, para que no tuviera que casarse nunca y él pudiera contemplar qué hacía ella con su vida. De este modo Isabel se convertía en una mujer rica. Y entonces era cuando se asustaba de verdad. Una enorme fortuna significaba libertad, pero había que saber utilizarla adecuadamente, porque de lo contrario ¡qué vergüenza, qué deshonor! De manera que una no podía dejar de pensar nunca.

«Una tiene que estar siempre pensando —le decía Isabel a Ralph–. No estoy segura de si no es más fácil ser feliz no teniendo nada». Y Ralph replicaba: «Para los débiles de carácter estoy convencido de que sin duda de este modo es más fácil ser feliz». Era la confirmación de mis ideas acerca de la fortaleza de carácter, de mi determinación para conseguir esta fortaleza.

Los valores de Isabel para mí tenían todo el sentido. No le interesaba arruinar a mujeres desamparadas, ni en galvanizar a una tortuga. Quería entender la condición humana. Valoraba la lectura, los viajes y las relaciones con personas radicalmente distintas: el tipo de personas que no siempre están de acuerdo entre ellas. En cierto momento, Ralph le preguntaba a Isabel qué le veía a Henrietta, e Isabel respondía que le gustaba que las personas fueran diferentes entre sí, y que si una persona la conmovía de alguna manera, le gustaba. Yo también tenía amigas que entre ellas se consideraban insoportables e incomprensibles, y algunas de ellas podían ser realmente insoportables, pero me conmovían de algún modo y por eso me gustaban y por eso las quería. Isabel sostenía que eso era «el colmo de la buena suerte»: estar en mejor posición para valorar a otras personas de lo que ellas lo estaban para valorarte a ti.

Pensando en las personas que poblaban mi vida, que actuaban, hablaban y contemplaban el mundo de formas tan distintas —Mesut, Juho, Lakshmi, Riley y todos los demás— reconocí lo importante que era para mí entenderlos a todos al menos un poco, mejor de lo que ellos se entendían entre sí. ¿Era eso una novela: un plano en el que podías por fin yuxtaponer a todas las personas, mediando entre ellas y sopesando sus puntos de vista?

* * *

El aeropuerto de Ankara era bastante parecido a la estación de autobuses, con sus puestos de té y de orfebrería, y mostraba los vuelos internacionales y los domésticos en el mismo panel. Sin embargo, mi vuelo de conexión era a través del aeropuerto de Estambul, con sus kilómetros de tiendas duty free y sus terminales acristaladas herméticamente cerradas. Había facturado la mochila convertible y llevaba la bolsa de mano con *Retrato de una dama*, el Walkman y el paquete tamaño familiar de galletas de avellana.

Volaba con Tuskish Airlines. Las azafatas eran turcas, igual que las marcas de zumos y agua mineral. Las instrucciones de seguridad en ruso estaban grabadas. Nadie a mi alrededor prestaba atención. Nada de lo que estaba haciendo parecía un proceso que terminaría con una persona aterrizada en Rusia.

Las cosas no le iban bien a Isabel. Había acabado casándose con un diletante, al que ayudaba a comprar antigüedades. Vivía en un palacio, tenía un salón y era infeliz, igual que Tatiana al final de *Eugene Onegin*. Qué raro que a las dos les hubiera sucedido lo mismo. ¿En qué momento se habían equivocado?

Pero ¿de verdad se habían equivocado? ¿No habían sido sus vidas fabulosas, en cierto modo, al proporcionar las tramas de dos grandes libros? Y sin embargo… ¿qué habían sacado ellas de eso? Ellas no sabían que sus vidas eran la trama de *Retrato de una dama* o de *Eugene Onegin*. De haberlo sabido, habrían podido escribir los libros ellas mismas. Tal vez este era su fracaso, o su desgracia: no habían podido identificar y escribir los libros.

Hacia el principio de *Retrato de una dama*, se mencionaba a una tía que no paraba de contar a la gente que Isabel estaba escribiendo un libro. Sin embargo, Henry James decía que Isabel no estaba escribiendo ni se había puesto nunca a escribir un libro. No tenía «deseo alguno de convertirse en autora», «ningún talento para la expresión» y «ni rastro de la consciencia de genio», tal solo poseía «una idea general de que la gente tenía razón al tratarla como una persona superior». Era uno de los pocos momentos en que Henry James era cruel con Isabel.

Bueno, tenía sentido. Si ella pudiera escribir un libro, él se quedaría sin trabajo. Por eso Madame Bovary tenía que ser demasiado boba y superficial para escribir *Madame Bovary*: para que Flaubert tuviera su gran momento humano en el que soltó aquello de que él *era* Madame Bovary. Sin embargo, yo no era ni boba ni superficial, y además vivía en el futuro. Nadie me iba a engatusar para que me casara con un perdedor, e incluso si lo hicieran, escribiría yo misma el maldito libro.

Isabel, que había vivido las experiencias, no había escrito un libro; Henry James, que había escrito el libro, no había vivido las experiencias. Había tenido otras experiencias, pero sobre esas, por algún motivo, no había escrito nada.

Volví al prefacio, que al empezar la lectura me había saltado, porque estaba escrito con ese estilo enrevesado y penoso que Henry James había adoptado en su vejez. Parecía centrarse en lo que yo quería saber, sobre cuál era el origen del libro. Contaba que lo había escrito en Italia. (No especificaba por qué había acabado en Italia y cómo dispuso de tanto tiempo y dinero para escribir un libro entero). Lo primero que le había venido a la mente era la propia Isabel: un personaje libre, sin espacios, circunstancias o trama propios. Yo no acabé de pillar cómo podía haber una persona sin circunstancias. Pero por lo visto, Turguéniev le había dicho a Henry James que era así como arrancaban sus novelas: cuando le rondaba la visión de una persona vacía y suplicante, y lo que el artista debía hacer era crearle las circunstancias.

«En cuanto al origen de los gérmenes que trae el viento —escribía Henry James (no paraba de llamar a Isabel «germen»)—, ¿quién puede saber, tal como preguntas, de dónde proceden?». Me entusiasmé, porque justo esto era lo que me había estado preguntando yo. Sin embargo, él no daba una respuesta clara. Primero decía: «No es todo lo que podemos decir que proceden de todos los cuadrantes del cielo». Y después añadía: «Uno podría responder a esta pregunta bellamente, sin duda, si fuera capaz de hacer algo tan sutil, si no monstruoso, como escribir la historia del desarrollo la imaginación de uno mismo».

Esto volvía a ser fascinante, sobre todo cuando decía que, si hacías esa cosa sutil y monstruosa, sin duda encontrarías lo que andabas buscando. Estaría ahí, en alguna circunstancia de tu vida real. (Entonces ¿Isabel había salido de la vida real de James?). Pero quedaba claro que el autor hablaba solo en el plano teórico: en términos prácticos, pensaba que este tipo de reconstrucción o excavación era imposible, o que no merecía la pena intentarla, o no merecía la pena pensar en ella.

En lugar de eso, cambiaba de tema y se ponía a hablar de lo insignificante que era Isabel como persona, y lo raro que era que a «esta liviana "personalidad", la mera y exigua sombra de una chica inteligente pero presuntuosa» se la «dotara de los atributos de un Sujeto». Se asombraba el autor «de cómo, de forma absoluta y desmesurada, Isabel Archers, e incluso personajes femeninos de mucha menos entidad, insistían en ser relevantes» y actuaban como si él fuera una suerte de visionario por el simple hecho de que se le hubiera pasado por la cabeza escribir un libro sobre alguien así.

Empecé a sentir la mezcla de irritación y euforia que a veces me sobrevenía en los aviones. No podías decir que Henry James fuera bobo o gilipollas. De modo que ¿cómo podía ser que no se diera cuenta de que sonaba como un gilipollas? Más importante todavía: si la situación de la joven cuyo destino todavía no estaba decidido era maravillosa y paradójicamente interesante, entonces ¿no tenía yo la enorme ventaja de ser una persona así?

Henry James no decía en ningún momento en el prefacio que su propia vida no le pareciera lo bastante interesante para escribir sobre ella. Intenté recordar lo que sabía sobre la vida de Henry James. Estaba bastante segura de haber leído en algún lado que era homosexual. Es probable que en aquel entonces ser homosexual estuviera prohibido y él se sintiera avergonzado. De manera que su problema, como el de Isabel, era haber nacido demasiado pronto. Eso era triste, pero en realidad no cambiaba nada. Como si, por el motivo que fuese, Henry James hubiera tenido que hacer cosas como encontrar un «germen que trae el viento» y después olvidarse de cómo lo había encontrado, para no sentirse como si estuviera robando. Sin embargo, yo era más afortunada. Yo iba a recordar, o descubrir, de dónde venía todo. Yo iba a llevar a cabo esa cosa sutil y monstruosa en la que al final entendías lo que estabas haciendo y por qué.

Me volvió a gustar Henry James cuando hablaba de intentar dramatizar la vida de Isabel, incluso cuando el drama no aparecía por ninguna parte. Describía una escena en la que la única «acción» era que Isabel se sentaba en una silla junto a una chimenea apagada. Identificaba mentalmente todas las maquinaciones que se habían desarrollado a su alrededor, recordando pequeños detalles que creía haber olvidado y que ahora adquirían una nueva importancia. Pese a que en ningún momento se levantaba de la silla y no entraba nadie más en la habitación, Henry James había querido que la escena fuera «tan "interesante" como la emboscada a una caravana o la identificación de un pirata». Y lo había conseguido. Todas las escenas en las que Isabel se sentaba en una silla y se daba cuenta de cosas eran extraordinarias.

Copié un párrafo en el cuaderno:

> Ahora que conocía el secreto, ahora que sabía algo que la concernía hasta tal punto, y cuyo eclipse había provocado que su vida pareciera un intento de jugar al whist con una baraja defectuosa, la verdad de las cosas, sus relaciones mutuas, su significado y, en buena medida, su horror, se alzaron ante ella como una suerte de enormidad arquitectónica.

Era así cómo me había sentido sentada en la oscuridad del aula después de ver *Sospechosos habituales*, o después de leer *O lo uno o lo otro*, cuando todo lo que Ivan había dicho o escrito había vuelto hacia mí como una inundación, asumiendo una nueva forma, mayor de lo que sospechaba. Ahora estaba ocurriendo de nuevo: fragmentos de una historia más amplia que apenas podía descifrar estaban tomando nuevas posiciones, y yo iba recordando detalles que había olvidado y colocándolos juntos con una ordenación diferente, y entre tanto permanecía sentada, sin ir a ningún lado ni hacer nada, aunque desde otra óptica estaba dirigiéndome hacia el norte a ochocientos kilómetros por hora.

* * *

En el mostrador de equipajes perdidos de Sheremétievo-2, me enseñaron una hoja plastificada con diversos tipos de maletas y mochilas. Ninguna se parecía demasiado a mi mochila convertible, que se había extraviado en algún punto del trayecto. Señalé la imagen que más se acercaba y escribí, con unos caracteres cirílicos que parecían falsos y que solo había practicado en el curso de ruso, la enrevesada dirección de los genetistas. El tipo del mostrador echó un vistazo al papel, vio correcta la dirección y dijo que al día siguiente me entregarían allí la mochila. ¿Era factible que sucediera? No tenía ni idea. Pero aquí ya no podía hacer nada más: cuanto más demoraba el momento de marcharme, con la esperanza de recibir alguna garantía más, con más claridad percibía que la buena voluntad se iba esfumando de la sala, como la arena en un reloj de arena. Salí por la única puerta que había al vestíbulo de llegadas.

Los olores, los colores, los rostros chatos y recelosos de la gente me resultaron radicalmente extraños, como si el plástico, los cigarrillos, las bombillas y la ropa tuvieran una composición química distinta, y la gente comiera comida distinta y su ropa estuviera fabricada en talleres diferentes, y la distancia que separaba su existencia de la mía estuviera determinada no solo espacialmente, por cosas como la biogeografía y los bloques regionales del comercio, sino también, de algún modo, por el tiempo.

La iluminación, la calidad del aire, el pesado entramado de bronce del techo, que parecía a punto de caernos sobre la cabeza: todo confería al entorno el brumoso tono ambarino de una fotografía de la década de 1970. Las propias estructuras —los paneles de broce, el reloj negro sin números, las columnas que se asemejaban a los rascacielos de la portada de *El manantial*— parecían proyectar un futurismo ya obsoleto, una realidad histórica diferente de la que, hasta donde yo sabía, había acontecido. Eso era lo que había hecho Rusia: habían tomado un desvío en el camino hacia un futuro distinto. Durante toda mi vida, había existido este otro mundo, del que nadie podía salir y en el que nadie podía entrar, hasta que un día las fronteras resultaron ser ficticias y el inquebrantable muro de pronto pasó a ser nada más que un montón de postales de recuerdo, de manera que ahora podías cruzar a través del espejo al mundo de la N y la R al revés.

Cargada solo con mi bolsa de mano, sintiéndome liviana como un alma, me metí en un taxi Lada y le di la dirección al taxista.

—Ok —dijo, y arrancó.

De modo que era verdad. Existía un país entero en el que la gente hablaba el idioma de *Eugene Onegin*, cuyos componentes recombinados ahora se alzaban a mi alrededor, en las señales de autopista y las matrículas, en los laterales de los prehistóricos, poshistóricos camiones que expelían nubes de humo por el tubo de escape. Y yo había querido ir allí. En el pasado, había estado en un país u otro por decisión de otras personas: mis padres, Svetlana, Ivan, Sean. Sin embargo, ahora estaba en Rusia porque había echado un vistazo a las literaturas del mundo y había elegido una. Nadie había mostrado especial interés en que viniera aquí —de hecho, la expresión del policía de la aduana que me había puesto el sello en el pasaporte me había dejado bien claro que habría preferido que yo hubiese ido a otro país—, y sin embargo aquí estaba. Era como cuando Isabel se las apañaba para no casarse con el tipo de la fábrica de algodón y esa era la primera victoria que saboreaba, porque «había hecho lo que deseaba».

¿Era este el momento decisivo de mi vida? Tenía la sensación de que la fisura que me había perseguido todos los días de mi vida se estaba cerrando ante mis ojos, de manera que, desde este punto de vista, mi vida sería a partir de ahora tan coherente y llena de sentido como mis libros favoritos. Y al mismo tiempo, tenía la poderosa sensación de haber escapado de algo: de haber salido por fin fuera del texto.

NOTAS SOBRE LAS FUENTES

El poema «Las masas no queremos tofu» (p. 32) es de Ruth A. Fox y se publicó en *Real Change*, vol. 4, n.º 13 (agosto de 1997). Los poemas «Vivimos en un mundo», de Sprite (p. 32), «Odio», anónimo (p. 33) y «Y pensar que a ella nunca la habían besado», de SGZ (p. 120) se publicaron en *Real Change,* vol. 3, n.º 9 (septiembre de 1996), al igual que una columna de consejos similar a la que lee Selin en las págs. 50-51. (En el original, las cartas de Soltera de Seattle e Irritado en la Avenida las responden Nancy, Frank y Candy).

Real Change es la publicación con sede en Seattle hermana de *Spare Change,* el periódico de los sintecho de la zona de Boston que en realidad Selin debería de leer. Ambos periódicos los fundó Tim Harris en 1992 y 1994. *Real Change* cuenta con un archivo digital consultable que se remonta hasta la década de 1990: http://www.realchangenews.org/archive.

La lista de lecturas de Azar está inspirada en un programa amablemente compartido por Miryam Sas, que impartió un curso con este título en Harvard en 1996.

La frase «promiscua conquista sexual de Goneril y Regan», que Selin lee en la sinopsis del *Rey Lear* en la licorería, es de Jeffrey R. Wilson, «Edmund's Bastardy», en «Stigma in Shakespeare»: http://wilson.fas.harvard.edu/stigma-in-shakespeare/edmund%E2%80%99s-bastardy.

Sobre el debate acerca de la inclusión del genocidio armenio en el United States Holocaust Memorial Museum (muy tangencialmente evocado en las pp. 83-84), véase Edward Linenthal, «The Boundaries of Inclusion: Armenians and Gypsies», en *Preserving Memory: The Struggle to Create America's Holocaust Museum* (Columbia University Press, 2001).

La frase «actuando como una suerte de pararrayos de los deseos eróticos de los hombres violentos» de las pp. 95-96 está sacada de la reseña de *The Marble Ass* (1995) de Želimir Žilnik en la web de la Berlinale: http://www.berlinale.de/en/archive/jahresarchive/2016/02_programm_2016/02_filmdatenblatt_2016_2016_201602952.html#tab=filmStills.

Las citas de la canción «Aun así, es una pena» son de «El pasado no puede volver» («Byloe Nel'zia Vorotit'», 1964), de Bulat Okudzhava (1924-1997), pionero ruso de las «canciones de autor». Se puede ver a Okudzhava interpretando esta canción en YouTube: http://www.youtube.com/watch?v=1xrTnXQmRQ.

La expresión «la Conclusión Repugnante» es de Derek Parfit: *Reasons and Persons* (Oxford University Press, 1896), como la mayor parte de las ideas atribuidas al profesor de ética de Selin.

«Rudolfio», de Valentin Rasputin (1937-2005), está citado según mi propia torpe traducción del texto en Biblioteka Serann: http://www.serann.ru/text/rudolfio-9522. Una traducción más elegante de Helen Burlingame se encuentra en *The Kenyon Review*, vol. 5, n.º 3 (verano de 1983).

La cita de John Cage sobre escuchar algo aburrido durante treinta y dos minutos está sacada de *Silence: Lectures on Music and Writing* (Wesleyan University Press, 1961). La cita sobre el tráfico en la Sexta Avenida aparece en *ArtLark*, «John Cage's Music of Chance and Change» (5 de septiembre de 2020): https://artlark.org/2020/09/05/john-cages-music-of-chance-and-change/.

La comparación entre los chicos con esmoquin y los agujeros negros la hace el físico John Wheeler en el documental de Errol Morris *A Brief History of Time* (Triton Pictures, 1991).

La cita de la obra de Picasso sobre Françoise Gilot está tomada del folleto escrito por Patterson Sims para la exposición *Picasso and Portraiture* (MOMA, 1996). «Una mirada aterrada, con los ojos como platos, al abismo» está sacado de la crítica de la exposición en el *New York Times* escrita por Michael Kimmelman («Picasso Again, Still Surpising», 26 abril de 1996).

La cita de Luce Irigaray sobre los dos labios que se tocan continuamente aparece en la discusión sobre *écriture féminine* en Patricia Waugh, *Literary Theory and Criticism: An Oxford Guide* (Oxford University Press, 2006). La cita de Hélène Cixous es de «Castration or Decapitaton?» (que, a diferencia de Selin, creo que es brillante), trad. Annette Kuhn, *Signs*, vol. 7, n.º 1 (otoño de 1981).

El email reenviado sobre que el mundo está lleno de idiotas aparece en un anómimo de la web Tripod titulado «Jokes», cuya última actualización es de junio de 2001 y sigue siendo accesible el 23 de agosto de 2021: https://wbenton.tripod.com/humor/Jokeindez076.html.

La mayoría de las citas de *Swann's Way* son de la edición de 1992 de la Modern Library (trad. C. K. Scott Moncrieff and Terence Kilmartin, rev. D. J. Enright). Sin embargo, la cita sobre la linterna mágica («Se les ocurrió la idea de…») es de la traducción de Lydia Davis (Penguin, 2002). [Hay varias traducciones al español de *Por el camino de Swann*].

La novela de Iris Murdoch en la que aparece el Conde (su irremediable condición de polaco, etcétera) es *Nuns and Soldiers* (1980). [Hay trad. cast.: *Monjas y soldados*, Impedimenta, Madrid, 2019].

Las citas de la revista literaria rusa en inglés de la p. 303 aparecen en *Glas: New Russian Writing*, n.º 14 (1997), eds. Natasha Perova y

Arch Tait. Vic el Pendejo Babeante procede de «Mind Power», de Genrikh Sapgir, trad. Andrew Bromfield; Polyp Pigdick procede de «The Black Bagel», de Victor Pelevin, trad. Arch Tait; Tocapelotas y Karmaliutov proceden de «Cloudy Days», de Valery Ronshin, trad. Edmund Glentworth.

El episodio de *Sexo en Nueva York* en que Samantha se deja besar por el ayudante de camarero paquistaní es «¿Acaso no matan a los solteros?», temporada 4, episodio 2 (junio de 1999).

La mayoría de las citas de la *Guía no autorizada de la vida en Harvard* están extraídas, con pequeñas modificaciones, de la *Guía no autorizada de la vida en Harvard, 1995-96*, eds. Jeremy Faro y Natasha Leland (Harvard Student Agencies, 1995). La reseña de Wholesome Fresh procede la de web de la Guía No Autorizada: https://www.theunofficialguide.net/article/top–five–late–night–eats.

Las citas de *Let's Go* son una reelaboración basada en la edición de 1997 de *Let's Go Greece & Turkey* y (ed. Eti Brachna Bonn), la edición de *Let's Go, Greece & Turkey* de 1998 (eds. Patrick Lyon y Ziad W. Munson) y de la edición de 2003 de *Let's Go Turkey* (eds. Ben Davis y Allison Melia), todas publicadas por St. Martin's Press.

La cita sobre las relaciones ruso-otomanas proviene de *A Pocket Guide to Turkey* (Departament of the Army, Washington D.C., 1953: https://archive.org/details/ldpd_11150008_000.

Las citas traducidas de Atatürk de las pp. 352-353 aparecen en Ayşe Zarakol, *After Defeat: How the East Learned to Live with the West* (Cambridge Univerity Press, 2010).

Las citas de Rumi sobre la condición de turco de las pp. 364-365, al igual que el debate sobre la visión del mundo no nacionalista de Rumi provienen de Talat Sait Halman, «Mevlana and the Illusions of Nacionalism», en la *Mawlana Rumi Review* (6 de noviembre de 2015): http://www.jstor.org/stable/26810313.

Las otras citas de Rumi de las pp. 365-366 son de los siguientes poemas, traducidos por Coleman Banks y publicados por HarperCollins: «On Gambling» y «Burnt Kabob», en *The Essential Rumi* (1995); «Dark Sweetness», en *A Year with Rumi* (2006), y «Disciplines», «Trees» y «You Are As You Are», en *The Big Red Book* (2010).

Las citas de *Portrait of a Lady* [*Retrato de una dama*] son de la versión original de 1881, no de la edición de Nueva York, que Henry James revisó veinte años después. (La versión de 1881 es la que leí con veinte años y estas son las citas que me impactaron). El prefacio, sin embargo, es de la edición de Nueva York con lo que no debería aparecer en el mismo volumen que el texto de 1881, como sucede en el ejemplar imaginario de Selin. La mayoría de las ediciones que se encuentran hoy en día reproducen el texto de Nueva York, pero hay algunas, como la de Signet Classics (2007), que reproducen la primera versión. Se pueden leer todos los prefacios en Henry James, *The Art of the Novel* (Scribner, 1937).

Aunque no se cita directamente, me gustaría mencionar también el ensayo de 1980 de Adrienne Rich, «Compulsory Heterosexuality and Lesbian Existence», que leí por primera vez en 2017 y que me permitió reconstruir algunas de las fuerzas heteronormativas que operaban en mí en la década de 1990 (impidiéndome sentirme atraída, en ese momento, por textos con títulos como «Compulsory Heterosexuality and Lesbian Existence»). Uno de los objetivos de este libro era dramatizar estas fuerzas. El ensayo de Rich está incluido en *Blood, Bread and Poetry* (Norton, 1986).

Por último, una actualización bibliográfica sobre *La idiota*. Cuando se publicó *La idiota*, yo no tenía ninguna información sobre la autoría de «The Story of Vera» (la inspiración para «Nina en Siberia», el inicio de un texto en ruso que Selin e Ivan leían juntos). Desde entonces, he sabido que la mayor parte de «Vera» la escribió Michael Henry Heim en 1967, cuando era profesor auxiliar de ruso en Harvard. Heim se convirtió después en el traductor de, entre otras obras,

La insoportable levedad del ser y *El libro de la risa y el olvido*, de Milan Kundera: otros dos libros que leían Selin e Ivan. Le estoy agradecida a Charles Sabatos por señalarme esta coincidencia, y por dirigirme a la mención de las «historias de Vera» en el ensayo de Henning Andersen «My Friend Mike», en *The Man Between: Michael Henry Heim and a Life in Translation*, eds. Esther Allen, Sean Cotter y Russell Scott Valentino (Open Letter Books, 2014).

OTRAS OBRAS CITADAS

Anna Ajmátova, «Requiem», en *Selected* Poems (Penguin 1969). [Hay diversas traducciones al español].

Martin Amis, *The Rachel Papers* (Vintage International, 1992). [Hay trad. cast.: *El libro de Rachel*, Anagrama, Barcelona, 2006].

Fiona Apple, «Sullen Girl», *Tidal* (Sony, 1996).

Charles Baudelaire, «Don Juan in Hell», en *The Flowers of Evil*, trad. Keith Waldrop (Wesleyan University Press, 2006). [Hay diversas traducciones al español].

André Breton, *Nadja* (Grove Press, 1960). [Hay diversas traducciones al español].

Anton Chéjov, «The Lady with the Little Dog», en Cathy Popkin (ed.), *Selected Stories* (Norton Critical Editions, 2014). [Hay diversas traducciones al español].

Eurythmics, «Sweet Dreams (Are Made of This)», *Sweet Dreams (Are Made of This)*, (RCA, 1983).

Ellen Fein y Sherrie Schneider, *The Rules* (Warner Books, 1995).

Sigmund Freud, *Dora, An Analysis of a Case of Histeria* (Touchstone,

1997), en *The Interpretation of Dreams* (Basic Books, 2010). [Hay trad. cast.: *La interpretación de los sueños*, Alianza, Madrid, 2021].

Fugees, «Killing Me Softly» y «Cowboys», *The Score* (Columbia Records, 1996).

Johann Wolfgang Goethe, *The Sorrows of Young Werther*, ed. Nathan Haskell Dole, Project Guttenberg, https://www. guttenberg.org/files/2527/2527-h/2527-h-htm. [Hay diversas traducciones al español].

The I Ching or Book of Changes (Bollingen Series XIX, Princeton University Press, 1977). [Hay diversas traducciones al español].

Michiko Kakutani, «The Examined Life Is Not Woth Living Either», *New York Times*, 20 de septiembre de 1994.

Søren Kierkegaard, *Either/Or: A fragment of Life* (Penguin Classics, 1992). [Hay diversas traducciones al español].

Walter Kirn, «For White Girls Who Have Considered Suicide», *New York*, 5 de septiembre de 1993.

Alexander Pushkin, *Eugene Onegin: A Novel in Verse*, Bollingen Series LXXII, Princeton University Press, 1990. [Hay diversas traducciones al español].

R.E.M., «Bittersweet Me», *New Adventures in Hi-Fi* (Warner Bros, 1996).

Tom Waits, «I'll Be Gone», *Frank's Wild Years* (Island Records, 1987).

Oscar Wilde, *The Picture of Dorian Gray*, Project Guttenberg, https://www. guttenberg.org/files/174/174-h/174-h-htm. [Hay diversas traducciones al español].

Papel certificado por el Forest Stewardship Council®